孤城

李秋亚 著

四川民族出版社

图书在版编目（CIP）数据

孤城 / 李秋亚著. -- 成都：四川民族出版社，2023.1
　ISBN 978-7-5733-0538-1

　Ⅰ. ①孤… Ⅱ. ①李… Ⅲ. ①长篇小说－中国－当代 Ⅳ. ①I247.5

中国版本图书馆CIP数据核字（2022）第069515号

GUCHENG

孤城

李秋亚　著

出 版 人	泽仁扎西
责任编辑	周文炯
责任印制	谢孟豪
出版发行	四川民族出版社
地　　址	四川省成都市青羊区敬业路108号
邮　　编	610091
照　　排	四川悟阅文化传播有限公司
印　　刷	成都市兴雅致印务有限责任公司
成品尺寸	170mm×240mm
印　　张	20
字　　数	370千
版　　次	2023年1月第1版
印　　次	2023年1月第1次印刷
书　　号	ISBN 978-7-5733-0538-1
定　　价	68.00元

本书如有印装质量问题，请与本社发行科调换

序

生活强者的歌声
——读《孤城》之感

王 海

第一次见李秋亚是两年前。2019年初秋,应凤凰网凤翼雄安邀请,在一个阳光灿烂的下午,我和厚夫、韩霁虹、杜芳川、张艾、李秋亚等一行走进雄安新区,我们在雄安的莲心岛上相聚。在采风中,在研讨会上秋亚很少说话,雄安之行,我对秋亚没有任何印象。

真正了解秋亚是在她的家乡蓝田。去年盛夏,在九间房的"荷塘月色"民宿,在王维诗文的气息中,我真正认识了秋亚,同时也了解了秋亚的真诚和善良。秋亚说她在写一部小说,写她们这一代进城打工蜕变的故事。她的小说或许是农村青年对城市生活的一种向往,或许是进城后遇到困境而挣脱无望的叹息,或许是成功后衣锦还乡之后的回忆,不管怎样,她想把一代人进城后的苦、进城后的乐用文字表达出来。这是一种心境、一种心态、一种记忆,更是一种乡愁。

今年,当我看到秋亚的小说《孤城》文稿后,被她的才情感动。小说主人翁张华静以顽强的性格和精神赢得了这个城市的认可,她和张友良的爱情故事曲折而多难,在他们相处的过程中,即使没有刘欣平,张华静和张友良的爱情也不会好,因为生活已把她逼上了绝路,而张友良在上大学期间,生活也走入困境,他们是两个苦难的平行者,前半生是很难结合在一起的。

刘欣平的出现只是给张华静的爱情增加了一段经历,他们的结合一开始就不是爱情,而是感恩,这种爱情必定是短命的。刘欣平让她的生活度过了一段不平凡的日子,她和刘欣平有了儿子,刘欣平却另有新欢,她带着婆婆领着儿子,在孤立无援的情况下,饱受了人间冷暖和辛酸,最终她选择了顽强的奋斗之路,用血和泪创建了自己的事业。她知道自强才能自立,自立才能强大，才能使自己活得有尊严。她是生活的强者，她的经历、她的坚守、她的执着是值得弱者借鉴的，她用生命谱写了一曲令人奋进、激荡人心的歌。

一个人一生有点逆境是好事，在逆境中成长，这是成为生活强者的基础，才能像张华静一样有如此强大的生命力。

《孤城》的语言很内秀，字里行间渗透着儒雅之气、缠绵之情，以柔美的语言把人物的内心世界敞露在读者面前，这是一部值得关注和阅读的作品。每年陕西有几十部长篇小说出版，但真正让读者关注，让专家思考的作品不多，秋亚的作品让人眼前一亮。蓝田不仅出玉也出才女，近几年，蓝田作家在陕西文坛突起，秋亚将是其中一个。

引　子

　　时光的脚步毫不停歇，一年的光阴已经流逝过半。中秋过后气温就一日逊于一日，更让人心烦的是，连日的雨落下来让世界显得格外冷清。午后，张华静手握一杯清茶站在自家阳台上，观望着茫茫雨帘笼罩天幕；条条溪流漫过马路，心里便滋生出些许伤感来。

　　多年来沉默少言的性格，让她显得孤僻不合群。她不喜欢去闹市，不喜欢搓麻将，每日里除了上下班就是做家务。酒席间别人常对她的丈夫欣平说："你小子娶了个贤妻良母呀！看看我们那些老婆，不是做美容就是在麻将馆，叫都叫不回来。"

　　这个世界，男人有男人的游戏，女人也有女人的乐趣，家似乎成了旅馆谁也约束不了谁。但张华静也有自己的乐趣和爱好，她喜欢在一个人的空间里沉醉。当偌大的房间里只剩下一个人的时候她总是暗自窃喜，烧一壶沸腾的水，沏一壶浓香的茶，看着干枯的枝叶在沸水中渐渐膨胀、散开，这个过程是美妙的。她可以闻着茶香然后抱着一本书在沙发里坐上一个下午，任思绪天马行空。或到兴起时拿起笔写下一段流畅的文字。这是多年来的习惯，再繁忙的生活节奏，她都会给自己留有遐想的空间。每当丈夫欣平突然回来时，看到老婆一个人躲到阳台上或者角落里发呆，总会说："这秀才转世，就是神经病么！"

　　但他也不去干涉，当初他死命追这个女子的时候就知道她是这样一个人。

　　雨下得非常美，一阵猛过一阵。路人被驱赶得干干净净，汽车飞驰而过时溅起一片水雾，把世界装扮得富有诗意。张华静已经沉醉在这雨里了，她为那些奋战在麻将桌上的主妇们感到遗憾。为什么就把这么美好的时光浪费在吞云吐雾、人声嘈杂、空气污浊的狭小空间里呢？

　　她是上不了那个场面的，以前丈夫也硬拉着她去历练历练，但她一看到那个场面就头疼得要命，心慌得直往外跑。没办法，如此反复几次过后她被

丈夫认为朽木不可雕也，所以就又回到了自己的空间里。

她在沉思，杯子里的水已经渐渐没有了热气儿。这时手机响了，屏幕上跳出一个名字——"娟"。

她笑了，低声骂了句："死东西，又生了哪门子闲气儿要向我倒垃圾了。"

电话刚一接通，那边就连珠炮式地发问："我怎么就那么招您老人家烦呢？都响几声了才接？"

张华静赔着笑，柔声说道："手机在茶几上我在阳台这，刚响就接的，往过走不得个过程啊？"

两个闺蜜间互相责怪更显亲切，从小玩到大的伙伴经常吵架斗嘴却从不计较，这种亲情胜似姐妹。

娟又说："晚七点，水韵江南213包间。不要家属，不要拖油瓶，准时参加不得有误。"

话音刚落，不等这边应答就成了忙音。张华静嘟囔着："这是请客吗？也不问问人家有没有时间，什么人呀！"

生气归生气，她赶紧把茶杯放到茶几上走进厨房。切菜、煮饭，准备好一切，等家人陆续回来后，她说了伙伴们请客的事，得到允许就匆匆出门了。

看着老婆出门而去，刘欣平笑了，老婆除了上班外出，其余时间都在家里，除了做饭就是看书、写字。好在隔三岔五乡那些一块长大的姐妹邀请时才出去玩玩，他自然是很痛快地就答应了。

雨中的西安城交通拥挤不堪，几处因道路施工积水很深。车辆通过时都小心翼翼，犹如汪洋中漂泊的船只，摇摇晃晃的。湿软的梧桐叶飘落在路基或者台阶上，任行人踩踏。一个个身影在眼前晃动，厚厚的外套紧裹着或臃肿或苗条的身材躲在雨伞下匆忙赶路。不见了往日姑娘们飞扬的裙角和露脐的潮装，这场雨让古城的秋天过早地降临了。

平时一个小时的路程在雨中堵堵停停竟然走了两个多小时，走进酒店大厅，张华静理了理散乱的头发，在服务生地带领下上了楼。雨中的古城，餐饮业依然鼎盛。绕过一条走廊，在人声嘈杂中来到213包间的门前。门，留有一指宽的缝隙，好像在等待她的到来，从里面传出的谈笑声中，她已经分辨出了小丽和娟的声音。

中年女人总有三五好友隔一阵聚一聚，唱唱歌、逛逛街已经是平常事了，只是她们几个之间的交往更为亲密。一个村子走出来的自然比社会上的朋友更随便些，不论什么场合直呼小名，不管你乐不乐意。

她轻轻地推门进去，想趁她们不注意悄悄坐下，却被小丽一把抓住训到："咋，知道迟到心虚了？今儿有你好看的！"

娟推开小丽的手，说："迟了就迟了，看你喔样子，吃人呀？静静，别理她，咱俩坐一块。"

落座后张华静吓了一跳，本以为就她们几个女人呢，却不想多出来三个男人。心想，就说嘛还弄个包间。

她刚想问，其中一个男人说道："静静到了，咱人就齐了，开始吧。"

尽管目光还未来得及停留在那人身上，从浓郁的方言和亲切的称呼中她已经知道了，这是峰的声音。小丽和娟停止了说笑，她这才把在座的客人一一打量。小丽和娟儿自然是常聚的，三个男人分别是：做建材生意的峰，包工程的涛，这两人虽不常聚也常见，只要有事打个电话就会来。只是最后一个男人是陌生的，微高的个头，挺拔的身材，适中的长发搭到额头。清秀的脸部轮廓架一副金丝边眼镜，带有很浓的书生气。咖啡色的衬衣没有一丝皱褶，更显儒雅、高贵！也没有峰和涛的酒肉肚子。男人到了这个年龄还保持得这么好，肯定不是他们这个圈子的，张华静这么想着。

大家端起酒杯一一问候，那男人一直没有说话，平静地注视着酒杯，似乎只等问候他了。

张华静逐个碰杯问过大家后，目光落在那陌生人身上，礼貌地说了声"你好"便坐下。大家都自顾自地开吃。

那男人却没有坐，他用平静的声音问道："静静，你是不想理我还是认不得[1]我了？"

张华静闻声，慌忙吞咽下食物抬头看过去。那男子缓缓地摘下眼镜，张华静像被电击到一般怔住了，虽然外表变化太大了，可那一双眼睛和声音是熟悉的，这一声询问恍若隔世！

她颤声问道："啊，怎么是你呀，友良？"

她生气地责问大家："你们怎么也不说一声呢？藏了这么大一个秘密！"

可是没有一个人回答她，也没有人抬头。这意外的重逢好像只是他们两个人的事，其他人都不参与。

---

[1] 认不得：方言，认不出。

第一章

一

时光回到一九八三年,在西安市以东有100多公里的地方,有个村子叫张庄,村子不大,有二百来户人家。这里地处秦岭脚下,背向为南靠着秦岭,面向为北,是丘陵地带。绵延起伏的黄土高坡和巍峨耸立的秦岭山脉呈平行状态,遥相呼应,两两相望。在两者之间横亘着一条河流,一路向西,蜿蜒流淌,这就是灞河。

村里有这样一群少年,因为同年出生,如果按出生月份排列,依次是:涛、峰、娟、静,最小的是小丽。张友良大他们一岁,但上学是同一个年级。

他们几个每天上学,放学,都是一起走一起回,一个都不落下。出了村子要经过一条小河,河上是三根木头搭成的简易桥,遇到汛期河里涨水时,浑黄的河水猛烈拍打着岩石,激起层层浪花直扑到桥面上,天上大雨倾盆脚下恶浪翻滚。女孩子们胆小害怕,几个男孩子就手拉手护送着一起通过。夏天的夜晚他们在柴草垛子旁捉蛐蛐,月亮底下就用稻草围成圈儿跑房子,玩各种游戏。他们总是被各家大人训斥着才满头大汗地跑回家,临分别时还不忘叮嘱第二天的约定。

张华静家住在村口大路边,张友良家住后面幽深的巷子里,其他的几个人分别住在村西和村后比较偏僻一些的地方。张华静的父亲开始是木匠,在十里八乡跑着盖房子、打家具,也颇有些名气。后来跟着一个朋友做起了倒卖木材的生意,几年间就发了家,小厦房换成了三间宽敞的大瓦房,家境自然是最好的。友良的父亲是一个退伍老军医,虽然少了一条腿但拥有精湛的医术,四邻八乡有个头疼脑热都来求医问药,日子过得倒也平静。

张友良家是姐弟二人,大他三岁的姐姐叫小凤儿,她常常在天气晴朗的早上把父亲搀扶到院子里晒太阳,或者帮妈妈做家务。村里人都说小凤是个

乖巧的孩子惹人爱！一家人和和睦睦，快快乐乐。可是没过几年，张友良的父亲因为高血压半身不遂瘫痪在床，生活都不能自理。家庭的重担一下子压在了友良妈弱小的肩头。幸好她还继承了丈夫的医术，才能继续开着诊所勉强支撑着一个家。只是从那以后她的脸上好像再也没有了笑容。每到农忙时节友良家的农活总是拖到最后。小小年纪的友良和姐姐小凤也肩挑背扛地帮妈妈分担，但终因没有一个强壮的劳力而显得异常艰难！

乡亲们总是在忙完自家田里的农活后就来帮这母子三人耕种和收获，张华静家就是其中之一。那时耕牛稀少，种地都是人拉犁，每次帮友良家耕种时，张华静就和友良、小凤各拽一个绳头往前拉。他们三个在前面并排走，打打闹闹嬉笑玩耍。张华静的父亲掌握犁铧，静妈妈和友良妈妈在后面播撒种子和化肥，俩人边走边说着话，友良一家很是感激。

晒粮食是农忙时重要的环节，村子中央留有几个大片的空白场地碾压平整，专门做打谷脱粒用。脱粒后就是晒粮食，所有农户都聚集到大场里来，铺上芦席，倒上粮食，再用耙子把粮食摊开让阳光均匀照射，隔一个时辰翻搅一次，每一页芦席上方都用墨汁写上户主的名字以便区分。中午时分，大人都要午睡以保下午的劳动有足够的体力。小孩的任务就是看场，防止猪、羊、鸡等一些家畜家禽来偷吃。

张华静家的墙外就是晒粮食的大场，门前有棵巨大的柿子树，因为住在村子中央，她家门前便成了人们茶余饭后聚集的地方。柿子树下也是小孩看场的地点，吃过饭他们早早地就搬来矮桌、小凳，围坐成一圈打扑克，弟弟妹妹就在一旁玩耍。涛和峰总是为一张错出的牌争得面红耳赤相持不下。

每年霜降以后所有农活就全部结束，男人们就外出做工了，女人们从邻村一个加工点领些手工活回来做增加收入（这是县外贸公司在东部地区的定点收购点，常年有订单，一周一次。虽然收入微薄但也是当地妇女唯一的经济来源。从二十世纪八十年代到二十一世纪一直存在。）小孩安心上学。升入初中后，涛和峰生性顽劣，成绩难以挂口。小丽和娟虽然不是很差但也成绩平平不见起色，只有张友良和张华静名列前茅非常优秀。大家都说他俩将来肯定是最有出息的人，所以对他们总是充满羡慕和敬佩！

初冬的一个早上，张华静睡得正香，却被"啪啪"的门环撞击声惊醒。

外面伙伴们喊着："静静，上学走了。"

"静静，好咧么？"

张华静一个翻身坐起来急得哭了，责怪妈妈没有叫醒她。妈妈拿过表一看，时针还指向夜里2点。

妈妈说:"哎呀,这表咋半夜停了?静,你快起,路上跑着点,还能来得及。"

张华静一边慌乱地穿衣服一边爬到窗户边给伙伴们喊:"我家表坏了,我来不及了肯定要迟到的,你们别等了赶紧走吧。"

平时一丝不苟的她今天慌乱成一团,三两下穿上衣服拿起书包,抓起一把梳子就开门。

妈妈说:"你好歹把脸洗了。"

张华静带着哭腔说:"到河里洗。"

开了门天已放亮,路上静悄悄的没有一个人。完了完了,肯定是迟了,张华静气得眼泪直流,一抬头却看到友良还傻乎乎地靠在她家院墙边上,默默地等着。

她惊讶地问:"你咋还在呢?给你说让你先走的。"

张友良说:"再晚我也等,不然,你一个人咋进学校大门呢?"

张友良接过张华静手里的书包也背在身上,让她整理好衣服,俩人一溜小跑来到小河边。张华静跑下河去梳了头,洗了脸。一摸口袋坏了,真是越忙越急事越多,竟没有带手绢,脸上的水还往下掉。她顾不了那么多了,用手一抹甩了甩就要走。

张友良说:"来,用我的衣服擦吧。"

张华静也没犹豫,撩起友良的前衣角擦了脸,又让他转过身去在他后背上蹭干了手,俩人不敢久留,飞快地跑向了学校。

到了学校已是早操时间,大喇叭里正放着广播体操的音乐和广播员响亮的口号声。

"第八节,跳跃运动,现在开始,一二三四……"

两扇大门紧紧关闭,两边是八个大字"百年大计,教育为本",显示出一种威严让人畏惧和肃穆。

张华静看着友良焦急地问:"咋办呀?进不去了。"

张友良想了一下说:"只有一个办法了,翻墙。"

张华静说:"我不敢,多丢人!"

张友良说:"咱试试,要不然在全校师生面前罚站,更丢人!"

原来,在学校后院拐角有一处矮墙,迟到的学生常从这里翻进去,溜到教室放好书包,等同学们早操完毕,解散后回来就没事了,老师不点名也发现不了。这种事情常发生在那些学习成绩差、顽皮捣蛋、经常迟到的学生身上。但今天他们两个不得已也采用了这个方法逃避迟到的现实。

张友良把两个书包捆在一起扔过墙去,然后连背带扛让张华静爬上墙。

可万万没想到的是教导主任刚好路过这里,被从天而降的两个书包吓了一跳,他愣了一下很快就明白了是怎么回事。他没有出声,仰头等待书包主人的到来。就在张华静艰难地爬上墙头时她和主任同时惊呆了!她没有想到教导主任会站在下面。而主任惊讶的是,迟到翻墙的居然是女生!

这边毫不知情的张友良还在催促着:"快呀,再不翻就来不及了。"

他俩被带到了教导处,接受了一节自习的训斥,然后让班主任来领人。张华静向老师说明了真实情况,一再表示,是自己拖累了张友良。班主任也一再证明他俩都是品学兼优的好学生,这是首次。

主任酌情处理的结果是:各写一份深刻的检讨,在全班同学面前朗读,这件事才算过去。而后院那道矮墙没几天就加高了,断送了所有迟到学生的后路。

从那以后,张友良每天早上都会提前20分钟来喊张华静起床,迟到的事情就再也没有发生过。张友良家的厦房、张华静家的院落里常常留下他们一起学习的身影,随着学习成绩的不断提高,他们的理想和信念也更加坚定。

他们约定,一起努力,报考同一所大学,将来到同一个城市工作!

二

一九八六年的春天,友良父亲在一个下着蒙蒙细雨的夜里,沉沉地睡去再也没有醒来。任凭母子三人千呼万唤,泪眼横飞,依然撒手人寰。乡邻和亲友们竭力相帮才让这位老军医入土为安。荒凉的坟头,友良母子三人抱作一团,那撕心裂肺的痛哭让在场的人们无不动容!

这一场丧葬,花光了家里所有积蓄。看着母亲紧皱的眉头和被痛苦、劳累,双重折磨的娇小身影,张友良和姐姐小凤像受了惊的小鹿。他们紧紧跟在母亲周围,好怕哪一天母亲也突然离去。

小凤辍学回家成为妈妈的得力帮手,小小年纪就承担起了一切家务。一个人的离去留给家人的是无尽的苍凉和痛苦!友良也变了,话越来越少。时常穿着父亲遗留下来的衣服,宽松而肥大遭到同学们无情的嘲笑。他远离了人群,常常坐在角落里发呆。

张华静看到了这一切也很难过,就对友良格外关心起来,她总是默默地在一旁陪他发呆。她不想丢下伙伴,但也不知道说什么才能让他高兴。

下了课,俩人坐在操场一边的台阶上。

张华静歪着头看了看张友良故意说:"皱眉头,真难看!"

张友良问:"有多难看?"

　　张华静说:"像个八十岁的老头子,真丑!"

　　张友良伸出两只手拉长了脸问:"现在咋样?"

　　张华静给逗乐了说:"现在,像个冬瓜。"

　　俩人呵呵地笑出了声。在张友良的心里,张华静就像一束阳光能迅速照进他的心里,给自己带来温暖带来快乐,因为她从不像别人那样嘲笑自己。张友良总是期盼着这个贴心伙伴的到来,就连上课都想和她坐在一起,那样心里才能踏实,而且这种依赖感越来越强烈。

　　升入高中后,他们一伙人里上学的就只剩下张友良和张华静了,其他人都出外谋生活。学校设在镇上,离他们村子有十几里路远,所以不能每天回家只能住校。俩人不在一个班里了,每个星期六的下午张友良就会早早地守在张华静的教室外面,等着她。回家的路上俩人又互相说着各自班里的事情,这种情况在学校非常普遍,大家都是来自四面八方的村落,都有各自村子的同伴。遇到困难或有人欺负时同村伙伴就会挺身而出,形成一个个小团体,乡村的孩子就是这样护群。

　　转眼张友良和张华静已到高二,小凤也在这一年的春天出嫁了。对象是邻村的小木匠,小伙子憨厚朴实,手艺又好。小凤总是隔几天就会带着小木匠一块回娘家,看望母亲和弟弟。这是她最揪心和难以割舍的事情。父亲走了,现在她也离开了,弟弟还小,家里的担子全落在母亲一个人身上,日子过得非常艰难!

　　好在小木匠心地善良,总是慷慨地接济娘家,这让小凤非常感动!当初媒人上门提亲时小凤死活不答应,她不想这么早就离开妈妈和弟弟,离开这个家。

　　可是妈妈流着泪说:"凤儿啊,不是妈心狠,咱的家底你知道,跟着妈只能过穷日子,再说了我也撑不了多久的。孩子,你找个好人家过自己的日子去,妈再难,熬个几年等你弟弟上了大学咱家就有希望了,妈也就这点力气了!"

　　小凤这才含着眼泪点头,跟着媒人去相亲。还好结婚后木匠一家对待小凤非常好,一到农忙时节,忙完自家农活,一家人就都过来帮这孤儿寡母。友良母子感到了亲情的温暖,凤儿的出嫁不是少了个女儿而是多了一个帮手!

　　张华静的父亲老张总是忙忙碌碌,隔三岔五就会带一些生意场上的朋友回家,吃吃喝喝拉家常。妈妈就沏茶、做饭,跑前跑后地忙活。弟弟浩浩也

上五年级了，家里来客人时他就和姐姐在小房间里写作业或者玩耍。

父亲的朋友大刘总是羡慕地说："老张，你可是活神仙呀，儿女双全还听话又懂事，真好啊！"

"哪里哪里，你的两个儿子也是让人眼热那！"老张说。

"你哪里知道我的苦呀！"大刘说。

大刘可是十里八乡的大能人，他原来在乡镇的木材站工作，后来大集体解散他就承包了木材站个人经营，成了远近闻名的土财主。大刘有两个儿子，老大金平早已成家分开单过。老二欣平是出了名的顽皮捣蛋鬼，初中毕业就不上学了，跟着父亲跑生意。刘欣平虽然学习不好，但跑起生意来倒是比大人都精。这可乐坏了大刘，他逢人都要把小儿子夸一番。一高兴他给儿子买了最新款的摩托车，谁知却引起了老大两口子的强烈不满，觉得父亲偏心。老大媳妇心眼多，担心将来父亲给老二留的财产多自己会吃亏，总是找各种理由和借口挑唆金平和父母闹，不断地索要钱财和房产。隔一阵家里就会有矛盾和纠纷，给多少都不能让金平两口子心理平衡，这让大刘老两口很是伤心和苦恼，每次来大刘都要诉诉苦。

大刘一边抽着烟一边说："给娃娶媳妇是个学问，不能马虎。你嫂子说了，看媳妇一定要先看丈母娘，这牵扯到以后的家庭和睦不和睦，好过不好过。唉，都怪我！当初只嫌你嫂子这妇道人家啰唆、挑剔。我只说娃同意就给娶进门，谁知道是个难缠鬼。让我老两口到死都难闭上眼！"

说到这里，大刘拍了一下大腿，重重地叹了口气。

老张总是默默地听着，尽心地劝着。老张的朋友很多但和大刘最要好，因为当初是大刘拉着老张一起做木材生意的，才有了现在富足的生活。因此，老张一家非常感恩，对大刘自然格外敬重。

大人忙大人的事情，小孩忙小孩的事情。父亲常常外出，妈妈从邻村一个加工点领来一批又一批的活，每天都会做到深夜。

高二的课程很紧了，张华静和张友良都很努力，互相加油、鼓励！

一天中午正上自习的时候，班主任王老师走到教室门口，点名说："张华静，你出来。"

张华静好奇地走出教室，却看到三婶神色不安地站在门外。一见张华静出来了，三婶拉起她的手对老师说："老师，那我们走了。"

张华静忙问："婶儿，咋了，有啥事吗？"

老师温和地说："张华静，你妈妈病了，你先回家去看看吧。"

一听妈妈病了，张华静慌了神，跟着婶婶小跑着就出了校门。

路上，三婶不住地安慰着她："静静，你别急，你妈就是发烧了没人做饭我才来叫你的，没啥大事。娃，你别慌。"

听到这话张华静才稍稍放心，抬起胳膊用衣袖抹去了额头上的汗水，脚步放慢了一点。走进家门，眼前的情景让她刚刚放下的心又揪紧了。妈妈裹着被子靠在床头，左手上正挂着吊瓶，浩浩趴在床沿瞪着一双大眼睛看着屋里来来回回走动的人。床前，二叔、三叔和左邻右舍围了一圈儿。

浩浩看到她急忙趴到妈妈耳边说："妈，我姐回来了。"

张华静急切地走到床边，掀起被子查看并着急地问："妈，你咋了？"

妈妈无力地按住女儿的手说："我没事，没事，你去厨房，你婶烧水呢，你去替换一下。"

友良妈从厨房里出来，手里拿着刚灌满的水壶，看到张华静她忙放下水壶说："娃呀，你妈没事，你别怕。"

张华静急了说："没事？没事你们咋都在我家呢？到底咋了嘛！"

二叔把张华静拉到院子里，二婶和友良妈也跟了出来。二叔神色凝重地说："静静，你妈没事，是你爸。"

张华静问："我爸咋了？"

二叔说："拉木材的车翻到刘家峪下面的沟里了，压死一个工人和司机，你爸让警察带去正在调查。"

张华静感到头皮发麻，脑子里一阵嗡嗡作响，她用手扶住了墙。回来的这一路上她就胡乱猜想，但怎么也没想到竟然出了这么大的事情。二婶扶着她坐到了台阶上。

友良妈用手梳理着张华静耳边散乱的发丝，说："静静呀，你爸正顶着事呢，你妈病了浩浩还小，我娃，你得把家里安顿住才对，有事大家帮忙跑路呢么。"

二叔说："现在不是伤心的时候，你不能跟你妈一样吓倒了。你得把家里经管[1]好，事情交给我们大人去想办法。"

张华静努力让自己平静下来，她觉得二叔说得对，是的，现在不是担心害怕的时候，不能让家里乱了阵脚。

她擦了一把眼泪对二叔说："嗯，我知道了，你们放心吧，家里有我。

---

[1]　经管：方言，管理。

二叔三叔我爸那边求你们多帮忙！"

　　大家又回到床边，对张华静的妈妈说了很多安慰和鼓励的话就陆续走了，友良妈留下来帮着做了饭，收拾完屋子等吊瓶挂完以后才千叮咛万嘱咐地离去了。

　　晚上，浩浩在床的另一头睡着了。张华静劝妈妈躺下休息，可妈妈不肯，母女俩垫个被子靠着谁也不说话。月光洒进来，清亮亮的。

　　一个星期过去了，妈妈的身体逐渐好转。二叔和三叔轮换着去看爸爸，打听事情的处理有没有进展。张华静每天打扫院落、洗衣做饭、喂猪喂鸭，忙里忙外。她盼望着事情尽快处理结束，爸爸能早点回来。在这一段时间里，友良妈还有三姆她们每天都会过来陪着妈妈说会儿话，帮着做做家务活。张友良星期六从学校回来也来帮着她做一些事情，挑水，劈柴，或者带着浩浩玩。

　　事情涉及两条人命，处理起来非常棘手，对方家属因为伤心过度根本不谈条件，只是打闹撒泼，这样就一拖再拖，直到一个多月后才有了结果。一天下午，三叔用自行车驮着爸爸回来了，后面跟着大刘伯伯和二叔。一个月没有见面，爸爸瘦了一圈，眼窝深陷、灰头土脸、背弯曲着。张华静看了心疼得直掉泪。

　　二叔和三叔安置爸爸躺到床上，大刘伯伯说："啥都别想了，好好睡几天。"然后又陪着坐了一会儿大家就各自回去了。

　　木材翻车事件的处理结果终于下来了，两条人命和报废车辆的赔偿一共两万三千元全由老张支付，虽然老张做了几年生意有些积蓄，但两万元是个天文数字啊！几天来老张把自己关在屋子里，不是睡觉就是一根接一根地抽烟，手指都被熏成了黄色。呛人的烟雾萦绕着他低垂的头。这个平时风趣、自信、充满阳光的中年男人被突然而降的灾难击败了！他想不出拿什么来填补这个大窟窿，那边家属歇斯底里的哭闹让他内疚，更有强烈的负罪感！

　　静妈妈走进房间，打开半扇窗让烟雾散去，又拿过一条热乎乎的毛巾递给丈夫，俩人都不说话。张华静搂着弟弟站在旁边不安地看着父母。

　　长久的沉默后，妈妈喃喃地说："还是把房子卖了吧，先把事情处理了，说不定过几年咱就缓过劲来了。"

　　爸爸没有回答也没有抬头，过了一会长长地叹了口气说："只能这样了。"

　　这个家庭一直是被村里人羡慕的，父亲精明能干，母亲善良贤惠，一双儿女乖巧懂事。夫妻俩又都是热心肠，谁家遇到难事总少不了他们夫妻俩的身影。这次他们遇到困难大家也是跑前跑后地忙活，但是两万元就像一只吃

人的老虎，让人听着就害怕，除了安慰谁也无能为力。

经济是个大问题，不是大家不肯帮，每一家的日子都是紧巴巴的，勉强抠出一点来凑到一起也是杯水车薪。难啊，太难了！几天来，老张几个生意场上的朋友凑了五千，自己把家底全腾空也就六千多还差一半呢，实在没办法了！

前一天晚上，二叔就嗫嚅道："哥，咱都是紧日子没办法。我看只有一条路了，你把房卖了吧，咱老庄子那两间厦房你们先将就着住，过了这个难关再说。"

虽然这个主意让全家难过，但也不得不承认只有这一步路了，对于一个庄户人家来说，最值钱的就是房子了。所以今天张华静的妈妈才又提起二叔说过的话。

老张把烟头掐灭，丢到地上抬头对妻子说："你先去做饭，吃了饭我就去找老二，张罗卖房的事。"

妈妈点点头说："好，好。"转身出去。张华静赶紧拉起弟弟到院里抱柴草，姐弟俩刚走下台阶就看到大刘进来了。

张华静怯怯地叫了声："刘伯伯，你来了。"

大刘问："静静，你爸在家吗？"

张华静说："在呢，在屋里。"

说完就先一步跑进了屋对父亲说："爸，刘伯伯来了。"

老张正在床上斜躺着仰头想事情，看到大刘进来，赶紧坐起来说："老哥，你来了。"

妈妈听到声音也跟了过来说："哥，你来了。这些天你给跑前跑后的受累了。"

大刘说："兄弟的事就是我的事，再别说见外的话了。"

说完又关切地问："钱凑得咋样，还差多少？"

妈妈回答说："还差九千呢，打算把房子卖了，也只能这样了。"

大刘从怀里掏出两沓钱一放说："兄弟，这是五千你先拿着，三天后哥再给你送些过来，再难也不能卖房子。欠点账以后慢慢还，你把房卖了让这娘几个住哪去？"

老张忙压住大刘的手说："别，老哥这五千我收下，剩下的我想办法，这一阵你一直费心费力地周旋，出力又花钱让我过意不去。再说你给老二还没成家，这些钱我还不知道啥时能还上。"

大刘坚定地说："兄弟，你咋说这话呢？大难面前其他都是小事，听我的，

房，坚决不能卖！"

老张不知道说什么好了，难过地低下了头。

在大刘竭尽全力的帮助下，事情圆满结束，房子也保住了，这让老张一家非常感激！木材翻车的阴云终于散去，压在老张夫妇心里的石头终于揭掉了。午后的阳光非常灿烂，暖暖地照射在院子里。这三个月来全家都笼罩在不安的气氛里，已经不知道阳光还会洒进他家的院子来。

妈妈端把椅子放到院子里，继续做手里的活，浩浩上学去了，张华静也在房间里整理书本，她打算回学校了。好久没去学校，真有点想那个地方。这段时间里，友良几次回来说给她补课，她都心烦地听不进去。这下一切都恢复到了原来的样子，爸爸又打起了精神，妈妈也开始做活了，自己就更要专心地学习了。

张华静正在收拾，听到妈妈在院里里喊她："静静，你干啥呢？来帮妈妈做会活。"

张华静走出屋子，在妈妈对面坐下，拿起一片花布做起来。这是一种很简单的工艺品，村里的姑娘们都会做，在空闲时她常常和妈妈一起做的。

这一场灾难虽然过去了，但巨额债务让父母忧心忡忡。

妈妈忽然说："静静，咱家现在的情况你明白，爸妈很难的。"

张华静点点头说："妈，我知道，以后我帮您多做活。"

妈妈又说："静啊，你都上高二了，女孩子念这么多书够用了。读书再多还得结婚过日子不是？以前咱家日子宽裕，就想让你多读书，考大学。可现在这些账我和你爸就是累死也不知道啥时候才能还上。这学呀，你就别上了，浩浩还小他得上呀！"

张华静手一抖，眼里满满的全是泪水。她想争辩，想求妈妈，可看到妈妈深陷的双眼、消瘦的面容就怎么也张不开口了。她站起来，泪就大颗大颗地往下掉，她抬起胳膊用力抹去。不争气的泪水还是止不住，她无声地挪动步子回到自己的小屋，关上门，一头扑到床上用被子捂住头无声地哭泣。

张华静已经两天不说话了，她只是低头不停地做着针线活，无论妈妈怎么问，她都不开口，不说好也不说坏，不说不行也不说行。这让父母很是着急。

晚上，老张走进女儿的屋子坐到床沿，缓缓地说："静啊，别怪你妈，都怪爸没本事，本来想让你考大学的，可谁知道会出事呢？现在你就是考上大学，爸也没钱供你了，娃呀，心别太高，咱农民就是只家雀儿，飞不高！"

张华静脸上淌着泪，但她想明白了，不能让父母太为难，更不能让他们再伤心。她用手擦掉眼泪努力做出轻松的表情说："爸，我知道了，这学，不上了！"

老张站起身拍了拍女儿的肩膀说："你别让爸妈担心就好，等爸过了这个坎，以后你出嫁时爸给你一份好嫁妆。"

看着父亲离去的背影，张华静感觉自己的心像被撕开了一道口子，在流血。

三

又到周末，张友良急匆匆地往回赶。前几天他听人说张叔的事情已经处理完了，那么静静就可以回到学校来了。都这么久没来学校，落下那么多课怎么才能补回来呢。进了村，友良先到张华静家，可是大门锁着等了好一会儿也没见谁回来，他只好先回自己家去。

妈妈正在给一个小孩子打屁股针，小孩闹得很凶，两个大人强按着才完成。小孩哭的青筋暴起，嘴里不住地骂着："坏医生，烂医生。"

那年轻的妈妈一边给孩子擦眼泪一边拍着孩子，心疼的样子恨不能针是扎在自己身上。

友良妈配完药又叮嘱一番，才目送那母子离去。张友良放下书包就帮妈妈整理药品柜，完了后又拿了抹布去抹桌子。妈妈洗了手就要开始做饭。每个周末，儿子回来就是妈妈最盼望的事情了，自从小凤出嫁后这个家就只有他们母子相依为命了。

妈妈问："儿子想吃啥？你说妈给你做。"

张友良说："啥都行，妈你快点做，吃了饭我还要去给静静补课呢。"

妈妈迟疑了一下说："友良啊，静静怕是上不了学了。"

"我不信，咋可能？"张友良说。

妈妈又说："孩子，她家欠了那么多账可咋还呀？她拿啥上学呀？"

张友良一听就急了，扔了抹布问："是静静她爸、她妈给你说的吗？说不让静静上学了吗？"

"那倒没有，不过……"妈妈说。

张友良抓住妈妈的胳膊摇晃着央求："妈，你去给叔和婶儿说说，一定要让静静上学，一定！困难总会过去的。"

妈妈叹口气说："孩子，大人有大人的难处，妈知道静静是个上学的料，

也是个乖孩子，可如今摊上这么大的事情谁有办法呀？以后是以后，可眼前咋过呢？"

"那就没有办法了吗？妈，你帮帮我，我们一起想想办法呀！"

妈妈摇摇头拿起菜篮子进了厨房。张友良一屁股坐到了凳子上，上学的路上只剩下自己一个人了，静静眼看着就要退学，这简直太突然了！想着想着，张友良站起来就往外走，妈妈一把拉住他，生气地问："你干啥去？静静刚想通，不哭闹了，你又来添乱，不准去！"他被妈妈硬是拽了回去。

一天早上，张华静和妈妈走在乡村路上，母女二人各挎一个大包，里面鼓鼓囊囊装的是刚领来的一批新活。妈妈走得很急，她想早点到家，早到家就能早做活。张华静默默地跟在后面，她已经接受了不能上学的事实，爸爸妈妈不容易，刚从这么大的灾难里走出来，又背上沉重的债务，真是太辛苦了！所以，她觉得自己理所应当要替父母分担一些。但是一想到退学，她的心里还是苦涩的。没想到人生的道路会在这里转弯，以前和现在仿佛不在一个世界里了。生活，理想，就像一个美丽的肥皂泡都在一瞬间彻底破灭了！

老张非常感恩，感恩在困难来临时朋友们及时伸出的援助之手，尤其是大刘将他拉出灾难的漩涡。从出事到结束大刘一直在为这件事情奔忙，处处打点，上下周旋。更让他感激的是大刘的倾囊相助，他竟然把留给小儿子成家立业的钱也拿出来给自己。这是亲兄弟也未必能做得到的事情，亲兄弟都做不到的事情，大刘做到了，这不是比手足之情更亲更重吗！

事情过去了，房子也保住了，可欠下的一屁股债就像一座大山压在心头。怎么办？怎么办？他反复地问自己。就在他迷茫、困惑、恐惧的时候大刘又一次挺身而出，亲自担保给他跑下来一笔贷款并鼓励他东山再起。老张失去了勇气和信心，他不敢在那一纸契约上写下自己的名字，更不敢按下手印。几天了，这件事让他寝食难安，前进不能倒退不得。

今天妻子和女儿一早就去邻村的加工厂领活了，走时给他沏了一壶茶放在院里的石桌上。他看着晴朗的天空又钻回被窝，眯了个回笼觉睁眼就到九点。听到自家圈里的猪在"吼吼"地拱圈了这才起床，洗了把脸就去喂猪。

"呀，茶都泡好了咋不见人呢？"

说话间来人已经进了院子，不用问听声音就知道是大刘来了。老张拍拍打打身上的衣服走到前院，从口袋里掏出烟盒抽出一根递给大刘。俩人点了火"吧吧"地抽着。

老张说:"老哥,我还准备一会过你那儿去呢,兄弟我正为难着呢。"

大刘问:"为难啥?"

老张说:"你看,借下这一河滩的账正担心着呢,再贷款我怕……"

大刘端起茶杯喝了一口说:"你的顾虑哥知道,我也是为你这事想破了脑袋。你如果洗手不干了再去做木工,这些账恐怕到浩浩手里都还不完。咱不能叫事吓破了胆,贷款是有风险,看似又压了一座大山,可是只有做生意你才能真正走出困境。"

老张心思沉重地说:"这个道理我明白,就是没底气,没勇气了。"

大刘说:"别怕么,是人都有个三灾两难的,过去了就没事了。你放心,你的事我不会袖手旁观的。以后咱谨慎行事,亲自押运,你就放开胆子干吧,没事的。"

老张得到这番鼓励似乎有了信心,他扔了手里的半截烟头说:"行,哥就这事了,下午就去办贷款。"

大刘笑了说:"这就对了,从头再来么!"

妈妈疾步如飞,张华静跟得很辛苦,进了院子已是满头大汗。看到母女俩额头上被汗水浸湿的头发,大刘问:"这娘俩是干啥去了?热成这样?"

静妈妈看到大刘,就把包往女儿怀里一塞,走过去说:"大哥来了,我和静静去加工厂领了些活。"

大刘问老张:"静静咋没去上学呀?"

老张拉了个凳子让妻子坐下又倒了杯茶给妻子,然后说:"上啥学呀,供不起了。女娃娃念这些书够用了。"

大刘说:"这可苦了孩子了,咱静静可是个心气儿高的孩子呀!"

老张说:"心气高能咋?以前日子宽敞些,就想让娃多念些书考大学呢,谁知道惹下这烂子[1],算了,就跟着她妈做做活过两年找个家境好点的人家嫁了,好好过日子也是一样的。"

老张这么不经意的一说却让大刘心里震动了一下。自家二小子虽然念书少了点,但天资聪颖,做生意比自己都精,况且儿子长得也是一表人才。再加上自己家境殷实应该没有问题吧。这两年给二小子提亲的踏破了门槛,只是有两个原因一直搁着。一是这小子没有中意的,二是大儿媳的尖酸刻薄,

---

[1] 闯祸。

处处生事，搅得全家不得安宁，一直以来让他们老两口都很头疼。所以在小儿子的婚事上就非常谨慎了。如果把静静说给二小子那不是天赐良缘了吗？自己和老张多年的交情早已超出了手足之情，这桩亲事如果能成他们不就成了儿女亲家了，老张一家自己也是了解的，他们心地善良，为人正直，两家如果能成亲家自然是再好不过了。

这桩婚事在过去是不敢想的，张家的女儿静静，乖巧懂事，学习又好，那可是考大学的料。自家二小子打架闹事，书根本就看不进去，可现在不同了。欣平聪明能干，而静静辍学了，两个孩子是在一条线上的，不存在谁高攀谁。大刘在心里盘算着，但他又想，自己费了那么大的劲儿帮助落难的兄弟，如果现在提亲事那不成了落井下石了吗？不行，这件事得从长计议！

大刘心里剧烈地活动着，可脸上看不出一丝变化来，静妈妈扎起围裙去做饭，两个男人继续喝茶聊天。老张说："这娃娃大了出人才，你看欣平这小子小时候那么捣蛋，现在能干得很，做起生意比我们都强！"

"那可不是咋的？你就说去年那件事儿，愣是没人敢要的货，他小子就敢揽下，柴火价收进来没想到一转身就成抢手的了！"

大刘一听老张说到儿子，更是喜不自禁，他忍不住把这几年来儿子出彩的事情都拿出来说道。说到高兴处，一仰头喝下一口茶说："这小子，比我能！"

张华静过来给茶壶里重又续满了水拿了空瓶往回走。大刘看着张华静的背影说："静静不能老待在家里跟她妈一样做手工呀，多委屈孩子的！"

老张说："那能咋办呢？"

大刘说："这样吧，我托人问问尽量给娃找个体面的事儿做。"

老张说："咋能啥事都让你操心呢？不用，不用。"

大刘说："你看你，还见外，你闺女就是我闺女。"

两个男人正说着话，张华静和妈妈已经把热气腾腾的面条端上了桌，大刘和老张的兄弟情也越来越浓。乡下汉子朴实的外表下面有一颗滚烫的心，对朋友那是掏心掏肺的，大刘就是这样的人。

第二天的中午，阳光透过枝叶的缝隙洒在院子里。

屋檐下的台阶上，张华静正在穿针引线认真做着手工活。张友良在旁边摆弄着一团团五颜六色的丝线。他不顾妈妈的阻拦还是来找张华静，就是想亲自证实那个不上学的传言是否存在。可是当他面对如此平静的张华静却不知怎么开口。他害怕这平静是伪装出来的，害怕自己一开口她就会委屈地流下眼泪来，那该怎么办呢？

张友良没话找话地说了好半天，兜来兜去就是绕不到主题上。把能说的，能想到的都说了实在想不出下文就卡壳了，张华静看到他的窘态，被逗乐了，忍不住笑出了声。

张友良趁机问："静静，你是不是……"

"是不是真的不上学了？"张华静看他结结巴巴的样子就抢先说了后半截话。

张友良很诧异，因为面前的她没有自己想象的那么痛苦和沉重，居然还能如此轻松地开玩笑！于是语气有些强硬地问："你接受了这样的安排吗？放弃了考大学的梦想，难道以后就做这些手工活？"

这句话一下就刺痛了张华静。她激动地说："我不接受你有办法吗？你有办法还了那两万多元的债吗？"

"这……"张友良一时语塞。

张华静激动的情绪难以平复，手一抖针刺到了手指上，血一下就渗了出来。张友良一把抓住张华静的手，从口袋里掏出手绢就擦。张华静狠狠地抽回被针刺破的手，用另一只手紧捏着，然后赌气地背过身去。

俩人都不再说话，只是沉默着。张友良很着急，他为张华静的屈服生气。再有一年就高考了她却要放弃，为什么不坚持下去？他也怨自己，为什么就帮不上一点忙呢？两万元两万元，就像一只拦路虎拦住了去路！难道只能眼睁睁地看着她这样消沉下去？张友良也为自己的冒失而感到内疚。

张华静看到张友良着急的样子心里有些不忍，知道他是为自己弃学的事情在着急，他是为自己好的为什么还要对他发脾气呢？

她打破了沉默说："友良，不要再为我的事情费心了，没有办法的。家里都这样了我还上什么学呀？我的求学路，我的理想，只能到这里止步了，人不能贪心。"

张友良说："静静，你不要放弃，只剩下一年就高考了。"

张华静说："不用了，我不想让我爸妈伤心为难，背上这么沉重的债务他们都愁死了，我这个做女儿的帮不上忙就不能再添堵。"

张友良垂下了头说："村里的伙伴都出去打工了，只剩下咱俩上学。现在你又不上了，我也不想上了，一个人还有什么意思！"

张华静生气地说："你怎么能这样想？你不是一个人考，你是带着我的理想去考，你考上了我也就考上了，你到了哪里，我的眼睛和心也就到了哪里。所以你一定要走出去，见大的世面，有大的作为！我放弃是不得已，你以为我不想上大学吗？你上大学了我的希望就在，你若放弃我的心就彻底死了！"

这句话给了友良一股强大的力量，原来静静是渴望上大学的，她没有丢弃理想，只是她无法实现了，只能把希望寄托在自己身上。想到这里张友良坚定地说："静静，你放心我一定努力，不会让你失望的。"

　　突然间张友良觉得身上多了一份责任，他是背负了两个人的理想去冲刺的。为了静静，为了自己都得考上大学。

　　星期天的下午张友良要回学校了，他帮张华静把最后一桶水倒进缸里后说："我走了。"

　　张华静点点头，无限眷恋地看着张友良离去，那曾经是多么美好的时光啊！他俩一起走一起回，一起畅想未来；在操场的栏杆下分享一个烤红薯，一块蛋糕……

　　可现在这一切都已经成为过去，成为再也触摸不到的过往。张友良的身影消失在路的尽头。张华静把目光缓缓收回，投放在那一堆花花绿绿的手工活上，眼泪一下子涌出来模糊了视线。

　　贷款下来后，老张又进山去拉木材了。大难之后从零开始让老张如履薄冰，每一趟都亲自押运不敢有丝毫马虎。经过一些挫折和打击后人总是变得脆弱和敏感，什么事都要亲力亲为这样才觉得踏实。老张经历了创业—成功—失败—东山再起，这每一步都有一个人起着关键性的作用。竭力想帮、倾囊相助，这个人就是大刘。

　　张华静也清楚地知道如果没有大刘伯伯，父亲是无法从颓废状态里走出来的。而大刘在老张的生意步入正轨后却消失了。一连二十多天都没露面，老张很是惦念，不过大家都是生意人多忙碌，老张也没多想，打算忙完这一阵就去拜访老哥哥。

　　其实大刘消失是有原因的，他在忙另外一件事。他先是到乡医疗站跑了几趟想让张华静去那里打杂，学一些本事。医疗站的负责人拒绝了，说在这里上班的每一个人都是经过医疗培训，有专业知识的，人命关天的地方不敢马虎。就在他无望之时，却听到镇小学紧缺两名代课教师。这个消息让他喜出望外。在大刘眼里张家女儿静静是个念了一肚子书的孩子，是个有学问的人，不能和那些中年妇女一样做手工活，这样太委屈了孩子。在他们这个小地方能念到高中的屈指可数，不能埋没了人才，当然还有另外一层意思那就是他的长远打算了。

　　大刘在办成了这件事情后终于又出现在老张家的客厅里，老张递烟让座，张华静的妈妈赶紧沏茶。大刘摆摆手说："你俩都别忙活，先听我说一件事。"

　　夫妻俩这才坐下来。大刘才又说："这几天我一直寻思着，像咱静静这

么乖巧又有学问的女娃娃，不能老待在家里跟妇女们做手工活。太委屈娃了！这不，镇小学缺两名代课老师，我给说了咱静静算一个，你俩跟娃商量下，看娃愿意去不？"

静妈妈惊讶地张大了嘴巴，老张忙说："哥，我当你随便一说，你咋就上心去办了呢？有啥不愿意去的，这是求都求不来的好事儿！"

老张对老婆说："快去把静静叫过来。"

静妈妈赶紧跑进偏屋拽着女儿的胳膊就到了正屋。张华静好奇地问："妈，到底啥事吗？"

老张满脸堆笑地对女儿说："静静，你伯给你找了份好差事，在镇小学教书呢。"

张华静看看爸爸又看看妈妈不相信似的问："伯，这是真的吗？"

大刘说："瓜娃些，伯几十岁的人了，能开这玩笑？你要是愿意去，下星期一就去报道。"

张华静感觉自己像做梦一般，她不敢相信这是真的。命运为什么总以不同的姿态出现在自己面前。失去了美丽的校园，她痛苦、流泪，把所有心思都缝进了针线里。可是一转眼教师这个神圣的职业又在向她招手，又可以触摸到散发着墨香的书本了。虽然不是坐在教室里学习，而是站在讲台上给一双双求知的眼睛传播知识，这对于她也是充满诱惑力的，似乎眼前又升起了一缕温暖的阳光。

她高兴地说："伯，我当然愿意，我喜欢当老师。"

大刘满意地说："那好，让你妈给你准备一床铺盖，下星期一早上，我让欣平来接你。"

张华静说："不用，我自己能去。"

老张也说："不了，不了，我送就行了。"

大刘说："欣平骑摩托车带行李方便，再说，他姨夫就在镇小学当主任，人熟，你去不如他。"

听了这话一家人便不再推脱，也终于明白大刘的神通是有原因的。大刘把要注意的事项和要准备的东西交代好，就离开了，留给老张一家人的是满满的感动和喜悦。

星期六的下午，张友良回来了。他走进张华静家的院子，没有见到坐在台阶上手拿针线的张华静。院儿里静悄悄的没有一个人。里屋的门开着，他直接走了进去还是没有人，他大声问："静静在家吗？"

这时西屋门帘掀开，露出张华静的半个笑脸大声说："在这呢，快过来。"

张友良进了西屋，看到床上放着已经捆扎好的崭新被褥，旁边放着脸盆、毛巾之类的生活用品。床头的桌子上还有一个鼓鼓囊囊的大包。

他不解地问："静静，这些东西干啥用呀？谁要出远门？"

张华静调皮地说："猜猜，猜不到就别想知道。"

自从退学后张华静总是消沉，不是发呆不理人就是埋头做活，今天竟然这么高兴，让友良很是意外。

他问："静静，你也要出外打工了吗？"

张华静说："也是，也不是。"

张友良急了问："去哪？找娟他们？"

张华静这才认真地说："去镇上小学当老师。"

张友良脱口而出："真的？"

张华静微笑着点点头。张友良这才放心，他担心张华静也远走他乡去打工，那自己就更孤单了，他多害怕看不到张华静的日子。

张友良高兴地把书包往椅子上一丢说："还有啥要收拾的？我帮你。被子我重新捆，你手没劲捆得松。"

张华静拦住说："别动，这是我爸捆的，好着呢。"

张友良往墙边的椅子里一坐说："静静，你肯定是个好老师，这才符合你的性格！"

说完又问："你啥时候去？我送你。"

张华静说："星期一，不用送，你上你的学，有我爸妈呢。还有大刘伯，这工作就是大刘伯给我找的呢。"

张友良说："大刘伯真是一个好人！以后星期六放学我就去等你，咱还一起回来。"

张华静："你别管了，等啥都办好了我就告诉你。"

张友良简直太高兴了，因为静静又回到了从前的样子，脸上有了笑容，连说话也欢快了。他在心里暗暗感激那个大刘伯伯，是他让静静回到了从前的样子，她高兴自己就高兴。

张友良抓起书包一溜烟地跑了，他要把这个好消息告诉妈妈。

四

星期一早上，张家屋里。

老张对女儿叮嘱着："和人相处不比在家里，事事顺着你。"

老张刚说完，老婆又说："凡事多听，多学，少议论！"

一家人正说着就听见一阵"轰隆隆"的摩托车响声进了自家院子。老张撩起门帘一看，立刻高兴地喊："吆，老哥呀，你和大侄子来了。"并快步迎了出去。张华静和妈妈也紧随其后，问候贵客。

大刘的儿子骑着摩托车已经进了院子，正靠墙停稳准备搀扶父亲从摩托车上下来，听到老张的声音回头说了声："张叔好。"

大刘住在刘家峪距张庄有六里地，平时老哥俩来往都是骑自行车或者步行，今天坐儿子的摩托车竟然有些不适应，头晕乎乎的，腿窝的发麻没有儿子搀扶还下不来。

刚一站定，大刘摇着头说："这玩意不如自行车，太快、声音大，晕头转向的。"

老张笑了笑，掏出打火机给大刘点着了烟，带着父子俩进了屋。

刘欣平瘦高个头，偏分的头发盖住了半个额头，五官俊美眼神凌厉。身上穿一件米白色夹克衫配黑色牛仔裤，脚上蹬一双白色运动鞋。即便是上台阶搀扶着他的父亲那腰杆也是挺得笔直，仿佛是训练有素的士兵一般，举手投足间带有一种很阳刚硬朗的气质。他没有说话，只是跟在两个大人身后。

老哥俩一阵寒暄后，大刘问："给娃准备好咧没？"

老张说："好咧，一切都停当了。"

大刘说："啥都好咧，那就趁早走吧。"

又对儿子说："欣平，你去把东西往外拿。"

老张急忙说："叫娃坐，我去拿。"

大刘一把拉住老张说："不就是一床铺盖么，叫俩娃拿去，这碎碎个事还用咱动手？"

老张笑着说："娃老不来么，一来就叫干活。"

大刘硬拉老张坐下，刘欣平跟着张华静进了西屋。张华静指着一个包对刘欣平说："你拿这个就行了，被子我来拿。"

刘欣平说："这个还是你提着，我拿被子。"说完径直走过去抱起一捆被褥夹在腋下，又提起一个装满衣服的袋子就出去了。张华静提着包拿了一些脸盆之类的零碎东西跟着出去。俩人把东西在摩托车后面绑好，就进屋跟大人们说再见。

张华静说："伯，爸，妈，我们都收拾好了，那这就走了。"

三个大人跟着到了院子里，大刘看了看摩托车上的行李，对儿子说："欣平，送到后先别急着走，看着把啥都安顿好了再走。静静头一次出门，虽不

远但没和生人打过交道,啥都要你经管好呢,知道不?"

刘欣平说:"我知道,你和我叔、我婶就放心吧!"

三个大人一直把他们送出村子看着上了大路这才回去。

张华静第一次坐摩托车,不仅害怕而且尴尬。耳边的风声"呼呼"作响,她把一个小袋子紧紧抱在怀里,身体靠在后边的行李包上,努力让自己和司机之间空出一条缝隙来。她想,如果是友良骑车自己就不会这么尴尬和紧张了,甚至可以大呼小叫地指挥他,要求放慢速度,可现在是陌生人她不好意思开口。

张华静这样想着,听到刘欣平说:"哎,坐摩托车和自行车不一样,你得抓住我的腰,不然很危险的。你这样坐我都不敢踩油门。"

张华静听了更觉为难,抓着腰,那怎么可以?她努力伸出两只手抓住他两边的衣服,说:"好了吧?"

摩托车突然停下,刘欣平脚撑住地并没有回头,只抓住张华静的两只手往自己腰上一放说:"抓紧,这是坐车不是玩游戏,我得为你和我的生命安全负责。"

张华静只好按照他的要求坐好,刘欣平脚一蹬加快油门摩托车就"轰"的一声跑起来,速度快得吓人。张华静赶紧低下头来,头发被吹得胡乱摆动,她只盼着快点到。

似乎过了好久,摩托车子突然减速转了几个弯后停下来,刘欣平说:"到了。"

张华静下了摩托车,理了理散乱的头发,抬头看着周围的一切。一座由青砖垒起的院墙围成一个南北走向的长方形,随着地势的走向这个长方形分成三个部分,第二个部分高一些,第三个部分更高一些,仿佛是三个楼梯状。里面一排一排的校舍整齐而洁净。高大的门楼里面镶嵌着两扇高大的黑色油漆木门,门上还钉着一排一排的铜钉。大门的旁边挂着一块牌子,上面写着"清河镇中心小学"。

看到这里不得不说一下,清河镇在过去有着一个极其好听的名字——屏风镇。相传因背面靠岭,东西有沟形似天然的屏障竖立,故名屏风镇。说来也奇怪,随着时间推移地势不断变化,这里的地势和别处已看不出有什么差别,但每年二三月间或者秋冬季,别处刮大风,只要一到这个地界就平静得没有一丝波澜。所以老人们就会说,这就是我们屏风镇的神奇。

也不知道从什么时候起屏风镇就改了名字,叫清河镇了,学校也叫清河

镇中心小学。进了大门，中间是一条直通到底的大路，以路为界分为左右两个区域，第一排教室前面的空地就是操场。校园四周植有高大的白杨树，风一吹叶子就"哗哗"地响。此时正是上课时间，每一间教室的门都紧闭着，能隐约听到教室里传来老师讲课的声音，也有学生跟着老师朗读的声音。

张华静跟着刘欣平走过一排排教室，听着琅琅读书声，好奇感驱使她将这个美丽的地方细细打量。

刘欣平笑了说："别看了，以后要长住，天天看呢。"

张华静被他这么一说有些不好意思了，低声应了句："嗯。"

张华静和刘欣平只是小时候见过，虽然彼此知道但还是很陌生，所以跟他一起走路都很不自在。今天如果不是特殊情况，如果不是大人坚持，她是不会答应和他一起来的。

走过了四排教室来到最后一排，格局发生了变化，这里不再是宽敞的大房子，而是一间一间的小房子紧紧相连。每一个小房子的门上方都署有一块木牌，写有不同的名称："教导处、会议室、办公室、李老师、孙老师……"

刘欣平推开办公室的门，办公桌前有两个正低头忙碌的人。听到声音俩人同时看过来。其中一个戴眼镜的中年男人高兴地朝他俩摆着手说："欣平，快进来。"

他们两个这才走了进去，刘欣平对那人说："姨夫，我是送她来报到的。"

那人指着办公桌对面的两把椅子，说："先坐，先坐。"接着从另一张桌子上拿过一张白纸放到张华静的面前说："欣平的爸爸介绍了你的情况，我们也相信你很优秀。这样吧，你先登记一下，试用期是三个月，三个月后是要考试的。"

刘欣平问："姨夫，那安排她教什么课？"

那人回答："主要是一年级的语文，原来的老师休产假不能来了，就由她来接手。今年增加了学前班可是只有一个老师，我们还在找，老师没来之前她也先带着，没有意见吧？"

刘欣平以询问的眼神看过来。张华静赶紧说："没有，我可以的。"

那人拿过张华静写好的个人资料看了一遍："张华静，嗯，那我就叫你小张，你叫我王主任就行了。西边第四个房子是你的宿舍，你们到教务处去领钥匙。"

张华静说："好的。"

那人又对刘欣平说："这就办完了，你们现在去把东西搬到宿舍，明天我会安排二年级的老师带一带她。"

没想到事情办得如此顺利，张华静非常高兴。从办公室出来他俩就带着行李去找宿舍了。

宿舍是紧挨着孙老师的那一间，里面设有两个床铺和两张桌子。靠门口的桌子上还有一红一蓝两瓶墨水，上面各插着笔，桌面已被一层灰尘覆盖，床是空着的，张华静猜想这间屋子应该就是前任老师住过的。

看到一切都已经办好，张华静想早点结束和这个陌生人在一起的时间，觉得太别扭很拘谨，就对刘欣平说："你不用管了，我自己打扫，你回去吧。"

刘欣平没有理会，他提起水桶到学校后院打来一桶水，洒了屋里屋外，张华静也不好再说什么，拿起笤帚清扫地面。两人好一阵忙活，终于把房间收拾干净，又把带来的东西一件件掏出来找对位置摆放。可能是因为忙碌没有注意，不知道什么时候刘欣平不见了，张华静愣了一下，但转念一想，可能是去他姨夫那里了，就又低头整理抽屉。

过了一会儿，刘欣平回来了。左手拿着摩托车钥匙，右手拿着一个包装精致的金黄色盒子，急匆匆的样子像是从什么地方刚刚赶回来一样。张华静说："你去哪里了？"

刘欣平没有回答，只扬了扬手里的东西，张华静疑惑地问："这是什么？"

刘欣平拆开盒子，张华静这才看到原来是一套镶着金边的镜子和梳子，就说："这些，我有呢。"

刘欣平也不争辩，自顾自地把镜子在桌上摆好，又把屋子环顾一圈说："我的任务完成了，你看还缺啥明天再给你送来？"

张华静说："啥都不缺，都带全了。"

他们两个到办公室和王主任辞行后，张华静将刘欣平送到大门外，刘欣平一抬腿跨上摩托车说："我走了。"

张华静挥了挥手说："再见！"

话音刚落，只听"轰"的一声，摩托车就像离弦的箭没有了踪影。

从学校出来，刘欣平吹起了口哨。摩托车驶过大街小巷，驶过乡间小路。眼前还是浮现出张华静那浅浅的笑容和温暖的眼神。昨天晚上，父亲就说让他送张叔的女儿到学校，一听是女孩儿他就死活不同意。后来在父母的训斥和哄骗中他才勉强接受，既然父亲已经答应人家了不能让他没面子。

那女孩儿是父亲好友的孩子，小时候见过几次，没什么印象，本来打算送到就走的，可不知道自己是怎么了总挪不开步子。那女孩说话的声音和眼神都给人温暖的感觉，当她看着自己的时候，自己平时那些狂妄嚣张的举止

怎么就消失得无影无踪了。一想到今天那一本正经说话做事的样子就不由得笑出了声，好像那一切都是装出来的。

张华静送走刘欣平回到宿舍，看着桌子上的镜子发愣。真不知道，这个风风火火的人还有如此细腻的一面，可他为什么会买来这个东西呢？收下，有些不合情理，不收，又怎么让他拿回去？想了半天依然没有结果。她掏出了自己那把红木梳子和镜子放到桌上，把刘欣平买来的那套新的锁到抽屉里。

这时有人敲门，她打开门。王主任走了进来，手捧两本书说：“小张，这是课本，明天开始二年级孙艳梅老师的课你先跟两天，后面你自己开始上课。有什么问题就问她，就是住在你隔壁的孙老师。”

张华静问：“是到二年级教室吗？”

王主任说：“不，就在一年级教室，孙老师现在兼顾着一年级的课，你来了她就轻松了，以后只带好自己的课就行了。”

张华静接了课本说：“王主任，您坐会吧。”

王主任说：“不了，你先看看课本准备准备，我还有事，先走了。”

送走了王主任，张华静翻开书本认真地看了起来。新生活就这样开始了。

第二天，张华静被王主任带着走进了孙艳梅的课堂。这个性格外向，热情开朗的女子，二十五六岁模样，说话做事总是风风火火。张华静的到来让她很开心，没多大工夫俩人就混熟了。几天来她反复说着一句话：“没想到，来了你这么个文文静静的女孩子，这下我有伴儿了。”

张华静问："学校老师十几个呢，你怎么会没有伴儿？"

孙艳梅说："你不知道，老师虽多，都是年龄大的，平时都不怎么说话，可闷了！"

张华静也很开心，孙艳梅是个直心肠，几句话下来就没有了生疏感，在这陌生的地方能遇到这么热情的人是多么好的一件事情啊！

孙艳梅细致周到地扶、帮、带，两天的时间很快过去，第三天张华静在孙艳梅的介绍下缓缓走上讲台。二十三张纯真的笑脸注视着她，充满了期待，充满了喜悦！当那一声整齐而洪亮的"老师好"喊出时，张华静的眼眶湿润了。这一切就像做梦一般，这样的生活对她来说曾经是多么遥不可及，如今却在眼前了。

感动过后张华静稳定了一下情绪，用温和的声音介绍了自己，孩子们开

心地笑了,并随着孙艳梅老师一起热烈鼓掌!她用粉笔在黑板上写下自己的名字,她希望孩子们能记住自己,记住这一刻,而她也把每一张笑脸烙到了脑海里。她对自己说:"一定不能辜负了孩子们,不能辜负了这个神圣的职业。"这一堂课她讲得非常细致,生怕有遗漏。

张华静每一天都陶醉在幸福里,她常常在讲完课后看孩子们写作业。教室是宽大明亮的,她走下讲台到每一排去查看、指点。总是用怜爱的手抚过小家伙圆乎乎的脸庞,擦拭掉星星点点的污垢和泥巴。小家伙就会趁机说:"张老师,这是马小新给我扔的泥巴。"

后面立刻就有抗议的:"我没有,是他自己弄的。"

这个时候她就会以最温情的方式平息这场矛盾,体现出老师的魅力。当那一双双清澈的眼眸注视着自己时,她的心里就会升起一种责任和感动!这一星期她过得充实而快乐,她觉得孙艳梅和孩子们就是上天赐给她的礼物!在拥有他们的同时就收获了幸福!

很快就到了星期六的下午,一阵铃声响起,最后一堂课结束了。孩子们像潮水一样退去,热闹的校园顿时安静下来,显得空旷而沉寂。张华静关好教室的每一扇窗户,锁了门,拿着课本往宿舍走。其他老师也都拎着包、提着兜,有步行的,有骑自行车的,以不同的方式走向回家的路。张华静没打算立刻走,友良说过要来学校等她,所以她不着急,看了下表,计算着时间。

"小张老师,一起走吧,我捎你一程。"孙艳梅迎面而来热情地说到。

"不了,谢谢你哦孙老师,我收拾一下再走,你先回吧。"张华静谢绝了。

老师们都走完了,友良还是没有来,看大门的老头已经前前后后地开始巡视准备锁大门了,张华静只好背起包走出大门,她想,还是到学校门外等友良吧。

走出大门,却看到刘欣平正背靠摩托车,手插裤兜,以极其安静的姿态等待着她的到来。看到张华静出来,他非常灵活地就把摩托车掉转方向,"嗖"地一下停在了张华静的身旁。

刘欣平微笑着说:"我路过,刚想进去看你,才知道今天是星期六,正好送你回家吧。"

张华静有些慌乱地说:"你忙你的,我想自己走路回去。"

刘欣平说:"走路?太远了!快上来吧。"

张华静说:"真不用,你走吧,我上学走路习惯了,很快的,一会就到。"

刘欣平看张华静执意不肯,他想了一下说:"你是不好意思还是害怕?如果是不好意思那就不必,我们都是大人了,也算熟悉了。如果是害怕,那

我放慢速度。"

张华静还想推脱却找不出理由，她往远处看了看，连友良的影子都没有。刘欣平还是尽力说服着不肯离开，她想了想说："你到大马路上等我吧，这里我不敢坐，太颠了。"

刘欣平前面走了，张华静又探头看了看学校大门内的挂钟，她知道友良这会儿应该是在路上，就是以最快的速度赶到这里还得二十多分钟。那边刘欣平的摩托车还在冒着淡淡的蓝色烟雾。张华静万分内疚地上了摩托车。刘欣平走路总是脚底生风，话不多但很有力度。他说起话来不管你怎么拒绝最后还得接受，张华静想起了抽屉里的镜子。

这一次，刘欣平骑得非常平稳，速度慢了很多，穿过街道和人群，在平坦的马路上前进。马路两边高大的树冠紧密相连，遮住了太阳刺眼的光芒。道路以外是一望无际的田野和山川，谷子正在抽穗，仿佛能听到那支支拔节的声音。这条马路张华静太熟悉了，上高中以后她和友良来来回回多少趟，那时她和友良有说不完的话，总是不觉得就到家了。可今天坐在摩托车上，这条路咋就变得这么漫长！

刘欣平突然问道："其实咱俩小时候还在一块玩耍的，你记得不？"

张华静说："知道你的名字，可是没有印象。"

刘欣平又说："有一次去你家，我不小心把你家后院的大缸给砸破了，水流了一地。你和你弟吓得大哭，回去我爸就把我揍了一顿，那也是最后一次，就再也没有去过。"

张华静在记忆里搜寻着那个片段，刘欣平又问："你弟现在多大了？"

张华静回答："十三了，在五年级。"两个人聊着，气氛便不再那么尴尬了。

张友良出了校门转过两条街，直往镇小学跑去。他很激动，仅仅两个月时间他和静静的身份就发生了巨大变化。现在她是老师，每天站在讲台上给学生传播知识，而自己还是坐在位子上仰起头求知的学生。想到这里他就想笑。他不知道一会见到那个最亲密的伙伴时该怎么称呼？想不出端坐桌前，手拿红笔批阅作业的她是怎样的神态！同时也为她感到高兴和自豪。在友良眼里，只有教师这个职业才配得起静静的才华和秉性！纵然是大学梦想的翅膀已经折翼，但三尺讲台也是她驰骋的天堂。在那里她才不会痛苦，不会寂寞！

学校静悄悄的，看门老头看到有人进来探出半个脑袋问道："你找谁？"

张友良跑得一头大汗，顾不上擦拭忙答道："大爷，我找你们学校新来

的那个老师，叫张华静。"

老头说："噢，知道，就张庄那女子，回去了，差不多快到家了。"

张友良说："是吗，那好的。"

走出学校，张友良像一只泄了气的皮球，非常的失望，但他并不生气。他想，这是静静工作的第一个星期，张叔张婶儿肯定不放心，他们也和自己一样着急，或许还很担心。一定是张叔早早就来把她接回去了，心里只怪自己来得太晚，他这么想着就加快了步子往回赶。

五

刘欣平的摩托车熟练地拐进了院子，浩浩听到声音立刻抢在妈妈前面跑出去。看到姐姐和一个陌生的男子回来了，那男子手里还推着一辆摩托车，他激动地喊道："姐，你回来了？"

张华静亲热地搂住了弟弟的头，妈妈走到门口看到三个人进来，指着欣平给浩浩说："浩浩，叫哥哥，这是你刘伯家的二哥哩。"浩浩好奇地仰起头看着欣平，没有开口叫。欣平拍了拍浩浩的头算是打招呼，张华静拉起弟弟对欣平说："我弟怕生的，走，进屋吧。"

张华静的妈妈看到欣平和女儿一块回来很是意外，本以为友良会去学校找静静的，怎么就成了欣平？虽然心里嘀咕却很高兴，赶紧端来一盘糖果瓜子热情地招呼到："欣平啊，你先坐着，婶这就去做饭。"

张华静问："我爸呢？"

妈妈回答："你爸跑趟远门后天回来。你们先坐着说说话，我这就去做饭，欣平难得来一回。"

刘欣平说："婶，别忙活，我一会就走。"

妈妈说："胡说啥呢，安稳坐着，不许走。"

刘欣平笑着坐下了。张华静拿来扑克让刘欣平和浩浩玩，自己也进了厨房去帮妈妈做饭。

张友良走得很急，进了张华静家的院子看到一辆摩托车，心想可能是有客人吧，就没有大声喊叫。走进里屋，没有看到张华静，也没有看到张叔、张婶。沙发上坐着一个帅气的年轻人正在和浩浩玩扑克。浩浩看到友良冲着厨房喊："姐，友良哥来了。"就又接着摆弄手里的扑克牌。刘欣平抬头看了过来，张友良也看过去，两个年轻人对视了一下都没有说话。张华静听到弟弟的喊声手里拿着一个汤勺就出来了，看到张友良就说："友良,你刚到吧？

我走得急没等你……"

张友良说:"我去学校了,人家说你都走了。"

张华静说:"我等你了,后来刘伯的儿子路过,就把我捎回来了,害你白跑一趟,不好意思!"

张友良抬眼看了一眼刘欣平,说:"没事,那我回了。"

说着就往外走,张华静拦住说:"别走呀,饭马上就好,在我家吃吧。"

这时候静妈妈也赶出来说:"友良,别走了,刚好欣平也来了,你们几个年轻人凑一起多热闹!"

张华静拉过张友良对刘欣平说:"这是友良,我们村儿的。"又指着刘欣平对张友良说:"这是刘欣平,就是刘伯的二儿子。"

俩人互相问候了句"你好"。

刘欣平说:"就别走了吧?"

张友良说:"不了,我妈还在家等我呢,我得回去。"说完就往外走。

张华静只好送了出去,说:"那你下午过来啊?"

张友良很是郁闷地回到了家,看到在灶间烧火的妈妈也没打招呼,就进了后院自己的小屋。抬手把书包往椅子上一扔,一头倒在了床上。他很生气,不知道为什么满腔的激动和热情瞬间被浇灭了。满以为张华静会在学校眼巴巴地等着他一起回来,他们会一起走在马路上听白杨树叶子"哗哗"的响声,看绿油油的庄稼在风里一浪浪起伏。可自己满头大汗跑去学校的时候,她已经坐着别人的摩托车走了。想到这里他就来气,觉得自己像个傻子。

友良妈很快把饭菜端上桌,冲着后屋喊:"友良呀,吃饭了。"

过了好一会没有看到儿子过来,她又喊了几句竟然还是没有应答。友良妈走到后院就去敲小屋的门:"得是睡着了?快起来。"

友良不耐烦地说:"哎呀,听见了,就来。"

妈妈迟疑了一下推门进去,看见儿子正面朝里躺着。她走过去挨着儿子坐下问:"咋了?和同学闹别扭了吗?有啥事给妈说说。"友良忽地一下坐起来说:"没事,没事,走,吃饭去。"

妈妈没有再追问,跟在儿子身后往外走,可是却有些担心,不知道儿子这么烦躁到底是怎么了?

浩浩已经和刘欣平玩得很欢了,快到下午,刘欣平起身告辞,浩浩拽着不肯放手。刘欣平安慰着:"哥哥得走了,下次还会来,好吗?"

妈妈玩笑着说:"来的时候你都不肯叫一句哥,现在可不让人走了。"

浩浩还是拽着刘欣平的手一直跟到院子里。刘欣平对张华静说:"明天

下午，你几点走，我送你吧？"

张华静说："不用，我和友良一块走，他在高中上学呢。以前上学我俩就一块走的，习惯了。"

妈妈也在一旁说："现在啥都安顿好了，你和你爸就不用费心了。让她自己走，这日子长了你也要忙的。"

刘欣平说："那好吧，婶，我就回了。"

等刘欣平走远后，浩浩凑到妈妈耳边低声说："那个哥哥说，下次来给我一把枪呢！"

妈妈在浩浩脑门上戳了一指头说："不准要别人的东西，我都给你说过多少次了？"浩浩嬉笑着跑开了。

送走了刘欣平，张华静直接去了张友良家。友良妈正在清扫院子里的柴草，看到张华静进了门高兴地说："静静回来了？现在都当老师了，多好呀！"

张华静问："婶，友良呢？"

友良妈朝后院一指说："后屋呢，你自己去吧。"

说完又对着后院喊："友良，静静来了。"

张友良听到妈妈的声音忙从枕边抓过一本书翻身坐起装作看书的样子，张华静就进来了。张华静说："学习呢？我没有打扰你吧？"

张友良说："打扰啥呢，家里客人送走了吗？"

张华静说："刚走，我就过来了。今天害你回来那么晚，别生气哦！"

张友良说："哪能呢，没事的，快说说你这一星期的事儿吧。"

张华静就把自己这一星期的事情从头说起，张友良听得很入神，听着听着就把心中的不快忘得一干二净。

星期天下午张华静背了包早早在门口等着，不一会儿张友良来了，俩人都很开心也很感慨，觉得时光好像回到了从前，回到了那段上学的日子，张友良忽然为昨天自己的狭隘而感到内疚了。

学校紧张而忙碌的生活让张华静找回了自信和快乐，每天早上她都早早起床，打水、扫地，以最佳状态迎接孩子们的到来；每天晚上伏案灯下批阅作业，把封面残缺不全的作业本重新粘贴，写上名字，画上图案，再放到床板下压平了。第二天发放作业时，孩子们就会露出惊喜的眼神和笑容，更是从心底里喜欢这个新来的女老师。在下课或者劳动的时候他们总是围着老师"叽叽喳喳"地问东问西。

三个月过去了，张华静不但通过了考试还以谦虚、严谨的品格赢得了领导的认可和赞许。当校长把这个消息公布时，她激动的心情久久难以平复。

她在第一时间把这个消息告诉了张友良和家人。父母自然是高兴得合不拢嘴，老张看着母女二人说："现在啥都通过了，明天我得带上静静去刘家峪给刘哥说一声。一来为了表示感谢，二来这段时间忙，没来往，于情于理咱都要登门拜访的。"老婆也觉得丈夫说得有道理，就去张罗拜访刘家要带的礼品。

　　张友良激动地把张华静通过考试的消息说给妈妈听，本以为妈妈也会和自己一样激动和高兴，可是妈妈却平静地说："静静一直都很优秀，不用想都是这结果。没有什么好担心的，倒是你，得把心思集中到学习上，离高考没多少日子了！"

　　张友良悻悻地说："我知道的。"

　　妈妈又说："你以后不要总到学校去等静静，这样对她不好！你们不是小孩子了，已经是大姑娘、小伙子了！静静都工作了，你不努力，瞎跑啥呀？"

　　张友良争辩道："这又不影响学习，我哪有不努力了？"

　　妈妈说："咱家的日子你心里清楚，你只有学习一条出路。考不上学，就你这身体咱娘俩没法过！人家静静的路都铺好了，只有平稳地走下去，你的未来还是俩眼一抹黑，知道不？"

　　看着妈妈严肃的表情和耳边缕缕白发，友良心里一阵酸楚，妈妈说的这些又何尝不是呢？他也清楚地知道自己只有前进，没有退路！

　　刘家河的水蜿蜒流过，裸露的河床上巨石林立，沙石遍地。一簇簇足有一米高的蒿类植物间有牛羊低头吃草，河水平缓的地方有三五成群聚堆洗衣的农妇，或嬉笑打闹，或抡起棒槌使劲敲打。河上架着一座桥，在两头的桥墩上书写着三个红色大字——"刘家桥"，桥把刘家峪和通往镇上的大马路完美的连接起来。

　　老张骑着自行车正在通过刘家桥，蓝色的布衫被风掀起半边，忽上忽下地摆动。车后面坐着怀抱大包小包的女儿，张华静父女俩这一趟备足了心意。走的时候，老婆是添了又添，总担心礼物太薄。对于他们来说，大刘可是家里的贵人，多少礼物都不能表达一家人的感激之情！

　　大刘的老婆王桂芬抱着一床被子往屋檐下的铁丝上搭，铁丝有点高，对于她富态且较矮的身躯很是困难。她踮起脚尖，一只手使劲一抡，被子平稳地挂在了铁丝上。她又找来一根小木棍拍打着，弹落的灰尘腾起淡淡烟尘。晒完了被子，她拿起拖把擦拭水泥台阶，正干得起劲，听到铁门被推开，老张笑着问候到："嫂子，在家呢？"

　　听到来人问话，她转过身，一看是熟人老张立刻高兴地说："吆，兄弟

来了。"

又指着张华静问:"这是你女子吧?都大姑娘了!"

老张说:"是的,是的。"

接着就把女儿推到前面说:"叫大妈。"

张华静脆生生地叫了声"大妈",把王桂芬乐得眉眼都挤到一块去了,连声答应:"哎,哎。这么俊样儿的闺女吆!"

老张边撑自行车边问:"嫂子,我哥不在家啊?"

王桂芬把拖把往墙角一靠,拉着张华静的胳膊说:"你跟娃先进屋,我让人去叫。"

看到父女俩提的东西又责怪道:"来了就来了,拿这么多东西干啥呢,真是!"

王桂芬把父女俩让进屋,自己跑到门口拦住一个过路的小孩说:"快到木材站叫你大伯回来,就说家里来客人了。"

那孩子撒腿就跑,她转身进了屋。大刘家是三间两层的楼房,大院子、高门楼、红色砖墙很是鲜艳,这样的房子在农村已经是走在了时代发展的前沿。屋内,水泥地面被拖得发亮,窗帘、床单似乎纤尘不染。张华静正歪头看着,王桂芬递过来一杯水说:"女子,喝水。"张华静赶忙接过了水杯。

王桂芬一边给老张杯里添水一边说:"你们男人家整天你来我往的,我和你家娃他妈都没见过几回。这娃都成大姑娘了我还记着小时候的模样呢!"

老张说:"嫂子说得对,这回我带静静来认门,下回,你和我哥到我屋里串串门,咱两家要常来往。"

王桂芬关切地问:"兄弟,那个事过去了咱就不要想了。从现在开始好好干,好日子,在后头呐!"

老张放下茶杯,说:"过去了,多亏我哥相帮,不然过不去!"

王桂芬说:"过去了就好,能帮一把是一把,又不是旁人。对了,娃在学校还好吧?"

老张说:"考试通过了,今天就是专程来给你和我哥说一声的。"

俩人正说着话,大刘回来了。老张忙起身,大刘按住说:"坐着,起来干啥?"一边说一边从上衣口袋里掏出烟盒,抽出两支来,一支递给老张,一支塞到自己嘴里。等点了火吸了两口,大刘把烟夹在指间说:"娃说屋里来人了,我一猜就是你,没想到静静也来了。"接着又问张华静:"在学校习惯了没有?"

张华静一直默默地坐在父亲身边听大人说话,感到没有自己插话的地方

也没有说话的必要,听到刘伯问话了马上说:"习惯了,伯,我考试通过了。今天就是来给你和大妈说的。"

大刘满意地说:"这就好,一肚子学问也派上用场了。我就知道,你肯定行,不然也不敢揽下这差事!"

老张抽了两口烟,问:"咋不见欣平呢?"

大刘说:"出远门了,我让他到外地看看行情。咱不能守着这个摊子过活,得知道外面啥情况。咱这一辈人干到这也算是到顶儿了,以后要靠他发展,壮大,才能走得长远!"

大刘这番话又给老张上了一课,老张心里暗暗佩服。心想:难怪大刘生意做得红火,日子过得滋润,原来他比别人都想得长远!欣平小小年纪就敢独自出门闯荡,真是让人羡慕,养儿当如此!

大刘夫妇的随和、真诚,让张华静感到亲切;老张憨厚朴实,张华静的灵秀乖巧也深得大刘夫妇喜爱。这一次拜访更是加深了两家人的友情和往来。日头偏西,老张起身告辞,大刘夫妇将父女二人送出大门一直走过刘家桥才挥手告别。

王桂芬对老张父女俩这次拜访非常高兴,以至于在儿子回来后的几天里不断说起,而且每次说的时候都要将张华静夸一番,如:"那女子,模样长得心疼的,乖巧的。一看就是个懂事的娃,看着就让人喜欢!"

欣平没有接妈妈的话,可是眼前却浮现出那清秀的身影和温暖的眼神。在外地的这一段时间也会常常想起那个女孩。不知道她在学校怎样了?可那女孩在他面前总是非常拘谨,像一只受惊的小鸟时时刻刻都要逃离一般。

回来几天了母亲不住地唠叨,他忍不住想要去看她,可思索再三就是找不到一个理由来。一想起那小鸟一般的神态他就困惑。不知道该以什么样的方式走近她,才能使她不拘谨。当大刘再一次和老婆说起老张家女子时,欣平说:"我替你们去看看她咋样?"这句话把大刘两口子给镇住了。老两口不约而同地对视了一眼,等儿子骑车出去,王桂芬表情神秘地凑到丈夫耳边问到:"哎,啥情况?"

大刘故作镇定地说:"不就是去看一回么,操啥闲心呢!"

可他的心里已经乐开了花。他知道儿子就是一头犟牲口,你如果硬给套上那准崩了。所以他只给一个引子下来再也不提,只偷偷观察儿子的变化。在大刘看来婚姻大事不可儿戏,一定得随了各人的心愿,不然过不到一块去。

他本来打算:如果儿子不上心,那就算了,那是俩孩子没缘分。如果儿子上心,那就再好不过了。他坚信,这个计划有门儿。以老张家女子的容貌

和品行一定能让这匹烈马驯服，自己投降。果然这一招奏效，计划正稳步向前，大刘当然欣喜。

此时已到秋季，学校里的白杨树下落了厚厚一层叶子，风一吹，顺地势哗哗滚动；树上的叶子被风偷袭后下雨似的纷纷坠落。正是上课时间，校园内外没有行人走动，看大门的老头儿坐在竹椅上打瞌睡，头低到胸前，一缕阳光照射在他微秃的脑门上。欣平很远就熄灭了摩托车的火，推着走到门房。本想和老头打招呼，看到老头这副模样犹豫了一下，没有打扰径直往校园里面走。

下课铃一响，老师刚出教室，孩子们就像泄闸的洪水冲到了操场上。张华静拿着课本走向宿舍，有学生向她招手，也有学生喊着："张老师好！"她都报以亲切的微笑。每当听到这个称呼，她的内心都会升起一种强烈的责任感。她已经深深地喜欢上了这个职业，喜欢上了这群孩子。这些小东西总是一分钟前还在闹别扭一分钟后就在一起玩耍，更是一个接着一个地跑来告状："老师，赵慧慧把墨水洒到我衣服上了。""老师，马小新踩了我一脚。"说完就仰起小脸等待最公平的裁判。这个时候，张华静总是极尽耐心地劝解，直到小家伙们拉起小手跑向操场她才放心地离去。

张华静来到宿舍门口，却愣住了。走的时候门闩是扣着的，就是大风刮也不可能开，现在门竟然半开着，难道有人进来过？她这么想着就赶紧推开门，却又是吓了一跳。只见刘欣平正坐在桌前的椅子上，手里拿着桌上放着的课本翻看。听到门开，头也不抬就问了句："下课了，张老师？"

张华静说："是的，你啥时候回来的？"

刘欣平转过头奇怪地问："你怎么知道我外出了？"说完又忽然想起来一样说道："哦，想起来了，你去过我家。"

张华静问："出去怎么样啊？"

刘欣平说："这个说来话长，你愿意听的话我慢慢讲给你。看起来，你这个老师倒是做得有模有样了？"

张华静洗了手一边擦着一边说："是挺好的，这得感谢你和刘伯帮我找了这份好工作，我很喜欢，也是在尽心尽力地做。对了，你怎么有空到我这来？"

刘欣平说："想看看你工作得怎样了，还有，就是我妈一天把你夸三遍。更得替她来看看你。"

张华静说："我没那么好，倒是你们一家人都很亲切。"

刘欣平问："今天还有几节课？"

张华静说:"没有了,刚上完最后一节。"

刘欣平说:"走,去我家吧。"

张华静说:"不好吧,我前几天刚去过。"

刘欣平说:"去过了再去,我爸妈都盼着呢!"

说完站起来走到门口,拉住门闩做出要锁门的样子,看着张华静说:"走吧,他们可在家等着呢,叫我专门来接你的!"

看着张华静为难的样子,刘欣平放了门闩说:"我去推车,大门外等你。"然后转身大步走了出去。张华静对这突然而来的邀请感到慌乱,去也不是,不去也不对,犹豫了半天,便锁上门出去了。

六

这是张华静第二次到刘家,虽然今天去刘家拜访的方式让她几番犹豫,最后还是决定去了。路过镇上时,她对刘欣平说:"你等我一下。"

刘欣平停了下来,她飞快地跑向了商店。刘欣平一脚撑着地,一脚踏在车踏板上望着张华静跑去的方向。很快,张华静回来了,手里提着一包东西,跑得气喘吁吁,脸色通红。刘欣平说:"就串个门,还带啥东西?"

张华静也不言语,抱着东西上了摩托车,俩人就又出发了。

大刘坐在屋檐下的靠椅上抱着收音机听戏,看到儿子骑着摩托车进了院子,大铁门被划得"咣"一声巨响,气得想骂:"疯啥呢?进门也不下来?"话还没出口就看到后面跟着的张华静,立刻把那句骂人的话咽了回去。他高兴得合不拢嘴,对着屋里就喊:"老婆子,静静来咧。"

王桂芬在屋里听到丈夫这一声喊吓了一跳,她立马跑了出来,看到儿子和张华静进来,就上前说:"静静呀,我和你伯就盼着你来呢。"说完眼睛往儿子脸上扫,刘欣平冲妈妈眨了下眼,做了个调皮的表情,这让王桂芬的脸更是笑成了一朵花。她亲热地拉着静静的手往屋里走,不住地说:"静静娃,你要多来才对,这里比你家近,缺啥说一声,欣平就送过去了么。"

大刘也跟着进了屋,刘欣平把手里的东西往桌上一放说:"这是她给你们买的。"

大刘训斥道:"这,伯得说你,你刚工作几天,还没挣下钱呢,胡买啥!欣平,你咋就不拦着呢?"

王桂芬等大家坐定,拉了会话,就张罗做饭。张华静说:"大妈,别忙活,我一会就走。"

不等老婆答话，大刘就严厉地说："不准走，瓜娃些，叫你大妈去做，咱今个热热闹闹吃顿饭。"

张华静被这一家人的热情弄懵了，她有些不安但又不知如何脱身，只好说："大妈，那我帮你吧。"

王桂芬推开她的手说："不用，我一个人做惯了，很快的。"又对儿子说："欣平啊，你带静静到西屋里，看看电视。"接着又指挥大刘去买菜，三个人就在她的安排下各自听令了。

王桂芬在厨房里忙碌着，一会儿"咚咚"地切菜，一会儿跑到炉灶边烧火。虽然忙得团团转，脸上心里却一直在偷偷地笑。

西屋是刘欣平的房间，宽敞、明亮。雪白的墙壁上挂着一把吉他。张华静奇怪地问："你还会弹吉他啊？"

刘欣平说："不会，才学，就是喜欢。"说着做了一个弹吉他的姿势，看着还挺在行。靠窗户放着一张桌子，桌面的玻璃板下压满了刘欣平的各种照片。

张华静认真地看了，问："你去的地方很多啊？"

刘欣平说："没几处，以前是跟我爸去的，就这次我单独去的。"

张华静说："真好，你真能干！"

刘欣平又问："你见了我，为啥老是想跑一样？我没有那么吓人吧？"

张华静不好意思地说："因为不熟悉，我和生人找不到话说。"

刘欣平说："就因为这呀？我当是啥呢，那是见得少，多来几次不就熟悉了？"

两个年轻人说着话，大刘和老婆已经摆好了一桌子饭菜，这一顿饭因为张华静的到来而隆重，刘家屋里的笑声飘出了屋外。

下午，刘欣平在父母的叮咛中把张华静送到了学校。临走时刘欣平说："星期六，我来接你。"

张华静急忙说："不用的，我每个星期都和友良一起走的，你不用来。"

刘欣平沉思了一下，问："就是上次在你家看到的那个男孩子吗？和你差不多大的？"

张华静说："是的，他在高中，我们一块走的。"

刘欣平说："好吧，再见！"然后一溜烟地消失在街道的尽头。

星期六下午放学后，孩子们像出了笼子的鸟儿，飞出了校园朝四面八方散去。一条条街道和小路上，都有三三两两结伴而行的身影，让本来平静的街巷一下子热闹起来。

张华静也急急忙忙地回宿舍准备收拾东西，因为每个星期六的这个时刻，友良都在校门外的电线杆子下等她。好几次了她让友良进来，可是不管怎么说友良就是不进学校大门，他总是说那样影响不好。

张友良不进校门是有原因的。有一次张华静坚持叫他到自己宿舍认认门，他才勉强进去。可隔壁那个女老师像看怪物一样把友良从头看到脚，那眼神，像个侦探。张友良知道，是自己不合体的衣服引来别人鄙视的眼光。那目光像锥子似的扎到他的心里，一阵阵地疼！那女老师用轻蔑的口气问："张老师，来客人了？"那一刻让他难堪，想立刻逃离。

张友良也意识到，他们二人如今身份不同了。静静是老师，自己还是衣衫褴褛的学生模样，如此来往怕是不妥。可是静静好像全不在意，仍然用响亮的口气回答："不是客人，是我们村的，我的伙伴！"

这个时候，让他非常感动，热泪在心里流淌。他想：自己都如此不堪了，静静为什么就不觉得难为情呢？还这样平静而亲切地维护自己呢？张友良为了不再尴尬，也为了静静不被人耻笑，他给自己找了这个僻静的地方，默默地等待着她的到来。

张华静正走着，孙艳梅推着自行车迎面过来说："张老师，你走时没插门吧，好像被风刮开了。"

张华静说："是吗，我是插上了呀。"

孙艳梅说："那快去看看吧，我先走了。"

张华静推开宿舍门，刘欣平笑吟吟地从椅子上站起来。

张华静说："不是说了不用送的吗，我自己走的。"

刘欣平说："我没说要送你呀，上次答应浩浩还去的，可这都几个月了。"

张华静说："你不忙吗？"

刘欣平说："忙，所以想去你家转转，给自己放个假，你不欢迎？"

张华静说："可我们走路，你骑车的。"

刘欣平说："我没骑车，今天和你们一起走着去。"

张华静只好说："好吧，那就一起走。"

张华静拿起包，锁了门和刘欣平走出了学校，刘欣平奇怪地问："你不是说还有你村那个叫什么良的吗？人呢？"

张华静顺手一指："在那呢。"

刘欣平顺着手势看过去，只见张友良身穿一件松垮垮的蓝布大衫，裤子又窄又短，露出脚踝，正背着书包在电线杆下默默等待。刘欣平突然明白了，张华静之所以喜欢和这个男孩子为伴那是因为他们身上都有一种羞怯和孤

僻，那是他们没有脱掉孩童时期的稚气。可面前的这个男孩子除了这些之外，他的眼神里还有一种冷冷的傲气！

张友良正满目诧异地看着朝自己走来的两个人，静静还是穿着那件浅黄色的外衣，可她身边那个穿着洋气的青年人，不就是上次在她家沙发上和浩浩玩的那个人吗？他为什么会出现在这里？

两人很快过来了，张华静对友良说："友良，这是欣平，上次你们见过的。"

又对刘欣平说："这就是友良。"

刘欣平说："你好，听静静说你学习很好，是个人才呢。我今天也去静静家，一起走吧！"

张友良迟疑着说："好的。"

三个人的行程非常别扭，刘欣平大步走在前面，张友良较缓，张华静在中间很为难。快了落下友良，慢了又跟不上欣平，一路上三个人就这么磕磕绊绊地走着。

一九九四年初夏，紧张而激烈的高考来到了，学校提前一天放了假。校长在离校大会上一再嘱咐，让考生们回家休息一天，准备好考试要用的物品。最重要的是要以最好的精神状态出现在考场上。张华静也在这一天向学校请了假，和张友良回到了村里。分别时，她掏出一个透明的小袋子递给友良说："看看，还缺啥？"

张友良问："啥嘛？"

"打开看看。"张华静催促着。

张友良打开袋子，看到一个密封的透明小包，里面装有一整套的学习用具：钢笔、圆珠笔、铅笔、三角尺、圆规等一应俱全。

张友良抬起头，眼睛里面露出惊喜的光，高兴地说："怎么，你都买了？"

张华静把那个小包往他书包里一塞，说："快回去，明天好好休息，后天早上，我来叫你。"说完就进了自己家院子。张友良看了看张华静的背影，擦了一下潮湿的眼睛，转身朝自己家里走去。

第三天早上，时钟刚指向五点，张华静就敲响了张友良家的门。友良正在洗脸，听到敲门声顾不上擦脸就跑去开门。妈妈已经做好早饭，看到张华静进来就说："静静，让你也操心了。"说着就把小桌拉开，摆上饭菜说："早饭做好了，你俩赶快吃，吃了好赶路。"

香喷喷的小米粥和葱花大饼摆在桌上，很是诱人。张华静也不客气，和

友良一起吃饭。她喝了一碗粥刚放下碗就从椅子上拿过张友良的书包，拉开仔细检查一遍，看看要带的东西有没有少。

张友良说："我都带了，不少啥。"

张华静说："再看一遍，万一忘了啥呢。"

吃过饭，张友良背起书包，妈妈又塞给一个布包说："这里面装了5张饼子和6个鸡蛋，你俩中午吃。"

俩人拿了东西就往外走，妈妈"咣"的一声拉上门也跟了上来，一边走，一边嘱咐："你俩要吃好，别着急，啥事都稳稳的。"

天刚蒙蒙亮，路上静悄悄的，进城的车很快过来，俩人赶紧上车，经过近2个小时的路程来到了县城，找到了县一中考点。县一中的大门紧闭，只留一个小门让考生和老师通过，门的两边有站岗查证的人。大门上方挂着红色白字的横幅"一九九四年高校招生，全国统一考试第三考点"。

四面八方涌来的考生和家人聚集在学校外面，形成庞大的队伍。张华静和张友良夹在人群中等待着。距开考剩半个小时了，考生们把所有东西都留给陪考的人，每个人只拿一个小袋子装好学习用品，然后到小门口排队，经过检查进入。张友良掏出那个透明袋子拿在手里，把书包递给张华静说："我进去了，你别乱跑。"

张华静郑重地说："友良，加油！你好好考试，别担心我，我就在这里等，丢不了。"

张友良笑着挥了挥手，转身融入队伍中去了。

时钟指向九点，小门关闭铃声响起，考生们都已进入考场，喧闹的人们瞬间安静下来。校门外陪考的人群渐渐疏散，有的抬起手腕看看时间；有的站到路边的柳树下向校内张望，有的坐到学校对面店铺的台阶上继续等待。一道铁门将张华静的梦想阻隔，看着学子们无比虔诚地走进考场，她的心泛起阵阵苦涩。此刻她多想融入这人群中去，找到属于自己的那一张桌子。可是不能，命运之神没有给她留下一席之地，今天，她只是来陪考的，给友良加油鼓劲的。还有一个原因，那就是她也想触摸一下那个离梦想最近的地方，想感受一下那个紧张而又神圣的时刻！她感受到了，可是这一切与她无关！

陪考的人们渐渐离去，张华静也站起来抖抖发麻的双腿走向东街。东街是县城的主干街道，也是最热闹的地方，这里一街两行的店铺只卖一样商品，那就是玉器，大到装饰品小到各种器皿首饰，应有尽有。

这个县城虽然不大，在中国地图上微不足道，几乎找不到它的位置，但是因为盛产美玉而声名远扬，这里的一些事物的命名都和玉有关，以此来表

达自己地域的特殊性。比如地名：玉山、玉川，客车也叫蓝玉等。

张华静没有目的，她只是为了打发时间所以走得很慢。拐过东街到了南街，道路两边一家家紧挨着的店铺正在做营业前的准备，有正在打扫卫生的，有在摆弄橱窗里的模特的。一家商场的音响里播放着欢快的音乐，给这个特殊的早晨增添了一份浪漫和活力。走到县政府东门时，看看时间还早，她想找个地方坐下来。路边花坛的水泥围栏上坐着两三个老年人和一个抱小孩的妇女，张华静走过去，掏出一页纸铺在上面坐下来。她双手托着下巴，仰望蓝天，想象着考场里的情景，不知道友良是怎样一副模样。

县城离他们村子有四十多里路，对于他们这样的乡村孩子来说，这里就像天堂，也很遥远。在张华静的记忆里县城也只来过两次，那还是在年关，被父母带着来购买年货，每次都是匆匆忙忙，走马观花，想多转转都不行，所以记忆并不深刻。今天，时间很充足，她却哪儿也不想去。她觉得这县城不就是比清河镇大一点，卖东西的多一点吗，马路宽一点吗，还能有什么特别之处！张华静坐了很久，身边的人都走完，她抬起手腕看了看表，已是十一点。估摸着第一场试快要结束了，就起身往考场走去。

考试进行了两天，张华静也跟了两天。每天下午考完后她和友良就坐车赶回村里，第二天五点多再坐最早一班车到考场。友良在考场内，挥笔答卷；她在大街上，溜达发呆。

最后一场考完了，大家都交卷走出考场，张友良却没有走。他把这间教室环顾一圈，然后微闭双眼，静静地坐着。他要把这间教室、这个时刻深深地印到脑海里。监考老师看到他这奇怪的样子，问道："你怎么还不走？"他这才拿起东西，最后一个走出教室。铁栅栏门外，陪考的人群已经围满。女人们焦急地踮起脚尖，用目光搜寻自家孩子的身影。

张友良随着人群慢慢移动，刚出校门一眼就看见了站在柳树下张望的伙伴。他冲着她挥手，张华静看见他笑了。好不容易挤出校门，张友良大步绕过人群走到张华静的身边，伸手拿过书包，说："一直背着多累啊，放地下不就行了。"

张华静说："没多重。怎么样？情况不错吧？"

张友良说："没什么问题，放心吧。现在终于解放了。"

两人一边走一边说着考试的情况，就到了车站。这里一条街都是小吃摊位，炉灶上正冒着热气。俩人要了一碗凉皮、一碗馄饨，就着包里带来的鸡蛋吃着。回乡的客车一辆接着一辆从站内开出来，售票员一手扒着车门，一

手拿着票夹扯着嗓门喊着:"到清河,到清河哦。"

他们两个放下碗筷,付了钱,一溜小跑上了车。客车七拐八拐出了县城,上了后面的山梁天色就暗下来。

高考过后就是漫长的等待,这个过程是极其煎熬的。这两年里生活发生了太多变化,使人们不得不顺着它的变化来改变自己的人生轨迹。张华静在不得已的情况下接受了命运的安排,做了一名乡村女教师。他们一众人里求学路上冲刺到终点的,只有张友良一个人。陪张友良考完试后张华静就去了学校,再过一阵子孩子们就要放暑假了,她得做考试前的准备工作。

一阵忙碌过后期末考试结束了,放下了一个学期紧张而忙碌的工作,就要开始一个轻松、愉快的假期,老师和孩子们都高兴万分。张华静整理宿舍内的东西,明天开完早会就放假了,她得好好收拾一下。孙艳梅笑嘻嘻地推门进来,看到张华静正在捆扎东西,就神秘兮兮地问:"小张老师,这么着急收拾行李,明天谁来接你呀?"

张华静头也没抬地说:"什么话?没人接,我自己回。"

孙艳梅撇撇嘴:"谁信呀,不是骑摩托的那个就是电线杆子底下那个。唉!傻小子一个吆!"

张华静停下手中的活,转过身来说:"不要这么说友良,他不傻。他刚参加完高考,等通知书下来你就知道他有多优秀了!他的才华是内在的不是外表!"

孙艳梅撇撇嘴出去了,她对张友良的态度让张华静非常不快,她非常生气,心想:"这人真肤浅,凭什么这么瞧不起人,等友良考上大学看你怎么说。"

学校放假了,张华静回到了村里,除了帮妈妈做活,就是陪张友良母子一起等待命运的裁决。

一个月时间三个人都处于极度紧张和焦虑的状态,每一天从日出到日落都让人备受煎熬。所有人都在忙自己的事,没有人会注意这一个月有什么特别之处。一个多月的等待把人的耐心几乎磨掉了,心里那份坚定也开始动摇。7月底了依然没有消息,友良忍不住几次到学校去查问都是失望而归。张华静手里做着活心里在想着大学录取的事情,妈妈看着她走神的样子,说:"高考都过去这么久了也不见动静,友良怕是没指望了!"

张华静没有理会妈妈,她生气地进了屋子,只要有人说了不利于张友良的话她就来气。

八月中旬的一天中午,邮差终于找到张庄。张友良家的矮小房子里,迟迟而来的喜悦让母子俩激动得难以置信。送走邮差,妈妈说:"快,快去拿

给静静看。"

张友良撒开腿就跑到了张华静家,当他把通知书摆到桌上时,"东方财经大学"几个烫金大字闪闪发光。张华静眼含泪花地问:"真的吗?是上海的大学?"

友良用力点着头说:"是的,是真的。"

张华静高兴地跳了起来,她朝厨房大喊:"妈,快来看呀,友良考上了,是上海的大学。"

妈妈听到女儿的喊声忙走了出来,把滴着水的手往围裙上擦了又擦,然后小心翼翼地接过女儿手上那个红色书本一样的东西看着。

随着"东方财经大学"录取通知书的到来,张庄这个小小的村落沸腾了。上海是个大城市,是个让张庄几辈子人都不敢想的地方。如今,全村贫困户老军医的儿子,张友良考上了上海的大学,那不是天大的喜讯吗!

一个黄昏,老村长的声音在大喇叭里响起:"各位村民请注意:为了庆祝老军医张大江的儿子张友良考上大学。经村委会研究决定,今明两天连放两场电影表示祝贺!请各位村民按时观赏!"这个喜庆消息,像长了翅膀的鸟儿随着老村长的声音飞向了四面八方,成了街头巷尾人们谈论的话题。

张友良家这个破败的小院顿时热闹起来,每天都有前来道贺的人,一拨接一拨。先是街坊邻居,下来就是亲戚朋友。小凤和小木匠一连几天就住在娘家,帮妈妈招呼客人分享喜悦,他们俩还有一件更重要的任务,那就是给弟弟筹集学费。自从接到那个滚烫的录取通知书,全家就像过年一样高兴,小凤和妈妈把那个能改变命运的大学录取通知书看了又看,一会儿笑,一会儿流泪。小木匠憨厚地说:"这是喜事,看你俩还哭个啥呀?"

是的,这是喜事,是老张家的喜事也是母子三人最大的心愿。如今实现了,这泪水是幸福的!

天刚黑,周围村子里的年轻人就陆续来到张庄。村子中央的打麦场上黑压压地坐满了人,放映员娴熟地把一束耀眼的光芒投放到白色的幕布上时,人们欢呼雀跃,口哨声四起。这个村子被欢乐和喜庆包围着,张庄,像过年一样热闹。

七

几天来,不管是家人、亲友,还是街坊邻居都处于极度兴奋中,人们谈论最多的话题就是张庄出了个大学生。张友良躲过闹哄哄的人群,躺在自己

那间小屋里想心事。想这一路走来的艰难与辛苦，想过去和未来。他想到了父亲，那枯瘦的面容反复在他脑海里闪过。前一天下午妈妈带着他和姐姐、姐夫一起到父亲的坟头烧了纸钱，告诉天堂里的父亲，儿子考上大学，就要离开张庄到外面大城市里去了。

张友良曾经是多么渴望离开这个贫穷的地方，去看看外面的世界。如今就要离开了，他却又感到迷茫和担忧，更有深深的眷恋。他不知道，外面等待他的将会是什么样的情景，而这里又有太多的不舍！妈妈瘦小的身体被生活压得开始弯曲，那鬓角闪过的缕缕白发像一根刺在他的心里隐隐作痛；姐姐挺着高高隆起的肚子却把家里的积蓄都交给了妈妈作为弟弟的学费。她难道不需要营养、不需要补品吗？憨厚的姐夫总是站在姐姐身边随时听候召唤。想到这些张友良忍不住鼻子发酸，眼含热泪。是骨肉亲情托起了这一纸梦想，太沉重了！

走过人生十九年了，黄土地上摸爬滚打的张友良从没感到家乡如此难以割舍，村里的伙伴们都外出打工好几年了，只有过年时才能聚聚疯玩几天，回味一下儿时的快乐。同龄人里只剩下他和静静，去年他总担心静静辍学后也会外出打工留下自己一个人，可现在他要走了，只留下静静一人，那么以后，那她该有多孤单啊！十九年的岁月，每次在自己遇到困难或者痛苦无助时都有静静的温暖和关怀，才使自己支撑到了现在。而现在自己却要离开亲人离开她，去远行。

张友良在小屋里就这样，思索着，痛苦着，被亲情和友情一阵阵地撕扯着。

妈妈忽然在前院大声喊着："友良，快出来，你看看谁来了。"

张友良不想动，也懒得去猜，肯定是前来道贺的姑表亲戚。他正犹豫着要不要出去招呼，门却被一下子撞开了，涌进来一群人，抬眼一看竟然是村里的伙伴们。他吃惊地从床上弹起来，兴奋地叫了出来："呀，是你们，咋都回来了？"

涛搡了他一拳，说："听说你考了状元了，这不一招呼，大家就都坐不住了。"

小丽和娟也抢着发言，张华静只是看着大家笑并没有说话。

张友良忙着拉椅子，端凳子，妈妈从前屋拿来瓜子、糖果，让大家吃："你们能聚到一块不容易，好好聊聊吧。"

小屋顿时被欢声笑语填得满满的，友良妈看着这些年轻人激动的样子，捋了捋耳边的发丝，笑着退了出去。大家七嘴八舌把友良夸赞了一番，最后小丽拉着张华静说："你俩都挺好的，一个当老师，一个上大学都是文化人，

和我们不一样。"

张华静说:"不要这么说,什么一样不一样的,咱们几个都是在张庄一块长大的,就是亲人呢。"

这句话说得大家心里暖暖的,五只手紧紧握在一起。涛说:"大家想想,咱咋庆祝呀?"

"还咋庆祝,明儿,上南山,野炊。"一致通过后又闹腾了一阵,大家才散去。

南山,在秦岭中部,这座绵延百里,起伏蜿蜒的山脉养育了一代代大山的子孙。张庄在山的对面,看似在眼前真要到达还需要2个小时的路程。每到春秋两季,乡村的孩子们就会进山,拔韭菜采野果;看满山野花争艳,赏红叶层林尽染!

当五个人从友良家集合出发时,友良妈妈一遍遍嘱咐:"走山路,要小心,危险的地方不要去。"

"早去早回,赶在太阳下山前出山。"

他们一遍遍答应着,快乐地出发了。一路上女孩子们叽叽喳喳说个不停,男孩子们你捣我一下,我擂你一拳,追追打打就到了山里。这样快乐的时刻已经好久没有了,初中、高中、大学,这三个转折点使他们这些人里每一次都有人离开,这个队伍的人数也在一次次减少。

湛蓝的天空下是绿色的屏障,他们铺上一块彩色的油皮布,摆上各种食品。又在溪水边支上一口锅。女孩子们满山坡捡柴,男孩子生火,一缕缕淡蓝色烟雾飘向天边,他们对着大山呼喊:"噢吼吼,大山,我们回来了!"

回音就一阵阵在山涧回荡,飘向远方。

大刘的木材站建在镇上临街的大路旁,占地有十七八亩地。看大门的是一个远方亲戚。他觉得用自己人知根知底啥事都放心。大儿子刘金平负责买卖账目,蹲点看场子,他和小儿子欣平负责进货跑销路。刘金平踏实本分,却有个精明的媳妇,虽然大刘明确规定不准金平媳妇赵小菊进木材站,更不许插手木材站的账目和任何事情,但每天晚上刘金平都抵不住赵小菊的再三盘问就会和盘托出。

赵小菊总会找出各种理由把金平挑唆起来跟父母争执,她自己却不动声色地在一旁看动静。如果自己男人笨嘴笨舌说不圆满,她就往前一站,伶牙俐齿地和公婆撕破脸理论,达到目的就马上和颜悦色地赔不是:"爸,妈,我这人有口无心,你们别计较哦。"然后就拉起呆立一旁的刘金平一阵风似地回村东头自己的那座小二层的楼房里去,留下气得长吁短叹的大刘两口子。

王桂芬常说:"赵小菊是墙肚里的柱子,不使好。"生气归生气,老两口只怪自己生了个窝囊儿子,也没有什么好埋怨的。

刘欣平不理会嫂子的无理,也曾私下里劝哥哥:"哥,咱爸办下这个木材站要靠咱三个人齐心协力才能干好,才能盈利,不能光想着算计拿钱,那样迟早要垮的。以前咱俩小全靠爸一个人,现在咱俩长大了,就得多干点让爸少操心,挣下钱是咱俩的,不会亏了你。"

弟弟的开导让刘金平内疚,他慎重地拿这话劝媳妇时,赵小菊杏目圆睁地骂道:"你个窝囊废,你弟多会说!不亏你,不亏你他咋骑摩托车你骑自行车?他穿啥你穿啥?"

赵小菊这些话又戳中了刘金平的要害,噎得他无言以对。每次都这样,他既觉得父母那一头是对的,回来劝媳妇时又被媳妇说服,老实的刘金平说不过媳妇气呼呼地倒头睡去,赵小菊仍靠在铺盖卷上数落着:"你爸你妈就是偏心,看你憨厚老实就护着老二,我要不争,将来就把咱们撒干净了。你看他们那房子收拾得多美的,你看咱这房子越来越旧,他们也不管。你看着,将来老二娶媳妇肯定排场,到时候可别怪我赵小菊多事,谁也别当谁是傻子!"

尽管大刘一再努力一碗水端平,可媳妇总是觉得他们偏心,总害怕公婆厚待小儿子薄待大儿子。实际上大刘当然知道大儿子老实,没花花肠子,场面上的事情应付不了,所以就把守场子管账的事情交给他,如果没有媳妇生事刘金平会干好的。赵小菊虽然精明可是她只管把算盘珠子往自己的小窝里扒拉,她也有自己心里一本账。赵小菊骂骂咧咧地睡去,刘金平耳根子才算清净,他看着窗外的星星,听着村头大槐树上几声猫头鹰"咕咕"的鸣叫声睡着了。

刘欣平是个急性子,跑进跑出地忙一阵子,等到囤货量充足他就跑得不见人影,等货卖到一半他就做好登记出外采买。他坐不住但做起事来非常认真,这一点大刘非常满意也放心。自从刘欣平接手干,他就轻松了许多,偶尔还端起小茶壶,抱着收音机蜷缩在藤椅里眯起眼睛听秦腔。

八月的天气非常炎热,刘金平和看门的老孙头吹着风扇聊着天,大门外忽然响起一阵汽车喇叭声,这是刘欣平进货回来了。老孙头赶紧去把另一扇固定的大门打开让车队进来,刘金平也提着茶壶倒了水,招呼司机和工人。5个司机从驾驶台上下来走进办公室,一边撩起衣襟擦汗,一边端起茶水喝着。其中一个说:"刘哥这日子过得滋润,俩儿子一个管外一个管内,搭配得真好,他退居二线了!"

老孙头也乐呵呵地笑着说："谁说不是呢，这叫虎父无犬子，有福呗！"

十几个人工人一阵忙碌不一会儿就卸完了货，一辆辆卡车又"滴滴"地开了出去，老孙头再次关上另一扇大门。刚刚喧闹的场地瞬间安静下来。刘欣平给哥哥报完了货物品类和账目，就拉着哥哥走到大院西边，朝墙角一指说："哥，我这次回来在县城买了两辆自行车，这一辆紫色的是给我嫂子的，你一会儿推回去。"

刘金平这才看到靠墙停放着两辆崭新的自行车，他有些纳闷地问："你这是？"

刘欣平说："我买的，不要你掏钱，我送给我嫂子的。"

刘金平笑了，问："这车轱辘咋这粗的？"

刘欣平说："这是最新款的，叫山地车，上坡下坡都可以变换速度。"说着就给哥哥演示着如何变速，刘金平呵呵笑着也没有一句推托的话。

王桂芬掐算着小儿子外出的时间，早早守候。她做了一桌子菜，炉膛里火烧得正旺，蓝色的火苗舔着锅底，水已经沸腾"咕嘟咕嘟"地响了。等刘欣平洗漱完毕，大刘打开一瓶酒和儿子边喝边聊。王桂芬盛好了饺子端过来，看到父子二人她停顿了一下，眉头皱了皱。刘欣平看到母亲这个表情忽然明白，赶紧说："我去叫我哥，过来一块吃。"

不等老婆搭话，大刘摆摆手说："坐下，坐下，快别生事了，你哥不回去吃饭，你嫂子就撵过来了，那这饭能吃安宁不？"

一提到赵小菊三个人同时坐下来，谁也不再提叫刘金平过来的话。饭吃到一半，刘欣平说："我嫂子是很烦，但她无非就是怕他们吃亏，啥事都照顾点就行了。我这次回来买了两辆自行车，给她一辆。"

"那另一辆呢？"老两口同时问道。

刘欣平往碗里夹了一些菜说："这你们就别管了！"

大刘笑了摇了摇头，王桂芬拍了儿子一下说："你小子，看上人家女子了！"

刘欣平说："这可不怪我哦，还不是你二老设的局吗？这下你们该满意了吧？"

"满意满意，静静能做咱家媳妇我和你爸都高兴！"王桂芬高兴得直叫好。

大刘却严肃地说："这事先缓缓，静静才到学校没一年咱就提亲，让人家咋想？明年再说。"

刘欣平说："知道，我还没说呢。"这个话题就这样点破了，一家三口都沉浸在快乐中。

吃过饭，刘欣平骑着那辆崭新的自行车向张庄而去。

刘金平把弟弟送的那辆自行车推回家，正思量着咋给媳妇说，刚好和要出门的赵小菊撞了个正面。赵小菊埋怨着说："死人，不会吭声啊？"忽然她眼睛一亮，看到了丈夫手里推着的自行车，兴奋地说："呀，榆木疙瘩开窍了？这，这还知道给我买辆自行车啊！"

刘金平说："这是老二送给你的，不是我买的。"

听到这句，赵小菊眉毛马上拧成了一个疙瘩，问道："老二给我买的？不可能吧？这里面肯定有事！他是不是从账上拿了钱想堵你的嘴？"

刘金平一跺脚生气地说："为啥老把人往坏处想吗？人家自己掏钱买的，多买一辆说给你，那是我兄弟仗义、大气。"

这一句解释并没有让赵小菊满意，反而更警觉地问："等等，等等。多买一辆，那另一辆给谁的？"

刘金平一下被问住了，结巴着说："对呀，另一辆，另一辆给谁，这我也没问呀。"

赵小菊手叉腰看着丈夫，刘金平一摆手说："你管人家给谁买的，这与咱有啥关系。"

赵小菊不依了，说："有啥关系，你真笨，肯定是送给对象的，老二的对象就是我的对手！能不管吗？你爸你妈肯定知道，就瞒着咱们。"

刘金平生气地说："这是你管的事吗？你能让老二别娶媳妇，哪能由得了你！这车子你到底要不要？不要，我推回去退了！"

"要，当然要。"赵小菊急着从丈夫手里接过自行车，左看右看爱不释手。刘金平叹了一口气，蹲到了屋檐下的台阶上。

老张家院子里，一棵巨大的核桃树笼罩了整个院子，一些枝丫伸出墙外。树下放着一排鸡笼，张华静端了一盆清水倒在水槽里，鸡就挤过来，拍打着翅膀争抢着。妈妈在井台上埋头洗衣服。正在玩弹子儿的浩浩突然跑向院门口喊着："欣平哥。"

母女二人同时看过去。刘欣平一手推着车子，一手拦腰抱起浩浩往后座上一放在院里骑了两圈，下来后对浩浩说："过前面来，你自己骑。"

浩浩仰头问："这车咋没有梁呢？还是红颜色，像女娃骑的。"

刘欣平只是笑并不回答，妈妈一阵问长问短，刘欣平耐心回答。浩浩骑了几圈就不让人扶了，一使劲就出了院门。妈妈刚要上前阻拦被刘欣平挡住

说：“没事的，这车没有大梁好骑，让他玩去吧。"

张华静说：“怕给你摔坏了。"

刘欣平说：“没事，摔不了，这车子也不是我的。"

张华静问：“那谁的？"

刘欣平避开这个话题，问道：“放假在家，很轻松吧？"

张华静立刻高兴地说：“我给你说个好消息哦，友良考上大学了。"

刘欣平说：“真不简单！不过不用想肯定是这个结果。"

张华静问：“是吗？你也这样想？"刘欣平点点头。

张华静又说：“你能帮我一个忙吗？"

刘欣平问：“说吧，什么忙？"

张华静看了看一旁站立的妈妈，神秘地拉着刘欣平进了屋，小声地说："友良就要走了，我们村的伙伴都在商量送他什么礼物呢。我想送他一身衣服，可是不知道大小，你能和我去趟县城吗？"

"帮你试衣服吗？"刘欣平问到。

张华静说：“是的，你怎么知道？"

刘欣平心里一阵难受，酸酸的，自己为了给她买自行车跑了几条街道，可是她为了给张友良买衣服竟让自己试穿。虽然心里不舒服，但看到张华静那正在等待他回答的眼神，他还是很平静地说：“可以，哪天去？张友良也去吗？"

张华静说：“明天吧，就咱俩，不能让他知道，他知道了肯定不会要的还会伤了他的自尊。你不知道，他家穷，连一件像样的衣服都没有，去大城市会让人笑话的。"

刘欣平虽然有小小的情绪，但很快被这个女孩子的善良所感动，想了想也就不觉得难受了。

一个下午张华静都在谈论和张友良有关的事情，从学习到家庭环境，从儿时到现在，她讲得生动、真切，刘欣平静静地倾听。浩浩疯玩了一个下午，炫耀够了才在伙伴们羡慕的目光中骑着自行车回了院子。走进家门他抱起桌上放着的一杯水就灌了下去，妈妈急忙过来说：“这是凉水，看把你疯的！"

张华静和刘欣平都被逗笑了。浩浩走过去往刘欣平身上一靠，说：“欣平哥，这车子好骑得很。"

刘欣平摸了摸浩浩脸颊上一道道汗水流过的痕迹，说：“快去洗洗你的脏脸吧。"

浩浩喋喋不休地问了好多问题，他似乎比家里任何人都盼望刘欣平这个

客人的到来。

快到黄昏，刘欣平起身告辞，母子三人将他送至门外，张华静说："浩浩，快去把车子推过来。"

浩浩就要过去，刘欣平一把拉住浩浩，对张华静说："这辆车子是给你买的，你在学校来回跑太远了。"

张华静惊呆了。她半天说不出一句话，更想不到刘欣平会送来一辆自行车。妈妈急得直摆手说："欣平啊，这个你推回去自己骑，你叔会给静静买的。"

刘欣平说："婶，这是女式车，都买来了推回去我咋骑呀？"

浩浩一拍脑门，说："就说么还是红色的，人家都说是女娃骑的我还不信。"

刘欣平不等张华静开口就急匆匆地走了，他害怕这一家人再推托、拉扯。看着刘欣平的身影快要消失在巷口，妈妈推了张华静一把说："还不送送去，发啥愣？"

张华静急忙追出巷子，刘欣平已经上了大路，她想喊可怎么也喊不出口。任凭欣平的身影渐渐模糊，直至消失。

第二天，刘欣平和张华静坐上了去县城的客车。两个人并排而坐，一路上很少说话，刘欣平感受着这温暖的时刻，张华静却在心里盘算着如何给张友良买一身合体的衣服好让他穿到上海去。她带了两个月的工资，心想：应该够了吧。她给自己都不舍得花这么多钱去买东西，可是一想到张友良那寒酸的破烂衣服她就觉得必须买，而且买好的。

再次来到县城已是盛夏，商场或时装店里都是夏装，张华静在刘欣平的建议下买了一套夏装，似乎还不满意又问店家有没有外套。店主人找出春季的余货，刘欣平很仔细地挑了一款并试穿，张华静看后很满意。店主拿出包装袋，张华静很仔细地包好，拿出钱包付钱。店主人说："付过了。"

张华静说："没有啊，我刚在包衣服呢。"她觉得好笑。

店主人说："你包衣服时，人家小伙子都已经付过了。"

张华静追过去把钱塞给刘欣平，刘欣平不要。她急了说："这钱你不要，衣服我也不要了，我重买！"

二人僵持着，店主人说："谁付都一样么。"

刘欣平看到张华静这样子，接过钱说："好吧，那我收了。"

走出商场，俩人又走了一条街，张华静已无心再转，她催促着："咱回吧。"

刘欣平说："行，吃了饭就回。"

二人来到一家饭馆前面，刘欣平拉着张华静走了进去。在一个靠窗的桌

子旁坐下，他熟练地点了几个菜，又问："你吃辣子吗？"张华静说："能吃一点。"

刘欣平要了四菜一汤外加两碗米饭，等菜上齐了，刘欣平把碗推到张华静面前说："快吃吧。"

张华静呆呆地看着刘欣平，不由想起上次和张友良吃馄饨的情景来。这一前一后的两个人却是两种感觉，一个很亲切，很随意；一个很陌生，总是很尴尬。

吃过饭看看时间不早了，俩人就坐上回去的车。车呼呼地开着，窗外天色渐渐暗下来。沉默很久后，张华静说道："谢谢你哦。今天把你叫来，真不好意思。"

刘欣平说："你对友良真好！我很羡慕！"

张华静说："他家穷，学费都是姐姐、姐夫和亲戚帮着凑的，这一走家底都掏空了。他妈妈肯定没钱给他买衣服，你不知道他平时穿的都是他爸留下来的，你也见过的，没一件像样的，所以我才想着买衣服送给他。"

刘欣平很认真地问："如果我出远门你也会这样给我买东西吗？"

张华静"扑哧"一下笑了，说："你穿的衣服都那么好，我都没见过也不会买，再说你什么都不缺，也不用我买。"

刘欣平说："我缺，缺你给我买的。你给友良买什么我都不在意，我只要一样东西。"

张华静好奇地问："什么东西？"

刘欣平说："你的心！"

张华静的脸一下子红到了脖子根，她把头转向车外，抠着手指头不再说话。她被眼前这个冒失的小伙子吓住了。

到了村口，刘欣平说自己要回家就不下车了，帮着把东西递下车又挥了挥手。张华静提着一大包东西，胡乱挥了挥手，她不敢看刘欣平的脸，等车开走后她长出了一口气朝家里走去。

一个暑假的时间很快过去了，转眼到了八月底。伙伴们盘算着日子又都回到村里，因为友良要启程了。每个人除了带回满满的心意还有各种礼物，多是学习用品和食物。火车票是涛和峰给买好的，他俩负责把张友良送到火车站坐上去上海的列车。

在家人和亲友的簇拥中，张友良像个即将奔赴战场的勇士，他面带笑容又充满羞涩，而此刻除了兴奋，他的心里还有苦涩。身上崭新的衣服和鞋袜

都是静静买给他的。这个相伴了十八年的伙伴，甚至想到了秋季自己的处境，包里还装着一套秋天的衣服。这一路走来，她总是用温暖包裹着他那颗受伤的心灵。

张友良看着送行的亲人和伙伴们，热泪一阵阵往外涌。车过来了，涛和峰把行李搬上了车，将要离开的一瞬，友良冲着送行的人群深深鞠了一躬然后被推拉着上了车。

一辆客车载着张友良越走越远，只剩一个小黑点时送行的人们才把目光收回。小凤揽住张华静的胳膊，说："走，静静，咱回吧。"

友良妈拉着张华静和小凤往回走，后面跟着小木匠，此时他们的心情是一样的：除了喜悦还有淡淡的失落。一九九四年八月二十八日，随着一道远去的车辙，张友良离开了他的村庄，他的伙伴，他的亲人。

那一列远去的火车将载着他开始新的生活……

第二章

一

　　一列东行的列车在苍茫的原野上奔驰着，一座座荒丘和形态各异的山川迎面而来又被迅速地抛到身后，让你无法辨别到了什么地界。

　　从未出过远门的张友良坐在窗口，透过车窗玻璃向外观望或者说是在沉思。这个季节，家乡的田野里是一片片抽了穗儿的谷子、沉甸甸的大豆和打了苞挂着红缨子的玉米。而窗外则是一畦畦排列整齐的水田，一眼望不到边的水稻和夹杂在水田中央几片高大挺拔的甘蔗，呈现出另一番景象。空气湿漉漉的，让人感到沉闷，这应该就是南北方气候的差异吧。

　　友良看着窗外的景象又回想着家乡的样子，在心里反复对比，一次次感叹。这时一阵打雷般的鼾声传入耳中，他顺着声音望去。左前方一个中年男人枕在靠背上，他的头已经耷拉到胸前，嘴角溢出的口水湿了半个衣领。也许是窝住了头的原因，鼾声越来越响。旁边紧挨着他坐的妇女往边上挪了又挪，可男人的头也跟着耷拉下去，最后女人还是忍不住推了男人一把。男人惊醒，抬眼看了看，用手抹了一下嘴角歉意地冲那女人笑笑，身子挪到拐角处，靠在椅背上又沉沉地睡去。

　　这是长途列车，旅客们用各种方式打发着时间。一个文化气息很浓的女子手拿起一本报刊专心看着，好像被书中的情节打动，一会神情凝重一会露出笑容。几个二十出头的男孩子围在一块打扑克，一会争论一会欢呼，等到给一个男孩脸上贴到三张纸条时几个人同时鼓掌大笑。那笑声再一次惊醒了沉睡的男人，他睁开惺忪的睡眼往后看了看，似乎有些生气，索性面向里把身子蜷缩成团状，抓起一张报纸往脸上一盖继续睡去。张友良看着那男人忍不住笑了，心想哪来那么多瞌睡！

　　张友良一直沉浸在自己的世界里，身边没有同伴心里却装满了人，每想

起一个就温暖全身。虽然离开家乡仅一天，脚还未落地，可心里却无比强烈地思念家乡。思念亲人和朋友，身躯被载着往前跑心却往回飞！从窗外景物的变化中，他知道，离家乡已经非常遥远了！他把目光重新投往窗外，看着飞速过往的风景，心里把亲人和朋友像过电影一般反复回放。停留最多的就是——妈妈、姐姐和张华静。想起妈妈和姐姐他就心酸得想掉泪，想起张华静心里就非常愉快，便揪着衬衣上的一颗纽扣拨弄着，在心里默默地说："你们现在都在干嘛呢？"

火车在飞驰着，第三天早上漫长的旅程就要结束了，车速缓慢下来。广播里响起了广播员甜美的声音："各位旅客请注意，上海站到了，上海站到了，请您检查好随身物品准备下车。"

人们一阵混乱，拉孩子，喊家人，拥挤到行李架下仰头等待或者伸手拉拽。张友良从行李架上取下一个大大的黄色帆布袋子背到身后，肩上再斜挎一个大大的布兜，随着人们往出口移动。这些相伴了一程的人们就要分离了，那个中年男人夹杂在人群中，他已经清醒，精神头十足。抬腕看看表又放下，从上衣口袋里抽出一根烟，放到鼻子下面闻了闻又放回烟盒里去。对于牙齿附着着厚厚一层烟渍的他来说，一分钟的等待都很漫长，等待下车就是急于找个僻静的角落蹲下来抽支烟。

列车缓慢地滑行了很长一段时间，长长的汽笛声和出站的列车呼应着。出站的列车一阵长鸣后"哐嗒，哐嗒"地呼啸而去。

出了车站，人群向四方散去。刚刚还在人群中的张友良转眼就成孤单单一个人，他回头看了看走过的路，一道铁栅栏门已经关闭，安静得仿佛不曾有人走过。他背着沉沉的行李到了站外的广场上，四下里看看，一脸茫然。左边，车站大厅上方悬挂着"上海站"三个大字，雄伟、壮观、很有气势！进站口，人们正排着队往里移动，广播员甜美柔和的声音在播报着列车时刻表。忽然一列队伍让他眼前一亮，五六个穿着一色T恤的学生站成一排。一个女生手里举着大大的牌子写着"东方财经大学"。友良像是看到了久别的亲人一般，急切地拖着行李移向那个队伍。

有两个穿着一色服装的学生看到了张友良，立刻迎上来热情地问："同学你好，是我们学校的吗？"

张友良掏出录取通知书让他们看，那两个学生让他把通知书装好，然后抬起大帆布包说："跟我来。"

张友良在他们带领下上了一辆大巴，车内已有四五个新生，穿着各式衣服，都非常拘谨，看到有新人加入只是默默看着。友良把身上的布兜卸下来，

艰难地往行李架上放，一个脸膛黝黑的男孩跑过来帮忙，俩人只是相视一笑并无言语。

这个夏日的清晨，上海这座久负盛名的大都市，展现在张友良这个乡下孩子面前。

十字路口红绿灯闪烁变换，交警吹着口哨，以各种手势指挥着来往的行人和车辆。这座城市，四面高楼，行人如蚁。江面上渡轮的鸣叫让大家好奇地挤到窗口。这些来自全国各地的孩子，面对大都市既陌生又好奇。校车开得缓慢而平稳，每一条街道，每一群行人从眼前晃过。这些刚刚聚集到一起的新生因为陌生，所以都不说话。男生倒大方一些，友良一回头，刚好和帮他放行李的那个男孩目光相遇，就点点头示意。那男孩开口问道："你来自哪里？"

"陕西……"

"我来自甘肃。"

因为地域较近，俩人更显激动，话也就多了些，在这陌生的地方就是一句问候都让人兴奋。

大家还在打量着这座陌生的城市，车就开进了校园，在一处绿树成荫的道路边停下，领队的学长说："同学们，到了，大家拿好东西下车吧。"

新生们互相帮扶着把行李搬下来，放成一堆。校车掉转头又开往火车站，去接下一拨新生。大家按照路边指示牌寻找自己所在系的报名点，刚刚聚到一起的小团体瞬间就已瓦解，友良又一次孤单地站在路边。他觉得太奇妙了！这一程两次相聚、分离，谁也不认识谁就这么各奔东西。看着身边走过的每一个人都与自己无关，可又真真切切地存在过。每个人都在寻找着自己的方向，没有心思去关注一个陌生人。

张友良正走着听到有人喊："同学，等一下。"

他转过身，看到刚刚认识的那个甘肃男孩正跑过来，张友良问："是叫我吗？"

那男孩追上说："是的，同学，刚才忘了问，你叫什么名字？我叫周庆，在法学院。"

"我叫张友良，在经济系。"

"我记住了，先报名吧，回头我来找你。"男孩说完急匆匆跑向另一个方向。

新生报名处摆着一排桌子，上面放着一沓表格。大二或是更高一届的学生沿路站着，不断地给到来的新生讲解报名流程和注意事项，每一个程序的窗口都排起了长龙。队伍旁边的草坪围栏和水泥台阶上坐着陪同而来的学生

家长。有衣着光鲜,气质优雅的城里人;也有衣着朴素,内敛含蓄的乡下人,像张友良这样远道而来孤身前往的也不少。

每完成一道手续让人长出一口气,转身又去下一处排队。好容易挨到最后一项——学生公寓楼领钥匙,找自己的宿舍。公寓楼离报名点有很长一段距离,张友良后背的衣服已经湿透,头上没来得及擦掉的汗珠落到了眼睛里,火辣辣地疼。他拖着大包、小包缓慢行走,体力已经透支,真想找个地方坐下休息休息。忽然从台阶上滚下来一个黑黑的东西砸在了张友良的脚上,他疼得蹲了下去用力按着被砸的脚趾。这时上面传来一个女孩的声音:"妈妈,皮箱轮子掉了。"

"在哪?"

"那不是吗?滚下去了。"

张友良这才看到旁边那个砸在脚上的东西是个铁轮子。一个穿红衣服的女孩飞快地跑了过来捡起轮子,用标准的普通话问道:"不好意思,刚才砸了你的脚吗?"

张友良站起来勉强跺了跺脚说:"没事的。"

女孩关切地说:"真没事吗?"

张友良说:"真没事,不用管。"

女孩这才回到父母身边,父母走在女儿两边,手里提着大包小包的东西,一家三口说笑着,非常温馨。那红色的衣服像一团火焰。

学生公寓的队伍从窗口一直排到门外,经过两轮排队等待,学生们疲惫得失去了耐心,踮起脚尖看着发放钥匙的进度,嘴里嘟囔着:"真慢,急死人!"

对那些城里学生来说,排队等候并不是多大的事情,他们都有父母陪伴,即使排队等待行李也是父母看管。可对于远道来的乡下孩子来说就是苦差事了,大包小包,两只手都占得满满的。每挪至一个窗口就把行李放到脚边腾出手来把表格递进去,等办完一道手续又去另一个窗口。大门里不断有人进来,一拨拨学生迅速加入这个队伍,前面的拿着钥匙迅速离去,对号上楼。

长时间等待后,张友良终于拿到了钥匙,他看了号码按照大厅里指示图上标明的位置上了三楼。每一层楼梯和走廊里都是匆忙过往的人,有看着门牌号找房间的,有端着盆进出水房的,"哗哗"的流水声击打盆底一阵接一阵。张友良很快就找到了自己的宿舍,门半开着,里面已有几家先到的在收拾铺位,看到有新人进来,赶紧让出一条路。

张友良在靠窗的第二个铺位放下了行李包,一个正在忙碌的妈妈说:"孩

子，先扫扫，我这里有抹布。"

　　他接过阿姨递来的笤帚收拾起来。那个阿姨一边收拾床铺一边和另外的家长拉话。收拾好卫生，家长们一遍遍叮嘱着自己孩子然后离去，张友良看得心里酸酸的，他想起了远在家乡的妈妈。

　　紧张而忙碌的一天结束了，从早上下火车到整理好宿舍这一天里没有一刻空闲。张友良洗了脸，等同宿舍的人都出去吃饭时，他从包里掏出吃剩的两张饼子填充了空空的肚子。夜幕降临，校园里一栋栋宿舍楼都亮着灯，远远望去就像热闹的街市。刚刚来到一个新环境大家都很兴奋，同宿舍的人都在自我介绍，相互认识。张友良浑身软绵绵的没有一丝力气，勉强和大家打过招呼就倒在床上沉沉睡去。梦里，他看到了妈妈、姐姐和张华静都围着他笑。

　　张友良走了，关于他的话题也渐渐平淡，一切都恢复了原来的状态。

　　妈妈依旧操持着农活和诊所，小凤的产期即将到来，总是需要别人搀扶才能坐下或者起来。她和小木匠一直住在娘家，计算着日子快到了，公公婆婆才急着将她接回。友良妈千叮咛万嘱咐，目送三人护送女儿回到婆家去。

　　小木匠不再出外揽活，他和妈妈精心守护着娇小的妻子。小凤睡着时，他给盖上毯子轰赶蚊虫，醒来时洗好水果递到嘴边。婆婆变换着花样做饭菜，穷家虽没有什么好东西可做，但他们总是把最好的留给小凤，一家人无比珍爱这个瘦弱的女孩。这一家人虽然贫穷却有宽大的胸襟，总是迁就小凤无休止地贴补娘家，这让小凤很是感动。自从弟弟上了大学小凤总是乐呵呵的，现在她最大的愿望就是生个大胖儿子，她认为只有生了儿子才能报答一家人的恩德！

　　清河小学迎来了新学期，经过了一个漫长的假期老师和学生们都开始想念这个地方了。九月，天气依然炎热，但乡村的闷热随着田间飘来的阵阵凉风而散去。白杨树粗壮而高大的枝干将树冠一个一个紧密连接，形成一道绿色的屏障，把校园紧紧包围。这座青砖瓦房组成的院落，远看诗情画意，书香阵阵；近看孩子们嬉笑打闹，追赶奔跑，树叶被风吹动"哗哗"作响，更给这沉寂了一段时间的校园增添了勃勃生机。

　　刚开学的一个月里张华静都是忙碌的，好在前两天学前班老师已经正式上岗。一切正常运转后她也解脱出来。一个班级带起来就很轻松了，空闲时间也就多了起来。下午放学后她忙完手头的工作，拉着孙艳梅去了趟镇上，买来了毛线学习织毛衣。她没有织过毛衣，连毛衣针都拿不了，孙艳梅手把手地教，没几天就熟练了好多，竟织出一大截来。

孙艳梅看她认真的样子，笑着问："哎，这么急着学，想给谁织呀？是给刘家峪那个还是你们村那个？"

张华静头也没抬，平静地说："先给我爸织一件，再给友良和浩浩织。"

"又是友良，就值得你这么上心吗！"孙艳梅撇撇嘴。

张华静说："你呀，就爱歪曲事实！友良现在去大城市了，穿戴总得像个样吧？他家情况你也知道。就没一件能穿到人前的衣服，在咱们这小地方凑合一下还行，去上海，能行吗？"

孙艳梅点点头："嗯，这倒也是，都想象不出来他那个叫花子样咋去的上海？还不叫人笑话死！这话又说回来了，小张，你这么上心他的事，图个啥呀？就算你俩一块长大，也不至于这样对他，再好也不能嫁给他吧？以前你俩不在一条线上，现在更不行，又不在一条线上了，你呀，省省心吧，差不多就行了！"

张华静看了孙艳梅一眼，说："操你的心吧，没那么复杂！"

从此，每天晚上张华静批改完作业就开始织毛衣，这对她来说虽然是个新事物却也不是难事，两个星期后一件男式毛衣就成功完成了。这是张华静第一次送给父亲的礼物，心里不免有些小激动。星期六一放学她就急着往家赶，心里想象着父亲看到毛衣后的表情，自己先乐了。自行车轮子飞快地转动着，张华静哼着歌在绿荫下的马路上前行。

老张坐在堂屋的沙发上"吧吧"地抽着烟，老婆腰里系着围裙，端一个笸箩坐在旁边，手里做着那些永远也做不完的手工活，眼睛却时不时地往门外张望。厨房的锅上还冒着热气，她在等待孩子们回家好随时起身把饭菜摆上桌。这个农家妇女，虽然大字不识几个，过日子倒是一把好手，里里外外收拾得井井有条。每个周末都是他们家最热闹的时候，她总是预备好内容丰富、花样繁多的饭菜，如炸饼、蒸糕、肉包子、卤面条等。

张华静到了村口抬腿下车，浩浩正跟同学玩耍，看到姐姐就跑了过来。张华静把车子交给了弟弟接过书包拿着，看着他把车子歪歪扭扭地骑走，她知道这小子不是稀罕她这个姐姐，而是稀罕这车子。弟弟骑着自行车，她紧跟在后面，姐弟俩一前一后进了院子。老张看到儿女回来，捅捅老婆的胳膊说："回来了。"

老婆扔下笸箩就去厨房张罗饭菜，弄得锅碗瓢盆"咣当咣当"地响。静往父亲身边一坐，拉开包说："爸，我给你织了一件毛衣，你和妈看看合适不？"

老张坐直了身子，拿起毛衣看着，高兴地说："你啥时学会织毛衣的？"

张华静说："才跟学校老师学的，好看不？你先试试。"

"好看，我女子长大了，会做活了，比你妈强！"

老婆端着两碟菜从厨房出来放到桌上，撩起围裙一角擦了擦手说："叫我看看，是个啥。"

老张把一件深蓝色毛衣递给了妻子，张华静仰起头等着妈妈的评论。"真不错，这个我还真不会做！"

妈妈啧啧地称赞着，张华静心里更是美滋滋的。

浩浩挤过来摸着毛衣说："姐，你也给我织一件吗，好不？"

张华静说："行，下回就给你织。"

老张把毛衣放到一边说："开饭。"

老婆说："娃织得这么用心，你就试试。"

"我女子织的肯定能穿，热烘烘的试啥呢！"

一家人正说得高兴，友良妈走进了院子说道："老远就听到笑声了，一家子有啥喜事这么高兴！"

老张看到友良妈进来赶紧让座，说："老嫂子来了，快来坐，快来坐。"

静妈妈拿起毛衣往友良妈眼前一晃，说："静给他爸织了件毛衣，你看看。"

友良妈拿起毛衣仔细端详了一阵，说："静静就是手巧，织得这么好！"

张华静看到两个大人在议论毛衣忍不住问道："婶，你来有事吧，友良有消息吗？"

友良妈放下毛衣，从口袋里掏出一个信封说："是的，友良来信了。一个信封装了两份，一份是给我和凤儿的，这个是给你的。我知道你今儿回来就赶紧送过来。"张华静接过已经拆开的信封，抽出一页对折的纸展开念起来。

静静：

你好！

开学半个月了，一切都好了这才给你们写信报平安。

你知道吗？以前我是多么渴望离开家乡，离开充满亲情的土壤，迫切地想要摆脱贫穷的记忆。

可当随着滚滚的车轮南下，我靠在玻璃窗上的那一刻没有喜悦只有思念。强烈地思念家乡，思念亲人和咱们这群伙伴。

我才知道，清河，有我的亲情血缘，是我永远走不出去的原乡！

大学校园绿树成荫，如诗如画。有图书馆、体育场，风景像梦中的天堂。

是我们无法想象的美！我一定要更加努力学习，努力不让你们失望。这里也是你的理想，只可惜你没有和我一起来到这里。我最大的愿望就是能让你来我们的校园看看，等将来我有这个能力了就带你来看看这座城市，这座校园，再去听听黄浦江上渡轮的汽笛声……

友良

一九九四年，九月二十八日

  张华静读完了信满脸喜悦，她仿佛看到了那座美丽的校园。几个大人把友良又是一番夸赞，看看时间也不早了，友良妈起身说："我回了，你们一家快吃饭吧。"

  友良妈迈着轻巧的步子走出院子，一家人重新围到桌前。老张非常认真地对女儿说："静静，友良上了大学这是好事，也是娃唯一的出路，咱们都高兴。你俩从小耍大的，爸也知道，但还是要提醒你，大学不是谁都能上的，他上他的大学，你教你的书，千万不敢胡思乱想。教书才是你的根本，切不可这山望着那山高！那个大学跟咱不沾边！"

  "爸，我知道。"

  张华静小声应着，她知道爸爸是怕自己的心被友良描绘的大学搅乱了，会因此而忘了根本。她不会的！真的不会！大学对她来说，只是一个梦，太遥远了！

  第一件毛衣织成功后张华静的手法更娴熟了，她又去了趟商店买回了浅咖色的毛线，开始了第二件毛衣的编织。这一件自然是给张友良的，她在心里计算着友良的个头一遍遍对比。虽然孙艳梅说了准确尺寸计算出了要起的针数，她仍不放心，怕拿捏不准。这个下午校园里很安静，近处的老师都回家了，住校的也就五个人。这么大的院落很难看到一个人影儿，没有了孩子们的喧闹校园仿佛成了寺庙，后厨老师傅烧开了一锅开水"咣咣"地敲着大院儿中间，那棵歪脖树上挂着的铃铛，提示灌开水的时间到了。听到铃声大家都提着水壶向水房而来，水房瞬间热闹又瞬间沉寂。

  灌完开水就又恢复到了原来的状态，一天里都在喧闹中度过，每到这个时候住校的老师就待在自己的房间内读书、看报，也不出来走动。张华静很庆幸自己有孙艳梅这个年龄相仿的人做伴儿。这一段时间里，不管是在校内还是校外俩人都是形影不离，只是脾气性格截然相反。一个静一个闹，一个泼辣外向一个沉默内敛。忙完了手头的事情俩人又聚在一块织毛衣，手在忙

活嘴也没停。孙艳梅眉飞色舞地说着一天里的新鲜事，说到高兴处俩人都"咯咯"地笑出了声。

俩人正聊得起劲，忽然听到有人敲门，张华静过去拉开门，却看到爸爸站在门外。她惊讶地问："爸，你咋来了？快进来。"

老张跟着女儿进了房门，刚要张嘴看到一边的孙艳梅，到嘴边的话又咽了回去。

张华静拉过椅子给父亲，然后问道："爸，你是路过还是有事？"

老张说："有点事。"

孙艳梅急忙拿起自己的毛线说："叔，那你坐，我去打水哦。"

老张点点头，看到孙艳梅出去他这才说："静静，我刚听说你刘伯家欣平让木头把腿砸伤了住在县医院里。不管咋说咱们都要去看一趟。你先去请个假这就跟爸回去，明儿一早咱就去医院看看。"

张华静听爸爸这样说竟然担心起来，难怪他这么久没来了，原来是受伤了！张华静急忙去主任那里请了假，又和孙艳梅交代了一些事情就推着自行车跟着爸爸出了校门。推起自行车她就想起了刘欣平，也想起了上次分别的情景，心就"扑通扑通"地跳。这个冒失的家伙既热情又让人感到害怕，到底怕什么，张华静自己也说不清楚。

二

清晨，太阳刚刚从山崖子口露出半个脸，农人们就已经开始下地干活了。老张一家三口坐上了最早的一班车到了县医院。他早打问清楚了刘欣平所住的病房，领着老婆和女儿，穿过门诊大楼到了住院部。

沿着一排病房找过去，没多大工夫就找到了23号病房。老张趴在门上的小方块玻璃上向里看，里面医生带着护士正在查房，显得很拥挤。他退后一步，示意老婆和女儿靠走廊边上站。过了一会，医生和护士推开门出来又走进隔壁病房，一家人这才进去。

刘欣平住在靠里边窗户的一张床位，他穿着一身浅灰色的宽松衣服，左腿从膝盖往下到脚踝处，被厚厚的石膏绷带裹得严严实实。大刘和老婆站在床边跟儿子说着什么，看到老张一家进来，大刘非常惊讶地说："吆，你们咋知道的？都来了呀！"

老张径直走到床边看着欣平的腿说："娃这腿，咋样嘛？啥情况？"

大刘说："没事，没事，从车上往下跳的时候，脚被木头卡住了，折了一下。

怪这小子太狂，骨裂了，没多大事。"

静妈妈也和王桂芬亲热地拉着手不住地询问，并责怪着自己说："嫂子，你看我一家子粗心的。你兄弟这几天不在家，昨天听旁人[1]说，这才知道。"

王桂芬说："这多大个事儿吗？就没给任何人说，过几天就回去了，不要紧！"

刘欣平看到跟在父母身后的张华静，眼里顿时有了光彩，他和老张两口子打过招呼就对妈妈说："妈，快让人坐呀。"

王桂芬从临床搬来两个凳子靠墙一放说："静静，快跟你妈坐。"

张华静没有坐也没有开口说话，她跟在妈妈身后顺势看着刘欣平那裹着石膏的腿，遇到他火热的目光就匆匆忙忙把眼睛移开看向别处。她没有去看刘欣平的脸，更不敢看那双让她心慌、害怕的眼睛。来之前她很担心，因为不知道刘欣平到底伤到什么程度。总是在猜测中，所以不安。现在看到了大人的神情和态度，还有刘欣平的精神状态，她觉得并没有爸爸说的那么严重，就放下心来。护士一遍遍严厉地催促探访的亲友离开，老张一家只好起身，老张一再对大刘说："哥，有用得着我们的地方，尽管说！"

大刘说："你别说，还真有地方需要你帮忙。这样吧，这边还得住一个星期才能回去，木材站那边就金平一个人打理，我怕他应付不过来，你就帮忙守几天。"

老张立马拍着胸脯说："老哥，这你就别管了，我在跟你在一个样。"说完他从怀里掏出一沓钱塞到大刘手里，老哥俩一阵拉扯推让。王桂芬适时地阻拦说："钱，就不用了。几天时间就回去了，用不了几个钱。倒是家里我这一走，鸡呀猫呀没人喂。我想叫静静这几天放了学过去帮忙照看，你看能行不？"

听到这话张华静愣了一下没有回答，用询问的眼神望着父母。

老张和老婆也都愣了一下，又同时说："行，这你就放心。"

静妈妈回头对女儿说："你每天早上或者下午过去一趟，看看么，帮你大妈把家里拾掇拾掇。"

张华静小声地应了句："嗯，能行。"

她嘴上答应着心里却在责怪父母：这是多么荒唐的任务啊！可也找不出什么理由来拒绝，比起自家落难时大刘伯所做的事情这又算得了什么呢？这

---

[1] 旁人：陕西话，别人。

么一想她又觉得去刘家帮忙没有什么不妥。

王桂芬笑眯眯地从衣兜儿里掏出一串钥匙递过来，给张华静一一交代着说："这个是大门儿的，这个是里屋的……"说完拉过张华静的手把钥匙一放说："拿好了，大妈把家可就交给你了。"

刘欣平看着妈妈认真的样子和意味深长的话语有些想笑，但他忍住了，并且很礼貌地和老张一家说了再见。

从医院出来，老张对妻子和女儿说："你娘俩也知道的，咱家落难时人家是咋帮咱的，没有人家的帮助咱就翻不了身，现在还不知道在哪哭呢。这次人家遇到点事咱就尽心帮忙。静静，你可得帮你刘家妈妈把家照管好！"

张华静和妈妈都表示赞同并积极表态。

大刘家养了十多只鸡和一群鸭子，张华静分早晚两次去刘家打扫院落，给这些家禽放好食物和水。鸡永远是农家院落的主角，当一个个白花花的鸡蛋滚到食槽下面的隔挡里，老母鸡就拍打着翅膀飞上院墙，扬起头响亮地鸣叫："咯咯哒，咯咯哒"，一声比一声响亮。大红色的鸡冠高高竖起来，把大槐树上的鸟雀也惊得飞走了。

张华静把鸡蛋收起来放到厨房的罐子里。猫咪在水泥台阶上紧贴地面躺着，这小东西吃饱后伸着懒腰悠闲懒散的样子惹人怜爱。

不觉得五天就过去了，张华静对这个家里的情况已经熟悉，也不再那么难为情，一放学就跨上自行车向刘家峪而去。孙艳梅打趣地说："你住到婆家去了，这是提前当家呢？"

她生气地瞪了孙艳梅一眼，也不去理会这些玩笑话，自顾自地两头奔忙。

到了第六天早上，瓦蓝瓦蓝的天空漂浮着丝丝缕缕的白云。张华静像往常一样上完了早上的课就来到刘家。她对这座小院已不再陌生，东西放在哪里也非常清楚。她把钥匙插进锁孔，旋转，"啪"的一声将军下马，大门打开。她推开两扇大铁门，把自行车推了进去靠墙角放好，拿起扫帚就开始清扫院子，然后用拖把把里里外外的水泥地面拖到发亮。

按照计划再过两天就是刘欣平回家的日子，她拿起抹布把屋檐下的铁丝擦拭干净，抱起一床被褥开始晾晒。阳光非常耀眼，天空蓝得像洗过一样，这样的天气让人心情格外舒畅。

张华静做完一切，洗了脸准备离去，一只脚刚跨出里屋门槛，就看见院子里站着一个年轻妇女正直愣愣地盯着她的自行车看。听到张华静的脚步声，那女人把目光移过来，表情严肃地问："你是这家什么人？"

张华静有些窘，一时不知道怎么说才更恰当，就随口说："远房亲戚。"

她觉得"亲戚"一词也许更合适些。不料那女人近前一步拖长了声音说："亲戚，我怎么不知道啊？更没见过！"

张华静这才觉得刚才那个说法不妥当，赶紧补充说："我爸和刘伯是朋友，刘欣平住院了，大妈让我来照看家的。请问你是，谁呀？"

那女人傲慢地说："你说我是谁，你一个姑娘家住到陌生人家里来你自己觉得合适不合适？你父母也不管吗？"

张华静被她这么一说脸上红一阵白一阵，她哪里受过这样的奚落，一时不知道怎么应答。突然她心里咯噔一下，猜到了这女人的身份，礼貌地问："你是金平哥家的嫂子吧？我只是中午和下午过来喂喂鸡和猫，没在这里住，这就走呀，刚好嫂子你来了，看看我哪里做得不对就纠正一下吧。"

赵小菊看到自行车的那一刻心里就在喷火，昨天，隔壁秀英跑到她家去，说公婆家里住进一个漂亮姑娘，每天忙里忙外跟在自己家里一样。她还不信，今天专门过来看看，果然是真的。赵小菊心里不平衡了，她不敢相信公婆外出不把家托付给自家媳妇竟让一个外人来看管，还是个年轻女娃娃。这女娃娃绝对不是普通人，一定和这个家有着紧密的关联，所以她掐准了时间过来会一会。

赵小菊傲慢得像个首长，她迈着不紧不慢的步子从院里进到里屋，转了一圈又回到前院。张华静赶紧搬过凳子放到她的身后说："嫂子，坐。"

赵小菊看看张华静，说道："你不是说马上要走吗？"

张华静说："这，嫂子，没事，你坐，我等你……"

听到这句话赵小菊有些恼怒了，一个外人竟敢赶主人走，"哼，黄毛丫头！"

心里这样想着，她平静地说："我们家的事就不劳烦你了，你去忙你的吧。这几天我忙，没顾得上过来，今儿腾出时间了你不用来了。你走吧，钥匙留下！"

张华静犹豫着说："这……"

赵小菊已经很气愤了，加重语气问："怎么，你还不肯交啊？还是怀疑我？"

张华静没有吭声，更不知道该怎么办。赵小菊伸长脖子对着隔壁院子喊："秀英，秀英你过来。"

隔壁家院子里，正站在墙根底下偷听的邻居家女人一边应着声一边跑了过来。赵小菊指着那个叫秀英的妇女说："秀英，你给她说我是谁。"

那妇女赶紧说："这是金平媳妇，这家女主人。"

张华静犹豫了一下，掏出钥匙放到赵小菊手上，说："嫂子，既然是这样我就放心了，那我明儿就不来了，这是钥匙，你拿好我走了。"张华静推着自行车出了院子，赵小菊和秀英对视了一下各自露出得意的表情。赶走了这个不知天高地厚的外来人，赵小菊觉得出了口恶气，叫个外人来看管门户这要传出去对自己来说，那简直就是一种耻辱，还怎么往人前站！不把这个女娃娃赶走就白活了三十多岁！

张华静一直觉得去刘家本身就是件很荒唐的事情，今天和金平媳妇相遇既尴尬也畅快。钥匙交给主人是理所应当的，这下也不用往这边跑了。她出了刘家门匆忙到了木材站，给在那帮忙的爸爸说了刚才的情况就回学校去了。老张想了想有些不放心，走进屋内把刘金平拉到院子里，把女儿刚才说的话给刘金平说了一遍，催促他到父母那边看一下。

听完老张的叙述，刘金平气得直跺脚，嘴里骂着："这个多事精啊，又胡生事呢！"

刘金平气呼呼地到了父母家。刚进院子就看到赵小菊和邻居媳妇咬着耳根小声说话，一边说一边掩着嘴笑。

刘金平走过去，二话不说从妻子手中夺过钥匙并拉起她的胳膊往门外一推，说："是闲得没事了，这边的事不用你管！回去！"

看到这阵势，隔壁媳妇低头灰溜溜地跑了回去。金平拉住两扇大铁门"咣"的一声合上，挂上锁锁住，然后跨上自行车飞快地离去。

赵小菊气急败坏地骂道："刘金平，你等着，你个好坏不分的东西……"一直骂到看不到金平的影子她才转身朝村东头自己家里走去。

新的学习环境让张友良欣喜，这是一个全新的世界，一切都是新的也都是陌生的，仿佛梦境一样！当这种感觉渐渐平静下来后，他很快从喜悦中惊醒，又陷入另一种窘迫的境地。每到吃饭时间同学们迅速走出教室拿起餐具，迈着轻快优雅的步子结伴走进餐厅在一个个窗口排起长长的队伍。每一个窗口的饭菜种类都不一样，价格也是不同，自然也有等级之分。

别人浏览每一个窗口都很随意，只是注重自己的口味和心情而不去关注价格，张友良只能计算价格来选择。所以每次他都磨蹭到最后，等大家都走完才只身前往。有同寝室的同学喊他一起走时，他只能找借口推脱，时间久了大家也不再叫他。张友良不敢去浏览更多的窗口，看名目繁多的菜单，怕眼馋。

口袋里的每一分钱他都清楚，即便是吃最便宜的饭菜也很难维持到月底。

每一顿饭他都吃个半饱，本来就高挑的身材更显纤细，加上一头乌黑发亮的长发，浑身上下更显单薄倒像是一个男版的林黛玉，弱不禁风。

又到午饭时间，张友良等同学们都走出教室，他又等了一会儿，估摸着差不多了，这才一个人慢悠悠地拿起餐具去餐厅。他不用排队，更不用和别人去挤去抢。他的饭菜很简单通常分两种：中午一碗面条，下午一份炒莲花白，两个馒头。张友良绕过长长的队伍，买了一碗面条，找了一个偏僻的位置，靠墙坐下低头吃起来。餐厅里人来人往，人声嘈杂，这种吵闹的地方让张友良很烦，他想赶快吃完，到操场上去找个僻静的角落呼吸呼吸新鲜空气换换脑子，可是滚烫的食物难以下咽，他只得放慢速度。

张友良只顾低头吃饭，没有抬头去看身边每一个人。身边的位置上有人离去，又有人走来，一个甜美的女声问道："请问，这个位子有人吗？"

他头也没抬地说："没有。"

女孩得到回答，放下餐盒掏出一块纸，擦了擦桌面和凳子然后落座。本来想独处的空间又多出一个女孩子让友良很不自在。他匆忙把饭菜往嘴里扒，没几下餐盒就已见底，等最后一口饭进入喉咙，他站起身收拾餐具准备离开。这时身边的女孩忽然说："喂，你好！"

张友良往旁边看看确定无人，便迟疑地问："嗯，是叫我吗？"

女孩笑了露出一排整齐雪白的牙齿说："是啊，你不认识我，但我认识你。"

张友良挠挠头皮思绪飞快地运转起来，想了半天还是找不到一丝关于这女孩的记忆来。

女孩等了半天，看他实在想不起来，就自己说道："你好同学，开学那天有一个皮箱轮子掉了砸了你的脚，那个轮子的主人就是我。"

张友良恍然大悟，不好意思地说："我就说有点眼熟，可就是想不起来。"

女孩站起来，大方又热情地说："我叫罗绮玉，经济系4班，你呢？"

面对如此真诚的询问，张友良说："张友良，同系2班。"

女孩伸出了手，张友良犹豫了，女孩竟咯咯地笑起来，说："你还难为情啊？这是友谊的握手，不必紧张！"

张友良只得勉强握住了女孩的手，心里却像打鼓似的跳。

他赶紧拿起餐盒，说："那你慢慢吃，我先走了。"

"好吧，再见。"

张友良逃跑一样地出了餐厅，他怕别人看到他的窘迫，为此总是用沉默和回避来保护自己，紧紧包裹着那颗自卑的心，就像一个围城自己走不出去，别人也进不来。

自从来到这个校园张友良就是孤独的，不是同学们冷落他而是他刻意地回避大家。他不让别人走近自己，而自己也不想走近别人，和任何人都保持着不远不近的距离！一天里他最喜欢的时间就是晚上。夜色可以让每一个人都一样，一样躺在架子床上，一样钻进被窝打鼾。

每晚洗漱后同宿舍的人都会高兴地谈论各种新鲜事儿。如：哪里有好吃的，哪里有好玩的，谁又谈女朋友了。每到这个时候张友良不参加任何话题的讨论，总是默默地走开。

又到晚上，水房里的人进进出出，住在下铺的同学端了一盆热水回来，把双脚放了进去搓着。对面的苏明摆弄着自己的口琴，不等大家开始今天的总结和讨论，张友良把一本书夹到腋下就往外走。

苏明说："喂，张友良，开学都两个多月了，你怎么总是进进出出冷着脸啊？跟个外星人似的，你就不能和大伙亲近亲近？"

张友良停住脚步，回头说："我这人话少，不知道说啥，我去操场上溜一圈，就不影响你们了！"

苏明看着张友良的背影摇摇头，自语："真是个奇怪的家伙！"

其他人对张友良的冷漠已经习惯，并不觉得他有什么奇怪，也不主动和他搭话，是互不干扰！

走出喧闹的宿舍楼，操场上是另外一番景象。一盏盏路灯把夜色点亮，高大的黑色柱子将一团温暖柔和的光高高托起，被整齐地排列着散布在操场四周。除了偶尔有风轻抚叶子微微颤动，一切都是静止的。路灯上方是大树，树的上方就是浩瀚的天幕，那里有着数不清的星星和一轮圆月。

张友良迈着缓慢的步子，从一个路灯下走到另一个路灯下，就这样绕着操场走了一圈。也不知道过了多久，他一抬头看到了操场的另一边多出了两个人影。他们并排坐在路灯下说着话，由于距离较远，只从一高一矮的个头和飘逸的长发，辨别出那是一男一女。友良停下了步子，退到路灯下，在水泥栏杆上坐下来。

他的思绪一下就跳跃到了高一时期，那个时候常因自己不得体的衣服被同学耻笑，每到下课他就跑到操场的一个角落里独自发呆。静静看到了就跑过来，悄悄地坐到他的身边，说着有趣的话逗得他开怀大笑忘却烦恼。后来，那个角落就成了他俩课间休息的固定场所。可是世事总是有变，前进的路上静静被搁在了家乡，而自己孤单一人来到了这个地方。现在他坐在操场上的路灯下，可静静又在哪里呢？

张友良正沉浸在回忆中，忽然一声呼唤把他惊醒。"喂，是张友良吗？"他抬起头看到一个瘦高个的男生站在面前，那咧嘴一笑的神情非常亲切。

张友良急忙站起来说："是你呀，周庆。"

那男生在他的肩上擂了一拳说："天呀，终于找到你了！"

张友良问："你怎么找到这里的？"

周庆说："太难了！想不到一个学校我竟然找了半个月啊。一个班一个班地问，好容易找到你们宿舍，人还不在，你舍友说你可能在这。"

张友良拉周庆一起坐到栏杆上，两人都是格外惊喜，仿佛看到了久别的亲人。也许都是农村出身的缘故，也许是已经有过一面之缘的缘故，周庆和张友良一见面就亲密无间，互相询问各自的情况和住所以及班级的位置。

不知不觉间已经很晚，看看时间已快要到熄灯了，周庆说："友良，我得回去了，以后我会常来的。"

"好吧，这下有地址了常联系。"

周庆一个翻身越过栏杆奔跑着离去，不知什么时候那路灯下的一男一女也没了踪影，张友良迈着轻快的步子走进宿舍楼。

楼道里已经非常安静，他放轻脚步轻轻地推开宿舍门。大家都已经躺进了被窝里，苏明正翻着一本画册入迷。他悄悄洗漱，然后脱下身上那件仅有的外套，拿到水房洗了然后挂到阳台上。

苏明翻着画册，不经意地问了一句："你怎么老是晚上洗衣服，你就这一身衣服吗？"

张友良的脸"唰"地一下红到了脖子根，像是被人狠狠地抽了一巴掌，火辣辣地疼！好在是晚上没有人看到他的尴尬表情。苏明并不等待他回答，说完就把画册扔到一边钻进了被窝。张友良晾完了衣服蹑手蹑脚地上了自己的床铺，不一会儿大家都已入睡，打起轻微的鼾声。张友良却翻来覆去怎么也睡不着。

三

在医院里度过了两个星期的时间，这对于刘欣平来说简直太漫长了。他自由惯了，受不了这个约束，如果不是父母看管着，他一天也不想住！终于盼来了出院的日子，一家人都很高兴。

老张和刘金平一大早忙完木材站的事情，就到刘家屋里等候着。赵小菊也过来忙帮，烧水做饭，收拾屋子，忙里忙外。等到刘欣平和父母进了门她

急忙迎上去，接行李拿包裹，爸长妈短地叫个不停。

刘欣平坚持要自己走不让父母扶，赵小菊说："别逞能，让你哥背你。"

这句话一出口把大刘夫妇和刘欣平哥俩惊得同时看了过来，面对四个人惊讶的目光，赵小菊红着脸说："咋了吗？我又说错啥了？老二这不是受伤了吗！"

刘欣平坏笑着说："我嫂子，觉悟真高！好！"

赵小菊少有的勤快和谦和让大家感到很意外，仿佛不认识这个人似的。

放下行李，把刘欣平安顿到自己房间里以后，王桂芬跟着赵小菊进了厨房，大刘拉着老张坐到了客厅沙发里。二人话题还没拉开，刘欣平就从自己房间里单腿蹦跳着来到外屋，和哥哥金平坐到一起。

他拿起打火机给老张递了过来，老张吓得起身阻挡，说："好娃哩，快坐下这才几天，伤口刚好，不敢胡折腾！"

刘欣平嘿嘿一笑，说："么事，一点点伤根本就不用住院，都是我爸大惊小怪的非让住，这两个星期像坐牢一样。"

老张查看着欣平的腿伤，从外表来看皮肉伤已经结痂，可是厚厚的石膏还得过了百日才能拆除。

王桂芬提着一壶水过来给茶壶里续满了水，问老张道："静静在学校忙，你看我考虑不周到还让娃给我照看屋里，这几天把娃忙坏了吧？"

老张说："这有啥，应该的。静静年龄小也不会干啥，这几天都是大媳妇两边跑着呢，累的是小菊！"

听到老张的话刘金平脸上一阵发热，他看了媳妇一眼又迅速低下头去。

赵小菊匆匆进了厨房，王桂芬疑惑地应着："哦，哦……"

王桂芬看着媳妇的背影却有点不大相信，这么温顺的赵小菊到底唱的哪出戏！王桂芬看了丈夫一眼，大刘把烟头按在烟缸里，端起茶杯悠悠地喝了一口，他和老婆一样对家里的变化感到蹊跷。刘金平架不住父母怀疑的眼神，慌乱地把玩着手里的半截香烟。对于刘金平的神态，夫妻俩都猜到了八九分，这里面肯定有事，而且与赵小菊有关！

吃过饭，老张给大刘父子说了这一段时间里木材站的事情，又嘱咐刘欣平好好休息就起身告辞。大刘披起大衫相送。出了大门，老哥俩东拉西扯地闲聊着就到了刘家桥。

老张站住，说："就到这吧，别送了。"

大刘刚想张口，老张再一次阻挡："回吧，我走了。"然后迈腿上车飞快地离去。刚才从家里出来，大刘几次想问张华静的情况，可老张总是把话

题岔开说东说西搪塞过去。大刘知道，从老张口中是问不出什么来的，他一个大男人不会嚼是非口舌。

送走老张，大刘背抄着手回到了家，赵小菊跟着刘金平准备回自己家去，正好碰上进门的大刘。

赵小菊说："爸，没事了，我俩就回去了。"

大刘说："你先回去，金平进屋，我爷仨再扯扯闲话。"

赵小菊和刘金平怔住了，一时不知道怎么办，赵小菊冲丈夫眨眨眼，示意他跟自己回家去。

大刘放大声说："金平进屋。"

刘金平甩开妻子的手，跟着父亲进了屋，留下赵小菊直愣愣站在原地。她想，这个笨嘴的家伙什么事都说不圆，万一说了与自己不利的话那该怎么收场？看着刘金平父子二人进了屋，赵小菊把心一横也跟了进去。

刘金平跟着父亲进了屋，大刘往沙发中间一坐沉默不语。刘欣平和刘金平弟兄俩分两边坐着也都不说话，但谁都能猜到接下来的谈话内容。赵小菊几步上了台阶靠门边站着，大刘看了赵小菊一眼说："你进来也好，这事问金平也是白问，事是你揍下的还是你来说。"

赵小菊立刻反驳："什么与我有关呐，爸，你这一回来就像审犯人一样，我们忙里忙外的没落下好不说，反落埋怨！哼，我就知道张庄那父女俩会搬弄是非，颠倒黑白！"

刘欣平警觉地问："嫂子，他父女俩咋了？你见过静静？"

大刘一扬手制止了刘欣平的发问。赵小菊大声说道："什么怎么了，她来了两天就说忙得顾不过来了，你哥这才把钥匙给我，害得我天天往这跑，你们反怪我了，有道理吗？"

王桂芬实在听不下去了，生气地说："你住嘴！"又转头对刘金平说："你说，是你媳妇说的这样不？"

刘金平红着脸，犹豫了半晌才把那天的情况说了一遍，低下头等待父母的责骂。王桂芬白了赵小菊一眼，又戳了大儿子一指头说："你俩呀，我安排的就有我的道理，要你来多事，就说咋变了个人样，心眼就没长端正！"

许久，大刘才平静地说："这样也好，你俩也不是外人，本来按理说这事要和你俩商量一下的，向你们这当哥嫂的讨问个主意。静静不是外人，她是你张叔的闺女，我和你张叔十几年的交情了……"

刘欣平看父亲说了半天说不到主题上来，就抢着说："还有更重要的理由，那就是静静是我的对象。"

王桂芬得意地斜眼看着赵小菊，那神态让赵小菊非常恼怒，她一跺脚生气地说："我就知道是这样，爸，你也太偏心了吧？欣平的对象还没订婚你就先把工作给找下了，那可是一辈子的饭碗。那我俩的事你咋不上心？"

大刘不紧不慢地说："那行，让静静回家别干了，你顶替她去教书，这样就公道了吧？"

一句话就把赵小菊噎死，她赵小菊吵架骂人是个把式，连初中都没上过的她怎能教得了书，公公这不是明摆着将她吗？赵小菊再也待不下去了，拉起刘金平说："走，还不回家等啥呢，你就不是这家亲生的儿！献殷勤都遭嫌，把外人当圣人，把自己儿子媳妇下眼看，你还没受够这窝囊气？走！"

赵小菊拉着金平骂骂咧咧地走了，大铁门被重重推开，"咣"的一声撞到墙上又弹了回来，忽悠悠乱晃。屋内的三个人沉默着。过了一会儿，王桂芬说："我明儿个去学校把静静叫来吃顿饭，解释一下。"

大刘说："这样行，就这么办！"

刘欣平制止到："不，都别去，这事先放一放，等石膏拆了我自己去。"

老两口对儿子的意见都表示赞同，这件事就这样放下了。

随着一阵新生儿响亮的啼哭，小凤完成了她沉重的使命。产房外，婆婆、公公、小木匠三个人焦急地在走廊里来回走动。不停地看着大门上方的时钟，一个小时对他们来说简直是一种煎熬。长久的等待后护士推开产房的门，手里抱着一个小花被的包裹喊着："张友凤的家属。"

"在这。"

婆婆眼尖，一眼就看到了自己亲手缝制的小花被子，等护士叫到小凤名字时她已经围到了护士身边。小木匠和父亲也赶紧围了过去。护士掏出一张表格让小木匠签了字这才把婴儿交给他们。

小木匠问："大夫，大人怎样？"

护士回答："一切正常，正在处理，你留下来等，其他人抱着孩子先回病房。"

说完护士转身进去了，产房的两扇门"砰"的一声紧紧关闭。

小木匠父子俩立刻围过来，婆婆小心翼翼地撩起小花被子，一个粉嘟嘟的小脸在酣睡中似乎受了惊吓，猛地抖了一下，婆婆赶紧盖上被子，贴到自己胸口。

公公说："看看是男是女么？"

婆婆瞪了公公一眼，说："急啥，不用看，是男是女都是咱的孩儿！"

但她还是撩起下方的被角,三个人的脑袋都凑过来,一个男性的标志在新生儿伸腰蹬腿时显露出来。

看清楚之后,婆婆高兴地说:"是小子,是小子。"

小木匠激动地搓着手对母亲说:"妈,赶紧抱回病房里去,小心凉着了。"

婆婆笑着说:"哎,这就回去。"

公公皱巴巴的老脸笑得像展不开的麻布,他护在老伴身边对儿子说:"你在这等凤儿,我送你妈和孩子过去。"

两个老人抱着孩子向病房走去,小木匠又紧盯着墙上的钟表看,他恨不得把那时针拨快些,再快些。

中午时分小凤被推回病房,等医生护士都离去后,她睁开虚弱的双眼,说:"妈,让我看看孩子。"

婆婆赶紧把孩子抱过来,揭开被角把个小小人儿凑到媳妇眼前,说:"凤儿呀,是小子,你看看多心疼的!"

小木匠帮媳妇垫了垫枕头,说:"你好好休息,孩子有咱妈管着呢。"

公公在一旁憨笑着。小凤儿看着一家人因这个小生命的降临而喜不自禁,心里自然是充满了甜蜜。她抬手拉住了坐在身边的丈夫,把他的手贴在自己脸上,侧过身去闭上眼轻轻睡去。她太累了!

婆婆抱着孩子拍着,摇着,一刻也舍不得放下。

小木匠对母亲说:"妈,可不敢这样,小心惯坏了!"

婆婆说:"哪那么容易惯坏,你呀,只管挣钱,媳妇、孩子都有妈呢!"

母子俩正说着公公回来了。他从街上买回了肉和糕点打包好了交给儿子说:"你赶快去张庄给凤儿妈报喜。就说大小平安,让凤儿妈也放心。"

小木匠拿起东西又走过去,看了看妻子和儿子,笑着说:"爸,妈,那我去了。"

老夫妇俩对儿子摆摆手,嘱咐儿子快去快回。

几天来友良妈总是坐立不安,掐算着女儿临产的日子,焦急等待。生孩子是件大事,她也盼着能给木匠家添个儿子延续香火,可是最担心的还是女儿的安全,她总是一遍遍在心里祈求上天,保佑大小平安。

小木匠满脸喜气地进了门,人还未站定声音已经飘到了后院里,"妈,

妈。"

友良妈在后院听到女婿呼唤急忙撂下手里的柴火跑进了屋，看到女婿，她着急地问："生了？"

"生了，妈，一切都好，还是个小子。我爸妈怕您担心，就让我赶紧过来说一声。"

"哎呦，我的天呐，真好哦！"

友良妈拍着胸口，高兴地说："一颗心，总算放下了。"

小木匠又喋喋不休地说了生产前后的情况，友良妈听着，乐着。汇报完一切小木匠就要回医院去，友良妈急着张罗做饭并执意挽留，小木匠仍不肯还是急匆匆走了。以前，媳妇在哪他就到哪，现在媳妇还躺在医院里，而且多了一个小生命，他哪有心思在这里吃饭呢。

女儿生产后的第三天，母亲才能探望。按照习俗，带的吃食也是有讲究的，友良妈自是费了一番心思。葱花饼、红糖、鸡蛋，还有各种营养品，这些都是她盘算很久了的。终于到了这一天，她提着沉甸甸的篮子走在街上，心里美滋滋的。

乡医院在镇中心，红砖房，白墙壁，朴素而整洁。走进大门就是门诊挂号处。正值晌午，友良妈迈着轻巧的步子走过门诊处，进了后院产科住院部。住院部只有7个病房，不用找人询问，挨着一绺往过走，就看到小凤的婆婆手里拿个小盆进了第三间房。

友良妈也跟上去，推开房门。小凤的婆婆听到推门声，回过头看到亲家进来，急忙过来招呼。一边问候一边接过亲家手里的篮子放下。友良妈走到床边，俯下身摸着女儿的额头和脸颊。小凤却骨碌碌滚下两串泪珠来。

友良妈娇嗔："傻丫头，都当妈妈了还哭啥？"

本以为女儿是见到亲人委屈地哭，安慰了一阵，女儿越发哭得厉害。友良妈忽然感到情况有些不对，她抬头往房内的另外两张床望去，都是空空的床板，看不到那个刚出生的小外孙，也不见了木匠爹和小木匠。

她心里很是纳闷，问道："娃娃呢？这是咋了？"

小凤婆婆神色暗淡地说："凤儿妈，你别急。娃娃呀，得病了。"

"病了，啥毛病？才生下三天呀！"

小凤婆婆继续说："昨天一早，我给换尿布时发现娃娃身上发黄，还硬邦邦的像牛皮纸，可把我吓坏了，赶紧叫来医生。几个医生一商量说是咱娃得了一种罕见的病，叫：新生儿硬皮症。"

友良妈心里一惊，问道："那娃娃呢？现在在哪？"

婆婆说:"医院派车送到了市儿童医院,说是只有这个大医院才能治好这病。"

友良妈暗暗叫苦,可怜的女儿。生儿子是大家盼望的事,倒也遂了愿,可这才两天孩子就得这么大一个病。

她对亲家说:"既然这样,亲家,凤儿就交给你了,我这就进城去看孩子。"

婆婆说:"别,你听我说,昨天下午我家老头就跟车回来了,说是孩子放在保温箱里不让咱靠近,贵儿(小木匠)留在医院等,重要的是筹钱。老头子一早就去我们那些穷亲戚家挨个借钱去了。"

友良妈问:"得多少?"

"说是让准备五千。"

五千,对友良妈来说太遥远了,五百还要积攒很久更别说五千了。可看到女儿蜡黄的面容、泪珠滚滚的双眼,她决定,无论如何也要帮女儿渡过这个难关。

友良妈走到女儿身旁,捋了捋女儿散乱的发丝说:"凤儿,你好好吃好好睡。别怕哦,妈去想办法,没事的,你可不敢胡思乱想,啥事有妈呢!"

小凤抬手抹去了泪水,点了点头。友良妈又对亲家说:"亲家,凤儿交给你了。只要娃没事,钱不成问题,那我就不在这耽搁时间了,这就去凑钱。"

婆婆激动地说:"好,好,我就知道亲家母你是能行人哩,不像我啥都弄不来,你放心,凤儿有我呢。"

小凤呆呆地靠在被子上看着妈妈离去。

友良妈走出医院,一脸茫然地站在街头,此刻她脚步沉重完全没有了进门时的轻巧。她不知道该去哪里借钱,把自家的亲戚在心里过了一遍,又一一否决。最后她鼓足了勇气把脚步迈向了娘家的方向。自己的父母早已过世,只有两个兄弟各自另过,日子也是紧巴巴的。以往,不管多难她都没有向兄弟张过口,可今天她顾不了了,决定去碰碰运气。

一座只有几十户人家的小小村庄,在大槐树和梧桐树的掩映下显得很是寂静。村两边皆是高坡,起伏绵延的丘陵地带把这个村子几乎埋没,形成一个凹字形。友良妈望着这个熟悉的地方心里七上八下,她不知道弟弟和弟媳会用怎样的态度对待她。

进了村子,她来到一座土坯做墙、青瓦做顶的老屋前。院墙已有几处坍塌,一堆一堆的黄土夹杂着碎瓦片堆积在坍塌处,形成一个个小土包。院内靠墙边放着一辆快要散架的独轮车,上面挂着晒干了的红辣椒和豇豆条。

一个穿着灰色衣服的小孩看到她,朝屋里喊道:"爸,妈,大姑来了,我大姑来了。"

孩子的叫喊让她感到窘迫,理应给孩子带些吃食的,可她心里有事走得急竟是两手空空。大弟和媳妇从屋里走出来,奇怪地看着她,对她的突然到来有些纳闷。

最后还是大弟开了口:"姐,你回来了,进屋哦。"

弟媳用猜疑的眼神打量着她,没说一句话。

屋内,友良妈说了此番来的目的和理由,接下来就是沉闷的气氛。弟媳把风箱拉得"噼里啪啦"响,谁都听得出来,这哪里是拉风箱,分明是在撒气。友良妈装作没听见,大弟木讷地靠在墙边吸着烟,显得不安。

弟媳拉着风箱还不解气,又无故地揪住了孩子的耳朵打骂着:"你个烦人鬼,烦死个人,一来就添乱。"

友良妈再也坐不住了,溜下炕沿往外走,大弟像下了很大决心似的,突然说:"姐,你等一下。"

说完几步走进另一间小房,媳妇立马冲了进去,一阵拉扯争吵,摔摔打打声。

友良妈拉过孩子说:"进去把你爸妈拉开,就说姑不借钱了。"然后悄悄地走了出去。

只听到那孩子大声嚷着:"爸,妈,大姑走了,大姑不借钱了,你们别打了。"

大弟听到儿子喊,丢下老婆就要去追友良妈,却被老婆孩子死死拉住。

友良妈没有勇气再去二弟家,这样的场面她想也想得出,同样的戏码不想再看第二遍。她麻木了,看着回家的路,眼里浮现出凤儿无助的双眼还有医院里的孩子,她不知道,这钱,该去哪里借。

四

乡下的夜晚总是来得很早,七八点钟村里就一片寂静,各家各户的大门都已经关闭,只有窗户里透出来微弱的光芒,星星点点,冷冷清清却也温暖。老张因为一些事情耽搁了,所以收工很晚,回来时天已经全黑下来。他老远就看见自己家屋里的灯光很耀眼,那是因为门开着,老婆和儿子在等着自己呢。

老张骑着自行车着急忙慌地拐进巷口,因为天太黑看不清路,他抬腿下来推着往前走。到了门口,他刚要去推院门,就听到一个怯怯的声音从身后

传来:"大兄弟,你回来了?"

他停下脚步往身后看看,黑暗中一个瘦弱的身影从墙角走了出来。老张努力辨认着,等那人走到跟前才看清,原来是友良妈。

他奇怪地问:"是友良妈呀,都这么晚了你在这儿干啥?咋不进屋里?"

"我,我等了你一下午了……"

老张更纳闷了问:"等我?嫂子,你这是有啥作难的事了吧?"

友良妈叹了口气说:"是啊,可这,兄弟,我难张口啊!"

看这情形,老张说:"进屋,进屋,进屋慢慢说,再大的事都会有办法的。"

友良妈跟着老张进了屋,听到院门响,屋内的女人迎了出来责怪着丈夫:"咋到这晚才回来,把人能急死了!"

老张对老婆说:"静她妈,嫂子来了。"

静妈妈这才看到丈夫身后还跟着一个人,马上热情地说:"噢,快进屋,快进屋。"

静妈妈把饭菜端上了桌,给丈夫和儿子摆好了筷子,又递给友良妈一副碗筷说:"嫂子,来一块吃。"

友良妈忙推开说:"不了,不了,你们快吃,你看大兄弟累一天了,你们快吃我坐一会儿就走。"

老张放下筷子,说:"嫂子,你今儿来是碰到难处了吧?有啥事就尽管说,咱一块想办法。"

静妈妈也关切地坐到了友良妈的身边,拉起她的手放到自己手里摩挲着,浩浩一边往嘴里扒饭一边好奇地看着大人们。

友良妈看了看老张夫妻俩,很是为难地说道:"这,唉,我知道你们难,本不该来,可,这实在是没办法了。"说着竟滚下两行泪来,静妈妈安慰着:"嫂子,别难过有事先说,说了我们才能帮你想办法呀!"

友良妈撩起衣角擦了擦眼泪,说:"哎,我呀是借钱来了,凤儿的娃娃得了大病住到城里的大医院去了,命是保住了可这得要钱那,我知道你们的账还是一座山样地压着,我,我实在是没路走了,才厚着脸找你们来了。我知道兄弟人活到,路子宽,不管是借还是贷,求兄弟帮帮我们孤儿寡母一把,帮我们迈过这个坎。"

友良妈说得断断续续,泪花花流到嘴边,她一边擦一边哽咽着。

老张安慰:"嫂子,别难过了,娃有病就治病,你说得多少?"

"说是要五千,她婆家人也在想办法。兄弟,你找人给我贷笔款吧,

二千三千都成。我知道，你手头也不宽裕。"

老张停顿了会，想了想说："是这样嫂子，今儿天太晚，咱屋里的加上我身上的能凑两千，你先拿着。明儿我再想想办法，凑够了给你送过去。你别难过，先把娃娃的病治好要紧。你能找到我门上，我就不能不管。"

友良妈急忙说："够了够了，她婆家那边也在借着呢，加上这二千肯定够了。兄弟呀，你这是帮了我的大忙了！"

静妈妈走进西屋拿来了钱，老张也把口袋搜罗干净了交给友良妈说："嫂子，你拿好了，有啥事尽管说，别为难。"

友良妈抹了把泪，嘴里不住地说着感谢的话离去了，老张一家重新回到饭桌上。乡村的夜晚是寂静的，偶有秋虫的鸣叫声格外清晰。友良妈蜷缩在自家炕头却毫无睡意，看着月光轻声叹息。

两个月时间对于刘欣平来说简直就是坐牢，本来没多大点事硬是被父母弄到医院里打了石膏，半死不活地躺了这么多天。拆了石膏他就下地，脚刚一着地却发现腿硬邦邦的不得劲，他的倔劲上来了，使劲在屋里走了几圈就要出门。妈妈强行将他按到椅子上生气地说："好我的祖宗哩，这才刚拆了石膏折腾啥呢？就不能安宁地待几天让我们省省心？"

刘欣平顺从地坐回到床上。王桂芬看儿子安静下来，似乎放了心，说道："再休息几天，慢慢活动才能走得稳。"

刘欣平点点头答应了，王桂芬拿起一个花布兜，说："老实在家待着，我去街上买些油盐回来。"

她走了几步又回头看看，看到儿子安静地坐在床边这才走出院子将大铁门轻轻合拢，向街上走去。

刘欣平正趴在窗口偷看，估计妈妈走远了他撩起盖在身上的毯子就下了床。试着走了两圈，木木的腿似乎灵活了很多，他又从自己房间走到外屋，来回走动感觉没有障碍高兴地笑了起来。两个多月的静养都快憋疯了，他迫不及待地想跨上摩托夺门而去，可妈妈总是将他看得死死的，没有办法脱身。今天这个绝好的机会怎么能够错过呢？在屋内又走了几圈他坐下休息了一会，然后拿起摩托车钥匙往锁孔里一插，一颠一跛地把车推出大门，拿起锁挂到门上就飞驰而去。

距离学校很远刘欣平就熄灭了火，由于腿伤刚好，他非常吃力地把摩托车推进学校大门，他冲门房的老头摆摆手打招呼，老头说："进吧，进吧，刘家二小子，你有日子没来了吧？今儿有空来看你姨夫？"

刘欣平调皮地眨了下眼睛，说："哎，也来看看您。"

一句话把老头说得满脸堆笑，他骂着："你小子，就会哄你大爷！"

刘欣平径直把摩托车推到张华静的宿舍门口，停放在墙边的大树下。门，依然用门闩挂着，他拧开门栓推门进去。屋内，还是那么简单而整洁，仿佛不曾变过。一个月前和今天就像昨天和今天，而他却像等了半个世纪那么漫长！靠门口的脸盆架上搭着一块绿白相间的格子毛巾，盆里的水清晰透亮，肥皂盒里一块粉红色的香皂温润光洁。刘欣平拉过椅子坐下来。

忽然他的目光掠过那张单人床时心里"咯噔"一下，一件咖啡色的毛衣正摆在叠得方方正正的被子上。他走过去拿起毛衣，心里就有一种酸楚不安的感觉掠过。毛衣的一只袖口上还穿插着四根毛衣芊，应该是差几圈就完工的，这分明是一件男式毛衣，针脚匀称花式新颖，看来这女孩是花了心思下了工夫的，那她会是给谁织的呢？会是给我的吗？

刘欣平抱着一丝侥幸的心理猜测着，但也有隐隐的担忧和不安！

每天中午的最后一堂课，孩子们注意力就不集中，一个个小脑袋总是往外瞄，期待着放学的铃声响起。这是所有老师都头疼的一件事情。老师们惯用的方法是严厉地呵斥学生，但收到的效果都不理想，正所谓管住了人管不住心。而张华静的课堂却相反，无论什么时候孩子们都是聚精会神，恋恋不舍。

此刻她正站在讲台上用亲切、柔和的声音讲解着一首唐诗，她手上的半根粉笔就像一个魔法棒，她挥到哪里孩子们的眼睛就看到哪里。这在其他老师课堂是少有的，不知道为什么无论是上课还是下课孩子们都喜欢着她。

课间学生们玩得满头大汗口干舌燥，但是都不敢去别的老师那里要水喝，却会跑来找她，"咚"的一声推开门，探进两三个小脑袋，抢着说："老师，我要喝水。"

她就会拿起备好的凉开水兑好，分倒几杯放到他们面前，几个小东西一仰脖灌下，然后躲在她的房内说说笑笑直到上课铃声响起，才像落地的麻雀"轰"一下全都飞走。

上她的课时一张张小脸充满期待和喜悦，手都背到后面坐得端端正正。这正是她要求的。她说过只喜欢认真学习，听话懂事的好孩子，所以每个孩子都争着做张老师最喜欢的学生。张华静的话语里都是亲切、柔和，没有严厉，得到的效果却是最好的。工作上的成绩也很显著。领导赞赏，孩子们爱戴，她心里非常高兴，感觉生活充满色彩。下课铃声响了，她拍了拍手上的粉笔灰拿起课本出了教室。走到后院，刚转弯就看到那一辆熟悉的摩托车停在自

己宿舍外的树下。

她一愣，心想："看来欣平的腿伤好了，都骑摩托车了。"

屋内刘欣平正琢磨毛衣的事情出神，门被推开了。张华静手拿课本走了进来，笑吟吟地问："你啥时候来的？腿好得咋样了？"刘欣平站起来抖抖腿说："你看看，你再看看外面，这还用问吗？"

张华静洗了手，端了杯水递给欣平说："这才几天呀，就骑摩托车了。刚好不敢这么折腾，踩油门很用力的，能不影响吗？"

刘欣平认真地听着，忽然心里一股暖流涌上来，他笑着问："我可不可以理解为，你在关心我？"

张华静脸红了，摇摇头说："你这人，说话怎么没个轻重啊？"

刘欣平随手拿起毛衣扬了扬说："我这么久没来，你学会织毛衣了？也不量个尺寸万一织小了我穿不上怎么办？"

张华静看到毛衣，有些着急地说："呀，我还没织好呢。"

刘欣平停顿了一下说："不就差袖口一点了吗？我刚都比试过了大小合适，你现在就织，我等着。"

张华静呆呆地问："这……你能看上吗？我手笨织得不好，要不等我练好了手重新给你织一件？"

刘欣平心里被刺痛了，他知道这件毛衣不是给他的而是给另外一个人的。

想到这里，他平静地说："如果不是给我织的那就算了，不要勉强。如果是给我的，再难看我都喜欢。"

张华静有些尴尬更有些为难，这件毛衣本来是给友良的，可看到刘欣平欢喜的样子她又不好意思说了。再说早都应该送刘欣平一个礼物的，可总也想不出送什么合适。刘欣平吃的穿的用的都是时髦东西，有的她连见也没见过，现在他身上穿的米色夹克里套的就是一件大红色羊毛衫，质地柔软，颜色鲜艳，一看就知道不是他们这小地方能买到的，他又怎么能看上这粗线条的毛衣呢？

张华静拿起毛衣芊，双手灵活地在袖口处编织着。不一会四根芊子都退了下来，缝好了线头，张华静把毛衣铺到床上拉展叠成方块状装进一个纸袋子里说："一直不知道送你什么合适，我才学，织得不好你别嫌弃。"说完把袋子递给刘欣平。

刘欣平看着张华静娇羞的样子和袋子里鼓鼓囊囊的毛衣，非常高兴，他接过袋子说："走，我带你出去转一圈。"

张华静说:"不了吧?"

刘欣平抬腕看了表说:"这不都已经放学了吗?还有啥事不能走啊?"

张华静说:"我,我不想去你家。"

刘欣平说:"谁说去我家了,我带你去个你喜欢的地方,收了礼物总得有所表示吧?快点,我先去推车,大门外等你。"说着就走了出去,张华静犹豫了半天拉上门跟了出去。

摩托车在乡间公路上奔驰着,耳边的风声"呼啦啦"地响。十月底了,风凉飕飕的,刮到脸上一阵阵地疼。张华静把衣领竖起来盖住脸,头发被吹得胡乱飞舞,她紧紧地抓住欣平的衣服,心想:"这是要到哪里去呀!"

刘欣平一改往日的顽皮样,不紧不慢地掌控着摩托车的速度,俩人都不说话。车随着延伸的公路进了山,又过了很久,摩托车骤然减速拐到山坳处一条小路停下来。

路的旁边是小河,河水哗哗地流淌,一块块黑白相间的石块被水流紧紧包围着。河对面就是大山,一座连着一座没有尽头;山顶,云雾丝丝缕缕,悠闲散漫。山上苍松翠柏,巨石林立。一条条藤蔓从高空垂下,有胳膊粗的,有碗口粗的,阴森森很是怕人。

进山的路曲折蜿蜒,道路两旁毛竹摇曳,各种藤条掩映其中时隐时现,此时已是秋末,树上的叶子落了大半,挂在枝头的一些零零散散。偶尔有鸟雀的鸣叫声从山谷传来显得空旷而悠远。

张华静看呆了,作为乡村长大的孩子她也常进山,可这个地方她从没来过也没有听说过。现在置身于这样的地方,她觉得像是在梦中一般或是在画中,她惊奇地问:"这是什么地方?这么美!我怎么不知道?"

刘欣平双手插进裤兜里,望着远方说:"这个地方叫大垭口,采药材的人才会从这里进山,从这条路进去就入深谷,不熟悉地形的人容易迷路,所以一般人不敢来。"

一条小径弯弯曲曲通向密林深处,在毛竹的掩映下无限延伸,各种落叶乔木攀爬在荒草或是树身上结出一簇簇红色的果子。张华静忍不住想要过去看看,她走到河边开始脱鞋袜,刚脱了一只脚正想脱第二只脚时却被人猛地背了起来。她完全没有防备,脑子里还没反应过来是怎么回事就已经被刘欣平背着到了河中央。

"哎,你怎么这样啊?快放我下来!"张华静着急地喊。

刘欣平只笑并不言语,过了河把她放在一块大石头上就又折回去拿她的鞋袜过来。张华静低头穿鞋时才发现欣平是连鞋蹚进河里的,一双皮鞋被水

浸透了，正往外冒着水。

张华静着急地问："你怎么连鞋蹚水呀？这一泡，鞋就坏了！"

刘欣平说："我如果脱鞋你就下水里了，本来说站在对面看看就行的，谁知你竟想蹚水，现在的水透骨凉你受不了的。"

张华静低下了头，像个做错了事的小孩。

刘欣平拉着张华静走进密林，又从密林深处走到崖畔，玩累了才回到河边坐下休息。张华静仍然留恋地回头看着刚才走过的路，品评着。

她说了半天没人回应，才奇怪地问："你怎么不说话了？"

刘欣平停下脚步一脸严肃地说："静静，我今天带你来这里，还有个原因，就是想把心里的话说出来。"

张华静心里突突地跳，她眼神慌乱，躲过欣平的目光，站起来说："还是，改天再说吧。"

"不，我不能再等了，我想告诉你，我喜欢你，我要娶你做媳妇。"

张华静紧张地直搓衣角不知道怎么回答，刘欣平拉起她的手，说："你别害怕，我是认真的，没有恶意。我是让你明白我的心，我喜欢你，今生今世你要做我刘欣平的媳妇，你明白吗？"

张华静抽出了手说："我从来没想过这个问题，我……"

"没想过，那就从现在开始好好想，但你只能想我，我会等，等到你想好的那一天，我认定你了！"

张华静仰起头刚想说话，刘欣平赶紧打断了她的话，说道："我有耐心，你别急着回答，今年，明年，我都等。现在不用说，现在我背你过河，咱回家。"

张华静拒绝道："不，我自己走，不要你背。你的腿还没好呢！"

刘欣平不容分说，一下又把她背起来蹚进了水里，张华静默默地趴在他的背上看着河水漫过他的小腿，是感动，是讨厌？不，好像也没有讨厌，只有慌乱。到了对岸，刘欣平刚把她放下来腿却打了个颤，一下子就坐到了地上。他用力捏住脚踝。张华静急了，蹲下去掀开他的裤脚，脚踝处还有红肿的迹象，拆掉石膏的痕迹非常清晰。

她自责地问："你腿刚好就背人，要有个好歹的不成了我的罪过了！"

刘欣平一咬牙，站起来说："没事，回吧。"

张华静赶紧搀扶。摩托车在暮色的山道里疾驰，俩人又都沉默起来。

王桂芬做好了一桌子饭菜，不住地到门口张望，可就是不见儿子回来。她气得在屋里来回走动，一会骂儿子不听话一会怪自己太粗心，没看好这个野小子，她正急得团团转大刘回来了。她跑过去拽住丈夫把下午的情形唠叨

一遍。

大刘一边走一边听，进了屋往沙发上一靠说："快去端饭，不就这么大点事么。"

"啥，这你不急呀？儿子是我一个人的？"

正说着听到院里摩托声响，王桂芬说："可算是回来了，这个野小子。"

她刚要出去儿了就进了屋，她气得又骂："你胡跑啥？不知道妈操心呀？"

刘欣平在父亲身边坐下倒了杯水喝完后，抹抹嘴说："妈，你这是胡担心，我能丢了吗？"

"腿刚好，你就不能等些日子啊？"

大刘说："你妈说得没错，你这一下午跑哪去了？"

刘欣平从身边拿过一个纸袋子放到桌上说："看看就知道了。"

王桂芬好奇地打开袋子，掏出那件毛衣反复看着，高兴地问："静静织的？"

刘欣平点点头，王桂芬又把毛衣拿到丈夫眼前说："他爸呀，快看看。"

大刘笑了，王桂芬也笑了。

五

张华静的内心再也无法平静了，虽然这一切她早有预感但还是被震撼住了。对于刘欣平她没有反感也有好感，可是还不到谈论婚事的份上。对她而言，爱情那是书本上的东西，很遥远。可是如果拒绝，会不会伤到欣平？本来她是要把心里的感觉说明白的，硬是被他给挡回去了，为什么就不让说呢？

对于刘欣平，张华静总是刻意回避着。怕他那说一不二的性格，也怕他火热的眼神。刘欣平的表白像深谷里的回声在她心里不住地回荡，那么坚定，那么有力！这时张华静的眼前又浮现出了张友良那单薄、瘦弱的身影。这种感觉就好像是出门在外的家人，不由得时常为他牵肠挂肚。

这个周末，张华静心情很烦乱。她默默地在自己屋里想心事，妈妈进来了，坐在床沿看着她笑。

张华静奇怪地问："你这是咋了？干嘛盯着我一直笑？"

妈妈说："静啊，你是大姑娘了，又是老师，这说媒提亲的来了好几个了。都是方圆百里的富贵人家，你爸说让我和你商量商量挑个人品好的，你也去见见面啊。"

张华静苦笑着说："啥，相亲，我不去。"

妈妈说："傻丫头,你不小了,二十岁就是大龄了。现在不找过几年就没有好的了。"

"我不去,你快去忙你的吧。"

张华静连推带拉把妈妈推了出去。她关上门靠在床边,刘欣平那些话和妈妈的话交错着在她耳边响起。

二十岁在乡村是该到了谈婚论嫁的年龄了,小丽两年前就已经订婚了,明年就娶。娟年底也要嫁到邻村去,这些她是早都知道的,可当这样的事情落到自己头上时,她还是想不通,更无法接受。虽然爱情的概念在她心里很遥远,但她也不愿意把自己随随便便交给一个人。

好久没有友良的消息了,她决定去他家里看看,问问最近的情况。走过那条古老的巷子来到一座矮小的土屋门前,两扇褐色的木门合在一起,上面挂着一把锈迹斑斑的铁锁。两扇门之间虽然有锁连接仍有一指宽的缝隙,门旁的方格窗户上挡风的塑料纸被哪个顽皮的孩子戳了个大窟窿,残损的一边在风中"呼啦啦"响。

张华静上前摸了摸锁,四下里看看刚想找个人问问,隔壁二婶就拿着正纳的鞋底子出来了。说道:"静静,友良妈去西安了,你还不知道吧?凤儿的娃娃住院了。"

张华静问:"娃娃病了,啥病?"

二婶摇摇头说:"不知道,反正挺严重的。友良妈都去了四五天了。"

张华静看看那扇门,下了台阶,不由得担心起来。能住西安的医院肯定不是小病,那得多少钱啊?这可怎么办呢?回到家张华静急忙给妈妈说起这件事。

妈妈一边做活一边说:"知道,快一星期了,娃没事了就是要花大钱。友良妈作难得很,来找你爸要贷款,你爸呀给了二千元。"

听到妈妈这样说张华静才放下心来。

晚上,张华静呆呆地坐在桌前,她一直在思考一个问题:友良妈四处筹钱给凤儿的孩子治病,几乎是借遍了亲友,哪里还有钱给友良寄。如果是这样,友良在那边怎么生活?第二天一早她就去了趟邮局,以友良妈的名义给友良汇去200元钱,汇多了怕友良起疑心,汇少了又怕他伙食不够,当然这一切都是瞒着父母的,这成了她压在心底的小秘密。

上海的街头灯火辉煌,霓虹闪烁,而大学校园里则是另外一番景象。宿舍楼内灯火通明,热闹非凡。张友良远离了这一切,他一个人在操场昏黄的

路灯下踱步,这已经成了他的一个习惯。此刻空旷的操场只是他一个人的,初冬的风把他单薄的衣角掀起又放下。一枚落叶经不住风地摇曳,画着优美的弧线,落在了一旁的草丛里。他拾起那枚落叶放在掌心看着。

又是一阵冷风吹来,他不由得打了个寒噤,月亮和星星也被云层阻隔在灰暗的天空里。只是在云层移动的时候,这些天幕里的精灵就会挣扎着投给大地一缕光明。张友良捏着口袋里仅有的20元钱,茫然地看着天空。生活的严峻与冷酷折磨着他,眼下他不知道怎样才能在这个城市生存下去。

又一阵冷风袭来,他拉紧了衣服,把身体裹紧一些靠在树干上,一个响亮的喷嚏打出,他清醒了很多。操场上空荡荡的没有一个人影。是的,这个季节这个时候谁还会到操场上来,恐怕只有他张友良了吧。宿舍里再温暖他也不愿回去,这里才是他的天地,没有人看到他外表的窘迫和内心的苍凉。这个月妈妈没有寄生活费来,虽然他已把两餐减为一餐,可这个月还有十三天,二十元能对付几天呀,剩下的日子怎么办?

张友良为生存担忧,更为家人担忧。他不知道家里出了什么事,妈妈不是个粗心的人,虽然她挣钱艰难,每次寄得很少但非常准时。可这次,一月都过半了还没有收到那赖以生存的生活费。他猜测着,家里肯定是遇到困难了,会是什么事呢?他想来想去就想到了姐姐身上。按日子推算应该到了姐姐生产的时间了,那自然是要花钱的,妈妈的能力只能顾一头。这个时候本来他应该是和妈妈一起保护姐姐的,所以他不能等家里的援助,得自己想办法解决生存问题了。

张友良凑到路灯底下,摊开纸笔想给家里写封信,刚写了俩字又停住了。也许家人忙得忘了他这边,那这封信寄回去不是提醒妈妈该寄钱了吗?想到这里他又撕掉了那页纸,揉成团扔到了垃圾桶里。友良苦苦思索着,空空的肚子让他坐不住了,一阵接一阵咕噜咕噜地响,他索性站起来跑步。一圈,两圈,跑了三圈体力不支,他又坐到了刚才的位置。

这时候听到有人叫他:"友良,友良。"

他抬头一看,周庆正向他跑了过来。

张友良站住问:"你咋来了呢,这么冷的天,不在宿舍待着来这干啥?"

"你不也没在宿舍吗?"

"我嫌闹得慌,出来走走,习惯了。"友良极力掩饰着。

"那我们一起走走吧?"

周庆亲热地揽住了友良的肩膀,俩人一起走,这一搂周庆吓了一跳。张友良身上冰凉冰凉的,衣服非常单薄,应该是出来很久了。

周庆问："友良，你咋穿这么少？冷不冷？"

张友良推开周庆的手，说："哦，没什么，冷风吹吹头脑清醒。"

张友良故作轻松地说，可不争气的肚子又发出了"咕噜，咕噜"的响声，一阵接一阵，压都压不住。

周庆凝神看了友良，忽然拉起他说："走，吃饭去。"

张友良说："我吃过了，出来转转的。"

周庆生气地说："友良，咱俩都来自农村，贫穷啥滋味我知道，不要对我也像对别人一样伪装。你有困难我们一起想办法解决，不管怎样，现在去吃饭！"

周庆不容友良争辩，拉起他就往校园外面走去。

走了十来分钟，俩人进了一个偏僻的胡同，这是一条步行街，车辆很少。路两边的饭馆和店铺一家挨着一家，他们找了一家客人稀少的饭馆，进去坐定。

周庆点了一盘炒菜和一碗米饭，拍了拍友良说："啥都别说，先吃饭。"

张友良不再说话，他也不知道该说什么。服务员端来饭菜，迎面而来的饭菜香气强烈地冲击着友良的脾胃。

周庆把盘子往前一推，说："快吃，吃完了咱俩去跑步。"

张友良没有再客气，端起碗大口大口吃起来，等到盘干碗净肚子也已填饱，他抹抹嘴，周庆付过钱俩人出了饭馆往回走。

路上张友良沉默了好久，说道："周庆，我的生活状况无法对你伪装下去了，一直以来我躲避所有人就是这个原因，怕被人看穿。"

周庆搂住张友良的肩膀说："我早知道了。"

周庆接着说："我和你都来自农村，和其他人很难融入一块去，原因很简单，就是自卑。从开学那天遇到你我就感觉很亲切，所以才费心找你的，以后有事不要对我隐瞒，我们共同解决，好吗？"

张友良叹了口气，从口袋里掏出了那仅有的二十元钱，说："这就是我的全部家当了，快要活不下去了。"

张友良把家里的情况对周庆说了一遍，周庆说："咱俩是兄弟，既然是兄弟就不分你我。这样，我的生活费再对付俩月都不成问题，明天我分一半给你，然后我们再想办法。"

张友良说："不，借钱不是长久之计，我得找份活干，自己挣钱养活自己。"

周庆想了想，说："也对，这样吧，咱俩一块找，找到了一块去，我

陪着你！"

张友良感激地说："好啊，那现在先回去睡觉，明天还要上课，这才是最重要的。"

就这样俩人在宿舍楼前分了手，周庆跑着欢快的步子离去，张友良抬头看了看宿舍楼，灯光多如繁星，而属于他张友良的那盏灯在哪里呢？

到了周末，宿舍楼里就热闹起来，本地学生背起包急急忙忙回家，外地学生就结伴去游玩，或者去操场打球。也有穿着时尚的女生和高大帅气的男生偷偷约会去了。在大学校园里谈恋爱已不是新鲜事儿，只是这些事情也都是隐蔽的不会太过张扬，因为那是违反校规的。

张友良坐在床沿，看着室友一个个离去直到宿舍里剩下他一个人。这个过程他都是心不在焉的，但耳朵却极力捕捉着窗外的声响。宿舍在一阵喧闹后迅速沉寂下来，楼道里也没有了声响。张友良有些着急，他看了一眼桌上的钟表，时针已经指向一点三十分，他起身爬到窗户上探出半个身子向下张望。

终于，周庆远远地跑来了，摇着手在楼下喊："友良，张友良。"

张友良大声回应着："来了，马上下来。"

今天是周末，他和周庆约好了一起去找工作。

出了校门，俩人一下子茫然了。偌大的城市该去哪里找呢？

想了一会，张友良说："咱去那天吃饭的街上看看，总会有招聘的吧？"

周庆表示同意，二人又来到了那条步行街上。一家家看过去，终于发现在一家酒楼的玻璃橱窗上贴着一块招聘启事，俩人对望一眼，鼓足勇气推门进去。前厅，柜台后面有一个穿着灰色制服的女孩，旁边是一部电话机。

女孩看到有人进来，问道："你好，就餐请往右走。"

张友良鼓起勇气问道："请问，你们这里招工人吗？我们是来应聘的。"说着指了指玻璃上贴的招聘启事。那女孩说："我们招洗碗工，只招女的不要男的。"

"我们也会洗，这个活我们能做。"友良说。

周庆也在一旁附和着说："对对，我们比女的有力气，女的能干我们也能干。"

那女孩不耐烦地说："不招就是不招，你们有力气去建筑工地看看吧，我们这里真的不要男的。"

俩人只好退了出来。虽然被拒绝了但听到那女孩说到建筑工地，他俩又

来了精神，决定去建筑工地碰碰运气。

走在街上环顾四周，除了高楼就是行人和车辆，这么繁华的地段怎么会有工地！他们上了公交车往南走，一直坐到公交车的终点站。出了闹市就看到一座座正在建造中的大楼，俩人下了车来到一个工地。水泥框架的楼体被绿色的防护网包围着，一个个头顶安全帽的工人在忙碌，偶尔可见电焊工手中飞溅出阵阵火花。工地被一个大大的围墙圈起来，只留有一个大门容行人车辆通行。

周庆和友良刚想进去，被看门人叫住了："你俩站住，干啥的？"

张友良上前说："大叔，我们是来找活干的，你们这要人不？"

那人把他俩上下打量一番说："要是要，不过看你俩这瘦猴样怕干不了。"

俩人一听急忙上前说道："能干，能干，我们有力气。"

那人又问："长干还是打零工？"

周庆说："大叔，我们是学生，农村来的。只能周末来，但我们保证能干好，您就留下我们吧。"

那人沉思了一会儿，对工地上一个正推着车子跑的小伙喊："叫老赵来一下。"

不一会儿，一个穿着蓝色工作服头戴白色安全帽的中年汉子过来了，看门人一指他俩说："这俩娃娃找活干呢，打零工，你看能不能留下？"

那汉子看了看说："是学生吧？打零工就是推砖、推沙子水泥、拉钢筋……多了，就是叫你干啥就干啥，都是重活，你俩能行不？"

张友良感觉这个中年男人很是面熟但又想不起来在哪里见过，周庆用胳膊碰了碰张友良，俩人马上表态："能行，保证干好。"

那汉子说："那好吧，一天20管吃。住嘛，你自己看能赶上上班就回去住，赶不上就在工棚里凑合凑合，啥时候来？"

张友良说："现在就来，可以吗？"

那汉子说："那好，跟我来。"

俩人在汉子的带领下来到后边一间办公室里。填了表，然后领了两辆小推车进了工地。

那汉子把手一扬，叫住一个正在往车子里装砖的小伙子说："王大毛，给你带上两个徒弟。"

然后回头对他俩说："去吧，他咋干你俩就咋干，具体干啥也是他说了算。"

俩人高兴地推着车子跟在王大毛的后边跑进了工地。对于这来之不易的机会，周庆和张友良都是无比珍惜，每一趟他们都把车子装得满满当当，半

晌功夫，手就磨起了一层水泡。日暮时分，看着脚底打战的张友良，王大毛"扑哧"一声笑了。

张友良抬手抹去眼角的汗水，问："师傅，你笑啥？"

王大毛止住笑，说："你俩傻瓜蛋儿，哪有这样干活的，这一趟一趟得匀着来，装满就行了嘛，还堆得像个山吆！劲用完了吧？明天早上还能爬起来不！"

张友良说："没问题，能行。"

王大毛不屑地说："能行个鬼幺，那个黑脸娃儿还差不多，我看你个白脸书生怕是不行。今晚，还是不要回去了，跟我住工棚吧。"

王大毛一口四川话，虽然每一句都有骂人的字眼，但是张友良和周庆还是感觉到了一丝关怀和温暖。

吃饭的时间到了，厨房外面一张长方形的桌子上放着一口大铁锅，锅里是刚做好的炖白菜豆腐。紧挨着的大铝盆里放满了雪白的馒头。工人们都聚拢过来，一个胖女人手持铁勺打菜，馍是工人自己拿。周庆和张友良远远站着，想等别人都拿完了再过去，他俩没有碗所以也就没法去打菜。

王大毛笑着过来了，怀里还抱着一沓"碗"。他往周庆和张友良手里各塞一个，说："用这个，走，去打菜。"

张友良这才看清楚其实只有一个碗，另外两个是一个小塑料盆和一个盆盖，王大毛把盆盖留给了自己。

张友良急忙去调换，王大毛咧开嘴笑着说："别讲究了，凑合着吃撒，吃饱明天才有劲头干活！"

这时那个叫老赵的人手里拿着两个碗过来了，张友良忙往一边走。

老赵却叫住他说："学生娃，给用这个打饭，那算什么碗那。王大毛也真是的！"

"不用了，这个，可以的。"张友良推脱着。

老赵笑着说："客气啥？咱都是一趟车过来的。"

"一趟车过来的？"张友良疑惑地抬起头看着老赵。

"我，就是那个，哦。"

老赵说着头往后一仰，做了个睡觉状。张友良恍然大悟。他突然想起，来上海时列车上睡觉打呼噜的中年男人，惊讶地说："啊，你是……"

老赵笑着摆了摆手说："吃饭，吃饭，吃完了好干活。"然后就走了。

吃完了饭，工人们挤到水龙头前洗碗，有人把水开得过大水花四溅，溅到其他人身上，人群里就有了粗鲁的骂声和笑声。

等工人们散去，周庆和张友良在水池子前洗了脸，跟着王大毛进了工棚。工棚里是大通铺，铺盖卷儿一个挨着一个。木板床上铺着一床床被褥。那些被褥已经覆着一层黑黑的汗油渍，所以也就分不出图案和颜色，只是有的缝得严实，有的灰白色棉絮外露着。地上横七竖八地扔满了臭气熏天的胶鞋和布鞋。一股呛人的劣质烟草味夹杂着酒味冲入鼻中。

这强烈冲击的气味让友良后退了一步，周庆拍拍友良的肩头先一步跟了上去，王大毛没有觉察仍在前面带路，他像看护孩子一样照顾着这俩新来的小伙伴。

王大毛的铺位在最里边靠墙，这边没有门口拥挤，在他后边还空出一大片来，足够躺下七八个人，他把褥子横着铺开，被子也横着拉开示意他俩躺上去。周庆和张友良感激地说："谢谢王哥哦，给你添麻烦了。"

王大毛说："麻烦个屁呅，快睡，明天早起好干活撒。"

旁边一个中年汉子剔着牙缝说："这王大毛还领回来俩奶娃娃啊，前后都领着，这晚上怕还担心蹬被子着凉了着。"惹得众人又是一阵哄笑。

繁重的体力活让这些粗鲁的汉子们很快就打起雷一般的呼噜声，身边的周庆和王大毛也睡着了。张友良丝毫没有睡意。他望着墙上斜照进来的一缕亮光出神，更为今天第一次找工作就如此顺利而高兴。手上的水泡鼓鼓的火辣辣地疼，腿软绵绵的抬不起来，浑身像散了架。为了明天能早起出工，张友良把头埋在胳膊弯里渐渐睡去。

黎明很快到来，快得仿佛只打了个盹儿，眨了个眼。

工地上的人们又开始忙碌了，张友良和周庆紧跟着王大毛一趟趟运砖，休息了一个晚上，腿却沉得像灌了铅怎么都不得劲儿，直到午饭后才灵活起来，就像生锈的机器打了蜡上了油又重新焕发了活力。下班已是下午6点，俩人顾不上吃饭，赶紧跑去办公室领到了两天的工资，珍贵的40元。

这对于张友良来说太重要了，一个星期的伙食有着落了。他看到了希望，就像乌云密布的天空突然裂开了一条缝投下来一丝阳光，他，知足了！

从办公室出来王大毛正站在外面等候，两天相处三个人已经建立了深厚的友谊，这分别竟有些难舍难分。王大毛一直把俩人送出大门才停住脚步。离开工地周庆和友良撒腿就跑，到了车站挤上公交车，急匆匆往学校赶。

六

时间过得很快，转眼已是严冬，周庆和张友良过得忙碌而充实。两个多

月过去了，每个周末两天时间到工地上劳动，经济上有了收入，张友良不再为生活担忧，心情好了，人也变得开朗很多，偶尔还和周庆你追我赶地打闹一阵。工地考验人的毅力也锻炼体力，他俩手上的血泡已经结成老茧，脸膛变得黝黑却也显得更加结实了。

　　一天中午，张友良收到了一封盼望已久的家信并附带着二百元钱。信是张华静代笔的，从字迹上他一眼就认出来了。信上说姐姐生了个胖儿子，这一段时间妈妈由于忙着照顾姐姐就忘了寄钱的时间。看完信张友良哭了，他把信纸捂在脸上任泪水唰唰地流，紧紧揪着的心终于放下了，家里一切都好就是他最盼望的。

　　一个月来，他通过自己的劳动勉强解决了生活问题，这二百元钱他舍不得动用一分，他知道这是母亲从牙缝里省下来的，现在姐姐有了孩子那就更需要钱。张友良把二百元钱又寄了回去，并写信告诉母亲，自己找了一份工作就是每个周末到工地上干零活，有一份不小的收入能自己养活自己了。寄出了信他笑了，他想象着妈妈收到信时高兴的样子。

　　又是一个周末。

　　张友良和周庆匆匆忙忙赶到工地，两扇蓝色的大铁门却紧闭着，门上挂着锁，一扇小门半开，四周非常安静，没有了往日繁忙嘈杂的声音。

　　他俩有些纳闷过去推开门，刚跨进一只脚，看门人从门房探出脑袋看到是他俩就说道："是你俩呀，快回去吧，工地都停工了你还来干啥？"

　　停工了，张友良心里咯噔一下。天哪这意味着他的生活来源又中断了，将再次陷入困境。

　　他不敢想也不愿意相信这是真的，着急地问道："为什么停工啊？那什么时候才能开工？"

　　"开工要到过年以后。"

　　"那，王大毛呢？"周庆问。

　　看门人告诉他王大毛也回了四川老家，明年春天才会回来，他们这才慢悠悠地退了出来。不愿接受还得接受。面对这样的结果，友良心烦意乱。回去又该怎么办呢？生活逼迫着他去寻找下一个去处。周庆看着友良沉闷的表情，拍拍他的肩膀说："别急，咱们再去别的工地看看。"

　　俩人就又马不停蹄地跑了几家工地，可是都被拒之门外。得到的回答是：快过年了，工地基本进入收尾阶段，活少，现在都要精简人员了，哪里还会招零工。

生活把刚刚投射在张友良心灵深处的一丝光亮也撤走了，让这个身处异乡的农家孩子已经到了山穷水尽的地步。再有半个月就放寒假了，别人都盼望着回家，可他连下个星期的伙食费都没有，更别说那一笔为数不小的路费。沉重的心理压力使他的眉头紧紧地拧成了一个大疙瘩。张友良神情落寞地走到一边，在水泥台阶上坐下来。

为了省钱他每天只吃一餐，每天晚上灌一瓶热水放在身边，饿得撑不住了就喝两口水吃一两粒花生米，可是现在，他连买花生米的钱也没有了。

周庆走过去紧挨着张友良坐下，说："别愁了，咱先回学校慢慢想办法，世界很大，城市很大，总会有收留我们的地方。"

周庆是张友良离开家乡以后唯一的朋友，他就是这个冬天里的火苗时刻温暖着张友良凄清冰冷的内心世界。

俩人在街上溜达了很久才回到学校，曾经遮天蔽日的林荫道此刻空荡荡的，一棵棵大树的枝干被冷风使劲摇动着。风起时地上的落叶就被卷到路边干枯的草梗下，更显萧条！

忽然一阵响亮的笑声传来，张友良抬头一看，迎面过来三个穿着时髦的女生。他俩本能地避开向路边走。寒酸的衣着让他有深深的自卑感，他不想进入别人的视线，不想被人指指点点地嘲笑，尤其是那些高傲的城里女生。

"张同学，张友良。"

突然，其中一个高个子女生叫喊着，声音有些耳熟。张友良不相信自己的耳朵，他以为出现了幻觉，仍然毫无反应地往前走。

周庆拉住张友良说："好像是叫你呢，你看。"

张友良转过身，高个子女孩走了过来那脸庞并不陌生，他一眼就认了出来。

张友良脸色通红地说："你好，罗同学。"

女孩说："你记得我呀？我以为你早忘了呢，你俩干嘛去了呢？"

周庆惊讶地问："你俩认识啊？"

张友良苦巴巴地挤出了一丝笑容，女孩大方地说："算认识吧，你好，我叫罗绮玉，你呢？"

"我叫周庆，友良老乡，哥们。"

周庆有些激动，一边回答一边打量着罗绮玉和张友良。

罗绮玉和周庆打过招呼，对张友良说："张同学，我刚陪同学去取邮包，好像看到有你一个，你去看一下吧。"

"是吗，那我这就去。"张友良回答着。

"好，再见。"

罗绮玉对他俩摆摆手回到同伴身边，那几个女孩正小声议论着这边的情况，看到女孩回归便亲热地挽起胳膊离去。周庆望着女孩的背影出神。

张友良推了他一把说："走吧。"

周庆望着张友良笑并问道："你和这女孩认识啊？你不是说只认识我一个吗？看来你不老实还有隐瞒！"

张友良淡淡地说："开学报到那天，她的皮箱轮子掉了砸了我的脚，后来又在餐厅遇到一次，这是第三次，你说这算认识还是算不认识？"

周庆笑着说："你不懂，这叫砸出来的缘分。"

包裹取回来了，摸着软软的，猜想应该是一件衣服。张友良鼻子一酸，眼眶湿润了。可怜的妈妈苦着自己却总是牵挂儿子，自打他记事起妈妈就没穿过一件像样的衣服。周庆两三下就剪开了包裹，打开一看竟然是一件咖啡色毛衣和一件白色衬衣，周庆说："你妈挺时尚的，还会织毛衣，这两件衣服足可以证明你妈不是你说的那样落后。"

张友良更是纳闷了，妈妈不可能会织毛衣的，就是买也是黑灰的褂子、条绒布鞋，这两件衣服绝对不可能是妈妈寄来的。想到这里，他把紧紧对折的衬衣打开，里面裹着一封信。果然是张华静写的，和他猜想的一样，他急切地读了起来。

友良：

你好！

现在已经是冬天了，咱这边非常冷，也不知道你那边什么情况。听人说你那边暖和不太冷，所以就寄件毛衣给你。我才学，织得不好，别嫌弃凑合穿吧。你是我们大家的骄傲和希望，你在那边条件好，我们也帮不上什么忙，如果有什么困难尽管说不要客气。

眼看快过年了，大家都会回来那时村里就热闹了。我们等你的好消息，等你讲解外面的世界，凤儿姐的孩子可爱极了，这一段时间就住在你家，我也常过去看看。最后就祝你学习顺利，一切都好！

张华静

张友良拿着信的手颤抖了，眼泪大颗大颗滚落下来。张华静，张华静，这个名字在他心里反复出现，一遍遍回放，看到张友良这个样子，周庆抢过

信纸看了一遍问:"张华静是谁呀?是你老家的女朋友吗?"

张友良摇摇头说:"不是,她是我从小到大的伙伴,她在我的心里就跟仙女一样。"

"一个儿时玩伴给你寄衣服,你还哭成这样?"周庆嘟囔着。

张友良平复了一下心情,对周庆讲起了他的过去,从家乡来到这座校园的过程,还有那段苦难的成长经历。

周庆感慨地说:"真是太不容易了,太艰难了!"

这个包裹、这封信扫去了张友良失去工作的灰暗心情,一个下午俩人就坐在宿舍里聊着,但最后还是回归到一个主题上——找工作。

对于周末,老师同学在盼,张友良周庆也在盼,可这盼望却是截然不同的。周末,是别人休闲娱乐的时间,却是他们两个忙碌的时间,他俩带着希望从郊区到闹市一次次寻找又一次次失望而归。当黄浦江上渡轮的汽笛声划破夜空的时候,张友良临窗而立,怅然若失。他不知道下一步该怎么走,捉襟见肘的日子让他心情烦乱,哪里还顾得上去欣赏霓虹交错的都市夜景。

又是一个周末,因为工作的事情没有着落,这一夜对于友良来说是煎熬的,浑浑噩噩中就到了东方发白。他洗漱完毕走到窗边,放眼望去,天空湛蓝,一团一团的云朵悠然飘荡,可今天的结果还是个未知数。如果,这个周末再找不到一份赖以生存的工作,那他只有去跳黄浦江了。

张友良怀着忐忑的心情在寂静的宿舍楼里徘徊,一阵"咚咚"的敲门声打破了平静。他刚拉开门,周庆风一样地闯了进来,右手握着一张小纸条在友良眼前晃动着说:"好消息,好消息。"

张友良问:"啥好消息?"

周庆说:"我班一个同学在酒吧打工,只是晚上上班,我问了,他愿意介绍咱俩去,这就是给我留的地址。"

张友良猛地攥住周庆的胳膊,说:"真的?我看看。"

这个工作太及时了,简直就是救命的稻草,俩人准备一番就出了学校大门。

酒吧所在的地址并不难找,他们到公用电话亭按照纸条上的电话拨过去,在对方的指导下辨认方向。很快他们就看到了那家"零点酒吧"高高悬挂的牌子,酒吧在三楼,底下是商场。因为打过电话,一个服务人员下来把他俩从侧门带上了楼。

进了办公室,黑色皮质的转椅上,一个懒洋洋的青年男子坐起身来,问

了他俩的姓名说:"知道,知道,学生工哦。我们这里情况是这样的,每天晚上上班,时间是晚7点到凌晨2点,一天三十元,愿意来就填个表,不愿意就走人。"

张友良立刻说:"愿意愿意,我们愿意。"

那人从抽屉里拿出两张员工登记表递过来,填好了表友良问:"我们什么时候来上班?"

那人说:"明天来,先实习两天,看能干不?"

"好的。"

出了酒吧,张友良紧紧抱住周庆,他被这突如其来的幸福感弄晕了。如果说天无绝人之路的话,那么周庆就是上天派来拯救他的使者。

第二天晚上,俩人早早来到酒吧被服务人员带到后面一个小库房里。那人从登记表上找出他俩的名字打了勾,转身从衣柜里抽出两套衣服放到桌上说:"这是你俩的工作服,去隔壁更衣室换上到大厅等我。"

张友良看着桌上的衣服又看了看周庆,他不敢相信自己的眼睛。怎么会有这么好的事情,居然还发衣服。当高大的穿衣镜里两个穿戴一新的人出现时友良惊呆了。黑色的长裤,金黄色的衬衣,衬托着友良清秀、苍白的面容;周庆稍壮也黑一些,但更有一种男性的刚毅。

张友良静静地望着镜子里的自己,这是他有生以来穿的最好的衣服。衬衣像绸缎,柔软地贴着皮肤。黑色套装让身材更显高挑挺拔,只是有些单薄,明显营养不良的结果。从小穿惯了家织布对于这样华贵的工作服,他还有些难以适应。

周庆倒随意一些,换好了衣服,过来对张友良说:"老天,咱们总算找到工作了!"

到了大厅,刚才给他们发衣服的那个人已经在等候。五光十色的灯光不停地变换、滚动,让人眼花缭乱步子也不稳。营业时间还没有到,那人给他俩讲解着工作步骤和注意事项。

夜幕降临,大上海的夜色里从来都是丰富的内容。周庆和张友良端着小盘在领班的指导下穿梭于人群中。耀眼的光芒、时而绵软时而狂野的歌声,还有客人的欢笑声让夜色沸腾。张友良努力调整着自己的状态,他必须适应这样的环境,因为这是他生存下去的唯一途径。

营业时间在凌晨结束,领班叫住他俩说:"你俩没地方睡就睡更衣室吧,那有一床被子,库房有个旧沙发。你们把沙发挪到更衣室,挤挤也能凑合。"

沙发虽旧但撑起来倒是一张床,软软的很舒服,拉开被子俩人钻进被窝,身

体紧贴在一起疲惫地睡去，他们的夜晚从黎明开始。

山乡的冬天降临了。

大雪一场接着一场，前一场还没有化完，下一场就又开始下起。这一次已经下了两天，时大时小没有停止的意思，远远望去，山川、田野、村庄、小路，都笼罩在茫茫飞雪中。这个季节农人们不再外出，门窗关得严严实实。男人们嘴里叼着纸烟抱着茶水缸围着炭火盆拉家常，女人坐在自家的热炕上编干草帘子或是纳鞋底。

每家每户的场院里堆着高高的柴火垛，腌制好一坛子酸白菜，大瓷瓮里装满过冬的面粉。俗话说"瑞雪兆丰年"，只有雪下得大、落得厚，明年才会有好的收成。

每当大雪封了山路，年长者会捋着花白的胡须乐呵呵地说："好年景，好年景！"

凤儿坐在炕头怀里抱着孩子前后摇着，嘴里还轻声哼着小曲，小家伙在妈妈绵柔的歌声里慢慢睡去。友良妈把屋子用一道布帘一分为二，她在另一边接待病人。冬天里温度很低，感冒、发烧、咳嗽，使老人和孩子都显得特别脆弱。

病人很多，友良妈很忙碌，她也必须忙碌起来，这样生活才有转机。小外孙刚出生就带来一场大病，掏空了两家人的腰包不说，还欠下一屁股外债。出院时按风俗凤儿和孩子得到娘家住，她特意拉起一道布帘子给母子俩隔出一个小天地，一来图清净，二来避免和病人接触，小木匠自然也跟了过来。

年底结婚的人很多，乡里人嫁娶都要打家具，木匠手艺很吃香。一家一家的活连着排起来就干到年底，小木匠每天早上天麻麻亮就出去，晚上裹着一身风雪回家，看着儿子圆嘟嘟的笑脸这个憨厚的男人除了傻笑就是狠狠亲上两口。那生硬的胡碴子扎得孩子"嗷嗷"大哭。他立刻慌乱一团，抱起儿子摇晃，转圈，都不顶用就惊慌失措地喊媳妇。得到的就是媳妇的一顿责怪，等孩子在媳妇怀里安静下来他又凑过去看看。

白天友良妈和小木匠都在忙碌，这两个人是两个家庭的经济支柱，只有他们忙碌日子才会好。凤儿深刻地知道这个道理，她总是自己看护孩子，尽量不让妈妈分心。

炉子上的水"呼呼"地冒着热气，不一会水开了从壶嘴儿扑出来淹了火苗，腾起一阵白色的水雾。凤儿赶紧放下已经熟睡的孩子下炕灌水，忽然门被推开了，一个高大的身影带着冷气闪了进来。

来人随手关上门拍拍身上的雪，说道："友良妈，看看，我给你送啥来了。"

凤儿撩开帘子一看，来人是村主任，忙说："我妈在给小孩打针呢，叔，啥事？"

村主任从上衣口袋掏出一封信说："凤儿，这是友良寄来的信，都几天了，雪大路不好走，邮递员就放大队部了，我怕有啥事给耽搁了就给你妈送过来。"

凤儿接过信压到炕席底下说："叔，快坐，喝杯热水吧。你看，这大冷的天儿您还给送来！"

主任说："不了不了，我走呀，你婶儿还等我吃饭呢。"

友良妈听到声音也过来了，说："喝口水暖暖吧，这雪下的。"

主任说："你忙你的，我走了。"说着一个侧身出了门，一股冷风夹着雪花飘进来，友良妈赶紧关上门。立冬时她就把墙缝、门缝都用废布条和着泥巴塞满，糊严实了，所以这个屋子虽然简陋，保暖性还挺好。

院子里小木匠劈的干柴堆得像个小山包，每天出门前他都会把炕烧热，把炉火拨旺。这个冬天友良妈和女儿一家过着开心的日子。

吃罢晚饭，小木匠和凤儿逗孩子玩耍，友良妈笑盈盈地拆开儿子的信看起来，这一段时间由于外孙的病情她几乎忘记了异乡的儿子，这封信让她记起了，也似乎从焦躁、忙碌中清醒了，她认真地读着。

妈妈，姐姐：

你们好，来信和二百元钱收到了，静静说我姐生了个胖儿子我可高兴了。这样我就当舅舅了，这是件多么令人高兴的事情！可我没有什么能送给姐姐和孩子的东西，更帮不上家里的忙，这二百元钱我再寄回去就当是我的礼物吧，给姐姐买些营养品。

妈，你不要担心我，同学帮我找了一份工作，每个周末去工地上干零活就可以挣够一个星期的生活费，你们就放心吧！妈，你要保重身体，不要太过劳累。咱家就你一个劳力，你要千万保重身体，有事就叫姐夫帮忙。儿子不孝，让妈受累了！替我问候静静，她对我的帮助我都记着，除了一声感谢我还能做什么呢？我就不单独给静静写信了，妈就替我问候吧，祝她工作顺利！

友良

友良妈眼泪巴巴地往下掉，她用手胡乱地抹，抑制不住还小声啜泣起来。

女儿、女婿停下说笑，凤儿下了炕走到妈妈身边说："哎呀，你儿子来信了是高兴事么，咋还哭上了？"

友良妈说："我儿子懂事了，他把二百元又寄回来了，说是给你和孩子……"

话还没说完友良妈一愣，想了半天，对女儿说："呀，我都两个多月没给友良寄钱了，这二百元钱我没寄呀，这，这咋回事？我儿受难了，都不知道是咋过的？"

凤儿从妈妈手上拿过信看了一遍，说："妈，这还不明白？这钱是静静寄的。你看，友良说听静静说的，那信是她写的，钱肯定也是她寄的。"

友良妈抹去脸上的泪水，像突然明白过来似的说："对呀，除了静静还有谁清楚咱家的事，谁能知道友良地址，这一家人，大人、娃娃心眼真好！"说完又掉起泪来。

鹅毛般的大雪纷纷扬扬，铺天盖地，清河小学各教室的窗户钉上了双层的塑料纸抵御严寒，呼啸的西北风摇得窗框"叭叭"地响。每个教室安了两个灯泡，只在一早一晚早读和自习时亮起，柔和的灯光暖暖地照耀着教室。学生们穿着厚厚的棉袄、棉裤和棉鞋，女孩是红红绿绿大花的，男孩是黑灰的，一个个包裹得像个大粽子，胖乎乎圆嘟嘟。

张华静下了课，踩着咯吱咯吱的积雪回到宿舍，打开炉门拨旺了火苗把双手拢过去烤火。孙艳梅抱着个搪瓷缸子进来了，拉过一个凳子坐在对面也把双手搭上来烤火。她搓着手仰头问："哎，这雪这样下，明天咱得走着回家了。"

"是啊，不过也挺美的，看看雪景。"张华静说。

"有啥看的，年年下，天天下，烦都烦死了！"

俩人不经意地聊着，忽然孙艳梅走到床边，问："小张，你这买的啥呀？我看看。"

张华静这才抬头看过去，床上放着两个大塑料袋子装得鼓鼓囊囊。她感到很奇怪，就走了过去。孙艳梅已经掏出了袋子里的东西摆到床上，惊讶地说："呀，还是高档衣服，在哪儿买的？很贵吧？"

张华静急忙掏出了另一个袋子里的东西。一件水红色棉大衣，一条黑色裤子，一双白色皮面旅游鞋。棉衣的领子还有一圈白色长毛非常漂亮而且柔软，张华静愣住了。

孙艳梅不住地翻看比画，又追问："在哪买的，多少钱呀？"

张华静说:"我也不知道。"

"什么呀,你买的你不知道?"

"我也才回来,你要不说,我还没发现呢!"

孙艳梅眼珠子飞快地转动又笑着说:"我知道是谁买的了,能送来这么高档衣服的只有一个人,我想这不难猜吧?"

张华静当然知道是谁了,在孙艳梅打开袋子的那一刻她就知道了,只是没有说出来。除了刘欣平还会有谁,可是她没有惊喜只有生气,为什么做事这么不靠谱,总是不打招呼就自作主张!她想了一会,问孙艳梅用什么方法把这些东西退回去才好。

孙艳梅气得直说:"你呀,傻瓜一个,刘欣平才是你的真命天子,你看不见呀。像他这样敢想敢做又不说出来的男孩子哪里去找?你不要别人抢着要。"

孙艳梅说完又拿起衣服在张华静的身上比画起来,可是张华静的心情却烦透了。

七

第二天放学的时候,雪还是没有停,不但没有停而且由昨天的零星小雪又变成了大雪,老师们只好放下自行车步行回家。

马路上,过往车辆都开得很慢,汽车轮子上的防滑链"噌噌"地响着,在冰冷坚硬的雪地上扎出一排排齿轮的印迹。偶尔有一处凹下去的小坑,里面的雪化成了一摊污水,车轮碾过的时候污水夹着冰块四处飞溅。

走了一段路程张华静感到浑身冒汗了,她把围巾抹到脖子上呼出一口气,白色的水雾立刻在冷空气里四散开去。路上行人很少,走半天才能看到一两个人,也都是包得严严实实只顾低头走路看不到面容。

村子里很安静,张华静正走着,冷不丁从胡同里窜出一条大黄狗,她心里一惊,脚底打滑,一个趔趄险些摔倒。这个面目狰狞的家伙在雪地上竟是这么轻盈,除了一个影子一行清晰的蹄印什么都没留下,似有似无,仿佛是个幻觉。张华静已经是两手冒汗了,她把手套褪下来放到包里,甩开手走。转过巷口,看到一个中年妇人靠路边站着,矮小的身材被厚重的衣服包裹着。一条黑灰的围巾遮住脸颊,围巾外面露出的一绺发丝上挂着雪花。

看到张华静,那人马上迎过来说:"静静回来了?"

张华静一下子就听出来是友良妈妈的声音,不由得奇怪地问:"婶儿,

这冷的天你不在屋里，站这干啥？"

友良妈说："婶儿等你哩。"

"等我，等我干啥？"

友良妈拉过张华静的手，把一个纸卷样的东西放到她的手心里说："静静，友良前几天来信了，婶儿才知道这钱是你寄的，婶得还给你。"

张华静推让着说："婶儿，不用还，这……"

友良妈紧紧攥着张华静的手说："静静呀，你一家人帮我们太多了。放心吧，这一阵子我也缓过来了。友良啊，他在那边也找到一些活干能挣点钱了。所以这钱婶儿还一点心里就轻松一点，你不要，我心里就结个疙瘩！"

说着，友良妈从口袋里掏出一封信，放到张华静口袋里，说："这就是友良的来信，你回去看看就知道了。婶儿就不去你屋了，你也快回去吧。"

俩人相跟着走到岔路口，友良妈挥挥手就自己走了。张华静还攥着那封带有友良妈体温的信。看着友良妈离去的背影，猜测着这信里的内容。她不知道在信里友良是怎么跟他妈妈说的，她又怎么猜到钱是自己寄的呢？这么想着就进了自家院子。

进了屋，静妈妈抓起鸡毛掸子拍打女儿身上的雪，嘴里说着："冻坏了吧？赶紧上炕暖暖。"

张华静一边取着脖子上缠绕的围巾一边问妈妈："妈，咱家咋买这么多蜂窝煤呀？那房阶上、窗台上都堆满了。我爸每年不就买两袋钢炭的吗？今年咋舍得了？"

妈妈说："这么说，你也不知道？"

张华静问："知道啥呀？"

"唉，前几天镇上蜂窝煤厂的小四轮给咱拉来一千块煤，说是付过钱的他只管送货。我以为是你爸买的就让下了。你爸回来说根本不知道这回事，我俩就以为是你买的，这你也不知道，那会是谁呢？人家说的地址清清楚楚的还是你爸的名字，也不会送错呀！这到底是咋回事嘛？"

张华静立马就想到一个人来，她几乎要崩溃了，对妈妈说："我知道是谁了。"

妈妈歪着头，皱着眉，思索着问："是欣平吧？你爸也想到是他。"

张华静听妈妈说出这个名字，心里轰的一阵烦乱，她把放在炕沿的两个提包往前一推，说："还有这些。"

妈妈掏出包里的衣物，一看，小声问："也是欣平？"

张华静点了点头。

晚上老张回来了，听完老婆和女儿的叙说他半天没有吭声，作为父母他当然知道这是怎么一回事了，可是该怎么办呢？得好好想想。刘欣平和他父母的意思是明摆着的，虽然从没说透过。可这件事如果这样拖下去总是不好的，会有误会，让人觉得自己一家人爱占便宜，贪图小恩小惠。

不过怎么处理都要谨慎，这不光是两个孩子的事情更牵扯到他和大刘多年的交情。老婆和女儿正专注地看着他，等这个主心骨拿出一个妥当的办法，既不损伤刘欣平的颜面还能把钱物退回去。

过了一会儿，老张开了口，说道："静静，欣平这样做的原因你应该明白，爸本来就欠着你刘伯的情，不管咋做爸都很为难！退吧怕伤了娃的脸，不退咱咋做人？"

又是一阵长时间的沉默，两根纸烟抽完后，老张才又接着说："这样，明天爸买些东西你带上去刘伯家一趟。快过年了，也算是走动走动问候长辈，另外你拿500元钱给欣平，就算是煤和衣服的钱。至于咋给，你自己掌握分寸，你大了有些事情得自己去办，我和你妈不能掺和。"

母女俩都觉得老张说的话有道理，方法也很得当，这样处理也解开了张华静心里的疙瘩。

下了几天的雪忽然停了，太阳终于露出了一整张脸。人们开始忙碌起来，大路上，场院里，房前屋后，都是清扫积雪的身影。男人、女人，有老人也有孩子。大扫帚、大铁锹，推的推抬的抬让沉寂的村庄又热闹起来。大路是命脉，是他们和外界连接的窗口，几个壮年人从村里一直扫到村外的大马路上，雪白的大地上出现了一条褐色的纽带弯弯曲曲向外延伸。

大刘家的客厅里，张华静的突然到来乐坏了老两口。

王桂芬倒了热茶，拿来了瓜子糖果，满脸堆笑地拉着张华静的手问长问短："在学校冷不冷啊，忙不忙？学校到这几步路你也不来，大妈怪盼的！"

大刘责怪着："以后不光要来，还要常来，伯这屋里没有女娃娃，冷了热了没人问。以后你来的时候不准带东西，再带我俩就生气了！你爸这人硬是弄生分了，让你一个女娃娃带这么多东西在大雪地里走路能拿动不？看着就让人生气！"

"伯，我爸本来也要来的，临出门时被人叫走了，我就自己来了。也没啥好东西，都是我妈做的腊肉和干菜，让你们尝尝。"

张华静和两位老人说着话眼睛往西屋瞅了瞅，西屋的门紧闭着似乎没有

人，张华静不好直问，就绕着说："伯，最近站上很忙吧？"

"这一段时间，大雪封了路出不去，进不来，没啥忙。眼看要过年了就歇着，开春儿再说。"大刘说。

王桂芬抿嘴笑了，说："静呀，跟大妈到站上去看看，你都没到咱站上去过。"

"不了，我去过的。"

"我刚要给看门老头送条被子过去呢，你和我一块去，咱娘俩说说话么。"

王桂芬说着又对丈夫说："他爸，我和静静到站上送被子，你给锅里烧上水哦。"

"去吧，去吧，那边冷，少待一会就回来。"大刘看着老婆欢实的样儿，也笑了。

木材站的大门被王桂芬推开了，大院内的积雪靠院墙堆成了一道道梁。大门内是一排南北向的四间平房，里面传出男人的说笑声和打闹声。从大门口到后墙根是一条约两米宽的大路，路面用红色的砖头块铺就，还排列着菱形的图案。从路面上扫帚的划痕来看也是刚清扫过的。往后沿大路两边东西各有一个用石棉瓦和钢筋水泥搭起的大棚，里面是高高堆起的木头撂子。

王桂芬把被子放到了大门口的一间房里，出来后又推开了另一间房门。屋内，四五个男人围着一张桌子，嘴上叼着烟，麻将哗啦哗啦响。刘欣平站在一个人背后，附身指点着。王桂芬对儿子招了招手使了个眼色，刘欣平看到妈妈神秘的样子，疑惑地跟了出来。

出了门他刚要张口问妈妈，却冷不丁看到了台阶下站着的张华静。他的眼里立刻有了光彩，就走了过去。他当然知道这女孩的来意，其实也是意料之中的事情，只是没想到她会到这里来。

刘欣平推开另一间房门，说："进来吧，坐这边。"

王桂芬退后一步说："我回呀，我和你爸做饭去，你和静静一会就回来哦。"说完就迈开欢快的步子回家去了。

刘欣平掩上门，拿过一个凳子在张华静的对面坐下，说："我都不敢相信，你会到这里来找我。"

张华静把一沓钱放到桌上，说："这是500元钱，是你给我家买煤的钱。"

"谁家煤卖这么贵？"刘欣平坏笑着说。

"还有那些衣服的钱，你以后做事能不能先打个招呼，不要自作主张，这样不好！"

刘欣平收起钱说："好，我收下了，嗯，那咱去县城看电影去。"

"不，我得回去了，都来好一会儿了。"

"那到我家去吧，吃了饭我送你，我爸妈可都是给你做饭呢。"

"不了，你回去替我说一声吧，我不能总在你家吃饭，多不好。"

张华静好不容易了了一件自己和家人的心事，怕再有麻烦就急着回家，刘欣平看留不住只好送她出来。

张华静说："你回去吧，我坐车。"

刘欣平说："送你到车站，难道这也不行吗？"

张华静走得很急，刘欣平只好跟在一旁默默走着。

车来了，张华静上了车，回头对刘欣平说："你回去吧，我走了。"

在车门就要关上的一瞬间，刘欣平飞快地往张华静的外衣口袋里塞进一个东西，又飞快地退到路边笑着说："小心点。"

张华静还没有反应过来车已经开动了，刘欣平的身影被甩得很远很远。她把手伸进口袋里一摸，立刻懊恼起来，那钱又被原封不动地退回来了。

大刘两口子正往门口不住地张望着，就看到儿子一个人回来了，王桂芬急忙问："静静呢？"

"回去了，说家里有事，下回来看你们。"

王桂芬一脸失落的表情。刘欣平揽住妈妈的肩膀，说："哎呦，下回还来呢。"

老两口忙活半天，盼望的人却没来，很是扫兴，不过听儿子这样说也不好再说埋怨的话。

大刘对儿子说："你们两个人都到年龄了，静静教书也一年多了，我看是时候了，咱得找个媒人把这事说透了。"

刘欣平说："别急，再等等。"

王桂芬生气地说："还等，谁家说个媳妇还要等十年八载的？再等就到别人家去了！"

刘欣平拿起碗筷说："放心吧，她就是咱刘家的媳妇，跑不了的。"

王桂芬听了这话马上又高兴了，心想这小子原来是有计划的呀！

寒假到了，同学们都特别高兴。几天来宿舍楼里人来人往，进进出出，从一个宿舍到另一个宿舍找同乡约行程，谈论的都是回家的事情。张友良默默地收拾东西，不参与任何话题的讨论，他不是准备回家而是要搬到酒吧去住。这一个学期太漫长！离开家乡，离开亲人来到这里，从乡村到城市他经历了很多，承受了很多。

此刻，他也是渴望回家的，回到亲人身边，回到伙伴身边。可是他不能，口袋空空饥肠辘辘，这些都需要去填充。他没有购买车票的钱，这一个来回可是一笔为数不小的花费。就是勉强凑够回去的路费，那么来时怎么办呢？又要妈妈和姐姐作难吗？不，不能，他不能再让亲人的面容布满忧愁！

　　放假的通知贴出来了，学校有学校的制度。学生走完后要清理宿舍楼，不能有人留宿。下周一就不能进学校了。在这个城市里张友良举目无亲，如果学校不收留，他就只有流落街头了。几天来这些问题困扰着他，他把希望寄托到了酒吧。经理虽然高傲冷漠却也爽快，不管谁提出问题他立马就会给出明确的回答，结果无非两种：可以或者不行。

　　张友良考虑了好几天鼓足勇气敲开了经理室的门，经理靠在转椅上一手搭在微微隆起的啤酒肚上，一手握着茶杯问他："有事？"

　　张友良说："经理，咱酒吧过年也放假吗？"

　　经理说："你要走就走，我这没有假期。"

　　张友良高兴地问："是吗？那我能留下来吗？"

　　经理问："你放假不回家吗？"

　　"不回，我想上班。"

　　"那行吧，你就留下上班，去给值班的保安说一声就行了。"

　　"好的……"

　　本来还忐忑不安的心情一下子就落到了实处，没想到经理竟然这么爽快，一句话就解决了所有问题。张友良突然觉得自己简直是太幸运了，吃穿住都有了，多好啊！他在心里盘算了一下，这个假期如果上全勤能挣一笔不少的钱，工作还保住了，这样下学期的生活费就不用发愁了。这里是晚上上班，白天他还能在更衣室的沙发上（也是他的临时床铺）安安静静地看书，真是两全其美呀！

　　张友良和同学们一样高兴，尽管心情不同，方向不同。收拾完东西他就写信给家里，把自己的情况告诉家人还有他的伙伴们，他知道过年的时候伙伴们一定会到他家里询问他的消息。

　　张友良正写着信，周庆进来了。舍友说："张友良，你老乡来了。"

　　他和周庆一直被同学们误认为是老乡。因为俩人同来自西北地区，口音大致相同而且进进出出形影不离。

　　张友良放下笔，俩人下了楼，来到操场上并排走着。张友良问："你几号走？票买好了么？"

　　周庆说："后天，你怎么……"

张友良说:"我不回,已经和经理说好了寒假上班,明天我就搬过去住。你不用担心我,后天我送你。"

周庆说:"这样也好,不过你妈妈肯定要难过了。"

张友良说:"没事的,我写信告诉他们了。"

"那咱们今天出去吃顿饭吧,算是告别。"

"好吧。"

他们来到了之前吃饭的那家饭馆。周庆拉着张友良走到里边靠窗的一张桌子前,张友良瞬间像木头一样呆立着。只见罗绮玉坐在面前,正面带微笑地看着他。

周庆把张友良摁到椅子上,说:"友良,有一件事我一直没给你说,咱俩在酒吧的工作是罗绮玉帮忙找的,你别怪我啊。"

张友良问:"这到底怎么回事啊?"

罗绮玉缓缓地说:"张友良,你不必在意,同学之间帮个忙不算什么。我是本地人,找个工作还不算难。"

张友良感觉脸上火辣辣的,像被人揭去了面皮一般。周庆看出了他的心思,说:"友良,其实不是我刻意找罗同学的,就是那天偶然在学校遇见我就随口一说,让帮忙问问,谁知她就给找到了,我怕你难为情,没敢给你说实话。"

罗绮玉说:"你们两个都不要难为情,同学之间帮个忙是应该的,以后我有困难的时候也会找你们帮忙的,可不要推辞哦。"

张友良脑子里一阵烦乱,他努力平静着说:"谢谢你罗绮玉,也谢谢你周庆,其实你们都是为了帮我,我又怎么能怪你们呢。能有你们这样的同学,朋友,我很幸运。"

张友良说得很激动,两只手不停地搓着膝盖,周庆倒了三杯饮料,说:"什么都别说了,来吧,碰碰杯今年告别,明年再聚!"

这一顿饭张友良吃得很艰难!他心里非常矛盾,而罗绮玉和周庆却显得轻松。

学生们陆续离去,校园安静下来。周庆也踏上了回家的列车,挥手时还说:"友良保重,我很快就回来了,等着我。"

从车站回来,张友良把一些常用书籍装进布兜,看了看空旷的校园大步向酒吧走去。

进入腊月,一切都跟往常不同了。

一个冬天,老天爷下雪,融雪,不断地重复着单一的节奏。农历年的临近把冷清的村庄点燃,村前村后偶尔会传来零星的鞭炮声,家家户户紧闭着的大门也敞开了。几乎每一天那印着奶牛图案的大客车就会在村口停住,然后就有熟悉的面孔提着大包小包出现,这是外出务工的人回来了。

镇上每一天都是大集,年画、对联、鞭炮、烟酒糖果就摆满了东边一条街,大大的寿桃、胖胖的娃娃,还有戏曲里的古装人物贾宝玉和林黛玉。各种蔬菜、服装鞋帽的摊位从北街排到到西街。高高搭起的货架从店铺内延伸到外面马路上。大姑娘小媳妇,穿梭其中左挑右选。鲜艳火红的对联非常抢手,有当街支摊现写的,也有五彩镀金镀银印好的,人们一拨拨往镇上涌,置办年货,购买新衣,到处都变得拥挤不堪。

喜庆的日子过得飞快,一天一天就到了大年三十。友良妈坐在炉子旁发呆。今天是年三十,家家户户都在炸糕、炖肉。庄户人家一年里不沾荤腥只有过年才割二斤肉开开荤。往年她也会忙忙活活做个不停,这个破落小屋也是充满笑声的。今年,只有她一个人了。按农村风俗,出嫁的女儿不能在娘家过年。凤儿不忍心丢下妈妈一个人硬是拖到今天早上一家三口才回去。女婿早就把年货给她置办齐全,临走时还一再说初二就过来。

友良妈把炉火拨了又拨,红色的火苗把她的脸映照得黝黑发烫。屋里很安静,除了她偶尔起身走动时"扑沙扑沙"的脚步声,就再也没有任何动静。忽然掩着的门"咣"的一声被推开,她心里一阵惊喜,恍惚觉得进来一个人影。她急忙走过去。可是没有,除了冷风灌进来时带的纸屑和树枝就什么也没有了。

她关上了门却又抽掉了门关子,她在等,等儿子敲门的声音。她害怕敲门声和风声搅在一起会分辨不清楚。儿子那封信她都能背下来了,那五个字清晰地印在她的心里——"过年不回来"。她是知道的儿子不会回来,可她还在等,在盼。已经黄昏了,天又下起了雪。

门外有小孩子的脚步声伴着笑声跑过,然后就是一阵强劲的鞭炮声,门和窗户被震动得"嗡嗡"作响。她打开院门抱回了一堆柴火放到灶前,可是做什么呢?她没有头绪。她的心思总是在漂移,目光也是散乱的。案板上放着女婿送来的菜和肉,她拿起来看看又放到案板底下的空档里。她什么也不想做,不想吃,只是坐在灶火前的矮墩上胡乱地添柴火。一会儿,锅里的水就开了。白色的水蒸气升腾着,她没有起身灌水,而是歪着身子靠在柴火堆儿上,用火棍拨弄着炉膛里的火苗。

门又哗的一声开了，闪进一阵光亮和冷风，还有一个人影。她以为又是错觉，低下头继续拨弄火苗。那人走到灶前轻声唤到："婶儿，睡着了吗？咋不开灯呢？"

友良妈这才一个机灵，清醒过来说："哦，是静静呀？"

她忙起身摸到炕边，伸手把柱子上的灯绳一拉，灯亮了。

张华静手里端着一个塑料小盆，说："婶儿，我妈炸的糕，让我送些过来。"

"你们留着吃，我有呢。"

张华静把小盆放到案板上，环顾四周冷冷清清，没有一丝过年的迹象，就揭开锅盖说："婶儿，做啥呀我帮你。"

"唉，我一个人凑合着吃，过年不过年都一样。"

张华静坐到友良妈身边说："婶儿，我陪您过年咋样？"

友良妈拉过张华静的手抚摸着说："不了，你爸妈也盼你呢。过年讲究个团圆！我没事的。"

张华静说："婶儿，友良他能找到一份这样的工作还不耽误学习多难得啊！这是好事，他有出息，你应该高兴！"

友良妈眼里闪着泪花，说："高兴，高兴，我就是，就是心里空落落的。"

张华静走到灶前拿起水壶边灌水边说："这年夜饭得做，我帮你。"

友良妈勉强打起精神，系上围裙开始剁肉，张华静把风箱拉得啪啪响，一缕炊烟飘出屋檐在夜空里弥漫。

喜庆的气氛持续到夜里十二点，电视里的钟声伴着欢呼声敲响。震耳欲聋的鞭炮声沸腾着照亮了天空，一点过后夜空安静下来，人们也进入梦乡。张华静撩起窗帘，从灯光里看到纷纷扬扬飘洒的雪花覆盖了院子里散乱的鞭炮皮，红白交错着像是一幅大窗花。今冬的雪是下顺了，这大年夜竟然也下得这么顺畅！

父母那屋已经睡下了，灭了灯，屋里黑漆漆的。张华静也灭了灯却没有睡意，在黑暗的空间里她披衣坐到窗前。她想起了友良妈那间小屋，那失落的神情。本来她打算陪友良妈住一晚的，可友良妈不肯，硬是让她回家，说是过年讲究团圆，自己一个人挺好，忙了一个冬天刚好清静清静。这也许是真话，也许是假话，只有友良妈自己知道。

雪还在下，张华静还是没有睡意。她在想，此刻的上海是不是也在下雪？大年夜的友良是怎么度过的？会有年夜饭吗？身边会有人陪伴吗？也许，他正蜷缩在空荡荡的宿舍里，眼里也有和他妈妈一样的孤单和失落。

八

噼里啪啦的鞭炮声把张友良从睡梦中吵醒，他拉起被子蒙住头，那强烈爆破的声音还是难以隔绝，一阵强似一阵。既然无法入睡干脆醒来吧，他坐起身揉着还不太清醒的头脑。今天是大年初一，这一阵炮声就是一九九五年清晨的钟声。

酒吧放假三天，只留他和两名保安，其他人都走了。中国年是最隆重的节日，从城市到乡村人们都要换新衣，吃饺子，热热闹闹过上半个月之久。如果在老家，这时候妈妈该煮饺子了，然后就会在前屋喊："友良，快起来，饺子下锅了。"可现在这空荡荡的屋子里只有他一个人，没有人来喊他，也没有热腾腾的饺子。

鞭炮声渐渐平息，偶尔有未燃尽的炮仗"嘭啪"炸响一声就恢复平静。屋子又安静下来，那两个保安是睡在前厅的，两个人轮流值班根本不到后面来。不营业时所有灯都关了，只有楼道里留有两个小小的路灯照明，这个库房在拐角处四面不见阳光，就是在白天也是四面漆黑，不开灯就分不出白天黑夜。只是从外面车辆的喇叭声、行人的说话声才知道已经是早晨了。张友良双手压在后脑勺下想心事，准确地说是想家，想亲人和那群伙伴。要是在家乡，这个时候伙伴们早就涌到他家来了，不是去镇上逛一圈就是围坐在他家厦房的热炕上打扑克。

现在他们一定在说："友良为什么不回来？"当然他们几个还会聚在一起，只不过今年是最后一次团聚了，因为大年初六是娟和小丽出嫁的日子，一定会很热闹的，可惜自己看不到。妈妈每次来信都会把伙伴们的情况说一遍，如：涛不打工自己做生意了，娟和小丽要出嫁了，静静的书越教越好了。他笑话妈妈像个信息播报员，即使自己不在家乡，伙伴们的情况他也知道得非常清楚。

他原以为考上大学一切都好了，也曾设想这个假期回去和大家好好乐乐。可是没想到来到城市却是另一种困难的开始，更没想到过年连家都不能回，更别提曾给静静许下的诺言。他一直说要带静静来上海，来这座梦中都有的大学校园看看，现在看来是不可能的。他不敢再给静静写信，提笔说什么呢？自己如此狼狈，也没有底气说一些憧憬未来的豪言壮语，无法面对就逃避吧。所以每次让妈妈代为问候了。不写信，那样至少让她有一种猜测，会觉得自己在这座城市很忙碌，生活得很好，就少一些担心。

张友良正沉浸在家乡的回忆中，听到有人敲门，他问："谁呀？"

"小张，起来没有？你同学看你来了。"

这声音是大个子保安的，张友良拉亮了灯，抓起衣服往身上套着心里却在琢磨，同学来找，学校早放假了人都走完了哪里会有人找他，就是有人找也是周庆，可今天是大年，周庆在千里之外的老家怎么可能来找！究竟会是谁呢？他拉开门，大个子保安往旁边一指说："你同学来看你，等半天了。"

张友良傻眼了，保安离去，门口就剩下穿着米色大衣，手提两个塑料袋的罗绮玉。张友良不敢相信自己的眼睛，这是怎么回事，难道是幻觉？罗绮玉说："一大早来，我打扰你休息了？"

"没有，没有，你等会儿我把屋子收拾一下，太乱了啊。"

罗绮玉抿嘴一笑，说："好吧。"

张友良一阵忙活，叠被子，扫地，又洗漱一番才把罗绮玉请进屋内。罗绮玉四周看看，在那张晚上展开白天合拢的沙发上坐下，把手里提的两个袋子放到一张铺开的画报上。

张友良有些窘，搓着手说："没想到你会来，这，太乱！"

"没有啊，收拾得挺整齐。今天是大年初一，街上的饭馆都不营业，想着你们这里又不做饭，就给你送些吃的来"

罗绮玉说着拿过那两个袋子，打开，掏出一个圆桶的饭盒接着说："这是我妈妈做的饭菜，还热着，你先吃，那个袋子里是几包泡面和一些零食，够你吃四五天的，过了初五应该就有卖饭的了。"

张友良慌忙说："不用麻烦你，我自己也备了一些，够了。"

罗绮玉说："客气什么？你过年回不了家，在上海也没有认识的人，你朋友周庆临走时一再嘱咐我过年一定要来看你的，受人之托我怎能不来？"这个周庆，话太多了，张友良气得直怪周庆多事。

"那你怎么找到这里的？"张友良问。

罗绮玉笑着摇摇头，说："这个我说了你可能又要吃惊了，这个酒吧是我表哥开的，我怎么会找不到？"

张友良恍然大悟，说："原来是这样啊？怪不得你那么容易帮我们找到工作。"

"你不要多想啊，他招人，你们找工作，我这样做不是两全其美吗？帮你也是帮我表哥呀。"

虽然罗绮玉这样解释，张友良还是觉得不自在。

罗绮玉半开玩笑半认真地说："张友良，放下你的自尊、自卑，吃饭吧，

吃完了咱们出去玩，大过年的不能闷在屋里。"

张友良一时不知道该怎样才好，在一个陌生女孩子面前狼吞虎咽会很丢人，也咽不下去。罗绮玉看出了他的心思，随手拿起一本书背过身去翻开看起来。

时间很快就到了大年初六，走亲访友都到了尾声，大刘老两口喜滋滋地来到张家。这让老张两口子不知所措了，按理自己应该先去刘家拜年的，往年都是老张单独去的，日子也没个准，可今年还没等他去，刘哥却先来了还带着老嫂子，这么着就显得自己缺理儿了。

男人们喝着茶抽着烟拉闲话，女人下厨去备酒菜，酒菜上桌老张开启酒瓶倒满杯子，王桂芬压住筷子说："等娃娃回来一块吃。"

静妈妈说："浩浩在他舅家呢，静静不回来吃饭，同村的娟和小丽今天出嫁，她都忙活好几天了，咱不等她。"

酒过三巡，男人女人的话题自然就回到儿女身上，大刘放下筷子，对老张两口子说："兄弟，弟妹，我和你嫂子今儿来还有一件大事，也不知道这样说合适不？我说了，到与不到处你俩别见怪。"

"哥吆，有啥话尽管说，有啥见怪不怪的，咱两家有啥不能说的。"

老张嘴上这么说，其实他和老婆已经猜透了大刘夫妇此番的来意，这话不说都知道。这也是他们想了很久的事情。当然就是刘欣平和张华静的婚事。不管从哪方面来说俩孩子都是般配的，大人、家境还是两家的交情都没有挑剔的，可有一点让老张一直犹豫。看到大刘一脸真诚，老张倒不好意思开口了。

王桂芬抢过丈夫的话说："我来说，你男人家嘴笨说半天都说不到点子上，就是咱欣平和静静的婚事。你看静静过年也二十一了，欣平二十三，这几年说媒的把我家门槛都快踢断了也没个合适的。我俩看上看不上放一边，就没一个让那小子点头的。过去吧，静静一门心思考大学也就没往这上头想，现在静静到学校教书，咱往来多了俩娃也处得不错，我和你哥高兴，就想结了这门亲。咱俩家知根知底，咱静静乖巧又懂事我喜欢得很，我欣平过去捣蛋现在也算精干，人吗也是咱这方圆百里人梢子，本来想请个媒人来提亲的，我俩想还是咱们先坐一块把话说开了好些，你俩看呢？"

王桂芬一番话说得圆满，完整，老张不得不发言，他说："哥，嫂，不瞒你们说，这事我和静她妈想了很久了，咱两家能结亲再好不过的，俩娃般配，你和我哥更没得说，静静给你们做儿媳妇我和她妈都放心。不过你也知道，咱静静性格腼腆，这以后日子长了我怕的是妯娌间关系不好处。"

大刘说："这一点我俩早猜到了，你们尽管放心。只要别的没嫌弃的这个不是问题，家给分得清清的绝不沾泥带水。老大在村东头，老二在村西头，金平媳妇再搅和还有我和你嫂子呢，房有墙地有畔她粘不过来。再说，欣平也不是个软柿子么，你别担心，以后保准咱娃受不了气！"

"就是，就是。"王桂芬急着应声。

大刘两口子拍胸脯保证，老张两口子再也没有什么可说，这样的结果也是预料之中的。对老张来说这门亲事是喜忧参半的，既然大刘两口子这么诚心他们还能说什么呢？只有看俩孩子的意见了。老张说："这件事咱大人都没意见就看俩娃了，咱就不掺和了，让娃自己说去，什么时候他俩脱口话，咱给办事就行了。就是咱静静这刚不念书，脸皮薄，怕一时接受不了，得慢慢来。"

"好，那就这样了。"

大人们把这层窗户纸捅破了，虽然还没有请媒人下聘礼，可在两家大人心里这门亲事已经定下了。

一九九五年的夏天，麦收刚过，田野里一垄垄齐刷刷的麦茬泛着银光，灰褐色的土地里嫩绿的幼苗已经冒出土层。打麦场上小山包似的麦草垛子环绕一圈，像是给打麦场拉起了围栏。不用问，肯定是个丰收季！经过一轮龙口夺食大战之后新收的麦子已经入仓，庄稼人得以小憩，这段时间被称为"忙罢了"。浓密的树荫里传来知了懒散的叫声，大树下的竹椅上一个老人睡得很沉，呼噜声惊得他脚边的大黄狗一阵阵仰起头四处张望。

张友良去上海就快一年了，寒假没有回来，这个暑假依然不会回来，前几天友良妈就把上海寄来的信拿给张华静看了。张友良的来信越来越少了，每次说的话也就那么几句，还是去年刚上学那会有一页单独写给张华静的信，后来再就没有了。每封信都是友良妈拿来的，关于张华静的话也就那么一两句，问候语，祝工作顺利，除此之外抠都抠不出一个字来。

每到闲暇时，张华静就会坐着发呆，她总在想：他很忙吗？是的，他是忙，忙学习，忙生存。他敷衍着亲人们，让他们以为自己很忙，故意疏远是阻挡他们的追问。而远在千里之外的张华静却无法感受到这一切，虽然她也想过千万种可能和理由，但都被这种疏远和冷漠冲垮了。这也正验证了孙艳梅那句话："你们的生活轨迹不同，人生的方向更不同，是越走越远了！"

张华静自己觉得这句话是对的，自己应该为友良高兴不应该责怪，更不应该去打扰他，所以她就打消了给友良写信的念头。

清河小学的地址张友良是知道的，如果要写信早就来了是不会让他妈妈来回传话的，没有信说明他没有写，张华静努力用充足的理由来说服自己。张友良既然开始了新生活，那么就不该去打扰他，自己也该把心放到现实中，放到工作中去。对友良的牵挂应该没有必要了吧？她对自己这样说。

　　刘欣平又外出了，这段时间他没有出现在张华静的视线里，可他惊人的举动一次次让张华静的生活成为众人关注的焦点。麦收时家家户户紧张得跟打仗似的，老张前一晚磨好镰刀备好吃食，第二天一大早带领全家站到自家地头时意想不到的场景惊得他回不过神来。三个壮年麦客正在挥舞镰刀，麦子齐刷刷摆在身后，一辆农用车已经装满正在询问路径。老张急忙上前，一问，司机和麦客统一回答：受雇于一个年轻小伙子，运往村西大场，老张家的，而小伙子付完工钱就走了。一场透雨之后，播种时同样的一幕又再次上演，弄得老张一家又惊又喜更有些担忧。这样的做法在他们这地方是从来没有过的，用新式眼光评价是魄力，可用世俗眼光评价那就是冒失！

　　农忙完了，刘欣平也走了。张华静想找都找不到他，她和家人一样不知道怎么办，这个人有点狂，有点怪，可又怪得让人挑不出批评的理由。刘欣平是渴望见到张华静的，可现在他在躲她，他只希望那个傻乎乎的女孩能明白自己的心。张华静已经是大姑娘了，到了谈婚论嫁的时候，媒婆一个接一个地来。回绝得多了落下一个坏名声。

　　"都说这娃心气儿高，十里八乡怕是装不下她，等着王孙公子来娶她！"

　　媒婆的嘴就是扩音喇叭，这话一传开，父母脸上挂不住了就数落女儿。这话传到刘家人耳朵里，他们自然高兴坏了，心想，我们欣平可不就是那个王孙公子吗？

　　张华静心里乱极了，她本想把这事写到信里告诉友良，问问他该怎么办。可友良一去没了音讯，这样的事若告诉他多不好，算了，还是算了。她不愿意被安排着去相亲，太别扭更可怕，就强烈反对。妈妈趁机提起欣平，张华静一下就慌了，甚至想到这是大家串通好的计谋，把妈妈推出房间，关上门独自生气。

　　娟结婚后就很少回来了，想见一面太难，跨过二十岁这个门槛订亲是必须的，在大家都劝她时她很抵触，在大家都不说起时她才静下心来认真考虑这件事。她不愿意把一生交给一个陌生人，仅凭相亲就定下终身那是多么荒唐的一件事，想想身边的人就只有刘欣平了。刘欣平是喜欢她的，这一点张华静比谁都清楚，可她喜欢欣平吗？她不知道，更想不清楚。对刘欣平有好感但更多的是怕，怕他总是做出一些难以预料的事情让大家议论，让家人难

堪。

　　张华静的婚事又一次被两家大人搬到桌面上，即使刘欣平有耐心等两家大人也没有耐心了。订亲不是结婚，就是把男女双方中意的人预订下来，摆一桌酒席，下聘礼，过一年半载再迎娶，这样就不会被别人抢了去。刘欣平本来不让父母插手，他要自己去追求幸福，用自己的方式。可父母实在等不及就把这层窗户纸捅破了，这样一来弄得他倒不好意思去见张华静了。爱情的火焰使他备受煎熬，他如果不出面这个局面不知道要拖多久，等两家大人拉锯子吗？商量来商量去的，不能那样，那不是他刘欣平做事的风格！他决定自己出头，是输是赢定下这一盘棋。

　　清河小学的老师们对于刘欣平都是认识的，虽然没有订婚的形式，但在大家心中那就是小张老师的对象。所以刘欣平出入不受阻，当然还有一个原因，那就是教务主任是他姨夫。

　　刘欣平是在下午放学后来到学校的，这个时间段很安静，不被打扰。他走到教师宿舍区，老远就听到孙艳梅的笑声从房内传出来，心想，这俩人不是在说我的坏话吧。房门是半开的，他抬手敲了两下，孙艳梅一回头看到了他，立刻笑着把正在埋头整理书本的张华静推了一把，说："哎，正说着，人就来了。"

　　张华静抬头一看，忙起身说："你来了，快进来吧。"

　　孙艳梅知趣地出去了。刘欣平进屋坐下，俩人一时都不说话，气氛很尴尬。刘欣平掏出一盒烟忽然又放下，问："在你房内能抽烟吗？"

　　张华静说："可以，没见过你抽烟的，怎么就学会了？"

　　刘欣平说："以前是不会，才学的。"

　　张华静问："干嘛学这个？"

　　刘欣平说："因为病了，所以抽烟。"

　　张华静奇怪地问："病了，什么病？"

　　刘欣平说："心病。"

　　张华静心里咯噔一下，脸一红没有接话。为了缓和这难堪的局面她转换了话题："你这次出去有十来天吧？说说外面的情况。"

　　"那你能跟我说说你心里的话吗？你喜欢我吗？我在外面时心里都是你的影子，你呢，你心里有我吗？"

　　刘欣平如此直接的发问让张华静毫无退路。她心一慌，急忙低下头，只是盯着自己的脚尖，嘴里胡乱地说着："这……我……"

　　刘欣平看着她，自己心里也很紧张，他不知道眼前这个日夜牵挂的女孩

会给出什么答案。张华静把头深深地低了下去。刘欣平痛苦极了，这个顽皮到极致的小伙子此刻被深深地刺痛了。他多么希望心爱的人能给出爱的回应，哪怕一个字都会让他欣喜若狂的。他站起身说："我知道你是个内向、腼腆的姑娘，我不逼你，但我也不想这样拖下去了，我喜欢你，非常喜欢，可是如果你爱着别人，那我就从此消失，绝对不会出现在你的视线里，你现在不必回答，三天后我在镇外马路边等你，如果你不来就是拒绝，我走了。"

刘欣平拉开门，头也不回地出去了，等张华静回过神来再追出去早就不见了他的身影，只听到校门外一阵摩托车的轰鸣声渐渐远去。

这一晚，张华静失眠了。这个让她纠结、回避了好久的问题把她逼到了死胡同，要么投降，要么去死，没有退路。她翻来覆去仍然没有结果。她索性敲开了孙艳梅的房门，孙艳梅好像知道她要来一样，披上衣服开了门，看到一脸焦虑的张华静，抿嘴笑了，关好门，打着哈欠，漫不经心地说："进来吧。"俩人挤到一张床上，孙艳梅笑着说："难以取舍，心乱如麻是吧？"

张华静点点头又摇摇头，说："不是取舍，只是不想这么早就订婚，可刘欣平今天把话都说绝了，让三天后给回话的，咋办嘛？"接着就把刘欣平下午的话说了一遍。孙艳梅说："该，人家做得对，你老这么拖着啥时给个明白话呀？你要是错过了刘欣平就后悔去吧，女人这一生，真心对你的人只有一个，错过了就再也没有了。"

张华静头靠在床栏上，咬着嘴唇不出声，孙艳梅的话早就听够了，她认真想着，从乡下人的婚姻观念来说，刘欣平是最好的，她想起妈妈的话。父母仅除了对赵小菊一丝顾虑外其他都很满意，可自己的顾虑呢？是什么她自己似乎明白似乎又不明白。

张华静想了很久，说道："我想……给友良写封信……"

话还未说完就被打断，孙艳梅生气地说："给他写信，我就知道你对刘欣平热不起来是因为他。那我要问问，他喜欢你吗？给你来过一封信吗？那大学校园里什么样的漂亮姑娘没有啊，你一个乡下丫头能跟上他的脚步吗？你就醒醒吧！"

一席话重重地砸在张华静的心上，她嗫嚅着说："我，不是这个意思。"

孙艳梅又说："给他写信你是自讨没趣罢了，他要是心里有你早就来信了，早就表白了，多大个人了还要他妈传话。"

孙艳梅叽里咕噜甩出一大堆话来，句句戳中要害，这个心直口快的姑娘就像一个世故老人懂得那么多人生道理，而自己像个小学生在听她悉心教诲。对刘欣平，孙艳梅是极度赞赏的，总是说这样的才是男孩中的极品，有担当，

有男子汉气质，敢作敢为。说张友良是一副书生气，考上大学才是人才，考不上大学就是柴火，他在农村什么都干不了。若要等他，头发都白了他也未必回来娶你，何况人家从未有过这方面的意思，城市里姑娘那么多谁还会记得你。

张华静默默地听了半天，说："对刘欣平我也有好感，就是他的性格我接受不了，爱不起来。"

孙艳梅说："接受不了是你心里有那个书生，没有他你会看到刘欣平全是优点，早就接受了。"

张华静突然明白，也许是这样的，这可能就是自己纠结不止的原因吧，虽然自己不承认，可友良的影子一直在心里晃悠，如果把友良从心里剔除了刘欣平的形象才会高大，才会明朗。友良有他自己的人生目标和生活方向，就不要去干扰他了，忘了吧。张华静对自己这样说。俩姑娘聊到深夜才沉沉睡去。

仲夏的风像一条柔软的手臂拂过一道道山梁，赶走热浪送来凉爽。

通往镇外的三岔路口，刘欣平靠在摩托车上，双手插在裤兜里，看上去很悠闲，心里却是焦虑不安。她会来吗？如果不来，如果拒绝怎么办？放手吗？这个女孩让自己变得敏感，慌乱，如此的瞻前顾后。他下意识地掏出了烟又放了回去，他想让自己尽量变得斯文些，这样是她喜欢的类型吧？难道这就是爱情的魔力？

张华静来了，穿着那件淡紫色的衬衣缓缓走来了。刘欣平立刻激动起来，他跨上摩托车快速过去，在张华静身边做了一个漂亮的转弯，停下说："上来。"张华静吓了一跳，看到他高兴的样子也笑了。

摩托车开得飞快，田野、庄稼都被甩在身后，张华静吓得紧紧抓住刘欣平的衣服喊着："骑慢点，慢一点。"

摩托车速立刻减慢，刘欣平调皮地说："是，请指示。"

青山依旧，流水潺潺，终于摩托车在熟悉的地方停了下来。刘欣平拉着张华静蹚过那条河，在一块石头上坐下来，过了一会儿，问道："我要的那句话你带来了吗？"

张华静红着脸点点头，说："嗯。"

刘欣平激动地抓住张华静的肩膀，说："真的，你想好了吗？"

张华静缓缓地说："我想好了。"

刘欣平说："不是这句，是三个字的！"

张华静从未和男孩有过如此接触，被刘欣平的狂热吓了一跳，她推开他，

站起来说:"没有了,就这句。想好了就不会改了。"

刘欣平兴奋地说:"你答应做我媳妇了就别想反悔,这辈子你就在我的心里、手里了,你逃不掉的!那三个字你现在说不了,那我说给你,我爱你,这一辈子就只爱你!"

张华静被眼前这个男孩的狂热惊呆了,心底却泛起阵阵暖流,眼眶竟湿润了。她从来没听到这样大胆的表白,害怕过后却也喜欢上了这种感觉。

刘欣平和张华静的订婚宴设在中秋节,两家的亲戚、朋友在刘家屋里楼上楼下地参观过后,被两辆面包车拉到镇上最大的饭店"秦川酒楼"吃酒席。订婚宴如此隆重,气得赵小菊中途就甩脸子回去了,刘金平看着媳妇走了心里也责怪父亲和弟弟不该如此张扬。乡里人订婚都是在自己家里摆两桌,招呼主要亲戚就行,结婚才搭棚摆酒席可也没到饭店里来呀,这订婚宴也太排场了,难怪赵小菊生气。刘金平心里虽然不高兴却还是忙里忙外招呼客人,怎么说都是自己家过事,不能让外人笑话。

老张一家对刘家父子的做法也是吃惊。虽说日子富裕些可这样的做法在本地还是头一次,亲戚、朋友难掩喜悦不住赞叹,他们却有些不安。高兴也罢不安也好,这场婚宴风风光光地过了,把十里八乡的大姑娘小媳妇看得眼热,人前人后这件事就成了热门话题。

九

时间又过去了一年,转眼来到了一九九六年。这一年,张友良依然在酒吧与学校之间穿梭、忙碌。生活不用发愁了,他用自己辛勤的劳动解决了生存问题,当然,这一切得归功于罗绮玉和周庆的全力帮助,张友良心里非常感激。

慢慢地,罗绮玉也跟着周庆会在傍晚的时候到宿舍楼下等他,然后三个人在校园里散步,或是到篮球场的边缘,找一处安静地方坐下来,就未来和工作展开一场辩论和畅想。极度自卑和封闭的张友良也渐渐开朗起来,脸上有了笑容,更明显的是对于每次辩论,他的热情和能力丝毫不输于周庆和罗绮玉。在他们面前,张友良找到了自信,他轻松自如,焕发出青春的光彩。

三年时光,张华静的生活一步步发生着变化,这变化是遵循人生规律的,却也是巨大的。工作、生活、爱情,每一个都是新事物,那么新鲜,来得那么突然又过渡得那么自然。

张友良一去不回头,从简短的来信到没有音讯,准确地说是对她没有音

讯，一切来自上海的消息都是从父母口中得知。这一切深深刺痛着张华静的内心，让她对张友良的牵挂慢慢消磨掉了，也就似乎忘记了这个人。二十二岁是女孩的黄金时期，也是人生巨大转折的关键时刻，张华静，该出阁了。

刘欣平火热的爱包围着她，把她从一块冰冷的石头渐渐融化了。不嫁给他，嫁给谁呢？张华静不止一次在暗夜里这样问自己，最后的答案都落在刘欣平身上。

婚期临近，张家屋里摆满了喜庆的物件。为了给女儿置办嫁妆，老张两口子一个冬天都在忙碌，一趟趟赶集，一趟趟跑县城。养儿育女二十几年这就要分开了，心里是又喜又难过，就像要把自己的心肝肺掏出去一样。所以他们总想着给女儿置办一份最好的嫁妆，风风光光地把女儿送出门。

缝好的喜被摞起来老高，各种零碎物件把柜子塞得满满当当。冰箱、彩电、洗衣机也拉回来了。

张华静吃惊地问父母："你们这是怎么了？咱家的欠账还没还完呢咋就这么铺张？"

老张摸着女儿的头说："静，爸说过要给你一份好嫁妆的，我和你妈就你们两个孩子，浩浩还小，爸还有这个能力。咱家的账不用你操心，没多少了，你这一过门就好好地过你自己的日子，那边才是你的家！"

张华静看着憨厚朴实的父母，扑簌簌流下热泪来，浩浩跑过来说："姐，欣平哥给你买摩托车了，你的自行车该归我了吧？"

一句话就把大家逗笑了，张华静说："给你，给你，不好好学习就惦记这个了。"

刘欣平家，里里外外大动干戈。铺了地砖，吊了屋顶，这些时尚装修在乡村尚属首次，工匠都是欣平从外地拉回来的，本地工匠见都没见过更不会做。

一九九七年的正月初八，张华静出嫁了。迎亲的队伍浩浩荡荡出了村，友良妈这个后厨总管和三婶四姨们把前前后后收拾完，才解下围裙回了家。凤儿坐在炕头拍着孩子，若有所思地说了一句："妈，你说张叔、张婶和静静对咱家多好，如果没有那么多的难事儿，静静就跟咱友良了，咱们要是成一家人那该多好！"

友良妈赶紧训斥女儿道："可不敢胡说，静静是好，可那是天上的星星咱只能看，够不着。友良不上学咱是全村困难户，上了学咱又落下饥荒，要不是你和贵儿（小木匠）帮扶着，这日子都不知道怎么过。你张叔张婶人再好也不可能把静静嫁到咱家的，所以，这俩孩子那是横竖都走不到一条路上

的。"

凤儿问："为啥呀？"

友良妈说："为啥，咱家这么穷，哪家父母肯把女儿往穷坑里送？现在友良在城里，静静在乡下，俩人不在一条路上，就更不可能了！"

母女俩的对话就这样停止了。

一九九八年的夏天，大上海炎热的夏天来到了。四年大学生活已经到了尾声，当年，怀揣梦想来到这里，如今，又要从这里奔赴不同的方向，下一站又该如何呢？毕业典礼上大家既有兴奋也有伤感。太多的不舍和对美好未来的向往交织着，他们欢呼，他们流泪，他们紧紧地拥抱在一起。

罗绮玉留在了上海，当然这是意料之中的事情，可意料之外的就是张友良居然也被分配到上海一家国有企业里。当然那个表是罗绮玉让他填的。张友良简直不敢相信，这个霓虹闪烁的城市里，自己不再是匆匆的过客了，他有了自己的落脚点。周庆则去了兰州，因为那里离他的家更近一些。分别的时刻到了，张友良和罗绮玉在站台上目送周庆潇洒地转身，然后挥手离去。列车呼啸而去，凝望半天他们才跟在送行的人群后面走出车站。

回到学校，一切手续办理完毕，张友良和罗绮玉告了别，他要回家了。这是他四年来第一次回家，那片千里之遥的土地让他想了四年，盼了四年。每一次想起都揪心地疼，不知道多少个深夜里，他默默地望着家乡的方向热泪横流，不是他不想回，而是那一笔路费就像一座大山横在面前。为了这一次回家他准备了好久，到酒吧打工、做家教兼职，终于有了一笔为数不少的积蓄。大概算了一下，刨去来回路费还能给家人带一些小礼物，这是多么令人激动的事情啊！

车轮在飞，他的心在颤抖。这一来一去竟然隔了四年！

近了，近了，车轮戛然而止的一刻，张友良抑制住狂跳的心走下来，迈着坚实的步子进了村。路人出现在他的眼前，这一刻不是虚幻而是真切的。友良顿了顿步子，平复了一下心情，努力做出很自然的表情。迎面过来一位老者，拖沓着一双黄色的军用鞋，叼着旱烟锅子悠悠地走着。友良迎了过去，叫了声"松杉叔"，老者惊愕地抬起头对着面前的年轻人，端详了一会儿，突然大声喊着："友良，哎呀友良。"

张友良点点头说："是，是我。"

老者啧啧夸赞道："这一看就是有出息咧么，到外头闯世界跟在地里刨食儿就是不一样哦，快回去，你妈呀肯定高兴坏了！"

张友良答到:"哎,那我先回家了,叔。"

老者摆摆手:"回吧,快回吧。"

这个闭塞的山村,能像张友良一样到外面上大学,有工作的人多少年才出一个,人们是非常看重的。

走出巷子,跨过水渠就到了张华静家门前。院门是锁着的,只是那土围墙、小木门换成了红色砖墙和黑色双扇的大铁门。院墙也加高了许多,这道无数次走进走出的门,此刻,却是这般陌生。在张华静家左边有条大路,往后过四排人家上了斜坡就到张友良家。让张友良欣喜的是:这座风雨飘摇的小土坯房也换了新颜。房檐上破损的残瓦换成了新的,一些旧檩条被拿下用白色亮光的新木头代替,上面还隔着一层防水毛毡,墙壁刷成了白色,显得非常亮堂,好像宽大了许多。破旧的小屋被收拾得坚固而整洁,张友良知道这都是姐夫的功劳,这些事本来是应该由他来做的却落在了姐夫身上,一股暖流顿时激荡在他的心头。

刚踏上台阶,屋里传来一个孩子的哭闹声和大人的训斥声,他知道妈妈正在忙碌中。年幼的孩子在打针时都会抡胳膊蹬腿儿地哭闹,或者胡乱骂人。妈妈总会拿出一些糖果做引子劝说一阵或者鼓励才能完成。张友良怕打扰了妈妈,就在门外等那孩子的哭声停住,才进了屋。妈妈正专注地收拾针管盒子,并嘱咐大人喂药的时间和药量。他走到妈妈身边,轻声叫了句:"妈!"

友良妈怔了一下,又摇了摇头继续手中的活,几年来这种幻觉一次又一次,常常在自己转身的那一刻才明白过来,她在心里苦笑了一下。忽然耳边又传来一声:"妈。"

那个给孩子整理衣服的妇女看到张友良,立刻高兴地说:"嫂子,友良回来了,娃叫你呢,你咋不言传呢?"

友良妈惊得手里的镊子掉在了地上,儿子,真的是日思夜想的儿子回来了吗?她急忙转身,儿子正站在面前朝她笑。

张友良笑着说:"妈,是我,我回来了。"

友良妈嘴唇动了几下,一字未出,泪珠却先滚下来。她忙抬起胳膊用衣服袖子抹了抹眼睛。

张友良拉过妈妈的手,说:"妈,我给你们寄信了,可信还没到我先到了。"

那年轻妇女抱起孩子冲着后院喊:"凤儿,友良回来了。"又对友良妈说:"嫂子,娃这远的路回来,快给娃做饭去,我这小东西哭闹不停,烦人,我就先回了。"说完急匆匆走了。

友良妈在儿子肩膀拍了一下,说:"你个傻小子呀,一去四年,你咋这

么狠心呢？"

友良搬过凳子拉妈妈坐下，刚要说话，姐姐旋风般地从后院跑进来说："友良，你可算是回来了！"

友良眼圈一热，叫了声："姐，我……"

"好了好了，这回来了就好，凤儿呀，饭做得咋样了？"

"已经好了，我这就去收拾桌子哦。"

友良妈忙把儿子的行李往一边归置，这时后院厦房里传来小孩的哭喊声"妈妈，妈妈。"

友良妈说："吆，你小外甥醒了，快去叫你姐看娃娃去，我来做饭。"

"哎，好。"张友良答应着就往后院去了。

凤儿抱着孩子进了屋，张友良跟在后面逗着孩子玩，饭菜已经摆好。

张友良说："知道我姐有孩子了，可没想到都这么大了。"

友良妈一边撒筷子一边说："你不看看，都几年了。这日子过得真是快呀，一晃四年就过去了，别的看不见，孩子是见天儿地往上长，这人也跟庄稼一样一茬接着一茬。"

小孩趁大人说话时从妈妈臂弯里偷偷地看着旁边这个陌生人，可张友良刚一凑过去表示友好，小家伙又把头往妈妈怀里藏，小腿儿还乱踢乱蹬。友良赶紧往一边挪挪笑着说："他怕我呢，我是陌生人。"

凤儿摆正孩子的头说："看，这是舅舅，不是生人，叫舅舅。"

小孩哇的一声哭起来，凤儿只好摇着哄："不哭不哭，不叫不叫，他是生人咱离他远一点。"惹得三个大人呵呵地笑起来。

到了下午，张友良对姐姐说："姐，我出去一趟。"

友良妈过来问："去哪？"

"我去学校，找静静。"

友良妈拉住儿子说："友良啊，你这刚回来就陪妈妈说说话吧，给我和你姐说说你在上海这四年是怎么过的，还有你将来的工作单位，你的同学。对了，你姐夫明天也就回来了，咱一家人聚到一块高兴高兴。"

张友良说："妈，我要在家住十天呢，咱晚上说好不？我想去看静静。"

凤儿当然知道妈妈的意思，若直接说静静结婚了怕弟弟受不了，虽然俩孩子都没有过这方面的表示，可在各自的内心里那是都有彼此的，她和妈妈当然知道，只是不往这方面提罢了。眼看着妈妈拦不住了，她过去打圆场："你呀，刚回来就往外跑，就不能多陪陪妈？改天不能去吗？"

张友良愣了一下，说："你俩这是咋了？过去可不是这样啊？好吧，那

就明天了。"

张友良嘴上说着，看到妈妈和姐姐那么依恋自己，只好坐回到妈妈身边去了。

这个下午，友良妈放下一切事情，母子三人在自家后院的柿子树下坐着聊天，小孩跑着玩耍。四年的分别，娘几个有着说不完的话，他们一直聊到深夜才各自睡去。乡下的夜晚非常安静，一阵风掠过树梢，叶子便左右摆动，月光一明一暗倾斜不定。张友良终于躺在自己这间厦房内了，他盯着屋顶看，觉得时光仿佛倒流了。以前他就常常盯着屋顶发呆，想未来；现在他又盯着屋顶发呆，想过去。

第二天，友良妈和凤儿一大早就开始忙活。摊饼子、炸豆糕……忙活得跟过年一样。这个坐落在村子后面的破旧小屋，已经很久没有这么喜庆的气氛了。友良终于醒了，看着映照在窗户上的阳光伸了伸懒腰。这一觉睡得可真踏实啊，无数次幻想过的这一切：亲人，小屋，柿子树，如今就在眼前。他猛地坐起来拿起衣服往身上套，今天他是一定要去看静静的。

一家人高高兴兴吃过饭，张友良刚起身妈妈就塞给他一个篮子说："咱家地里的豇豆熟了，走，咱娘俩去摘豆子。你知道，咱家人手少地里活顾不过来，你这回来了就得多干些。"

张友良苦笑着说："妈，我知道，咱下午去好不好，这会我要去看静静。"

友良妈严肃："你咋就不装心呢？庄稼熟了哪能等啊？"

凤儿看瞒不下去了就说："妈，让友良去吧，应该去的。"

友良妈嗔怒道："凤儿！"

张友良看着妈妈和姐姐奇怪的样子，心里有些纳闷，问："你们这是怎么了？以前我俩来往从来不挡着啊。"

凤儿对弟弟说："友良啊，现在和过去不一样了。静静结婚了，你一个大小伙子去找她，不好！要不让张叔捎话过去让静静回娘家来，她来了你再过去看她不是一样吗？"

"啥，姐你说啥？谁结婚了？"友良不敢相信自己的耳朵，他抓住姐姐急切地问。

凤儿说："去年年上结的，这有啥不对的，大姑娘了谁不是这样啊？"

"结婚，这不可能，你们为什么不告诉我？"

友良的心像被无数只大手撕扯着，脑袋嗡嗡作响。这突如其来的事情让他难以接受。怎么会这样，怎么会这样，他已经听不清妈妈和姐姐在絮叨什么，一种痛苦灌满了心田。突然他猛地站起来就往外走。友良妈急忙拉住问："你

干啥去？"

"我要去问问，我不信。"说完推开妈妈的手大步出了门，友良妈吓了一跳，忙催促女儿："凤儿，快去跟着，可别闹出笑话来！"

凤儿把孩子往妈妈怀里一推，追了出去。

友良不知道自己是怎么走出村子又上了马路的，脑子里是一片混乱。这条狭长的柏油马路仿佛跟过去一样没有任何变化，一棵棵大白杨树还是那么茂密，那么亲切。多少年了，他和静静背着书包就从这条路上经过，从小到大一直都是。怎么一转眼形影不离的两个影子就剩下一个了！友良从来没有意识到静静在自己心里是如此重要，一想到失去她就撕心裂肺地疼！要见到静静，一定要见到。这种悲愤折磨着他。可当上了戏楼后面的斜坡站在清河小学，这座青砖瓦的院落前时，他，怯懦了。沉沉的双腿似有千斤重量，怎么都没有勇气迈进学校大门，一节课，两节课，从安静到喧嚣再到安静，他一直在犹豫，在徘徊。他怕了，怕看到自己难以预料的场面。

放学的铃声响了，这个四周寂静的院落顷刻间随着孩子们涌动的身影和嘹亮的歌声达到了沸腾点。老师们跟在自己队伍的后面维护秩序，以免在出校门时发生拥挤。友良用目光清点着每一个走出校门的成年人，终于，那个熟悉的身影出现了。张华静穿着一件苹果绿的宽松连衣裙，头发简单地束在脑后，脸上带着浅浅的笑容。友良的心"咚咚"狂跳，有一种紧张的情绪但更多的是久别重逢的喜悦和激动。他喊了声"静静"，可是嘈杂，喧闹的声音盖住了他的呼喊，他又喊了第二声，张华静似乎听到，四处张望却没有看到，友良刚要迈过人群过去，刘欣平的摩托车已经平稳地停在了张华静的身旁，张华静还在往周围看着。

刘欣平催促道："走吧，看啥呢？"

张华静说："好像有人叫我。"

刘欣平说："除了我，还会有谁叫你？回家。"

张华静坐上了摩托车，很自然地靠在欣平的背上，他们很快离去了。

张友良张开的嘴还没合拢，心就像被掏空了一般。张华静靠在欣平背上那亲昵的举动和已经隆起的肚子强烈冲击着他的心脏。他，落寞地走到那根电线杆下，一阵苦涩的味道迅速漫过全身，直冲头顶。这苦涩变成痛又变成泪，在体内淌成了一条河。背靠的这根电线杆还是老样子，没有一点变化，可他要等的人却等不来了。

躲在一边的小凤把这一切全看在眼里，她心疼弟弟又担心闹出不好的局面难以收场，所以不远不近地跟着。现在弟弟痛苦的样子让她心碎，也才明

白这个傻小子其实是爱着静静的，只是他傻到从来都不知道表白。

小凤走过去拉住弟弟的胳膊说："回家吧，站在这，让人看见不好。"

生活，就是一出戏，结局已经摆好，痛苦也罢欣喜也好，又能如何呢？

淡蓝色的烟雾一圈一圈上升，村庄就被笼罩在这蓝色而缥缈的烟雾中了，村里家畜的叫声偶有传来，时间已经快到中午，友良还在昏睡中。不，不是睡，只是表面平静内心万般纠缠如浪涛汹涌。一星期过去了，他天天去学校看着静静出来、离去，再默默走开，然后回来把自己关在小屋里昏睡。刘欣平对静静极尽呵护，接送非常准时、到位，让友良找不到任何接近的机会和勇气。友良由痛苦转为迷茫，他不知道这是不是爱情，他没有勇气面对三个人的场面，该问什么呢？该说什么呢？彼此间身份的巨大转变多么尴尬又是他不能承受之重啊！那种强烈想见的欲望慢慢飘散了，瓦解了。此刻，只有这间小屋紧紧包裹着他的痛苦和不堪。

"吱扭"一声小屋的门被推开，听脚步声就知道是妈妈。

"儿子，你睡醒了吗？"

"醒着呢，你忙去吧不用管我。"友良把头猫在枕头底下，烦躁地说。

妈妈走到床边坐下，拉起儿子的手说："友良啊，你是男人，这男人得有男人样儿。有些事求不来就得放下，你们俩命里注定只是亲人，没有姻缘。"

友良气鼓鼓地问："为什么？迷信！"

妈妈："你想过没有，就咱这家境，别说你俩这话没说透，就是说透了，静静也同意了，你能娶了人家吗？拿啥娶？今年，明年还是后年？一个姑娘家过了二十五就老了，就是静静同意你张叔张婶也不能同意。"

"我……"友良被妈妈的话一下就哽住了。

友良妈又说："再说了，你越走越远，将来是要在外面干事的人，静静在乡里教书，你是能把她带走呀还是你能常回来呀？静静嫁给刘家不管从哪方面看都是最好的，比跟你强。你应该高兴，不能给人家脸上抹黑。"

友良说："我没有啊！"

妈妈说："你天天去学校，让外人看到了能不说闲话？你让静静咋在十里八乡活人哩？"

友良说："我就是想见见她，说说话，问问这几年里的事情。"

妈妈说："见都见了，还问啥？问了能咋？静静已经是快有娃娃的人了，你要是真为她好就该悄悄地走开去干你的工作。看看咱这破家，看看你姐一家，看看我。我们累死累活的为的啥，不就是盼着你有出息吗？"

友良妈说到动情处，狠狠捶着儿子说："儿啊，你得争气呀！"

两行泪水淌过妈妈皱纹丛生的脸颊，一阵愧疚涌上友良的心头。

他坐起身，擦去妈妈的泪水，说："妈，你放心，让这些都过去吧，再过两天我就该走了，儿子不孝，为你分担得太少了。下午咱就去地里干活。"

听了儿子的话，友良妈悬着的心终于放下了。

绿油油的庄稼铺满山野，乡土如此亲切。小凤在地头逗着孩子玩，妈妈、丈夫和弟弟在地里埋头干活，一竹笼一竹笼的豆荚倒上架子车，友良妈终于把悬着的心放下了。友良运完最后一笼豆荚，把头深深地低下去，呼吸着泥土的味道，他要把这些都带走。两天的时光在忙碌中过去，干了农活走访了亲友，友良该走了。

东行的列车又将载着他去向远方，车轮启动的那一刻，目光掠过绵绵起伏的黄土坡和一座座山冈，亲切慈爱的家乡啊，从此又在梦里了！他爬在窗口对家人挥手，妈妈、抱着孩子的姐姐、高大朴实的姐夫一张张笑脸渐渐远去，变成一个小黑点，到完全消失在视线里。他靠回到椅背上，泪流满面。

游子远行了，妈妈露出了笑容。因为她看到了未来，看到了希望。一棵小树正在成长，等到归来时必是枝繁叶茂，那就是一个母亲的期望。

十

刘欣平每一天都是繁忙的，除了生意还要按时接送妻子。这个风风火火的浪子一下子变得温柔、体贴，他的家人都觉得不可思议。这应该就是爱情的力量吧？从张华静怀孕后他更是紧张和小心，几乎是寸步不离了。这个周末，他把妻子送到娘家才放心地忙自己的事情去了。送走女婿，静妈妈端来水果母女俩坐着拉家常话，张华静抬头时，不经意间看到柜子上摆着一个红色的提兜，塞得鼓鼓囊囊，就问妈妈："咱家来客人了？那是谁提的礼物？"

"哦，是友良来过。"

妈妈的回答惊呆了女儿，她急忙问："友良……他回来了？什么时候？"

"都好几天了，回来有一阵子了。"

张华静"噌"地站起身就往外走，妈妈追着喊："慢点，不敢跑，你现在是双身子的人了。"

张华静顾不了这些，她生气，非常生气，她在心里骂着这个没良心的家伙。四年没有音讯，回来还悄无声息，都不肯到学校去跟她打个招呼！

一种愤怒的情绪在张华静的心里像一只兔子般胡乱地撞击着。

友良妈正在扫地,门口忽然闯进来一个人问道:"婶儿,友良回来了吗?"

友良妈抬头一看,只见张华静捂着肚子,喘着粗气站在面前,她赶紧扶着坐下说:"静静呀,你这身子金贵,可不敢这样跑。"

张华静没有耐心听这些,急切地追问:"婶儿,友良人呢?"

友良妈回答:"他走了,前天中午走的。"

"走了,竟然走了,回来了都不肯给我打个招呼,他……他就这么高贵了吗?"

由于带着怨气,说话的语气也很生硬。友良妈正想着如何回答,小凤从柜子里拿出一个盒子走过来说:"静静,你别生气,这个是友良给你的,让我找合适的时间给你。"

张华静接过盒子摩挲着,突然有一种心酸涌上心头。她难过地问:"为什么让你给我?他呢,四年了,回来就这样悄悄地走了?"

小凤说:"静静,你错怪友良了!有些话我不知道是说了好还是不说好。他回来知道你结婚了发狂地跑到学校去找你,我们拽都拽不住。我就一路跟着。放学的时候,在大门口,他喊你你没听见,看到你女婿把你带走了他一路流泪回来的。好几天把自己关在屋里昏睡。又连着几天去学校,就站在电子线杆子底下悄悄看你。看到你们那么幸福快乐,又快有孩子了才慢慢放下的。其实他也很难过,我们陪了他一个星期好容易才把他送走的。"

张华静听着小凤的诉说,泪水流到了嘴边,她忽然想起那天放学时好像听到有人喊她的名字,当时还以为是幻觉,没想到竟然就这么错过了。她直怪自己,怎么就没往电线杆子底下看看呢。

小凤搂着张华静的肩膀说:"静静,你俩打小就在一块玩耍,好得跟一个人似的,可现在长大了成家了,友良不能像过去那样随便去找你。那样对你不好。我和我妈拦着他,是怕他的莽撞让人笑话,背地里被人说闲话。要怪,你就怪我们吧。"

友良妈也附声说:"静啊,过去你俩亲如兄弟姐妹,一块长大的跟一家人一样,可长大了就不一样了。有些事,得有大人样儿,所以婶拦着友良,这样做也是为你好。"

还能说什么呢?所有的怨气,所有的遗憾,都化为理解。张华静平定了一下情绪,缓缓起身拿起那个盒子说:"婶儿,凤儿姐,你们说得对,我不该责怪友良,他做得对,我回去了。"

友良妈忙说:"凤儿,快把静静送回去。她身子沉,可不敢有磕绊。"

小凤搀扶着张华静小心护送,她心里为这两个儿时的伙伴深深惋惜。人

生，真是难以预料。这样要好的两个人二十年的亲情、友情就这样散了，从此永不相见了。

夜深了，一切都静下来。窗外一轮明月毫不吝惜地洒下一地光芒，亮晃晃的。树梢栖落着几只打盹的鸟儿。张华静坐在闺房的床头，郑重地拆开了那个盒子，里面叠放着一本书，一支笔，一个蓝色镶着白色珠花的发夹，一封信。"还真不少"，她对自己说，又忍不住笑了。她拆开了那封信，一行行温暖、熟悉的字体呈现在眼前，她默默地读着。

静静：

我不知道该对你说些什么，似有千言万语却如鲠在喉，一字都难以吐出。

请原谅我的不辞而别。我知道，这样做你会很生气。可我只能这样远远地望着你，然后悄悄走开。大学四年我几乎难以生存，我不断寻求途径，拼命挣扎，在城市的缝隙里艰难地喘息，才能勉强填饱肚子而不用伸手向家里要钱。你寄来的衣服和钱让我更加不敢给你写信，断绝往来只是不让你担心我，牵挂我。

如今，这一切都过去了，我留在了上海，当我急切地归来想把这一喜讯告诉你们时，才发现一切都变了！你我之间身份的变化，让人如此尴尬。居然无法靠近你，我只能默默地站在电线杆底下看你放学，看你离开。电线杆没有变，条条道路没有变，可我们却不能并肩走在回家的路上了。拐进巷子，跨过水渠，我再也没有了推开你家院门的渴望。

我很难过，在我心里，家人有三个：妈妈，姐姐，还有你。你们是我至亲至爱的血脉亲情，伴我成长，盼我前行。现在，家人少了一个，我却无法相送更不能亲口对你说声祝福。一次分别竟成天涯。我永远都记得那次迟到，在小河边洗脸，撩起我衣角擦脸的你，很怀念给你提书包的日子，我只有带着这些回忆离开了。那个要带你到上海看看的诺言也成一句空话了，这是我的错，此生最大的遗憾就是前行的路上把你丢了，希望来生还能和你一起上学。

友良

张华静的双眼模糊了，泪水一滴一滴落在纸上。她一遍遍抚摸着每一件物品。

鸡叫三遍过后，东方天际已经泛白。张华静把信纸认真地折叠起来放回

盒子里，然后放到箱子最底层锁好。这一切都已经过去了，那就把这一切留在这里吧，留在闺房就是留在过去的时光。

太阳又带来了崭新的一天，张华静揉揉眼睛拉开窗帘，看着天空。美好的一天又开始了。昨天的梦醒了，那么明天呢？明天还有崭新的生活，她摸摸肚子里那个蠕动的新生命，笑了。

张友良背着一个黑色的大包，手里提着小包，步子轻快地到新单位报到了。"第六纺织厂"这几个大字在心底已经默念很久了，可是当他真正地看到一个白底黑字的巨大牌子矗立在面前时竟然有一种想要流泪的感觉。接着这种感觉迅速转化成自信与感动，让人振奋，让这个乡下孩子有足够的勇气抬起头大踏步地向前走去。两扇儿开的大铁门镶嵌在厚实高大的水刷石墙壁里，友良进了大门走到传达室门口刚要问，里面的老头却先开了口。

"你找谁？"

"老师傅，我是来报到的。"

"是新来的？"

"是的。"

张友良赶紧递上了自己的证件，老头仔细看了一遍，把鼻梁上的老花镜往上扶了扶，眯着眼把他上下打量了一番，微笑着对身后长椅上坐着的一个中年男子说："这是新分来的大学生，你给领到人事部去。"

那个中年男人很高兴地拉开门，伸过手就来接张友良手里的包，并热情地说："大学生啊，走，我送你过去。"

张友良说自己可以提，可那男子还是一把夺过了他手里的提包，憨厚地笑着前面带路，并一边走一边介绍着厂里的各个区域分布情况，比如：办公楼往后是单身职工宿舍区，前边是女宿舍往后是食堂、锅炉房、开水房。过一条路就是男宿舍。办公楼往北过一条宽阔的水泥路就是一排一排的厂房，厂房后面远远望去沿路的绿色塑料瓦棚那是自行车存放区。这条水泥路成一个丁字状，一直通到工厂后门儿。前门只允许小车通过，基本是领导和上级部门来往出入的车辆，再就是职工上下班通过，来人来客要登记。后门是各种原材料，成品货物出入的，都是大卡车、面包车。出入频繁，噪音也大。那人说得仔细友良听得认真，十五分钟的路程那人已经把厂子介绍完了。张友良一边走一边听，等那男子回转身看他时就回报一个微笑或者点一下头。敲开人事部的门，那男子把包放下便告别了。

一位年轻漂亮的女孩子接待了他，"请坐，这是登记表你先填一下，然

后我带你过去。"

张友良在桌前坐下,认真地看了一下那张表格然后填好,并把自己的证件交给那女孩子,女孩复印后附在登记表后面用图钉钉好放到一个文件柜里才算完。

"走吧,你是分到财务部的,我带你过去。"

"哦,好,谢谢。"

张友良跟着女孩到了二楼,楼道里很安静,只有女孩子的高跟鞋踏过地面的"咔咔"声,每一扇门都关闭着,地面很干净,能映出人体的大致轮廓,随着走动的步子,影子就一晃一晃地动。

上到三楼,在走廊的尽头最后一个房间,门上竖着一块牌子"财务科",女孩儿抬起手,在门上以优雅的姿势敲了两下,"咚咚,咚咚",里面立刻有人回应"请进",是一个女声而且是一个中年女声。财务部不大,但里面的布局却有些特别。进了门,在房子的二分之一处用一道齐腰高的水磨石做成的隔挡隔开,里面是三个并排的工作台,中间用玻璃隔开,其中两张桌子都有人,分别是一个四十岁左右的中年女人和一个二十八九岁的青年女子。拐弯处留一个可开可关的出口。外面对称地放着两盆足有一米高的绿色植物。

看到有人进来,那烫着卷发身材微胖的中年女子站起来说道:"吆,这是给我们送人才来了?"

领张友良进来的女孩子停住脚步说:"对呀,这就是分到你们科的大学生,叫张友良,人送到了,钟科长,那你安排吧,我走了。"

"好,谢谢人事科的同志,慢走呀。"

张友良刚想对那女孩说声"谢谢",话还未出口姑娘已经出去了,门也"咔"的一声关上了。他走上前,说了声:"钟科长,你好。"

那个被称作钟科长的女人笑吟吟地说:"小张,你好,不必客气。你第一天来,不着急,先休息一会儿熟悉熟悉工作环境,你的办公桌、柜子,都认一下。"

"好的。"张友良点点头说。

钟科长又对旁边正在埋头工作的年轻女子说:"小高,小张的工作安排你就全面负责,我得出去一趟。"

那女子说:"好吧。"

钟科长走出工作区域,对张友良说:"小张你今天刚来,工作流程先了解一下,然后回宿舍好好休息,明天正式上班。有什么不懂的就问小高好了。"说完就

拿起一个背包出去了。看着科长出去，门关上的那一刻张友良长舒了一口气。

这时里面的女子抬起头说："进来呀。"

张友良从入口处走了进去，女孩停下了手中的工作用手指比画着说："最边上这个空着的桌子是你的，看，靠墙那个柜子，最上层是你的，钥匙在抽屉里。工作方面呢，你过来。"

女孩又转过身去继续工作，张友良忙走到了女孩身边。

"这样吧，我先大致给你说一下，你主要负责全厂工人工资、各种原材料的预算及报表方面。你是专业人才，相信你肯定会很出色的。先了解这些吧，具体的上班以后再详细说给你。"

张友良仔的目光把这间屋子环顾了一圈，这就是自己的办公桌了，一种新的生活就要展开，可这一切似乎在梦中一般。单位和学校办公桌和课桌给人的感觉太不一样了，从今天开始他就是一个成年人了，就可以挣工资养家了。

而此时的张家庄里，友良妈终于放下心来，儿子的人生步入正轨，以后只会越来越好。这无疑给她灰暗的人生注入了一道曙光，一道让她信心满满的希望之光。这个贫穷而善良的农家妇女每晚睡前都要把儿子寄来的信件反复阅读，细细揣摩。她认为这是老天爷给她已到绝境的人生来了一次拯救，儿子的每一次来信都是她们母女俩苦难生活的一支强心剂，令她们欢欣鼓舞，仿佛每一天的太阳都是新的。

下午七点，办公楼里各科室已经人去楼空，只有三楼财务科还亮着灯。张友良已经上班两个多月了，工作上他上手很快，总是小高讲过一遍他就能准确无误地做出来。为此小高很开心，因为科长总是笑眯眯地夸她教得好，有耐心，所以张友良才学得快。可小高心里明白人家是大学生，专业过硬，自己只不过是说了一下提了一下人家就已经做到了最好，而且非常谦虚，低调。这个新来的小伙子除了埋头工作几乎不出声，很少听到他说话，除非是非说不可他才会以最简短的话语请示或者汇报。其余时间他的语言就是："嗯，啊，好。"不管你给他分派什么活他都欣然接受，不管是他职责内还是职责外的，连绊子都不打一下。每天来得早，走得晚。打扫卫生、拖地、抹桌子，干得妥妥帖帖。

张友良的到来让小高的工作轻松不少，以前每遇到下班了手头工作还做不完，看到别人一身轻松下班她就很着急，没办法只有加班。可现在不同了，只要遇到这种情况张友良会主动说："高姐，你回吧。这些交给我吧，我下

班也没什么事。"

开始小高还有些不好意思，毕竟是自己分内的事推给别人不好，可慢慢地也习惯了，再说她发现以张友良的能力一个人完成两个人的工作量完全没有问题。

张友良喜欢这样的环境。安静的空间，柔和的灯光。桌上放着厚厚一沓单据和发票，他逐一核对、统计，再做成各类报表。忽然门开了，钟科长走了进来，张友良忙停下手中的工作、站起来问："科长，您怎么来了？"

钟科长走到过来往桌上扫了一眼说："工作，明天还可以做，不需要天天加班。赶紧回吧。"

张友良说："没事的，还有一点就完了。"

"快回去吧，你这样加班会给别的同事带来不好的影响的。"

张友良突然感觉到科长似乎话里有话，好像在传达着某种意见和信息，慌忙说："对不起，我没想那么多，我马上收拾。"

"嗯，我等你，一块走。"

关掉灯，锁好门，俩人一块走出了办公楼。快到大门口了，往南过了绿化区就是宿舍楼，张友良刚想说再见，钟科长却停下了脚步，望着他说："小张啊，你年轻，在工作方面，努力，热心，上进，这很好。我很欣赏你。到底是大学生，工作能力比我们强，你以后干好自己分内的工作就可以了，帮助别人要有个度，适当为之，不然会害了别人！"

"科长，您说的，我，我不明白……"

"你会明白的，回去好好想想，以后不许再加班！"

钟科长拍拍张友良的肩膀，转身走了。看着领导远去的背影，张友良茫然地站在宿舍区的路灯下。

不知道什么原因，小高不理张友良了，就是再忙也不会把手头工作推过来一些。张友良主动打招呼她也是冷冷地"嗯"一声，头都不抬一下。下班时必须是准点准时，关灯锁门，然后各走各的，气氛极其尴尬。科长还是和往常一样的说话，分派工作。声音不大，温和而亲切。遇到大的业务比如和银行对接方面就会带上张友良。三个人各负其责，工作井然有序。不加班了，张友良便有了很多闲暇的时间，可他并没有让自己闲下来，而是投入了学习中，他在准备着下一场考试。

工作后的张友良周围没有亲人和朋友，同学们都四散而去奔赴全国各地，他的生活中就只剩下了罗绮玉。因为自卑所以内向，因为内向他在生活中往

往是被动的。他没有去看过罗绮玉，尽管心里有很多苦闷需要找个人来倾诉，他也想到了罗绮玉，但那只是想一想的事情。可是人家姑娘却找上门来了。不由分说拉起友良到了一家餐厅，教这个笨拙的穷小子适应城市生活。当夕阳漫过大地的时候，俩人坐在公园的长椅上高兴地谈论起大学里的事情。

罗绮玉说得兴高采烈，张友良却心事重重。罗绮玉问："你好像有心事？是家里有事还是工作不顺？"

张友良想了一下说："是有个问题需要你帮我分析分析，看问题出在哪里？"

"说来听听。"

接着张友良把在单位里的事从头到尾讲了一遍，茫然地望着罗绮玉，期待她能找出问题的症结，给出一个满意的回答。

罗绮玉笑了笑，说："勤奋惹出来的，你违反了职场法则，也就是不懂规矩！"

"职场法则？不懂规矩？"

"你在工作上努力，对同事热情帮助，本意是好的，但你没有想过凡事都要有个度。你加班，你一人干两人的活，你过分的忙碌倒显得别人偷懒，耍滑头，甚至对别人的工作造成了威胁，你自己居然还不知道！换个角度考虑一下。"

张友良恍然大悟："原来是这样啊！"

"怎么，不感谢我吗？作为你人生的导师应该还算合格吧？"

张友良感慨地说："谢谢你几年来一直帮我。我嘴笨，太多感激的话说不出来，自从来到这座城市，我就像一个异类，和这里的人和事格格不入，处处碰壁。你一次一次地帮助我，我真的很感激。"

罗绮玉望着眼前这个傻傻的大男孩，"扑哧"一声捂嘴笑了。

第三章

一

　　进入二十世纪九十年代的中国，经济快速发展。高楼林立、车辆纵横，各行各业均飞速发展。而中国农村也有着翻天覆地的变化。

　　清河，这个世代以农耕为主的山乡小镇，人们已不满足于祖辈人传下来那种守着三亩薄田过日月的生存方式。一部分人摆摊设点做买卖，一部分人在土地上动脑筋，改种经济作物代替农作物。建起蔬菜大棚和苗圃或种药材，一切都在向经济靠拢，发展势在必得，人们抓住时机干劲十足。沿海城市改革的浪潮冲击着年轻的一代，看家守业已不是这一代人的追求，城市的大门向农村敞开，大批量招工让他们背起行囊远走他乡寻求出路。

　　二〇〇〇年以后，山乡改头换面时时刷新，一些离家久了的人回来时就会感到陌生，甚至找不到路。一座座低矮破旧的老屋被推倒，一座座钢筋水泥结构的红砖小楼拔地而起。

　　刘欣平父子的木材厂变成了"东风家具厂"。由于住房结构、用材的改变，人们不再大批量需要木材，顺应时势，他们只有改变经营方式和产品才能跟上时代的步伐。沙发床、组合家具、时尚装饰材料，让人们眼前一亮。那些曾经流行一时的高低柜、大立柜、写字台统统成了老古董被时代远远地抛在了后面。"东风家具厂"自然就成了本地一大亮点。

　　刘欣平勇于创新，是家具厂的挑梁人。干起事来极有魄力，对事物的发展把控得极为娴熟和老练。处理事情干净利落，绝不拖泥带水，又好交友，酒友、牌友。有同龄的也有父亲一辈儿的，由于生意往来他的社交圈也就广一些。但他坐不住，毛躁性子，常常是刚干完正事就跑得没影儿，不是喝酒就是打牌。而作为大哥的金平，自知没有弟弟的能力也乐于安守本分，总是给弟弟打下手，做后勤，看守场地，忙里忙外从没一丝怨言。兄弟二人配合

得非常默契，大刘也就完全放手落得清闲。乡里人有句俗话"打虎离不了亲兄弟，上阵离不了父子兵"，所以他相信两个儿子一个能闯，一个能守，事儿只会越干越好的！

刘金平虽然宽厚，可赵小菊不是个省事的主，她几次三番缠磨金平要到家具厂上班，大刘两口子就是不松口，宁可雇用外人也不要赵小菊，坚决把这个搅屎棍子堵在门外。老两口心里明白，只要赵小菊进去了，往小里说，就不会有安宁的一天，往大里说，厂子迟早要垮。

时至周末，屋檐下的水泥平台上，大刘正窝在藤椅里，半眯着眼睛听旁边小桌上半导体里传出来的秦腔《三对面》。那强劲有力的花脸唱腔和响亮的锣鼓声显示出秦人的豪迈。大刘听得入迷，这是他多年来的爱好。听着睡着，听着醒来，还不许家人叫喊。就在他的思绪沉浸在戏文里的情景中时，胃里一阵痉挛，抽得他皱起了眉头。他左手压住胸口，右手拿过小桌上的紫砂壶抿了一口热茶，疼痛似乎缓解了一下，他又喝了一大口，结果胃里一阵翻滚，"哇……"地一下全吐了出来。

正在井台上洗衣服的王桂芬，慌忙扔下手中的衣物跑过来扶住丈夫，一边在他后背拍打，一边搓他的胸口，焦虑地说："你这几天是咋了？喝水、吃饭老吐，明儿，让老二带你到医院去看看。"

"倒有啥看的，估计是吃的堆住了，老了，克不动了。转几天就没事了，大惊小怪的！"

自从刘欣平结婚后，兄弟二人接管了生意，里里外外没有大刘可操心的。他偶尔到厂子里转转，再就是抱着小茶壶到村头大树底下和老伙伴们下象棋，但更多的是帮老伴带孙子。俩儿子各添一子，老刘家人丁兴旺，没有比这更让他高兴的事了。每天看着两个小孙子房前屋后地跑，大刘两口子总是乐呵呵的。如此，人生也算是圆满。

王桂芬刚收拾完大刘吐到地上的污物、洗完拖把，就听到院门"咣"的一声被推开，自家的灰色面包车停在门口。调皮的冬冬看到奶奶被他刚才的推门声吓了一跳，便"咯咯……"地笑出了声。张华静跟上来刚要去拉儿子的手，小家伙跑上台阶扑到爷爷怀里，刘欣平手里拿着车钥匙最后进门。王桂芬看到儿子、媳妇回来了就张罗做饭。

张华静从婆婆手里抢过围裙说："妈，我来做，你歇着。"

王桂芬罢了手，把耳边的头发往后拢了拢，拿起菜篮子坐到门口择起菜来。

张华静已经完全融入这个家庭中了，孝敬公婆、忙于工作。儿子的降临

更是给这个家带来了很多快乐和生机。大刘老两口儿对这个亲自挑选的儿媳妇像女儿一般疼。和赵小菊的尖酸刻薄相比，张华静的温柔善良、善解人意，让家人舒心、放心。虽然对小儿子一家无比疼爱但也并没有因为赵小菊而冷落大儿子。经济上、生活上，他们一碗水端平，爱心的天平没有倾斜。因为在他们心里，媳妇再不好，儿子、孙子都是自己的，手心手背都是肉啊！

再说了，老二欣平心眼活泛，咋说日子都能过到人前去；老大金平，老实木讷，所以在经济上总要额外让出一截来。这一点，他们总是给刘欣平和张华静说明白，怕俩孩子有什么想法落下埋怨。

刘欣平总说："这还用说嘛？应该的。"

张华静也是笑笑，说："爸妈只管做主，不用问我们。"

还有什么可说的呢，一家人互敬互爱，和和睦睦，日子过得红红火火。一晃冬冬都三岁了，那边君君都上小学了。

吃罢晚饭，收拾完一切，王桂芬按照惯例，前院后院的门关子都摸一遍，该关的电器、灯火都检查一遍。这是她多年来的习惯，女人心细，总怕出个什么差错。等她检查一圈回到屋里，大刘已经打起呼噜声，偶尔还有轻微的呻吟，她心里一紧皱起了眉头。最近一阵时间，老头吃得越来越少，有时喝水、吃饭还会噎住或者呛到引起呕吐，精神头也差了很多。看着睡熟的丈夫，王桂芬轻轻走出屋子，敲开了儿子的房门。

张华静和欣平正逗着冬冬玩耍，听到敲门声忙下床，拉开门一看，婆婆正站在外面。

"妈，快进来。"

"嗯。"

张华静把床边的被子往里掀了掀让婆婆坐下，又拉过儿子拍了两下示意他安静下来。

刘欣平坐起来问："妈，怎么还没睡？"

王桂芬从张华静怀里把冬冬抱过来，搂在胸口摇晃着，拍着。过了一会儿孩子就迷糊了，王桂芬把孩子放到床上，拉过被子盖好，才仰起头说："你爸怕是病了，最近啊吃饭喝水老吐。我让他到医院看看，他就是不肯，在医疗站配了些药吃了，也不见好。我不放心，老二啊，妈想让你带你爸去医院查查，我拗不过他，你的话他听。"

刘欣平挪到母亲身边，说："怪我们粗心，没注意。明儿一早我就带我爸到县医院看看。"

张华静也急忙说:"那我也去。"

王桂芬这才微笑着点点头说:"那你俩陪你爸去,我在家带孩子。行了,你们就早点睡吧。"

母亲出去了,刘欣平突然有一种强烈的自责感。自己一天进进出出,父亲病了都不知道,让妈妈一个人担心害怕!

第二天,县医院。

挂号处长长的队伍把门诊大厅划分成两半。这家医院在本地是最具权威性的医疗机构,有先进的设备和高超技术的专家。一些乡镇医院看不了的病人或是经济条件好的人家都会赶到这里来。一个早上张华静跑前跑后,忙着挂号、排队、缴费。刘欣平陪着父亲进这个门,出那个门,做各种仪器和化验。他本来想搀着父亲,可手刚搭上去就被大刘一把甩开,并甩出一句话说:"离我远些,我好好的非给整到医院来拍这个照那个,搀着,这么没病都叫你弄成个病人!"

对于父亲的倔强刘欣平是早已习惯了的,所以就由了他。今天能把他弄到医院来已经是费了好大的心思,幸亏有张华静的说服才使这个倔老头勉强答应了。一系列的检查做完就到十一点半,医生告诉他们检查结果两天后来取,送医生处再做诊断。

大刘有些疲惫,他出了医院就催着儿子快点回家。

刘欣平说:"爸,要不找个旅馆歇歇?吃个饭再回家。"

大刘不耐烦地打断儿子的话说:"回家,马上回!本来好好的,非叫你跟你妈逼到这里来,糟蹋钱,受洋罪!"

刘欣平顺从了父亲的意思,一路上他想出各种轻松的话题活跃气氛,父亲只是紧闭着眼睛靠在座椅背上,一言不发。看来,父亲是真的累了。

两天后的早上,十点以后,刘欣平把所有检查结果送到医生处。一个医生反复看过后把一纸诊断结果往前一推,刘欣平只觉得头"嗡"一声响。"胃癌"两个字清晰地落在那一张白色的纸笺上,就像一把利刃硬生生砍在人心上,疼,揪心地疼!

这几天从父亲的精神状态和医生郑重地让做各种仪器检查时,他就有一种不好的预感,所以今天取结果才故作轻松地一个人来了。可尽管刘欣平做了各种不好的预测也不会想到远比他想的要严重千万倍!父亲高大、伟岸的形象是从小就在他心里扎着根儿的。父亲是个乐观的人,不论什么时候都是

乐乐呵呵，不急不躁。对亲戚，对朋友，讲义气，够大气，又乐善好施，左邻右舍无不敬他三分。可就是这样一个人竟然得了这种病，也就意味着父亲的生命将要走到尽头。不，不能，要不惜一切代价从死神手里夺回父亲。刘欣平毕竟是个男人，他没有像女人那样六神无主，哭哭啼啼。只是慌乱了片刻，便立刻平静下来。

他把那些沉重的心思压到心底，俯身问："医生，您懂得多，您看我爸年龄也不大，得这种病还有什么办法能，能救他？您，您再给想想，不用考虑钱的问题。"

医生放下笔，扶了扶鼻梁上的镜框，说："小伙子，你的心情我理解。如果是早期还可以做手术，可以延长寿命十到十五年或者更长，可你父亲这病发现得太晚了，已经没有做手术的必要了。现在能做的就是让病人住院，定期化疗和护理，这样可以减轻痛苦，以保守的疗法延长生命，只能这样了。"

"医生，请您，再想想……我……"

刘欣平有些语无伦次了。他不知道怎样表达自己的心情和想法。

"小伙子，医生就是治病救人的，但凡有一线希望和方法我们也不会放弃。我们和家属的心情是一样的，希望你能理解，也希望你接受现实正确对待！"

医生的话字字句句砸在刘欣平的心上，把他心里仅存的一丝侥幸也摧毁殆尽。他明白，这就是最终结果，没有办法可以救父亲了。绝望时他心里忽然有升起一个新希望，去省城大医院，也许有大专家、大教授、更高级更精良的仪器。这个想法刚一形成他立刻激动了。对，就这么办。刚要转身突然手握的那一纸"诊断证明"让他心悸，这回去怎么向父母、向家人交代？拿什么给父亲看？不行，得想个办法。

他对医生说："医生，我想求您个事儿。"

"你说，只要是我能办到的。"

"我今天来取结果，全家都盼着呢，我父亲是个精明的人，撒什么谎也骗不过他。我想请您另给开个诊断证明，写上别的病因，这样至少先瞒着家里，让家人也不慌，我再想办法说服。请您，一定帮我这个忙！"

医生停顿了片刻说："好吧，那就写上个萎缩性胃炎，这样符合你父亲的症状，你就尽快让老人住院吧。"

刘欣平怀着沉重的心情对医生道谢之后出了医院大门，启动了车，朝着家的方向开去。

王桂芬始终不明白，县医院看个病，检查用一天，结果还要等两天。一

分钱的药没开各种检查就做了一大圈。她在心里猜测着，莫不是得了什么大病，要不怎么整这么复杂的过程。还有就是大医院虚张声势，显得气派和神秘，这也说不定。几天来，她在心里不住地祈祷："老天保佑，希望是后面一种情况，那样就是花点钱，保个平安也值了！"

临近村子时刘欣平把车停住，他下车坐到路边的大石头上掏出一根烟点燃。这个过程他脑子里在思考，怎样才能把这个假的检查结果对家人说得轻松、逼真、不漏破绽，不让父亲起疑心，又怎样能说服父亲随他到西安的大医院去治疗。当第二根烟燃尽之后他扔掉烟头，起身上车，一个坚定的想法已经成形。

王桂芬从早上儿子出门就一直心神不宁，隔一阵就到门口张望，听到停车的声音她立马从里屋跑出来。

儿子一进院门她就迎上去问："可算是回来了，怎么样，啥病啊？要不要紧？"

刘欣平笑着说："妈，看你急的。给，这就是诊断证明。"说着就从怀里掏出那个折叠着的纸片给了母亲，这句话与其说是给母亲说的倒不如说是给父亲听的。大刘懒懒地靠在藤椅里，抱着茶壶眯着眼。

王桂芬看了后，问儿子："老二呀，这萎缩性胃炎是个啥病？要紧不？"

大刘仍然闭着眼，没有动弹。

刘欣平到井台边洗了脸，拿个小凳坐到父亲跟前说："爸，医生说五十岁以后，人的各个器官都在慢慢老化，胃功能也一样，吃东西要忌口，不然就会有各种不适。所以您就得了这种病。虽然不是多严重但也不敢大意。咱县医院设备落后，建议去西安的大医院接受更先进的治疗，这样好得快也少受罪。"

王桂芬也走过来，接着儿子的话说："这样好，就去西安。"

"不去，瞎折腾！"

大刘眼睛都没睁就吐出这么几个字来，声音虽然不大，却带足了分量。

"你这臭脾气，死倔，死倔的，早点治好全家安心，娃也好去干他的事。"

王桂芬小心翼翼地劝着，多年来老头的脾气就这样，从不多说话但每一句都不容更改。她也习惯了看老头的脸色行事，顺着他的脾气来。可这一次不行，这是有关老头的健康问题。她急，她恼，还想再劝，刘欣平对母亲摇了摇头，拉着母亲进了里屋。

陕西省最具权威性的医院"西京医院"的医生仔细看了刘欣平带来的各种片子和化验结果，得出的结论和县医院医生的说法完全吻合。完了又补充

一句:"如果来我院住院还得重新检查一遍,这样更准确。"

刘金平这个老实木讷的汉子每天早早起床到店里,里里外外巡视,看着店员们搞卫生,列队开会,然后开始一天的营业。每天下午5点以后,收完营业款锁好大门,最后一个离开。多年来他一直做这些工作,从不间断、也不马虎。最近这半个月来,他住进了厂里和看门老头孙叔一块守店,生怕有什么差错。弟弟欣平带着父母去了西安,说是给父亲检查身体,得住一段时间才能回来。临走时嘱咐他厂子交给他,如果有什么处理不了的难事先放着等回来再说。刘金平让弟弟只管放心去,拍着胸脯保证一切有自己这个大哥呢。

刘金平的勤劳却招来了赵小菊的不满,每天甩脸子,骂骂咧咧。

"你看你喔傻瓜样儿,什么检查身体,这分明就是领着你爸妈去逛省城。花着大家的钱,他一个人充孝子。你一天就净干些邀鸡关后门的破事。我是倒了八辈子的霉了遇上你这么个不开窍的东西!"

对于赵小菊这种挑唆和谩骂刘金平是早就习惯了。每次只要弟弟那边有什么动静,赵小菊都会冷嘲热讽,骂骂咧咧。刘金平通常是不搭理的,你骂你的,我干我的,就好像是在说别人的事儿一样。赵小菊并没有住口,只是稍微停了一会儿接着数落。

"省城的大医院,那住一天得多少钱呐,这都半个月了也不见回来,谁信呢!"

"不是住院,旅游还能这么久?就是老二让逛爸妈也不会同意的,二老都是节俭惯了的。"

刘金平忍住气劝媳妇。

"住这么久,你爸他也舍得花钱,什么不得了的病非得去城里住院,除非是得了要命的病!"

赵小菊无心的一句话惊得刘金平"噌"一下站了起来,他本来是要反驳媳妇的,可猛然间明白这个令人恼怒的恶语也许是真的。如果不是,为什么这么久不回来呢?可自己怎么从来就没往这方面想过。难道真像媳妇骂的那样,自己的心眼被锤子锤了吗?赵小菊也被自己这句话惊呆了,这么多天她一直在琢磨,凭什么老二可以拿着账上的钱去逍遥而让自己的男人累死累活看家守业。本来是撒气的一句话,却让夫妻俩瞬间明白弟弟和父母此去的秘密。看来,这个家是真出大事儿了!

上海。

时间到了中午三点，第六纺织厂的财务科里三个人都在自己的办公桌前忙着各自的事情。张友良看着一些单据和发票忽然皱起了眉头，像是发现了什么大问题。他又打开柜子，把上个月的单据找出来比对一遍做出一些标记，然后起身走到科长的桌前说："科长，这里有个问题。"

科长问："什么问题？"

张友良俯下身说："您看，这个原料上个月的单价还是12元，这个月就是36元，光这一项下来就多出6000多元，还有这几个小项，您看这里也是一样的，前后一个月时间报价高出太多了，肯定有问题，还有……"

"这都是领导签字批过的款项，能有什么问题！"不等友良说完，科长就不耐烦地打断了。

"这么明显的错误，我们怎么能不管呢？再说了，报上去被人发现不会查吗？那样就是我们的责任！"

"你这小伙子，读书都读傻了！上面有大领导的签字，其他的事情不是你该管的，你只管做统计表就行了！"

"可领导签字的单子上只有总价没有明细，这个关是要我们把的呀！"

科长放下手里的笔，转过身来语重心长地说："小张啊，领导能签字就说明这些款项是合格的，钱都批了，咱就是个执行部门，该管的管，不该管的不要管，做好自己的工作，其他的不是你操的心。唉……"

"可这不是小事……"

"好了好了……"

不等张友良说下去，科长已经走出办公区域摔门而去了。张友良怔怔地站在那里不知如何是好。小高看了他一眼，冷冷地说："领导让怎么做就怎么做，逞什么能啊。"

二

刘金平多年来在家中扮演的角色是沉默、勤劳、坚守。所有的大事小事全由父亲和弟弟去打理，他只做好一个管家就好。可这次他没有继续等下去，因为等不及了。这天晚上他锁好店面，径直到了厂门口进了老孙叔的屋，把所有事情给老孙叔交代一遍。老孙是刘家的远方亲戚，从木材厂到家具厂他一直看守门户，深得刘家父子信任。

老孙头疑惑地问："你们一家这是咋了？这，这都进城去呀？你爸到底

咋样？是啥病？"

刘金平木木地说："我也不知道，老二走时么说，只说去检查得住一阵，这么久不回来我心急，想去看看。"

"哦，那就赶紧去，这厂子里有我在，放心走吧。"

刘金平怀着焦虑的心情来到了西安城，拥挤的人群，川流不息的车辆让他有些眩晕。第一次进城找起地方来很是困难，他从口袋里掏出那张被攥得皱巴巴、汗津津写有地址的纸条一路问着。终于来到一座要他头仰到老高才能看到顶部的大楼，大楼矗立在面前，楼的中间镶着四个红色的大字——"西京医院"。进了大楼就像进了迷宫，七拐八拐好不容易找到了住院部，他轻轻地推开门。

这是一间面向朝北的病房，内有三张床位依次排列。大刘正仰卧在最里边靠窗户的一张床上，头被两个枕头垫着，似乎睡着了，平稳地呼吸。拉拢的窗帘遮住了刺眼的阳光，房内显得很柔和。刘金平俯下身，本想叫声"爸"，可又忍住了。他把手提包放到窗台上，又蹑手蹑脚地走到父亲身边仔细端详。这是一副什么面容啊！仅仅半个多月未见，父亲就眼窝深陷，颧骨高突，面色蜡黄。那病号服就像一张蓝白条纹的床单裹在父亲身上，人，整整瘦了一大圈！刘金平没有惊动父亲，他拿起墙角一个塑料凳子放到床边坐下。大刘似乎并没有睡着，听到响动他睁开了眼。

看到大儿子，他伸出右手说："老大呀，你咋来了呢？"

刘金平抓住父亲的手说："爸，这么多天了，我不放心您，就来看看。"

"唉，没啥事，过几天就回去了。"

两人正说着，老二欣平提着一壶水推门进来，说："哥，你来了。"

"嗯，来了，你带爸妈出来这么多天了，我来看看，妈呢？"

"妈在医院对面的旅馆休息，医院有规定病房只准留一个人陪护，这些天我和妈轮换着呢。"

刘金平朝另外两张床上看看，也是只有一个家属陪护，这是医院的制度，是为了病人更好地休息。

大刘对大儿子说："老大，让你兄弟带你去吃个饭，到你妈那边躺一会儿。你一早就赶过来，起太早，没睡好吧？"

"不用，爸，还是让老二去休息，我在这里陪你。这么多天老二和我妈怕是累坏了呢。"

刘欣平说："不用的，哥。这里的情况你不了解，还是我在的好。再说了，你管家里那一摊子，我们在外面才安心呐。"

大刘说："老大呀，你兄弟说得对，就别争了。我也再住两天就回去了，我在这受洋罪你们还得受罪。你呢，待一天就回去，管好家，爸就放心了。这儿，就别跑了。"

刘欣平说："爸，我哥既然来了，今晚就陪你说说话吧。现在我带他去我妈那儿休息休息，晚上让他再过来。"

大刘点点头表示同意。

刘金平虽憨却不傻，住这么高档的医院，父亲快要瘦到干瘪的身体，这些都隐隐告诉他父亲的病情绝对不会像弟弟说的那么简单，绝对不会是什么"萎缩性胃炎"。也许妈妈真的不知道，肯定是弟弟隐瞒了实情，虽然家境还算不错，但父母都是节俭惯了的人，没有理由一个胃炎就来西安的，但是他没有追问。从记事起家里的大事小事都是父亲拿主意，大家只管照吩咐去做就行。多年来全家都习惯了。可现在，家里主事的人躺在床上，弟弟成了父亲的角色，默默地扛起一切跑前跑后地忙，而自己却成了局外人。

晚上王桂芬和两个儿子在病房里陪着大刘，一家人拉着家常。刚过一会护士就来催促让多余的人离开，刘欣平送母亲和哥哥出门的时候，老大金平后退一步，凑到弟弟跟前说："我一会回来，在楼下的花坛边等你。"

他想知道父亲的真实情况，如果是最坏的情况，那么就应该和弟弟一块来承担这个重担。

安顿好妈妈，刘金平回到医院，靠在花坛边的水泥栏杆上，望着灯火通明的大楼发呆。

"哥。"

不知什么时候老二欣平已经走到了身旁。

"来了？"

兄弟俩并排坐着。

"咱爸到底是啥病？你别哄我！"

刘金平声音不高，但语气很坚定。他看着弟弟犹豫的神情又马上补充道："你放心，我不说出去，有再大的事你不该瞒我，哥和你一块分担。就算我起不了大作用，跑个腿儿啥的总行吧？"

刘欣平看到哥哥着急的样子，想了想，淡淡地说："癌症，胃癌。"

"啥？你说啥？"

刘金平虽然有心理准备但还没想到这一步，听到这几个字从弟弟嘴里吐出来，他五脏六腑都要碎了！

"那，怎么办？这里是最好的医院，这里的医生都是教授级别的，应该有办法啊？"

刘金平心里知道"癌"这个病是绝症，是没有转还的可能，但当他抬头看着高大、气派的大楼时也是抱着一丝侥幸和希望的。希望从弟弟口中给出一个能有一丝希望的回答。刘欣平从上衣口袋里掏出烟盒，抽出一支递给哥哥，又抽出一支自己点燃，吸了两口，吐出烟雾缓缓地说："哥，你就是这次不来我也准备跟你说了。这是最终结果了，我咨询了好几家大医院，结果一样。已经到了晚期，手术都没法做了。怪我们平时太大意，没发现爸得病，是我们对不起爸。现在能做的就是化疗，减轻痛苦的折磨，希望能延长爸的生命，多活些时日。我们能做的，也就这些了。"

"咱爸是家里的天，爸要是去了，天，就塌了呀！"刘金平痛苦地说。

"到了这一步，我们后悔、埋怨都没有用。要做的就是照顾好爸，保护好妈。我在这里守着，你回去安顿好家里，不能乱了阵脚。咱爸这一阵化疗，花费很大，需要很多钱，所以你得回去。"

"好，我明天就回去，这儿就交给你。钱，我过几天就送来，家里生意，我会管好的，你安心照顾爸、妈。"

兄弟俩意见一致便分头走了，一个进了病房守着父亲，一个去了旅馆陪母亲。黑夜笼罩着世界，一切都安静下来。

刘金平进城的三天里赵小菊可没闲着，一家子主事的老少爷们都走了，这对她来说可是千载难逢的好机会。平时有那两个大神镇着，她翻不了身，现在神都不在她岂能不闹出点响动来？刘金平前脚刚走，赵小菊后脚就跑到家具厂，对管理账目的店员小月恶语相加，威逼这个女孩将账本和抽屉柜子钥匙一并交出来。小月知道赵小菊的为人，自然不肯。这么多年来，大刘夫妻俩一直将赵小菊挡在门外，不管是以前的木材厂还是现在的家具厂，一律不让这个私心重、尖酸刻薄的儿媳妇插手。倒不是对小儿一家偏袒，更不是对大儿子有成见，而是憨厚的刘金平实在是降不住这个媳妇。如果让她进来，用不了多久这个身材娇小，嘴巴圆滑，时刻撒泼的媳妇不把厂子搅得鸡犬不宁钱财搜刮干净，倒闭散伙才怪！

为了家庭和睦、生意兴旺的长远打算，大刘老两口是费尽了心思才能镇住这个凌厉的女子。对于赵小菊，婆婆王桂芬做了个全面的概括，那就是："人都是长了九十九个好心眼，一个坏心眼，她就是放着九十九个好心眼不用，偏用那一个坏心眼的人。把话说尽，把事做绝，一天到晚算盘珠子净往

自己怀里拨，恨不得把别人都活吞了去。"这话虽狠了些，但却是真实写照，赵小菊一次一次往厂里挤，生怕自己那个老实缺心眼的男人被蒙骗，让自己的小家庭吃亏。在她看来，老二一家深得公婆宠爱，在各方面都受偏袒，因此，老二那边只要是添了什么家具，买了什么衣服都会引起她强烈不满。心里有一撮子的火苗呼呼往外冒，可恨的是，上面有两位"老佛爷"压着，任她怎么闹也翻不了盘。

上海。

已经是周五了，经过了一个星期的忙碌，大家都在期待着一个休息日的到来。一般来说到了周五就基本没有什么事情了，大家都很放松。科长从中午吃过饭来晃了一下，就再也不见露面。张友良没有可做的事情，就拿起厂里一个产品宣传册看着。他已经不主动去帮助别人做事了，在这里他曾经热情满怀，充满希望。以为只要自己勤快、努力、与人为善就好了，可是一路走来却也是"屡次犯错"，总是被人误解、警告。做好自己的事就行了，这是领导多次对自己的警告，他记住了也学会了。同时他也很迷茫，什么是对与错？该怎么去辨别？

张友良眼睛虽然在画册上浏览，心却飞得无边无际，小高拍了他一下，迟疑地把一个票据推了过来。张友良以为是有什么工作要处理，忙放下画册接过票据。小高低下头用余光偷偷观察着张友良的变化。

"这是什么意思？罚谁的款？"刚刚还热情很高的张友良表情瞬间凝固，厉声问道。

小高说："我也有。"就又递过来一张同样的票据，内容是：罚款单，500元。

张友良猛地抬头问："为什么罚款？我们哪里做错了？"

小高压低声音说："我说了，你可别发火啊！"

张友良点点头表示同意。原来有人给厂里打匿名电话，举报采购科长利用职务之便虚抬价格，有贪污行为。厂里追查了，钱款追回来了，采购科长被撤职处分，幸好数目不大追得及时没有损失。但是财务科工作有纰漏，工作不细致，给罚款处分。

张友良说："我发现了，也上报了，是科长不听还叫我不要管的。"

"现在说这些还有什么用啊？只有交罚款才能保住工作。"

"我不同意，我要去找上级理论……"

"哎呀，你坐下，你傻啊你。"小高忙拉住张友良，"你不能去，你去了

就等于在举报科长，那你以后还怎么在这里工作？再说了你的工作表现还是科长说了算的！"

张友良像泄了气的皮球一般，坐回到椅子上，呆呆地望着这间屋子。那些对工作的满怀热情和美好的憧憬顷刻间降到了零点。为什么？为什么？他积极努力，却得到这样的下场。这个下午科长始终没有回来，小高对他一直进行着各种劝说，那就是交罚款保工作。

小月是木材厂转为家具厂后第一个招进来的店员。脾气温和，干活踏实，是所有店员里年龄最长的，责任心也很强，也是工作时间最长的一个，因此提拔为会计。管理日常营业账目、人员安排，刘金平管理总账目和钱款，是刘金平一个得力助手。刘金平谨记父母教诲，对媳妇该说的说，不该说的不说。厂里的事回家后一个字都不提。

赵小菊趾高气扬，骂骂咧咧。左手叉腰，右手半握，食指快要戳到小月的脑门上。

"把抽屉打开，我要查账，你一个打杂的充什么大爷？这厂子是老刘家的，你端的是老刘家的饭碗！我查账你还敢拦着，叫你开是给你脸，别不知高低。也不拿镜子照照自己，不定哪天就让你滚蛋！"

小月从没受过这种气，争辩着："二位老板都不在，这钥匙不能交。要交也要交给老板不是你。"

"呸，你还知道有老板？老板是谁？那是我男人，我兄弟。我们家的男人都不在，我来管理怎么了？你不交钥匙是不是心里有鬼？是不是这两天藏了黑心钱了？"

"你，给你，我现在就走，不稀罕！"

小月气呼呼地把钥匙往桌上一扔，哭着跑了出去。老孙头听到吵闹声赶紧过来，走到门口时差点和捂着脸哭泣的小月撞上。老孙头急忙去拉，小月一甩手就跑出老远。

老孙头走进屋里劝赵小菊："老大媳妇，可不敢这样啊，你看他们爷儿几个都不在家，你这样闹管事的娃娃走了，生意咋做嘛？有啥话，老大明儿就回来，你问他也不迟。一家人好说话，别为难这些娃娃！"

赵小菊冷笑了几声，说："哼，谁说没人管？我不是人吗？这些天，主人不在净是你们这些外人在，我能放心吗？"

"你这娃呀，说话咋这伤人呢？唉……"

老孙头被赵小菊呛了一鼻子灰，叹着气出去了。

刘金平这趟外出满打满算也就三天时间，回来时厂子里的变化却是巨大的。赵小菊每天赶到店里，在站成排的店员面前走来走去，挨个训斥，就像一个首长在训练士兵。所有的账本都摆在桌上，被她翻得乱七八糟，然后再指使人逐一整理。其实，她什么也看不懂，也没耐心看。她想看的是一沓一沓的人民币，每天的营业款被她完完整整地带回了家，心里总是美滋滋的，第一次当家做主还真过瘾！老孙头眼看着厂里被赵小菊搞得乌烟瘴气，心里急得冒火却毫无办法。就每天跑到路口张望，期盼刘家父子尽快回来一个。

刘金平先是回到家里，门锁着，他又到了店里。走到门口，两个店员用奇怪的眼神偷看他，进到里面是同样的情景，当他转向任何一面时店员们就忽地低下头做事，显得很慌张。他不知道是自己哪里不对劲了，摸摸头发，整整衣裤，又走到大镜子前照照，没有异常啊，这到底是怎么了？难道是自己多心瞎想了？不对，难道是大家知道父亲的病情了？不应该啊？刘金平这么想着，走到了展厅后面。后排用一道隔挡隔开，拐弯处是一间办公室。办公室后面是后门，出了后门就是大院，院内是一排厂房，门口处一间小屋住着老孙叔。

刘金平看到办公室的门没有挂锁就推开了，这一推把他吓了一跳。赵小菊正大腿压二腿地坐在办公桌后面的黑椅子里，嘴里嗑着瓜子，歪着头看电视，旁边的水杯里还冒着热气。

刘金平问："你咋在这儿？说过多少遍不让你来的吗？"

赵小菊麻利地站起来，问："你可回来了，爸怎么样？"

刘金平冷冷地说："不要紧。"

"不要紧，咋还住着不回来？你，不会是和老二商量好了编瞎话糊弄人吧？"

刘金平声音提高了几分，问："我问你，怎么在这？"

赵小菊斜看了丈夫一眼，说："你个缺心眼儿的，家里老少爷们都不在我过来帮忙看摊子呀。当个小伙计还有错啊？你跟你家人一样，防贼一样防着我！"

媳妇这么说刘金平也不好再指责什么。他语气平和了许多，指了指桌上的瓜子皮说："快点把这儿收拾干净，回家做饭去，我饿了。"

"好，好，我这就收拾。"赵小菊殷勤地抹起桌子来。

刘金平出了后门喊着："孙叔，孙叔在不？"

老孙头急忙跑出来，应道："在，在呢。"

老孙头从金平进门那一刻就已经知道主人回来了，这几天他天天盼着呢。

店里面被搅和成这个样子可怎么得了，怎么对得起老少当家的？这一会工夫，他在后院徘徊不知道该不该进去，进去了怎么说？如果两口子吵架怎么办？不说吧，这几天的事和钱怎么交代？老孙头慢吞吞地走进办公室。

刘金平说："孙叔，你去喊小月过来。"

老孙头没有动，表情复杂地说："别喊了，小月不在。"

"哦，她今天休假了吗？那明天吧。"

"明天，也，来不了。"

刘金平感到蹊跷，疑惑地问："她请几天假呀？"

"这……我……"

老孙头为难地看了看赵小菊，低下头断断续续地说着。

赵小菊"啪"地把抹布扔到桌上，说："别为难啊，我来说。小月被我撵跑了。你要账本吗？钥匙在我这儿。"

刘金平气急败坏地说："我就说怎么一回来大家看见我都奇奇怪怪的，这才走几天呀你就来胡闹？拿来，钥匙给我！"

赵小菊摘下钥匙不屑地扔到桌上。刘金平打开抽屉，乱七八糟的账本和各种票本横卧在里面。赵小菊抬腿就往外走，被刘金平喊住。

"回来。"

"有话快说，我还等着接娃去呢。"

"这几天的营业款呢？"

"钱，我花了。"

"胡说，好几万呢，你拿到哪儿去了？爸把厂子交给我和孙叔，你搅和成这个样子我还有什么脸见人，快把钱拿回来。"

"想得美，你们一家人吃香的喝辣的，大把大把花钱从不心疼。我好容易从你们牙缝里抠出这么一点，拿回来，门儿都没有。"

说完，赵小菊迈着大步走了出去。店员们听到吵闹声纷纷往里看，见赵小菊出来就赶紧散开。

赵小菊骂道："你们这些狗仗人势的东西，不就想看热闹吗？进去看吧。"

刘金平重重地坐到椅子上，狠揪着头发说："这个坏事精啊，千防万防还是没防住啊！"

老孙头拍拍刘金平的肩膀说："老大呀，现在不是发牢骚的时候。你赶快跟回去把钱要回来。小月那，我去赔个不是把人叫回来。这样下去怎么得了！"

刘金平猛地站起来说："好，我这就回去。你赶快叫小月来哦。"

"快回去，快回去。"

刘金平顶着大家的目光，气急败坏地出了店门。老孙头对看热闹的店员摆摆手说："都散了吧，该干啥干啥去。"

等一切恢复平静，老孙头骑上自行车往小月家而去。

上海。

罚款事件已经平息，张友良变得更加沉稳了，以前就不怎么说话现在几乎是不出声了，脸上总是冷冰冰的看不到任何表情。也许是因为罚款事件钟科长心里有愧，就对张友良热情起来，生活中也多了一些关心，给人的感觉就像变了个人似的。比如工作中：总是说，小张最辛苦了，你歇歇，这个不用做，那个不用做。好了这个我来弄，那个就交给小高吧。而小高也没有生气，反而很高兴地接受了，每天还会早早地给科长和张友良把茶水泡好放到办公桌前。

其实对于这件事钟科长确实是心里有鬼，真实的内幕被她压住了。厂部原本的处理结果是：财务部工作失职，罚款如下：罚科长五百，科员一人二百。但不知道怎么的，经过钟科长的运作之后就成了科员一人五百，科长提都没提。后来有人悄悄说，是那天科长去银行对接业务了所以没有责任，不罚款。她利用职位压住了小高，又派小高说服并压制住了张友良。事情虽然平息了但心里总归是虚的，所以对张友良的态度来了个一百八十度大转弯。

对于这一切，张友良仍然没有给出任何回应，还是冷冰冰的面孔。他已经没有热情给这些人了，因为在这些人脸上他看不到真诚，也分辨不出她们说出来的话，做出来的事哪些是真哪些是假。她们一会儿堆满笑容一会儿就翻脸不认人，甚至咬你一口。有个成语叫"虚情假意"，也许说的就是这些人吧。

张友良正忙着工作，钟科长突然进来了，她似乎很兴奋地说："哎，工作先停一下，有好消息。"

小高立刻问："要涨工资了吗？除此之外对我来说就没有好消息了。"

"小张，你猜猜看。"

张友良懒得猜，更不想理，就摇摇头表示不知道。钟科长笑着说："你个闷葫芦啊，这么好的事你一个字都不透漏。"

张友良瞬间似乎明白了，却还是面无表情不出声。钟科长兴奋地说："小张，你的调令都下来了，刚刚人事部通知我的，辛安区财政局。"

小高激动地叫出了声，张友良却还是一动不动。钟科长走过来说："小张，在这里工作的一段时间里，有些事我做得不好，希望你不要记恨我。"

"还有我。"小高低声补了一句。

钟科长接着说："这是你步入社会的第一站，很多事情，好的不好的对你来说是个考验也是经验。社会是个大课堂，你要学的不仅仅是课本上的知识。祝贺你有一个新的开始。"

说完，钟科长和小高相继伸出了手，张友良泪水涌出了眼眶，三个人的手仅仅握在一起。等待张友良的又将是一个怎样的开始呢？

一个月后，大刘出院了。

街坊四邻、亲戚朋友前来探望，他均闭门不见。他把自己紧紧锁在屋子里，安安静静地想一些事情。当病情越来越重，只花钱不见好转时他就知道自己的生命不会太长。所以强行出院，他不想把剩下的时间扔在医院里。这个曾经强壮的关中汉子，如今瘦成了一堆干柴！那双深深凹陷下去的眼睛显得更为幽深，胳膊腿直接能看到骨骼的形状。病魔不仅吞噬着他的肉体，也在吞噬着他的精神和灵魂。

又有人来敲门了，"咚，咚咚……"。大刘厌烦地把头转向里面，侧身睡好。他，深深地叹了口气。心里责怪老婆，都叮咛多少遍了，来人就一律挡住不要带过来，怎么就不听呢！

来人又敲了几下并轻声说："哥，是我呀，静儿他爸。我能进来吗？"

王桂芬也说道："他爸呀，是兄弟来啦，我才领过来，别人我也不敢呀？你要不愿意见我们这就走。"

一听是老张的声音，大刘鼓着劲说："快，快让兄弟进来。"

门开了，大刘想坐起来被老张按住说："别动，好好躺着。"

看着大刘虚弱的样子老张一阵心酸，他不忍去看去想，装着若无其事的样子在大刘的床沿坐下。

大刘对老婆说："把轮椅推过来，让兄弟推着我去河边转转，透透气，怪闷的。"

"哎。"

老张把大刘抱到轮椅上放好，王桂芬拿来毯子给盖上，看着老兄弟俩出了门。她一屁股坐到门墩儿上抹起泪来。

河水哗哗地流淌，也许是不久前才涨过水，河床上被一层黄色泥沙铺得平平整整。一些草叶从淤泥的缝隙里钻出来露出浅绿色的嫩芽，充满生机。

老张推着大刘在河岸上走走停停，指东指西说着笑着。一阵风刮来，大刘打了个寒颤。老张把轮椅停在平稳处，把毯子拉开包裹起大刘的身体。

大刘压住老张的手说："这么点儿风，没事，你坐下我们说说话。"

老张坐到大刘面前的一块大石头上，笑笑说："难得有这么清闲的时候，咱哥俩好久没坐坐了。"

大刘靠在椅背上，歇了会儿说："是啊，等有时间了，命就该尽了。"

"哥呀，别胡思乱想……"

老张刚想说些安慰的话，大刘一抬手制止了，接着说："兄弟，哥今儿叫你出来不是说这些的，你还要和别人一样编瞎话骗我吗？不必了。我来人世走一遭时日不多了，身后的事情没安排齐全，不放心呐！贴己的人也就你了，有些事交代给你我才能闭眼，哥是有事求你呀。"

"哥，快别这么说，啥求不求的。你的家事就是我的事，你的儿子不就是我的儿子吗？"

"嗯，是这么个理儿，哥等的就是你这句话呀。我这病来得突然，这一走你嫂子怕是受不住，得让静和她妈多费心照料。要说最丢心不下的就是我那俩儿子。金平呢老实憨厚，心眼实诚倒也不笨，人也勤快；欣平，是精明些，能闯能干也大度，只是不稳乎，太毛躁。这弟兄二人合着干事最好不过，再有你帮衬着就更好了，我一百个放心。"

"哥，你放心。俩孩子都成人了，也经见了不少世面，我会时时照应的，你的心思我明白。"

"不，有一点你不明白，或是看透了不说而已。他们俩合在一起干事才是最好的，也能干好。可是大媳妇那边你是知道的，咱金平镇不住她。我这一走估计她就得翻天，你要帮我尽力保全厂子完整，坚决不分。如果……如果，真到了维持不住的地步就分开。真到那一步不管哪方面都要照顾老大一些，这孩子我不放心！欣平是你的女婿也是你的儿子，他，我不担心。"

"我知道，哥，你放心养身体，万事有我……"

大刘满意地长叹一声，喃喃自语："现在看来，把静静娶到我家做媳妇是最好的一件事了，这样我和兄弟的命就连在一起了。这个家，我就，就托付给你了！"

老张的泪水在眼眶里转着，他看着眼前这个曾经意气风发的男人，如今枯瘦干瘪的身体心痛万分，却也找不到安慰的话来，就这样陪他静静地坐着。

刘欣平站在村口，远远地望着河岸上的两位父亲，也正是因为他们才有了他的婚姻。父亲对这个家有太多的不舍和留恋，但更多的是不放心。老父

亲这是要找个可靠的人托付身后事了，那么最信任的当然只有岳父了。

一星期前，医院里。

大刘拉着二儿子刘欣平的手，说："老二呀，让爸出院吧。趁我还有力气走路，赶紧把我拉回去。现在回去我还能看见村子，看见咱的家具厂，能看见刘家河的水，你难道要让我在医院里闭眼吗？"

"爸，您别急，再等等，会好起来的。"刘欣平劝着父亲，王桂芬坐在一边抽泣。

大刘焦躁地吼起来："这病住院就是等死，就是耗尽万贯家财我的命也救不回来。你们娘俩这是要把我困死在医院里呀！我要回去。"

王桂芬抹去眼泪，说："老二啊，听你爸的，咱回！"

刘欣平艰难地点点头，说："好，咱回家。"

"二老板，二老板。"

刘欣平的思绪被这突如其来的喊叫声惊醒，只见小月跑着过来，手捂着腰，喘着气说："二老板，你，你快到厂里看看吧，我，我实在是管不了了。"

"怎么了，小月？"

"这个厂子我实在是干不下去了，这一阵你们都不去厂里，你家大嫂（赵小菊）就守在厂里，把营业款全拿走了。我惹不起又觉得对不起你们，所以我过来给你交钥匙，我要走。"

刘欣平微微一怔，说："小月，你受委屈了。我嫂子，就由她去好了，你不用管，只做好你自己该做的事，走的话先不要说，就当帮我的忙好吗？工资一分都不会少你的。你应该也知道，我爸的身体特别不好，我没有心思去管理厂子，就劳你多费心了。再帮帮忙好吗？"

"这……我……"小月面露难色，不知如何回答。

"就当帮我可以吗，用不了多久的，先缓过这一阵你再走我不拦着，行不？"

"那，好吧。二老板那你先忙，我就不打扰了。"

"好。"

看着小月离去，刘欣平把手中的烟头扔进了旁边的水渠里，只见烟头"噗"的一声，升起一缕白色的烟雾就沉入水底。

三

　　大刘的葬礼可以说是方圆百里规格最高的，县剧团的大戏唱了两天两夜。在正事的当天晚上就是全本的《铡美案》。大幕拉开，台上演员红衣红裤，悲情的唱腔划破夜色，似在告慰大刘故去的灵魂。村里的男人、女人基本都上事了。有掌勺大厨的，有端盘看客执事的，有跑腿背柴草打杂的。女人择菜、洗菜、烧锅蒸饭，出出进进。白色的芒纸从刘家门前的大榆树一直挂到巷口的马路牙子上。八个唢呐手一趟趟迎送前来吊孝奔丧的宾客。整个刘家峪喧闹起来。

　　对于这样的大操大办起初王桂芬是反对的，她悲痛的心情打不起半点精神。，还有就是太过张扬。

　　可刘欣平却说："我爸刚强了一辈子，在上下川道里都是有名望的人，走，也要走得体面。现在不给我爸花钱就再也没有机会了。"

　　金平和妈妈觉得老二说的在理也就同意了。

　　王桂芬原本微胖发福的身体像风干了的庄稼，没了水分。从老头得病到去世，这一年里她的泪水都流干了。一双深深凹陷下去的眼睛变得浑浊，总是透露着悲伤、绝望的神情。在人前，她强打精神。可说不了两句话就抽泣哽咽，张华静一直陪在婆婆身边精心照料。

　　大刘葬礼过后的第二天，老张病倒了。原因有两个：一操劳过度。从过事的前前后后，采买安排，灵堂的布置，甚至到答谢执事，每一个细节都是他亲自操办。缺什么要什么找他，席口宾客的安排找他。二就是他没能守住对大刘的承诺，没有维持住刘家兄弟不分家，保持厂子完整，兴旺发达。愧疚、忧心，把他打倒了。同时病倒的还有王桂芬，如大家所料，葬礼刚结束赵小菊就翻了天。

　　在大刘过世的这段时间里，刘家母子都在悲痛中而无暇顾及厂子。赵小菊瞅准机会，赶走小月掌管了家具厂。大权在握，她狠赚一笔。赵小菊感觉扬眉吐气，终于当家做主了。这并没有喂饱她那颗贪婪私欲的心，胃口越来越大。她知道，要维持这种体面的身份，那么只有分家。只有分家才能大权在握，才能当家做主。要做到这一切就要靠自己去争，去夺。

　　就在葬礼完毕的当天下午，宾客散去，前屋后院刚收拾停当，两个村干部和大刘以往要好的几个伙计（当然也包括老张）一行人走进里屋看望王桂芬，临行前说一些宽慰的话。赵小菊就跟了进去。这是她等候已久的良机，

为了这一刻她在心里计划了好久。就在刘金平兄弟俩送大家出门的时候，赵小菊堵在门口说："众位长辈、村主任、支书，大家先别走。刚好今天人都齐全，有件大事请你们给做个见证，省得日后再一个个去请你们。"

众人面面相觑，不知如何是好。

刘金平进一步上去拽住赵小菊就往外拖，赵小菊一把就甩开了，怒骂道："你这个窝囊废，就知道做好人。今天不分家啥时分？你要将就我可不愿将就，哼，我们劳动老二两口子享乐分现成。你爸在世偏心向着他们，现在你爸不在了你还由着他们不成？"

村主任非常生气，声音大得镇住了整个屋子，说道："你这娃，简直是胡闹！你爸刚倒头，这客人才走屋里前前后后乱成一河滩，你妯娌俩不赶快收拾还闹分家，你也不想想，你妈能受得了吗？"

"她受得了不？是，我应该孝敬她，她是长辈，老人儿。可这么多年来他们老两口拿我当儿媳妇了吗？什么事都偏着老二家，好处让他俩占尽，事事不让我插手，宁愿雇佣外人也不要我，我连外人都不如我就受得了吗？今儿，这个家必须分，不分，我就离婚！"

赵小菊杏目圆睁，气势逼人。

王桂芬气得浑身发抖，嘴唇打着哆嗦说："你，你可真是我老刘家的好媳妇啊，你爸坟头那堆土还是热的，你就等不及了啊？分家，偏心，你问问金平我们到底偏向着谁？我还没死，想分家，没门儿！"

王桂芬身子一软差点跌倒，张华静和老张及时扶住。赵小菊仍然不依不饶，拉过张华静的胳膊说："偏向谁，你说说，她是你俩精心挑选的儿媳妇。自打她进门你们像疼闺女一样地疼她，她的工作谁安排的？我呢？你们是怎么对待她的又是怎么对待我的？"

张华静说："嫂子，你消消气，来，先坐下。"

赵小菊推开张华静的手，说："要你充好人。"

老张看着这一场家庭闹剧愈演愈烈却一直沉默着，他找不到一种适当的方式去阻止，非常焦急。作为张华静的父亲，如果这个时候他上前去劝告或是阻止都是不妥，不但不会起到好的作用反而会火上浇油。刘欣平早就料到会有这么一场，只是没想到会这么快更没想到嫂子会这么大胆。看来他是低估了这个刁蛮、泼辣的女人。看来今天必须要做个了断，而且是赵小菊满意的结果，不然她不会罢休。刘金平几次上去拉都被媳妇连踢带踹毫无办法。

刘欣平揽住妈妈的肩膀说："妈，嫂子的要求不过分，情理之中的事，迟早要分，那不如就今天吧？"

"老二……你……"

王桂芬刚要说话，刘欣平摇摇头说："你放心吧。"然后转身对赵小菊说："嫂子，你说得对，难得今天人这么齐全，分家就今天吧。可总不能让大家都这么站着吗？静静，你去烧水、泡茶。让叔叔伯伯们都坐下。"

赵小菊也悻悻地坐下了，她摸不准欣平这话的分量，不知道是真分还是气话。在她看来分家不会这么容易，老二却答应得这么痛快，让她多了警惕和猜疑。王桂芬靠在小儿的肩上，拉过大儿子的手问："老大，你媳妇这么闹，妈想知道你咋想的？你也想分吗？你忘了你爸是怎么嘱咐我们的了吗？"

刘金平把头低下，说："妈，我不分，不分。我……"

刘欣平说："妈，别难为我哥，就听嫂子的，分。"

村主任说："在座的都是念在和你爸兄弟一场的情谊上来帮忙过事的，不是给你们来分家的。你们这样闹像什么样子？也让我们骑虎难下呀！"

"是呀，是呀，分家没有错，可也不能这样闹。你爸尸骨未寒，你妈身体也不顾了？"

大家纷纷劝着，老张弹掉了烟灰，一脸沉重地说："你爸临终前一再嘱咐我，厂子不能分，兄弟要齐心，他最不放心的就是这个。大媳妇，希望你能遵照你爸的遗愿，我保证绝对不会让你吃亏的。"

赵小菊脸上红一阵白一阵，眼看势头要被众人压倒，她忽地站起来指着老张说："有事说事别冲我来，我就知道你是墙肚子里的柱子没使好。不让分，这是你的主意吧？好处让你女儿占尽，我们两口子当长工，出苦力。"

眼看事态快要收拢不住，刘欣平挡在了中间，说："不就是分家么，别拿亲戚撒气。"

赵小菊愤愤地回到座位上去，手放在膝盖上，头扬得老高。刘欣平给大家倒满了茶，递了烟，然后坐到妈妈身边说："各位叔叔、伯伯，今天能坐到这里的都不是外人，都是看着我们兄弟俩长大的。今儿我爸不在了，兄弟分家按说是平常事，只是时间紧了点，嫂子说得对，难得今天人都齐全，就请长辈们给我们做个见证。我年龄小，这么多年来，家里生意都是我爸和我哥在打理，所以分家理应由我哥我嫂提出。嫂子，你先说，咱怎么分？今天你说了算。"

"这不行，这咋能分成。"

王桂芬立马反驳。

刘欣平对妈妈笑了笑，摇了摇头。王桂芬不明白小儿子葫芦里卖的什么药，懵了。赵小菊像个领导在演讲，情绪高昂，思路清晰。她完全忽视了丈

夫的存在。

"要我说那我就说，我也不是小气的人。住房，屋里的东西不用分，这不牵扯。要分的只有厂子，所有的东西、货物、钱款都拿出来一分为二，以后各管各的互不干涉。"

"就这么分你才满意吗，嫂子？"刘欣平问。

"是的，该我的给我，我过我的日子心里也有个数。"

刘欣平说："爸一直嘱咐不能把厂子分开，他最不放心的就是这个。既然嫂子心意已决也没有什么可说的，厂子都给你们，我俩什么都不要。我相信以你的精明和我哥的勤劳会干好的，希望你们齐心协力，不要辜负了爸的一片苦心。从此，厂子就是刘金平一个人的，没有我一分一文，我今天当着大家的面说出此话，绝不会改！"

大家惊呆了，见惯了兄弟分家争得不可开交，谩骂不休。原本以为是件棘手的事情，没想到会这么容易这么彻底，刘家老二的做法还是头一个。就连赵小菊也半天回不过神来，刘金平深深地把头低了下去。老张依然沉默着，一根纸烟在他手里燃烧着，淡淡的烟雾飘散着，充斥了整个屋子。他明白这是刘欣平的良苦用心——保持厂子完整，遵从父亲的遗愿。一场分家闹剧就这样结束了。

太阳光一点点西斜，暮色很快就降下来。输液瓶里的药液一滴一滴往下落，王桂芬手上插着针，头靠在被子上，眼睛茫然地望着屋顶。她接受不了小儿子把厂子送给赵小菊这个现实。虽然也知道这是为了保全厂子完整的唯一做法可还是气不过。她恨自己没有能力掌管家事支撑混乱的局面，过去靠丈夫，现在还要靠儿子。刘欣平拿过一个枕头竖起来放到床头，半个身子靠上去挨着妈妈躺好。

他累了，身心俱疲。王桂芬往里挪了挪，让出一截被子用另一只手往儿子身上掩。三天了，水米不打牙浑浑噩噩地睡，就靠着瓶子里这些药水的能量她才勉强坐起来。走了的人走了，可活着的人还得过呀！她得看着两个儿子把日月过好，既然两兄弟分开了，不管厂子归了谁那也是老刘家的产业，是老头的心血。她要看着厂子兴旺，儿孙满堂，这样才能对得起刘家的祖宗。

张华静从厨房里出来，解下腰上的围裙放到一边，拉了把椅子坐到床边。

王桂芬轻声问："冬冬睡了吗？"

"睡了，有一会儿了。"

"小心娃蹬了被子着凉。"

"我刚看过，没事儿的。"

王桂芬看了看身边的儿子、媳妇，长长地叹了口气，问："静静，老二这样分家跟你商量过吗？你知道不？"

"没有，不知道。但我同意这样的分法，这样是最好的，厂子还是刘家的，跟原来一样。我哥和欣平都是您的儿，手心手背都是肉，给谁不都一样吗？妈，您就别再想了。"

"唉，你傻呀！"

张华静笑笑说："只要您身体好就行，一切都不重要。都是亲骨肉何必闹得像仇人一样让外人看笑话，往后嫂子再也不会为我有工作的事耿耿于怀了。补了她心里这个缺，以后一家人就没啥可闹的，只剩下好了。"

刘欣平拉下遮住脸的被角，开心地说："看看，妈你还担心啥？家人和睦，厂子保全，我爸知道也会高兴的，你还叹啥气？"

王桂芬眼眶泛泪，拿起手帕擦了擦，说："这些都放心了，你咋办？厂子给她了，你以后干啥？"

刘欣平侧过身双手枕到头下，说："这个，我早就想好了，一直没给你和静静说。我要出去，到外面闯闯。"

"去哪？"婆媳两同时问。

"去西安，以后也许会去别的城市。活了二十多年净在咱这小地方窝着，现在政策越来越好，出去打工的都干大了，以前有厂子拴绊着，这下刚好。你和静静在家带好孩子就行，我会找到事做的。"

"出去，人生地不熟的，连个落脚的地方都没有你能干啥？叫我娘俩咋放心？"

看着妈妈焦急的样子，刘欣平说："我又不是小孩子，您还拉着不放呀？"

张华静问："你几时有这个想法的？从没听你说。"

"一个朋友在货运站搞运输，情况不错。前一阵见过说缺司机，我找过他了，说好了过一阵去他那先干着。"

王桂芬嗔怒地拍了儿子一下，说："你个没正行儿的东西，啥事都是一个人拿主意，俺娘俩都蒙在鼓里！那跑运输多苦多累呀，冷时太冷，热时太热……"

不等母亲说完，刘欣平立刻打断说道："哎吆，我的娘哎。不吃苦能有甜吗？你呀，赶快好起来我才能放心走呀。"

刘欣平说出这样的想法让一家人才放下心来，张华静觉得似乎也是另一

条路径的开辟，一个新的开始。她相信丈夫，只要认准了方向和目标就没有他干不成的事情。

两个月后，王桂芬慢慢从悲伤中走了出来，脸上偶尔有了笑意，走路精神了，能拿着大扫帚前院后院扫地了，也能带着小孙子上街了，生活似乎又回到了往日模样。看着妈妈脸上的悲苦散去，带冬冬时脸上也有了笑容；张华静每天上班下班忙忙碌碌，刘欣平心里也敞亮了。这天下午，他到厂里转了一圈和工人们打过招呼又到老孙头的屋子里聊了很久，然后拉上哥哥金平和老孙头到镇上的"东风酒楼"喝了起来。

刘金平狠狠揪着头发，流着泪说："老二，哥对不住你，对不住咱爸妈。"

刘欣平给老孙头和哥哥倒满酒杯，说："哥，虽说厂子给了你，但我不会不管。你要是遇到解决不了的事情就叫我，你随时去找咱妈和静静，只要你叫，我就回来，咱还和原来一样，你心里不要有啥顾虑。孙叔，你也和原来一样，不要有想法。有您在，我哥就有帮手，只是以后您要多受累，受气，请您看在我爸的面子上多担待。"

老孙头一仰脖灌下一杯酒，说："老二呀，你仗义，你的一片苦心我们都知道。你放心，这个厂子我陪着老大，守到底。"

三个男人围着酒桌，整整一个下午。刘欣平把看到的想到的，一一嘱咐了，交代了。而刘金平——这个软弱的男人此时面对弟弟的背影只有满腹的悔意和两行苦涩的泪水。

赵小菊就是一只满身长刺的刺猬，不允许任何人靠近厂子半步，只要是牵扯到自己利益的事情她就会狠狠出招，刺到对方伤痕累累。她把那一纸分家文书当宝贝一样藏到箱底，生怕老二哪天反悔。这就是她有力的说辞，只是这一次，她想错了。一个星期后刘欣平坐上了去省城西安的汽车。

西安，是省会城市，是核心也是纽带。这座拥有着几千年历史的古城处处散发着神秘的气息。车水马龙的街道，参天的大楼。这里和清河那座山乡小镇相比简直就是另一个世界。越来越多的农民后代涌入城市，在各行各业寻求自己的一席之地。对于刘欣平来说，这里是梦想的开始也是个谜，太多的未知正等待着他去探索，去开启。

刘欣平找到货运站的时候，亮子早已在大门口守候多时。这个从小玩到大的伙伴对他的到来格外兴奋，脚下生风，满脸是笑，带着刘欣平去见了老板，谈妥工资，然后到住处收拾床铺。住处是在货运站围墙后百米远的一个库房里，库房很大，空旷得说话都有回音。只是在角落里用木板隔开一间做宿舍用。

顶棚用塑料泡沫吊着，房内四周的墙壁贴满了各色的画刊和破烂发黄的报纸。上下铺的铁架子床一溜摆了四个。

亮子挠着头，说："这个环境是太艰苦了，就怕你这个公子哥受不了，要不是你坚持要来，我还不敢应承这事呢。"

刘欣平拍了拍亮子的肩膀，说："挺好的呀，啥都有，苦啥呢？"

亮子怀疑地问："你真觉得好呀？你从小可是在蜜罐罐里泡大的，啥时受过这罪？"

刘欣平说："行了，能有份工作就不错了，我挺知足的。谢谢你了，兄弟。"

刘欣平虽说是第一次打工，可对于城市他不陌生。以前也时常出远门，加上给父亲看病，这座城市他来过很多次，可过去和现在情况不同心情也不同。

四

刘家峪是个村子而清河则是镇，它统领着刘家峪、张庄、毛家坪、李家斜、王家岔等十几个村子。镇政府在街心拐弯处，正中间是一栋三层的楼房，黑色的棱角，白色的墙壁，素雅干净，两边是一排平房，前面高高的围墙裹着两扇黑色的大铁门，来来往往的行人到了这个地段会自觉地安静下来，门旁竖起的一块白底黑字的牌子上写着"清河镇人民政府"，远远望去平添了几分严肃和庄重。

出了街道繁华地段，在两村衔接的地方有一个青砖瓦筑起的围墙，圈起一排排瓦房，大门两旁各有一棵参天的白杨树，这就是"清河小学"。

偏远一些，交通不方便的村子都有自己独立的小学，只是升入初中后就要汇集到镇中学来。由于地区偏远，经济落后，人们对于后代的教育观念相当淡泊。如果按人数算，各村小学学生都升入初中，那么镇中学的校舍翻一倍也不够用，可实际上每年初中的教室都坐不满。初中的主要生源就靠"清河小学"这个在本地来说相对较为富裕地段的孩子了。

张华静已经在这里工作了七年，七年时间让她从一个青春少女变成了一个五岁孩子的妈妈。虽然工作关系还没有转正，但她的工作能力和工作热情得到了孩子和家长以及校领导的一致肯定，年年都把"优秀教师"的奖状捧回家。她热爱这份工作，也陶醉于这份工作，学生就是她的全部，为此她投入了全部精力和满腔热情。刘家兄弟分开家各自过日子两年多了，刘欣平在外跑运输很少回来，婆婆每天做好饭菜和冬冬等她回家，日子过得平静也安

宁。

张华静很满足这样的生活，也感恩，感恩上天赋予的这一切。如果一直这样下去该多好！可生活在某一个时间赋予你了什么又会在某一个时间收回去，让你措手不及。

往常放学后，张华静都是骑着自行车轻快地穿行在回家的路上，而今天，她是推着车子走的。脑子里校长的声音一遍遍地回放，嗡嗡作响："张老师，由于教育系统调整，各村小学合并集中管理，这样就空出来很多正式的教师没有岗位，县教育部指示尽快安排到位，所以你这样没有正式编制的人员，就、就只能离开学校了。等过一阵子，如果有岗位我会叫你回来的……"整个下午，这个声音就像恶魔一样反复萦绕驱之不散。

快到村口了，张华静看到了站在路口的婆婆和在场畔玩耍的冬冬，她整理了一下思绪加快了步子，刚到跟前。

婆婆急着问："今儿咋回来这么晚？妈坐不住就来迎迎你。"

张华静说："没事儿的妈，车胎爆了我去补了一下就回来晚了。"

婆婆这才展开眉头说："噢，快回，快回，怕是都饿坏了。"

冬冬仰起脸说："妈妈推着我走，我要坐。"

"好，好，好。"

还没等张华静伸手，王桂芬就抱起孙子往车后座一放，手拽着孩子的衣服，三个人说说笑笑地回去了。

一连几天，张华静都以太劳累、身体不适为由骗婆婆说请了假。这一来婆婆更是担心，家务活不让她插手，只把她堵在屋里让好好休息。吃过午饭，王桂芬说："静啊，难得你有几天假好好休息，你睡会儿，我带冬冬去串门啊。"

"好的，妈。"

张华静万分纠结，她不知道怎么来圆撒下的这个谎。

村头大路边隆起一个土梁，几棵柿子树和大槐树环绕四周，枝叶间紧密相连，层层包裹，形成一个巨大的绿茵屏障。土梁上面平展展的，还放着四五个光溜有型捶布的大扁石。这里常常坐满了看孩子的老人和织毛衣的妇女，大人坐在一起唠家常，孩子在一边玩耍。王桂芬带着冬冬加入到这个热闹的群体中来。冬冬在一旁和孩子们正玩得起劲，突然听到大路上有人叫他，"冬冬，过来，快来看我给你带好吃的了。"

王桂芬和冬冬同时望过去，大路上刘金平领着君君正朝这边看着，君君一边喊着冬冬一边扬着手里花花绿绿的小食品袋子。冬冬站起来，高兴地指

着君君对王桂芬说:"奶奶,是哥哥和大伯。"说完又用眼神期待奶奶的回答。

王桂芬笑着说:"去吧,去拿好吃的。"

得到允许,冬冬撒开腿就跑了过去,王桂芬也跟了过去。刘金平把手里提的大塑料袋张开,说:"冬冬,拿吧,想吃啥就拿啥。"

冬冬羞怯地搓搓手,说:"我不知道啥好吃。"

君君捧出几大包往冬冬怀里一放,说:"吃这个,这个好吃,给,都给你。"

冬冬不敢接仰头看着奶奶,王桂芬点点头说:"拿吧,你哥给你的,来,奶奶给你拆一包。"

冬冬刚要接,忽然后面伸出一只大手拿走食品并骂道:"你爷俩一对败家子儿,我拢共买了这些,就全拿出来送人了?明儿再想要,没有!"说完又对着冬冬说:"想吃呀,回家找你妈买去。"

冬冬吓得直往奶奶怀里钻,王桂芬把手里那些放回袋子里说:"君君,你自己留着吃啊,我们不要了,冬冬不怕,走,咱回家,让你妈明个放学从镇上买更好的哦。"

赵小菊冷笑一声,说:"哼,都让学校下放回来了,还神气啥!"

"啥?你说啥?你胡说八道!"王桂芬气得牙齿打架。

赵小菊仍不依不饶地说:"我胡说,你不知道呀,那看起来真有人胡说了,不过那个胡说的人不是我。"

刘金平气地跺脚骂:"就你能耐,看把妈气的,妈,妈……"

王桂芬颤巍巍地拉起冬冬就往回走,土梁上的人和孩子都往这边看过来,不知道发生了什么事情。

张华静正在井台上洗衣服,看到婆婆急急忙忙进门来,忙站起身。王桂芬关了大门一手拉着冬冬,一手拉住儿媳妇说:"进屋。"

张华静急忙问:"妈,这是咋了?谁让您生气了?"

王桂芬一屁股坐进沙发里问道:"静静,你跟妈说实话,你是不是让学校下放回家了?"

张华静愣住了,一时不知怎么开口。乡下这个地方,好的消息人们没有多大兴趣,坏消息传播的速度令人惊讶。

她只好点点头说:"是的,妈我怕您担心,所以说了假话。"

"那为啥呀?你不是先进吗?咋还被下放呢?"

张华静说:"妈,这怨不得谁,是国家政策。我本来就不是正式教师,只是人数不够临时代课的,编外的。现在是国家教育改革,咱们每个村子都

有一个小学，每个班只有十几个甚至几个学生，所以上面让合并。这样就多出很多正式的老师没有岗位，安排正式人员是当然的，我这样临时的就被下放回家了。不过您别着急我会有事做的，只要人勤快，一样能过好的。"

王桂芬听了张华静一番话，沉默了一会儿，说："噢，是国家政策，那就怪不得谁。静啊你也不要着急，回来就回来先歇一阵子，咱再做打算。"

冬冬趴在奶奶背上，望着两个大人，他不知道发生了什么，小小的眼神充满了惶恐。看到大人的神情平缓下来，这才钻到奶奶的怀里。

婆婆的安慰让张华静很感动，几天来她茶饭不思、难以入睡，不仅是对失去这份工作心痛，同时也承受着谎言的折磨。她不是有意要欺骗婆婆，而是怕老人知道了会伤心难过。这一年来家里出现了重大变故，公公走后诸事不顺，现在工作也没有了，丈夫出门在外不知是好是坏，家里能依靠的只有她，不管如何不能让老人担心，就是再难也要把家撑起来。从学校回到家十多天了，张华静的心里也渐渐平静下来。顶着人们奇怪的目光进进出出倒也坦然，她不退缩更不逃避，反而热情地和大家打招呼。

"婶儿，干啥去呀？嫂子，这么早就下地了？"

"吆，这么多人啊？可真热闹。"

看着张华静一脸灿烂的笑容，人们也失去了议论的兴趣，仿佛被学校下放，甚至传言说是开除一类爆炸性的消息并不真实。传着传着，竟有人说，是静静自己要求回家的，她想做大事哩。还有人说："人家欣平在城里干大了，叫媳妇进城去呢。"虽然传言属于空穴来风，但张华静确实在酝酿着一件事情，并已经着手准备了。

以前她听人说过肉鸡养殖的事情，感觉新鲜，也可靠，但并没有在意，没想到还真到了用的时候了。她先走访了行情，查阅了这一类技术指导的书籍，又回到娘家和父母谈了自己的想法。老张两口子自然是支持女儿的，隔天就陪女儿去种鸡孵化厂实地考察。王桂芬起初对于儿媳妇的想法持怀疑态度，但听了老张的意见便信心满满。对于农家妇女来说，男人就是天，就是主心骨。不管什么事，只要男人点头的事那就八九不离十，这大半辈子她从没做过什么决定，都是听老头的。如今老头走了，儿子不在家，老张是老头最信任的人，又是静和欣平的爸，那他的话就一定错不了。

老刘家前院后院都宽敞，而且幽深。前院有水井、石桌和一棵紫葡萄树，长长的藤蔓攀爬到墙外的香椿树上去，底下便形成一片自然凉棚。后院围墙高筑，非常坚固，大家一致认为鸡舍放在后院好。老张夫妻俩全身心地扑到女儿家里，盖鸡舍，订制鸡笼、水槽，几个人连天地赶，"叮叮当当"，白

天黑夜地忙活。有了父母和婆婆的相辅相助，张华静开心极了，也更有信心。白天她干劲十足，忙前忙后一刻也停不住，到了晚上夜深人静的时候她又感到深深的愧疚，一种强烈的自责涌上心头。没有替老人分忧却让他们担心、受累，这是多么不应该啊！

老张几乎是每天早上用自行车驮着老婆从张庄过来，忙碌一天，晚上再回去，两头奔波。王桂芬看护孩子，变着花样做茶饭，尽量让大家吃好。张华静的心里潮潮的，眼眶一阵阵发热。

"我真是不孝的女儿啊！"

她在心里一遍又一遍地这样责怪自己。

长而深的后院接着后墙就势盖起一排鸡舍，一排鸡舍分上、中、下三层。从食槽到出粪口都设计得极其合理，处理巧妙。四百只鸡仔分两批送回来，一个个毛茸茸的小球球让人爱不释手，可爱归可爱，却是非常累人。从喂食、进水，到温度的控制丝毫不能马虎。一个月后，一个个小球球都长出一对小翅膀，扑棱棱地想飞起来。这个时候便一一被放置到鸡笼里，"咕咕咕"地叫着，老张两口子这才放心地回去过自家日子了。

冬冬天天跟在妈妈和奶奶后面，像个小大人似的往食槽里添水、加料，还给自己喜欢的鸡取了名号，大白、小乖、红眼睛……他还把妈妈教的儿歌换成了鸡宝宝的名字来唱。

"大白乖，小乖妙，红眼睛喝水呱呱叫。"

张华静本以为自己会在教师这个岗位上永远地干下去，可是没想到命运之神收回了恩赐。这份工作来之不易，失去也快。她闲暇的时候就会想起书声琅琅的校园，想起手捧书本站在三尺讲台上的日子，这一切，恍如隔世！现在摆在她面前的，完全是另外一种生活了。

五

送完最后一单货已是下午六点多，等主家在送货单上签完字，刘欣平的一颗心才落了地。他一再要求主家开箱验货，可老先生却笑着说："小伙子，你是个细心的人。这包装绳都完好无损，干干净净，我放心。看看，你们一脸汗水，都累坏了，快回去休息吧。"这个一米多高的瓷器包装箱直到他的耳鬓，三个人一直抬到五楼没敢换手，现在大家膀子都是酸的。走出这座家属楼已是暮色沉沉，刘欣平娴熟地开着面包车在人流涌动的马路上穿梭，后面那俩伙计已经半躺半卧在车厢里打起了盹儿。

回到货运站时，已是人走灯灭，静悄悄一片。停好了车，那俩家伙就从后车厢里跳了下去，居然不用人叫，也许他们压根就没有睡着。三个人一前一后地出了大门往住处走，刚走几步，欣平隐隐听到有人叫他。

"欣平，刘欣平。"

声音不大却很清晰，像是媳妇的声音，但刘欣平马上就否定了，以为是幻觉，这个时候静静怎么可能在这里，他摇摇头笑了，把搭在胳膊上的外衣往肩上一抡，抬起脚刚要走又听到一声。

"欣平。"

不对，是媳妇的声音。刘欣平立刻用目光向四周搜寻，张华静从一排梧桐树后面走了出来，不好意思地说："真的是你，我还怕认错人了呢。"

刘欣平惊喜地问："你咋在这里？啥时来的吗？"

张华静说："中午就来了，你离家太久了，妈不放心，让我来看看你。"

那俩伙计挤挤眼睛，坏笑着说："嫂子来了啊，那我们不等你了。"

刘欣平摆摆手说："去去去。"又转身问张华静："你一直在这站着呀？傻！"

"我中午到的，问了人家老板，说你送货去了，刚好碰到亮子，他给我在前面旅馆要了间房子让我住，他去忙了，我坐不住就来这里等你。"

一股暖流迅速地涌上心头，刘欣平一把揽过妻子，在她的头上拍了两下说："来，要提前说，一个人站在这里黑漆漆的，我走过了咋办？"

"我一个大人能有什么事，不要胡乱操心。"

"走，吃饭去。"

夫妻俩的影子从深深的树影下走过。

在乡下，到了晚上七八点就一片寂静，家家户户关上大门，外面就不再有人走动。可城市的夜晚比白天还要热闹，车水马龙，拥挤不堪。大街上灯火通明，各色的灯光交错着，闪烁着。张华静有些晕乎乎的看不过来。他们走进一条巷子，这里人声嘈杂，一间铺子挨着一间铺子，路两边摆满了各式小吃和烧烤摊点。有叫得上名字的，有叫不上名字的，有南方的也有北方的，应有尽有。摊主非常忙碌，顾客一茬接着一茬，家家生意都很火爆。

刘欣平拉着张华静进了一家名为"一品香"的砂锅店，在较僻静的地方坐下，张华静四处打量着这个陌生的地方，想象着丈夫每天在这里的生活。刘欣平打开一瓶饮料，去掉盖子，把吸管插好往张华静面前一推说："别看了，快喝。"

张华静说:"你喝吧,我不渴。"

刘欣平说:"我有啤酒。"

张华静立刻紧张地说:"开车不能喝酒。"

刘欣平说:"白天是不喝的,这不忙完了,喝一瓶解解乏,不要紧的。"

一个带有浓郁四川口音的服务员把两份热气腾腾的饭食摆上桌,留下一句:"二位,慢用。"就下去了。

刘欣平说:"快吃吧,中午到现在了,肯定饿了。"

张华静搅动小黑锅里"咕嘟,咕嘟"响的饭食,用勺子舀起两个鹌鹑蛋放到了丈夫碗里。

刘欣平笑着说:"咋,心疼我了?"

张华静不说话,隔了一会儿又捞起个肉丸子放了过去,刘欣平眉头一皱,用筷子夹住张华静的勺子,说:"这是干啥,你快吃,不够咱再要么,不准这样。"

张华静又把米饭往丈夫面前推,她心里一阵酸楚。以前那个意气风发,衣着光鲜还有些痞性的欣平不见了,眼前是一个又黑又瘦,高挑单薄的身板,脸上胡碴子泛青成熟稳重的男人。没有了以前那份狂傲和活跃,话不多,句句是关爱,眼神充满喜悦却略显疲惫。

张华静缓缓地说:"都是我不好,连累了你现在受这份苦。以前的你和现在的你简直不是一个人了。"

刘欣平却笑了,说:"以前我是父母的儿子,现在是父亲,是丈夫,是一个家的顶梁柱,当然不一样了呀。你就不觉得这是一个男人的成长吗?"

"嗯,是的。"张华静点点头。

小夫妻俩正说着话,亮子急匆匆进来,拍了一下刘欣平的肩膀说:"哎呀我的哥,找你们半天了。"

刘欣平说:"咋,怕你嫂子走丢了?这不,在这儿呢。"

亮子对张华静笑笑,说:"嫂子好,我找我哥说个事。"然后对刘欣平挤挤眼说:"不止这个,有大事。"说完趴到欣平耳朵上一阵嘀咕,张华静不好近前,却皱起眉头,心想,一定不是什么好事。

亮子还没说完,刘欣平推开亮子说:"坐下,吃饭,这大点事神神秘秘吓得你嫂子都吃不下去饭了。"

亮子看了看刘欣平的脸,坐下说:"噢,嫂子,我性子急,说话也快,嫂子别见怪,没啥大事。"

旅馆里张华静呆呆地望着屋顶，一大早欣平买来早点和一些食品放到桌上，并一再嘱咐张华静不要乱跑等他下班回来一块去吃饭就出去了。昨天晚上亮子慌张的神情、神神秘秘的样子和丈夫若无其事的态度让张华静心里不安。她猜想一定是出了什么事情。这几年来欣平做事的风格她是了解的，越是大事大坎他越平静且一字不漏，也从不与家人商量。

张华静越想越觉得不对，顾不上丈夫的嘱咐，她起身锁上房门来到货运站，但没有进去怕影响不好。如果没事，倒显得自己大惊小怪，想来想去，她还是站到那一排梧桐树下直到中午才在门口堵住了亮子。

亮子神色慌张地问："嫂子，你在这干啥呀？"

张华静把亮子拉到一边问："亮子，你给我说实话，你哥是不是遇到麻烦事了？你不要瞒我，说出来咱一块想办法，你们不说我更着急。"

亮子挠挠头说："嫂子，这，我说了你可别上火，也别去问我哥。事不大可也不小，就是我哥昨天最后一单货货主没有开箱验货，那是个一米高的瓷瓶，他们走后人家电话打到货运部，说是瓶口碎了一大块，这是要赔的。"

"赔多少？"张华静问。

亮子说："那瓷瓶很值钱的，说是总共要赔两万八，长途司机和厂家那边分担一部分，到我哥他们任，一个人吧得赔五千。不过你别急，这钱我们几个凑。"

张华静这才放下心来说："谢谢你告诉我实情，五千就五千，该人家的就赔给人家，我们赔，你哥呢？"

亮子说："我哥送货去了，只是这下我哥白干一个多月。"

张华静说："亮子，你去忙吧，我回旅馆了。"

知道了事情的原委，张华静没有回旅馆，而是坐上了回家的汽车。她看了一下时间，赶得紧到天黑能再回到西安。

还好，车非常顺利，从西安到张庄只用了两个多小时，张华静没有回刘家峪，而是直接回了娘家。下了车，她看了看腕上的表，顾不上和路人打招呼问好，急匆匆地进了家门。静妈妈看到女儿回来对屋里喊了句："静回来了。"

张华静进了里屋，端起茶几上的水杯倒满，一仰头喝完，抹了一下嘴对父亲说："爸，我要五千块钱，快给我拿。"

老两口同时问："有啥急事了，咋火急火燎的？"

张华静把欣平的事情说了一遍，又补上一句："爸，快点，我天黑还要

回到西安去的。不能让我婆婆知道，所以我没回家。"

老张指了指柜子，对老婆说："愣啥神呢，快去拿。"又安慰女儿说："你别急，你婆婆那就放心吧。我和你妈替你照顾。我们不会说的。咱家的钱就是你的钱，你、浩浩、欣平都是爸的孩子，有事就回家来。"

妈妈说："要不让你爸陪你去一趟？"

张华静摇摇头说："不用，也没多大事，我一个人能行，赔了钱就完了，再说欣平那么要面子的一个人，连我都不告诉你去了那他得多难堪呀。这两天呀让我妈帮我照顾着家里就行。"

老张说："也行，那你慢点，家里有我和你妈，就放心吧。"

老张把女儿送上返回城里的客车就抬腿骑上自行车，带着老婆往刘家峪而去。

刘欣平进了货运站，老板从门里探出半个身子冲他喊："小刘，把车停好过来一下。"

平时这个点老板早就走了，今天不走就是有事，当然就是为了昨天碎花瓶的事儿。刘欣平是有准备的，他联系了几个朋友凑了些钱，准备明天送媳妇回去就去拿钱补上这个窟窿。也许老板等不及了。

刘欣平推开办公室的门，老板已经倒好了茶水递了过来说："快坐下，歇会。哎呀，我以前看错你了。"

刘欣平问："这话怎么说的？我哪有做得不合适的了吗？"

老板笑着说："以前，我只看表面，总觉得你太过机灵吃不了苦，也干不长，经过这一次我才知道，我错了。"

刘欣平说："这事我有责任，该赔的我一分不少，你放心吧。"

老板说："其他人还在为钱的事情扯皮，你已经让亮子把钱送过来了，我都不知道说什么好了。"

刘欣平听得有些惊讶，问："亮子把钱拿出来了？"

老板从怀里掏出一沓钞票，说："是呀，亮子刚走，你太着急了，明天拿来都行，我专门等你，你还没吃饭吧？走，吃饭去。"

刘欣平说："不了，老板，改天吧，亮子他们还在等我呢。"

老板说："哦，也好也好，那就改天吧。"

亮子，亮子，这个家伙真够意思，一声不吭地就把钱给补上了，这才叫好兄弟。刘欣平往旅馆走，他想带上媳妇再一块去找亮子。早上走时，天刚亮，这个时候天已经黑了，静静肯定在旅馆里肯定等得着急了，得带她出去转转。

亮子早已买了饭菜，在旅馆里的桌子上摆好，和张华静一块等待刘欣平回来。

亮子抽着烟，一只手搓着额头，想了半天说："嫂子，还是对我哥说实话吧，我不想瞒，也说不了假话。"

张华静笑着说："先瞒一阵子吧，等下次回家我给他说。"

"嗯，那，好吧。"

刘欣平推开门，看到一桌子摆好的饭菜、饮料，还有端坐在桌前等待他的两个人——兄弟和妻子。亮子往一边挪挪，说："哥，快坐，你可回来了，我和嫂子等你半天了。"

"我还准备带你嫂子过去叫你，咱一块出去吃呢，你倒先回来了。"

三个人坐好，张华静给丈夫和亮子倒满了啤酒，刘欣平把一杯饮料递给妻子说："端起来，咱们三个喝一杯。"

三个人喝完一杯，刘欣平自己给亮子和自己各添满了杯，再端起来，对亮子说："亮子，谢谢你，哥什么都不说了，都在酒里了。"

张华静装着听不懂，低下头只顾吃菜，亮子嘴里也是胡乱应付着。

这一晚，刘欣平和张华静是踏实的，亮子却翻来覆去难以入睡，从不会说谎的他这次却说了谎，虽然是善意的，可也让他备受煎熬。

事情已经平息，为了不影响丈夫工作，不让他分心，第二天一大早张华静就要回家，可刘欣平却不让。他和亮子跟老板请了一天假，二人拉着张华静看了钟楼，到新城广场看了飘扬的红旗。又到了大雁塔，浓郁的林荫道上行人悠闲地踱着步子。粗大的树干撑起一片绿色的屏障，偶有三三两两的老年人手持彩扇扭动腰身随着音乐起舞。有头发花白的大爷把一个叫作空竹的东西在一条线上滚动，一会儿抛上天，一会儿贴着地面一闪而过，姿势优美身手矫捷。迎面过来一对情侣俊朗美丽，那姑娘飘逸的长发引得张华静转身看去。刘欣平看着妻子，忽然拉起张华静对亮子说："走，我们也去做。"亮子很诧异，又忽然明白了跟着走。

张华静问："做什么去？"

二人不答，只是笑。

仨人进了一条巷子，看到一家美发店，刘欣平推门就走了进去，一个打扮时尚的女子问："理发吗？"

刘欣平把张华静往前一推说："我媳妇做，烫成那种直的，不用扎起来的。"

张华静慌了，她说："做什么？我不做。"然后逃一样地推门出去，刘

欣平跟了出去连拉带抱，二人又进了理发店，张华静被刘欣平强按到镜子前的红色转椅上。亮子对那店主一招手，说："照我哥说的，给我嫂子做头发，快点儿。"

那女人忍不住掩嘴笑了，接着麻利地推来一个小车，上面有黄色的塑料小筐，里面夹子、皮筋，塞得满满当当。她很熟练地拿起一个小碗倒进药水搅拌着忙碌起来。欣平和亮子在一旁的沙发里打扑克。女老板一遍遍地上药水，洗头发，上夹板，再洗，再吹……经过三个小时的摆弄，终于好了。张华静站起身时，一头乌黑、整齐的长发倾泻而下，高挑的身材似乎更加挺拔，刘欣平和亮子看直了眼，张华静羞怯地捂住了脸。出理发店时已是灯火阑珊，大街上霓虹闪烁树影摇曳。迎面一阵风吹过来，张华静的头发散发出淡淡的清香。

亮子说："嘿，哥，这钱花得值！你看现在嫂子也跟城里女人一样了。"

刘欣平说："不是跟城里人一样，是我们要变成城里人。"

亮子看了刘欣平一眼，说："哥，说啥疯话呢？咋可能？"

刘欣平很认真地对张华静和亮子说："这不是疯话，这是目标！给我十年，不，五年。我要在这个城市扎根。静静，你信吗？"

张华静笑了，点了点头说："我信。"

亮子说："我肯定不行，但我相信你也许能做到。"

刘欣平说："不是也许，是一定。"

宽阔的林荫道很安静，要走过这条老街才能到车站。刘欣平一手搂着张华静一手搂着亮子，三个人的影子在灯光下重叠着，忽明忽暗。

张华静是在第三天的早晨坐上了回家的车。等车出了站开出去好远，刘欣平和亮子才向上班的地方走去，要分开的时候，亮子拉住刘欣平说："哥，有个事，我要给你说，不然憋得慌。"

刘欣平奇怪地问："啥事？说吧。"

亮子说："这次赔瓷瓶的五千块钱是嫂子给的，不是我的。"

刘欣平有些恼火，一下子急了，问："你嫂子咋会带那么多钱出来呢？她不知道啊？"

亮子说："哥，哥，你别生气。怪我藏不住话，昨天早上你走后嫂子来找我，一直追问，我怕她胡乱猜想就说了，结果嫂子立刻回去，下午就把钱拿来了，还不让我给你说，非逼我说是我垫的，就……"

"你咋不早说呀？"

"嫂子不让说，她也是好意，你别怪她。那我也为难呢，到底听你俩谁的？"

刘欣平在路边的水泥栏杆旁蹲了下来，左手抵在脑门上，眼眶忽地就湿润了。他看向车离去的方向，车水马龙的大马路上早已没有了那辆回乡大客车的影子。

此刻，张华静就像一团火焰在他的心里燃烧，又像一朵鲜艳的花儿在他心里开放，那么美丽，那么温暖。

六

六年后。

已是春天了，城市宽阔的道路两旁一树一树的樱花正在盛开，粉粉嫩嫩的花朵让时光仿佛柔和了许多。近年来西安这座以古老著称的历史名城在飞速发展。高速公路的建成大大缩短了城市到乡村的距离。此刻，一辆黑色的奥迪轿车在高速公路上飞驰，从刘家峪到西安只需一个多小时。

刘欣平娴熟而平稳地掌握着方向盘，嘴里叼着半根燃烧着的芙蓉牌香烟，张华静坐在副驾驶位，后面是王桂芬和宝贝孙子冬冬。一家人说着，笑着。冬冬把玩着一支木质手枪，忽然仰头问奶奶："奶奶，我外爷今天几岁啦？"

王桂芬怜爱地摸着冬冬的头，说："傻小子，外爷可不是几岁，是过寿！"

冬冬问："那外爷多少寿？"

王桂芬说："你外爷呀，六十五了。今天热闹不？你高兴不？"

冬冬点点头说："嗯，可热闹了，跟过年一样，有那么多菜，那么多好吃的。"

"你个小馋虫！唉，时间可真快呀，这么快就都六十五岁了！"

王桂芬若有所思地望着车窗外的景色，看起来是说老张感慨岁月，其实她是想起了大刘，眼眶不由得湿润，勉强忍着才没有掉下泪来。今天是老张六十五岁生日，一家人刚从乡下给老张过完生日回城里的家。现在的刘欣平在西安市的东郊拥有一座规模不算小的家具城，还带有一个建筑工程队，并且在一年前购置了一套一百平方米的商品住房，把老母亲和妻儿接到了城里来住，真正意义上实现了自己当初许下的誓言，也可以说是理想。

现在的刘欣平看起来顺风顺水，春风得意，可这一路走来太艰难，其中的心酸只有自己知道。他又干起了老本行——卖家具。但这个家具城却是依靠着一个货运车队一步一步支撑起来的。这一切成功表象的背后都离不开一个关键性人物——老张。说起来就得追溯到六年前。

货运站是刘欣平来到这座城市的第一个落脚点，虽然辛苦，心却不苦。

因为他在等待机会,寻找一个突破口。经过花瓶事件,老板对他有了新的认识,一直觉得这个小伙子很精明,属于心高气傲的那种,也觉得他干不长。但没想到这小伙子做事稳妥、大气。打这以后对刘欣平的态度也有了很大的变化,每次看见他都要喊他进去坐坐喝杯茶,闲聊几句。

一个下午,老板约刘欣平在一个饭店见面,说是有事要谈。酒过三巡,老板放下筷子点燃一根烟,吸了两口说:"兄弟,你不是个干苦力营生的人。我也不想埋没了人才,眼前有个事情对你来说是个机会,就看你做不做?"

刘欣平怔了一下,虽然相处了一段时间互相都有了了解,但对于老板要说的事情他还是拿不准,肯定或者否定似乎都不妥。他停顿了一下,说:"那说来听听,看我有没有这个能力做了。"

老板说:"货运站养一大堆工人是很大一笔支出,更是费神费力不好管理。我想把运输这一块承包出去,也就是说,搬运工人你来养,车你自己买,我只负责收发单,你每季度给我交承包费。你看,有没有兴趣做?"

刘欣平没有想到老板会找他谈这件事情,立刻就明白了最近一段时间老板热情的原因,也很清楚地知道这是一件好事。他一直在等待机会寻找突破口,可现在机会就在眼前,不得不佩服老板的眼光和气度。这是互惠互利的一件好事,怎么能让机会从眼前溜走呢?当然得做,这是一个成熟的框架,只等资金到位就能运转。在过去这些对他刘欣平来说都不算什么,可现在不同了,他一穷二白,也就是一个游走在都市的打工者。要接这个盘子得需要一笔庞大的资金来支撑,这对于目前的他来说还是太难了。

"兄弟,机会我给你了,做不做随你。暂时一切保持原来的样子,等你考虑好了给我一个答复。如果你不做我再找别人。先不说这个了,来,喝酒。"

老板端起了酒杯,一杯酒下肚,刘欣平说:"谢谢大哥这么看得起我,这个事,我接。"

老板说:"好,我就知道你是个爽快人,不急,这两辆车我先调走一辆,给你留一辆你先用着,等你的车买回来我的车就走。工人不动,你自己和他们谈以后的工资,吃住都是你的事。承包费你先按季度交,以后干顺了稳当了半年一交。"

事情就这么愉快地谈好了。

刘欣平很开心,他没有想到机会这么快就来了,高兴是高兴,可资金如何去解决呢?昏黄的路灯下,他迈着大大的步子往住处走,脑子里也在飞速地转着。

第二天早上,刘欣平请了假便坐上了回家的车。有了清晰的目标,那么

他得去朝着目标奔跑了。现在急需解决的就是钱的问题，昨天晚上他把这件事告诉了亮子，那小子兴奋得跳起来，立刻表示自己愿意出一万。一万，虽然是杯水车薪，但对于亮子这样的打工者已经是所有积蓄了。更何况像亮子这么爽快的人太少了，以前跟在刘欣平屁股后面溜须拍马的人一大堆，可现在都躲着走。人啊！只有当你落魄了才能辨认清楚身边围绕着的人谁忠谁奸！所以，借钱绝对是不可行的，那么唯一的办法就是贷款，可贷款要用财产抵押。现在他唯一能够抵押的就是家里那座房子了，这是一步险棋走不好，家人连住的地方都没有。可是现在，他，没有别的选择。

刘欣平回到了家里，让王桂芬和张华静婆媳俩喜出望外，变着法地做饭菜，但刘欣平总是很忙碌，一连三天跑得不沾家，饭菜热了再热，好不容易盼到他回来倒头就睡话也很少。王桂芬心疼了。以前儿子是无忧无虑，淘气，顽皮。可现在又黑又瘦，总是心事重重，若问他，什么也不会说。

贷款的事情跑了几天终于谈妥，可没想到除了用房产抵押还要有担保人，这个担保人还要有一定的财力。刘欣平硬着头皮去找了父亲以前生意上的几个朋友，有的不在家，有的婉言拒绝，后来有一位勉强答应。刘欣平感激地连连道谢并说好第二天一同去信用社办理贷款手续。王桂芬婆媳俩每天都围着刘欣平转，送他出门，等他回来，也不再追问。在王桂芬看来，男人都是要干大事的，不能事事都跟女人交代，女人就做好女人该做的事，安守本分，这样男人才会心安。以前丈夫大刘在世时她就是这样，现在对儿子也是这样。

早上，天刚麻麻亮，王桂芬像往常一样拿起笤帚扫院子。不一会儿，虚掩的大铁门被推开，老张推着摩托车进来。

王桂芬忙说："静她爸，你咋这么早就来了？"

大刘把摩托车靠墙一放，说："欣平起来没？我听说他回来了就过来看看娃。"

王桂芬把笤帚往墙角一放，笑着说："都是女婿看老丈人，哪有老丈人先来看女婿的道理？快进屋。"说完又对着屋里喊："老二呀，静静，你爸来了。"

听到婆婆在外面喊，张华静跟着刘欣平就出了屋。张华静倒了杯水，坐到爸爸身边问："爸，这一大早就过来是有啥急事吗？"

老张微微一笑说："我倒手一批木料，车一大早就来了，时间赶得紧一时找不到人手，听说欣平回来了我叫他过去搭把手。"

王桂芬急忙说："那就快点去呀，你的女婿你的儿，随便使唤。"

老张站起来说："老嫂子，那我爷俩这就过去哦。"

"去吧，去吧。"王桂芬爽快地答应着。

刘欣平面露难色，但还是跟着老张出了门。今天他跟人约好了一早去信用社办贷款的事，如果不去又出岔子怎么办？可老丈人也有急事，两事相遇让他作难。出了村，老张并没有往张庄的大路上走而是拐到了一条小路上停住。刘欣平纳闷了，刚要问，老张从上衣口袋里掏出一个存折，往欣平手里一放说："你的事，我都知道了。咱还不到用房子抵押贷款这一步。这些钱你都拿去用，不够再说，你也是我的儿子，用钱咋不回家来取？到处去求别人！"

刘欣平惊讶地问："爸，你咋知道的？"

"这个就别追问了，反正我是知道了，也幸亏我知道了。"

"爸，这是你的血汗钱，我不能用。我万一做砸了，钱拿不回来咋办？"

"用房子抵押就没有风险了？你尽管去干，不要想那么多。家里这一摊子有我来管，你放心吧！不够我去想办法，是借是贷总比你路子多些。"

生意场上的人果然脑子灵光。那个答应作担保人的叔叔辈，刘欣平前脚出他家门他就后脚去找了老张，说了一切。以多年来对老张的了解，他断定这事老张肯定不知道，如果知道了那做不做保人就没有风险了。

就这样刘欣平买来了自己的第一辆车搞运输，后来又买了第二辆、第三辆……到后来有八辆车的运输队。社会在发展，形势在变化，刘欣平果然没有辜负大家的希望，生意越做越好，大家以为他会这样平稳地走下去，突然他把运输队丢给亮子，重新开办家具厂，他说这是老本行，是父亲的遗愿，不能丢。刘欣平经历了人生路上的两次蜕变。

往事不堪回首，刘欣平把思绪从回忆中拉回来车就开进了小区。他在花坛旁的树荫下停好了车，一家人提着东西有说有笑地走到了一单元门口，刚要进，忽然听到有个小孩喊着："冬冬，冬冬。"这声音很熟悉，一家人停住了脚步。冬冬循着声音望过去，马上高兴地蹦起来："君君哥，君君哥，奶奶你看。"

一棵树下站着三个人，刘金平、赵小菊和他们的儿子君君。赵小菊推了推儿子说："快叫人呀，叫奶奶、二叔、二婶。"

君君个子窜了一头高，长成了个小少年，毕竟长时间不见了，孩子羞怯地低下了头。

看到这一家三口，这边一家人都愣住了，怎么也想不到会有这么一天。王桂芬拉住君君的手，轻轻地拍着问："君君都长这么高了，奶奶都快认不出来你了。"

刘金平红着脸说："妈，老二……"就没有了下文。

赵小菊用胳膊碰了碰丈夫，见没有什么反应，就马上笑着说："妈，这老二忙，顾不上回去，你和静静也是一年一年不回去了。君君和冬冬都快长得不认识自家兄弟了。既然你们回不去，我们就把孙子给您送来，也认认门儿，省得一家子越来越生分了。"

刘欣平和张华静虽然不知道赵小菊一家突然来到的目的，但还是很热情地把这一家三口请进了屋。赵小菊这边看看那边望望，不住地说："吆，这城里就是好呢，花花草草开得多鲜亮，车多楼高，吓得我都不敢过马路。"

进到屋子里她又从厨房走到阳台，每一间屋子都看一遍。又说："我的天，只知道咱在村里的房子算是好的，哪想到你们在城里，这住得跟皇宫一样，连厕所都挪屋里了。要不是听村里人说，我们还不知道呢。"

王桂芬白了她一眼没有理会，只顾陪着两个孩子玩。张华静递过一杯水说："嫂子，坐下喝口水吧，我去做饭，你们这么远来肯定都饿了。"

赵小菊立马挽起袖子说："我和你一块做，我们也不是客人这是到了自己家里了吗。呵呵。"

妯娌俩一前一后进了厨房，王桂芬看了小儿子一眼又看了大儿子一眼，刘金平脸红到了脖子根，深深地低下了头，两只手在膝盖上搓来搓去。刘欣平微笑着对母亲摇摇头，示意不要难为哥哥。

一周过去了，刘欣平早出晚归地忙，偶尔也带上金平，赵小菊脸上堆笑嘴上像抹了蜜。对婆婆那是一口一个妈地叫，处处小心，刻刻在意。家务活抢着干，那手脚麻利得让张华静插不上手。这番变化简直是脱胎换骨，活生生变成了另外一个人，可就是没有回去的意思。王桂芬沉不住气了，一天晚上，趁一家人还围在桌前没有散去她开了口。

"老大呀，这你一家子也来了些日子了，逛也逛了，住也住了。老二两口子忙也没工夫陪着，再说你家里那一摊子事也离不开人，该回去了！以后想来了再来。"

刘金平没有说话，赵小菊红着脸小声说："妈，我们，我们是来……"

她结结巴巴几次，欲言又止难以启齿的样子，索性推了金平一把，说："哎呀，你说，啥事都叫我说。这咱妈和老二都不是外人。"

王桂芬拉下脸来问："咋，你俩又打的什么鬼算盘？我就说，你们来，准没安好心。"

赵小菊两手揪着衣角不说话却用眼睛偷偷瞪了丈夫几眼，停了很长时间，刘金平才慢吞吞地说道："妈，老二，静静，我也就不瞒着你们了，家具店

我卖了，生意越来越差，实在做不下去了。我们这次来就是投奔老二的，看城里能不能找个事做。"

赵小菊立刻补充道："不说别的也得为娃着想呀，手心手背都是肉。你看冬冬在城里上学都学英语了，君君还是个土包子见都没见过，妈您能不管君君吗？"

"你呀，你呀，好好的一个铺子，那么大的一个店面，生意红红火火的咋就亏了？做不下去了？还给卖了！你爸要是知道还不得气死呀？"

王桂芬生气得拍着沙发骂着。张华静安置两孩子睡下，听到这边的吵嚷声赶紧过来。一时间大家都不说话，陷入了沉默。不，是等待，等待刘欣平发话。他是核心人物，就如当初的大刘。这个家不论是吵吵闹闹，还是哭骂，最终都是讨要一个结果或者说是一个决定，而这个决定肯定是对一方有利而一方不利。

刘欣平只是抽着烟喝着茶没有说话，表情平静没有一丝变化。说的说完了，骂的骂完了，这时候都不约而同地看着刘欣平。他还是没有吭声，张华静摇了摇丈夫的胳膊，刘欣平把烟头按到烟灰缸里，起身说："时间不早了，都早点睡吧。我明天有事还要早起呢。"说完就进了自己房间，留下一个个各怀心思的人在那里发呆。

晚上，张华静进了自己房间，看到丈夫正满怀心事地望着天花板，就问道："想什么呢？"

刘欣平说："没有什么可想的。"

张华静又问："哥嫂都求到门上来了，你能不管吗？"

刘欣平反问："那你说，怎么管？"

张华静说："我猜，你已经有办法了。"

刘欣平笑了笑，没有回答。

一个星期后的一个傍晚，刘欣平早早就回了家。饭菜摆起，一家人都在等他入座。虽然在这个家里他是老么，可地位却是最高的。他习惯性地把衣服往墙钩上一挂，来到桌前。等大家都坐好了，他掏出一串钥匙往刘金平面前一推，说："哥，你和嫂子既然来了，我就得管，有我吃的就有你们的。可我说句实话论做生意，哥，你不是那块料。但做个小买卖养个家没问题。我给你在农贸市场附近盘了个门面，你们开个商店。住房也给你租好了，在店的后面，这样也方便，这是钥匙明天让静和咱妈带你们过去看看，收拾一下。"

赵小菊似乎不满意这样的安排，笑着说："哎，老二呀费那个劲干啥？

就让你哥跟着你干，你那么大个家业没人管咋行？你呢又常在外面跑就让你哥像以前那样给你管账，你也省心！"

不等刘欣平开口，王桂芬就开口了："想得美！门儿都没有。这店你要就要，不要就回去。咋？你还想来算计我们？告诉你，就这也是看在我儿子、孙子的面儿上，就你，门边都不让你挨着。"

"妈，我哪有那心思。你看你把我说得那么坏，我也是好心啊。"

刘欣平说："君君上学的事你们不用管，我给冬冬学校的老师说过了，明天我带孩子去办手续。以后娃就交给静静和咱妈，你俩先忙自己的事，等啥都弄好了再把娃接过去。"

赵小菊对这样的安排似乎满意又似乎不满意，王桂芬有些生气，生气的是让赵小菊这个搅屎棍一次又一次算计还一次又一次得逞，不过庆幸的是这样的安排总算是把他们隔开了，不来沾手老二的家业。

七

上海某地。

一座气派的大楼里，张友良正坐在办公桌前写着什么。不知道是怎么了，几天来他心神不宁。此刻，他在写一份材料，这在以前是毫不费力气的事儿，可现在都两天了，写写停停词不达意始终不能完成。他放下笔，摘下眼镜，捏捏鼻梁骨揉揉眼睛，然后站起来在屋内走了两圈。这时候有人敲办公室的门。

"请进。"

门开了，一个年轻漂亮的姑娘进来说："科长，有您一封电报。"

"电报？"

张友良一惊，急忙从姑娘手里接过一个牛皮纸信封，等那女子出去急忙拆开。

"母病危，速归。"

张友良脑袋嗡的一声，顿时慌乱了，一不小心碰翻了桌上的茶杯，水一下子流到了地上。

张庄。

已是九月末，虽是刚刚入秋，但接连着两场连阴雨让气候骤然变凉。一树一树的叶子开始泛黄，飘落。阴雨过后，阳光出来两日，路上彻底没有了

泥泞，坡上那一树树的果子和地里的庄稼也熟透了。乡村这个时候是最忙碌的。人们肩挑背扛，车子拉，要在半个月之内把地里收拾完再播种上冬小麦才算完。

友良妈安静地躺在自家的土炕上，一缕阳光从灰色的木格小窗照进来，正投射在她的身体上。有风在吹，那阳光就一明一暗地晃动。这个土炕承载了她的一生，从青春到暮年。现在，她平静地躺着，已经没有了翻身的力气，本来就瘦弱的躯体俨然成了一副骨头架子，双目深陷，嘴巴艰难地张开却吐不出一句完整清晰的话来，只有两个字依稀可以辨别。

"友……良，友……良……"

她在等，等着儿子的归来，在这生命就要终止的时刻，盼望着能看到那张日思夜想的脸庞，能抚摸到的脸庞。

"妈，电报发了。友良已经在路上了，明天可能就到了，您千万，千万要等着他呀，啊……"

凤儿紧紧攥着母亲的手，生怕自己一个转身，妈就去了，再也唤不回来了。

几天几夜，火车，汽车。张友良已经不知道时间过去了多久，他晕乎乎，头疼得要命，心里像着了火似的往家赶。进了村子，人们看到他皆是异样的目光。他顾不上这些，只是凭着直觉往回走。这条路他走了二十多年，闭着眼也知道哪里有坑，哪里有坡，哪里有水渠哪里有拐弯。可今天不是磕了就是碰了，跟跟跄跄走得艰难。

往常，看到在外工作的人回来，人们总是非常热情地问东问西，可今天每一个看到友良的人都一脸凝重。快了，快到了，跨过水渠，转过巷子，友良看到了自己家那座矮小的瓦屋，只是屋檐下挂着一串白幡。他心头一惊，撕心裂肺地喊了一声："妈，儿回来了。"就眼前一黑两腿一软栽倒下去。

一连三天，张友良都跪在母亲的灵柩前，几次哭晕过去被人抬走，醒了又扑过去接着叩头，接着哭。看着这样的场面，屋里屋外的男人、女人都泪流不止。友良妈这个苦命的女人，用她瘦小的身躯扛着这个破落日子。如今，儿子刚有出息她却撒手人寰，在她生命的最后时刻也没有等到心爱的儿子回来，没能看他最后一眼。

"妈，妈呀，儿不孝啊！儿不知道你这么快就走了。您为什么不等着我啊……"

张友良一阵阵嘶哑的哭喊震得人心里发酸，凤儿陪着，劝着。小木匠里里外外地张罗，料理，累得瘫坐到地上起不来。

屋外搭起的过事大棚内,几个长者对老张说:"怕是不敢再让娃这样哭了,再这样下去得把友良哭坏了呀!"

老张让自己的儿子叫来了卫生所的大夫,在友良哭晕的时候给打了镇静剂,挂了液体,又派了专人看护着。

农村过红白大事都是主家吩咐,一两个长者主事,其他人听从安排各行其是。由于张友良年轻,又长期在外不懂乡俗,现在又成了这副样子,根本没法沟通。凤儿和小木匠再懂事必定是外村人,这一来就乱哄哄一片。老张主动承担起一切事务,经他安排一番过后便井井有条。村民们看着这孤儿寡母着实可怜,也都很尽心尽力地忙活着。

长长的送葬队伍从村里上到后面的山坡上,男女老少没有不流泪的。灵柩过来了,人们在家门口燃起了火堆为逝者送行,飘飞的白幡和纸钱呼啦啦在空中舞动。张友良是被两个年轻力壮的小伙子架着走的,他的两条腿已经不听使唤。这个文弱书生号干了身体里的所有力气和能量,已经连声音都发不出来了。

在一串鞭炮声中,友良妈下葬了。黄土和沙石在人们的铁锹中飞落,一层又一层,掩埋了她的一生。这个可怜的女人就此与她的一双儿女作别了,她哪里知道,心爱的儿子在坟头正哭得晕死过去。

张庄,这个二百多户的小村子虽算不上富裕但也不算贫穷,近年来青壮年外出打工,做生意,经济收入上去了地却荒废了。农民不种地便不像个农民。就像军人不打仗,画家不做画,没有了自己灵魂的东西。这些壮劳力们只在麦忙和秋收两季回来,忙罢后又像候鸟迁徙般飞走了,留下老人、妇女和幼小的孩子守着村庄和田地。现在是秋收时节,外出的人都回来了,那种慵懒散漫的生活状态也变得紧张起来,村庄有了活力,田野有了生机。

秋天是多雨的季节,抢收抢种迫在眉睫,家家户户都忙得不可开交。张友良病倒了,一连几天不吃不喝,不说话。人整个瘦了一圈,眼窝深陷。本来白白净净的书生脸泛起了胡碴子。他坐在母亲的土炕上,靠着墙,眼睛望着灰色的木格窗户发呆,坐累了就把头埋到被子里昏睡。谁叫他,都不答应。这是妈妈的炕,是妈妈盖过的被子,有妈妈的味道。他能想象到妈妈睡着时的样子,就这样深深地把头埋起来紧紧抱着被子,就像抱着妈妈,感受妈妈的气息。

凤儿急得团团转,看着弟弟一天天瘦下去,痴痴呆呆的样子心疼得直掉泪。小木匠一趟一趟地往大队医疗站跑着请大夫,几天的药用下去,张友良

苍白的脸颊有了红晕但精神依然没有改变。眼神空洞无力，不哭不笑不说话，成了一个没有灵魂的空壳子。医生收拾起药品针管等物品装到画着十字标识的药箱里，摇摇头说："我只能治疗身体上的病症，这心病，治不了啊！心病得用心药医，怕是得些日子啊！"

医生刚跨出门槛一步和进来的老张碰了个照面，老张就势陪着医生走到巷口，仔细问了友良的病情后又转身来到了友良家。

看到进门的老张，凤儿赶紧拉过一张椅子，招呼着："叔，您来了，快坐。"

老张摆了摆手，往前两步看了看裹着被子昏睡的张友良，叹了口气，在炕沿坐下。这个苦命的孩子再这样下去就垮了，呆了。不能让他再这样下去了，得把他从精神的折磨中拉出来呀！老张把吸剩的半截烟头掐灭扔到炕洞里，然后掀开炕上的被子。张友良的半个头露出来了，人没有动，脸贴着被子静静地躺着。

老张抚摸着张友良的头说："娃呀，你这是要干啥呀？你妈如果看到你现在这样子她会难过的。她会走得不安心呐。她一辈子吃苦受累为的啥？不就是为你能有出息，有本事，可以撑门立户，光耀门庭，她绝对不希望自己的宝贝儿子是现在这样一个没有知觉的傻子。"

张友良还是没有动，也没有从被子里出来，但是却哭了。双肩剧烈抖动，抱着被子的身体在颤。妈妈要什么，他当然知道。张叔说的这些话是妈妈的心声，是从小到大妈妈对他的嘱托，一句句都在心上刻着呢，又怎么会忘了。

老张拍了拍友良的后背，接着说："想哭了就痛痛快快地哭出来，别憋着。只是，走的人已经走了，可活着的人还得活呀，要好好地活。你活好了你妈才高兴。没有妈你还有你姐呢。这么多年你不在家都是你姐和你姐夫照顾你妈撑着这个家。现在你不能再给你的亲人们添麻烦，你长大成人了，得有个男人样儿了。得想着以后的路咋走，不能这样作践自己，他俩跟着担心受累。"

张友良仍然在哭，凤儿刚要上前被老张拦住了，屋里的人在老张的示意下都退了出来，掩上门各自去忙了。

张友良，这个苦难中长大的农家孩子，生活给过他惊喜也给了他很多磨难，从小到大几乎都是在苦水中浸泡着的，根本不知道甜是什么滋味。以前有妈妈，有姐姐，那些苦和难似乎不算什么，可这一次不一样。老天夺去了至亲至爱的妈妈，这是挖心挖肝的痛，痛到眩晕，痛到麻木，痛到让他没有

了活下去的勇气。老张那一句句带刀带针的话语扎在他已经失去知觉的神经上，针针见血，刀刀见肉，刺激着这个初涉世事的年轻人的灵魂和肉体。虽然鲜血淋淋，却也把他从无边的黑暗里拉了回来。

人活着的时候是没有日子的，死去了，时间就过得飞快。一天又一天，很快友良妈就过三七了。村后的黄土坡下，一座黄土隆起的新坟插着花圈，五颜六色的纸花被风吹得"吱吱"作响。坟的正前方有一堆燃烧过的纸钱还冒着淡青色的烟雾，一圈一圈地缓慢上升。张友良张友凤姐弟俩正挥动着铁锨往妈妈的坟堆上添土，直到把坟堆堆得像个小山包了才停下铁锨，沿着坟堆垒了两圈石头加固，这样下雨的时候水就不会漫过来。最近一段日子，张友良有了好转，虽然还是没有什么表情，但能下地干活，能按时吃饭，也能和家人正常交流。凤儿做饭的时候他还会陪着小外甥在院子里玩耍。他把一切痛苦和眼泪洒在了妈妈的坟头，又重新打起了精神。

眼看着秋收已完，家里也安排妥当，欠人的、借人的大小物品都一一清点，归还。妈在的时候这个破小的屋子就是一个家，一户人家。妈走了，这门就要锁了，姐姐得回去安心过自己的日子。为了这个家，为了妈和自己姐姐付出的太多了，不能再拖累姐姐了。

张友良干得很起劲，把多少年没使得劲全使出来了。这是他在家待的最后一天了，太阳一点一点倾斜，就要落到山崖子后面去了，凤儿走过来对满头大汗的弟弟说："好了，垒得够高了，这下很结实，水绝对过不来。快坐下，歇歇吧。"

凤儿把两把铁锨并拢放到身边，姐弟俩在地头一块石头上坐下。张友良静静地望着远方的大山，似乎想着什么。凤儿则看着弟弟。此时的张友良已经是一个黑黑瘦瘦的样子了，但放到一堆庄稼人里头他那种文弱的书生气还是突兀的。

他没有那种粗糙和结实的身板，也没有划破天际的大嗓门，更没有庄稼汉的那一身力气。在一副金丝边眼镜的衬托下，即使黑黑的脸庞、破烂的衣服也盖不住知识分子的气质。难怪村里的女人说："就是把锅底灰、房檐下的尘土都抹到友良脸上，清水一洗，还是一个白白净净的白面书生。农村没有这样的男人，这样的男人自然也不属于农村，这里的土壤养不活他。那生就是在外面谋生活的人，抡起镢头也像是抡个棒槌，软绵绵的没有力气。"

村里人说的那是他们的看法，对这片土地张友良是有着深厚感情的，有十年没在这里耕种了，这一次，也许是最后一次了。

"友良，你想啥呢？"凤儿轻声问。

张友良没有回头,仍然望着前方,沉默了一会儿,说道:"姐,我想起了小时候咱俩和妈一起种地的样子,好像还是昨天的事情。"

凤儿说:"你在外面上学到工作也这么多年了,我和妈都不在你身边,也帮不上你什么,啥事都靠自己。你一定吃了很多苦吧?"友良说:"没有啊,姐,我好着呢。跟你和妈吃的苦比起来我算什么苦呀!姐夫是个好人,能遇上他是你的福气,也是咱们家的福气。这些年我都没管过家里,一直是你们照顾妈,我欠你们的,太多了!"

凤儿说:"别说什么欠不欠的,现在妈不在了,你就安心工作,好好成个家,以后有了孩子,姐给你带。"

张友良心里一酸,眼泪就涌了上来。这哪里是姐姐的话,分明就是妈妈的语气和想法。他抹去了眼泪对姐姐说:"姐,你以后就好好地过自己的日子,我好着呢,你别老操心我。"

凤儿说:"那你,你,你有没有对象?都三十多的人了,啥时能成个家呀?"

张友良不说话了,沉默了好久才说道:"我得先把工作干好,这个事,以后再说。"

凤儿停顿了一会,又小心翼翼地问:"你是不是还记挂着静静?"

张友良没有说话,凤儿急了:"你可不敢犯傻哦,人家静静的娃娃都上学了,你俩也就是个要好的伙伴而已,啥都算不上。你心里可不敢胡思乱想。"

张友良平静地说:"姐,你说,我和静静离得这么近,咋就却越走越远了?现在,更是连句话都说不上!"

凤儿说:"这都是命啊,人呐有时候得认命!"

张友良说:"姐,我想知道一点静静的消息,就是不问我也知道她过得很好。可我还是想知道,哪怕是听到她的名字,在我心里她和你,和妈一样,也是我的亲人。"

凤儿叹了口气,说:"哎!先回家吧。"

太阳的余晖漫过黄土坡,漫过大槐树……田间劳作的人们,三个两个的从各个方向汇聚到一条羊肠小道上。凤儿和友良姐弟俩为了谁扛农具的事拉来扯去,最后凤儿依了弟弟。友良把两把铁锨扛到了肩上,和姐姐一前一后加入到羊肠小道的队伍中去了。

八

"水韵江南"的灯光很柔和，也很温暖。虽然外面秋雨绵绵，行人稀少，但在这宽敞明亮的空间里却是另外一种景象。一楼大厅十几张桌子没有一张空闲，说笑声，猜拳声，一阵高过一阵。二楼是一条狭长的走廊，走廊两端是雅座包间。服务员从这个包间到那个包间进进出出，一刻也不停歇。城市的夜晚总是比白天还要热闹，吃饭已经不仅仅是身体和肠胃的需要，而是成了一种社交活动，人与人之间联络、沟通的桥梁。

213包间内。桌上的菜品上了很久但并未被吃去多少，大家你一言我一语地说着自己日常生活的种种，询问着彼此的近况，似乎要把失散多年的日子都找回来。张华静沉默着，半天工夫过去了，她还是没有从刚才惊讶的神态中回过神来。眼前这个陌生的男子真的会是那个曾经亲密无间的童年伙伴吗？咖啡色的衬衣，金丝边眼镜，笔挺的裤子，这些都是那么陌生，没有一丝张庄的痕迹，没有一点友良的影子。张华静努力平复着自己内心的激动情绪，把眼前这个男人一再打量。这么多年了，他们之间早已中断了联系，互相没有任何消息。上学的上学，打工的打工，各自寻找着自己的出路和人生方向。

十几年了，十几年不算长也不算短，在这十几年里彼此的人生轨迹早已朝着不同的方向走出了很远很远。那些年少时的记忆和美好时光仿佛已经是上辈子的事了，张友良这个名字已经很陌生了，这一场突然而来的重逢，张华静毫无准备。紧张，激动，不知所措，一时竟找不到合适的话题，气氛便显得尴尬了许多。

张友良端着杯子的手微微颤抖，几次把眼镜摘下来反复擦拭。十几年光阴，再见面恍如隔世。那熟悉的声音，温暖的眼神都很陌生了，只有在对方互相叫出自己名字的一瞬，一股暖流在心里无声地激荡着，翻滚着，撞击着。

这一场久别后的重逢一直持续到晚上十一点才结束，大家依然是恋恋不舍，意犹未尽。走出饭店的时候雨已经停了，路面还是湿漉漉的，有积水的地方在路灯的照射下像一面镜子。树的影子，人的影子，都能映照出来，一辆飞驰而过的车轮打碎了这平静的镜面，随着一阵"吱吱"的水声被碾过的地方溅起一串串浪花。

大家一个个地挥手告别，然后朝着不同的方向散去，很快路边就剩下了张友良和张华静。这时候涛把车开了过来，摇下窗玻璃，探出头来说："上来，

我送你俩。"

张华静说："不用了，我打车回去，你把友良送到……"

张华静说着停住了，问张友良："对了，还没问你住哪儿？"

张友良说："不用送，我住在火车站附近的速8酒店里，这样吧，静静，咱俩打车，我先把你送到我再过去，你看这样行不？"

张华静说："好吧。"

张友良走到涛的车前，说："涛子，你回吧，我俩打车，先送静静回去我再到酒店。"

涛说："住什么酒店？住我那儿。"

张友良说："这不行的，你媳妇孩子一大家子人呢。"

俩人正说着，峰的车也开过来了，停到了后面。涛还在说："咋说也不许你住那么远，住酒店也住到我附近，我来安排吧。"

这时峰推开车门，走下来说："你俩都别争了，住的地方我都订好了。友良，你把那个速8退了吧。"说着就递给张友良一张名片说："这个酒店离大家都不远，你在西安多待两天，这一走还不知道啥时回来呢，我们忙完就过去找你。钱我交过了，你过去只报房间号就行了。"

张华静看着张友良为难的样子，走过去说："好了，就收下吧，他俩也不是外人。"

涛也跟着说："静静说得对，友良你也不要见外，回西安我们管，以后谁去上海你接待，这多好的！"

峰说："就这样吧，我和涛就先回了，你把静静送回去，有事随时打我俩电话，随叫随到。"

"好的，再见。""再见。"

两辆车一前一后地消失在夜色里，张友良和张华静沿着人行道往前走，路灯下，一高一矮两个影子被拉得很长很长。张友良感慨地说："社会在发展，人们的生活也越来越好了，你们过得都很好啊！"

张华静说："是啊，咱们这些人虽然走的路不同但都是努力往前奔的，我也是刚知道，你这次回来是婶子不在了。你别难过，我们长大父母变老，这是自然规律，要想开些啊。"

张友良只有在这一刻才是放松的，愉快的。恍惚间仿佛回到了过去，他叹了口气说："我妈走了，我也死过一回了。想开些，活得更好，有出息，这些是我妈的希望。可是支撑着我向这个目标迈进的是亲人！在我的心里亲

人有三个,静静,你知道这三个亲人都是谁吗?"

张华静说:"是婶子、凤儿姐、姐夫,还有小外甥呢,他们都是你的亲人啊。"

张友良停住脚步略显伤感地说:"你不懂,从小到大在我的心里只装着三个人,我妈、我姐还有你,你们是我最亲的亲人,你们是我前进的动力。现在,我妈走了,我姐出嫁了,你也只能藏在心里。回村对我来说还有什么意义,只会让我更加孤独,更加难过。"

看着张友良落寞的样子,张华静心里也一阵发酸,便劝道:"时间总要往前走的,不要总是在痛苦中生活。把事业干好把日子过好,不管什么时候回来了亲人还是亲人,永远都不会变的。你看,今晚大家都来了,不都是因为你吗?"

"有些事,你不懂……"

"什么事我不懂?"

"这个,我……"

张友良停顿了一下,欲言又止。刚好一辆出租车在他们身边停住问:"师傅,走不走呀?"

张友良忙挥了挥手说:"走的。"

俩人上了车。

张友良说:"静静,今天太晚了先送你回去。"

张华静说:"好吧。"

张友良想了一会问道:"你明天有空吗?我想在西安转转,西安,我不熟。"

张华静很爽快地说:"有空呀,我回去把家里安排一下明天陪你转转。"

一辆绿色的出租车加快油门,往东驶去。

张友良的证件上籍贯一栏虽然写的是"陕西省西安市,××××县",可是在西安这座城市里,张友良只是一个过路人。他最熟悉的只有火车站。这三十多年的人生岁月里火车站他也仅仅到过三次,离去和归来。所以每当单位里的同事和大学里的同学得知他是陕西人时,问起西安的名胜古迹他能回答上来的只有书本上的知识,现实中一处都没去过。

第三天。

傍晚时分的大雁塔广场人满为患,音乐喷泉表演的时间就要到了,水池外被黑压压的人群围得严严实实。大雁塔因为高僧玄奘声名远扬,历史悠久,而北广场在2004年改建后成为全亚洲最大的音乐喷泉广场,从上到下分为三

个水池，每个池内的水柱会随着音乐的起伏变换不同的造型和水花，错落有致，形态各异，令人震撼！广场前沿设有古式雕花的山门和塔柱，四周的园林景观文化气息浓郁，各式建筑颇为壮观。遮天蔽日的大树下颜色各异的花卉把这里装点得清香袭人，曲径通幽。大雁塔绝对算得上是古城西安的标志性建筑之一，每一天都有不计其数的游客和行人来这里观光旅游。

张华静和张友良在一处林荫下的长椅上坐下，一连两天他们去了世界八大奇迹的临潼兵马俑、古钟楼、曲江遗址公园。此刻，两个人都疲倦了。那边强劲有力的音乐声响起，喷泉表演开始了，人们呼啦啦往那边聚拢。他们俩没去凑那个热闹，静静地享受着绿荫、花香。

张友良问："静静，谢谢你陪了我两天。不过，你给家里人说了吗？他要是知道你和我在一起不会不高兴吧？"

张华静抬手将垂到脸上的发丝轻轻拨到耳朵后面，说："他很忙，我说了要出来他顾不上听就急匆匆走了。没事的，你放心吧。我婆婆是个明事理的人，比我妈还疼我呢，结婚这么多年公婆都护着我。"

张友良又问："那他呢？他对你好吗？"

张华静说："好啊，虽然我俩性格差得很远，但是他对我真的很好。他心眼好，重情义，做事也很大气，怎么说呢？他就像是我心里的一座山，遇到什么事情有他在，我就觉得很踏实很放心了。"

看着张华静说到丈夫时脸上的赞赏、满足甚至骄傲的样子，语气里自然流露出的那种自豪感让友良有些伤感和失落。心，像被什么东西刺了一下猛地一缩。张华静还在说着，张友良却一个字都没听进去。

事情往往就是这么巧，好几天了君君吵着要去看音乐喷泉，说是同学的妈妈早都带孩子去玩过了，还拍了很漂亮的照片，他吵着闹着缠了好几天。这天下午，赵小菊把店交给刘金平一个人守着，娘俩换上漂亮的衣服就早早赶到了大雁塔广场。看完了音乐喷泉君君直喊口渴，腿疼不想走了，赵小菊给儿子买了饮料和零食，到绿荫下的僻静处找座椅。正走着君君忽然往不远处一指说："妈，二娘，你看我二娘也来了。"赵小菊又渴又累不耐烦地训斥孩子："说什么胡话呢，哪有你二娘，快走吧，小祖宗。"

君君被呵斥后仍然用手指着那个方向说："妈妈，你看呀，那个长椅上坐着的就是我二娘，咱们过去找他们吧，二娘……"

君君说着就要喊，赵小菊一把捂住儿子的嘴巴，她一双眼睛瞪得溜圆，简直不敢相信眼前的这一幕是真的，因为儿子指的那个长椅上老二的媳妇静

静正和一个陌生的男人并排坐着，看样子还很熟悉，很亲热。难道？莫不是？赵小菊脑子里飞快地转动着。

"二……"

"别喊，你没看见你二娘旁边有生人么？"

君君掰开妈妈的手还要喊，赵小菊又一把捂住儿子的嘴巴，训斥了一番就连拉带拽地和儿子往相反的地方走去了。对于这一切张华静却毫不知情。太阳就要落山了，广场上的人反而多起来，看着越来越暗的天色，友良喃喃地说："时间过得真快呀，明天我就要走了。你，明天会来送我吗？如果忙……"

张华静笑着说："会的，两点的火车，我没忘。"

张友良也笑了，两人站起身朝车站走去。

早上六点多张华静就开始忙活，收拾屋子，做早饭。七点半了，冬冬被奶奶牵着手一蹦一跳地上学去了，刘欣平放下了碗筷，随手端起了一杯刚泡好的茶水，刚送到嘴边清脆的手机铃声就响起了，他放下茶杯拿起手机接听。张华静把桌上的东西收到厨房再折身回来时丈夫欣平正往外走，她刚要喊却看到刘欣平已经拉开了门，门外竟然站着赵小菊。赵小菊也一脸惊讶，她刚抬起手似乎还没来得及敲，门就开了。

刘欣平也是一愣说："你咋过来了？有事？"

赵小菊往屋里看了一眼，摇摇头说："没，没，哦，有，有事。"

刘欣平没好气地说："你能有什么事！妈送冬冬上学去了，不在家，有事明儿再来。"

张华静也急忙走过来，说道："嫂子来了，妈不在家。快进来坐吧，有事和我说说也行啊。"

刘欣平看了赵小菊一眼，拿起外套自己走了，赵小菊慌乱地说："不了，静静，我找老二说个事，你忙吧。"说完急匆匆追刘欣平去了。

赵小菊一溜小跑紧紧追着刘欣平，可刘欣平的脚步没有一丝一毫放慢的意思。"老二，老二，我有事给你说，你等等……"

赵小菊跑得上气不接下气，刘欣平并不理会，任凭赵小菊在后面追着喊着他头也不回，大踏步地下了楼走到停车位，拉开自己的车门抬腿就要上，一只胳膊被赵小菊一把拽住说："等，等一下，我说完了，你再走我绝对不拦着。"

刘欣平倚着车门，不屑地看着这个碎嘴女人说："说，啥事？我还忙

着呢。"

赵小菊四下看了看，往前一步神秘地压低声音把前一天下午看到的事情，绘声绘色地讲给了刘欣平。讲到激动处她居然还用上了手势，在她看来这是个天大的事，而且是自己亲眼看见的，一大早就跑来汇报，这是给这个家立了一大功。等她说完了，刘欣平冷冷地说："说完了？"

赵小菊很吃惊，她预想的场面是这样的：刘欣平暴跳如雷转身回去闹个天翻地覆。甚至，不，肯定会追着他媳妇暴打一顿，这时候自己要死活拉架，苦口婆心地劝说，那么婆婆从今往后，也一定会转变对自己的态度而冷落张华静。可此时刘欣平的脸上很平静，眼睛里只有对自己的厌恶。赵小菊搓着手，嘴巴快速地一张一合，不住地为前面描述的事情做着补充，以挽回自己尴尬的局面。

"老二，你别不信，我怕这事传出去丢咱老刘家的脸面才跑来给你说。你不信我，总该信你侄儿吧？还是，还是君君看见的，他不肯走拉着我非要去叫他二娘，我这才看见。要有半句假话天打五雷轰。"

刘欣平"砰"的一声拉上了车门，猛地一踩油门，车就像离弦的箭一般射了出去。赵小菊在后面冲着汽车尾部留下的一缕淡蓝色烟雾跺着脚骂："哼，好心当成驴肝肺，绿帽子都戴到头上还不知道。不信我，吃哑巴亏去吧，呸。"

老天爷的脾气谁也说不准，昨天还艳阳高照，今天就阴沉沉，到了中午就飘起了雨。秋天本就是多雨的季节，越下越顺，三天一场五天一场似乎也符合了这个季节的特点。火车站广场上也冷冷清清。拉着行李箱，提着大包小包的人们挤在门洞下避雨。一些人在进站处排着长长的队，候车室屋顶对着广场中央矗立的两个红色大字"西安"让人既亲切又不舍。张友良坐在广场对面的肯德基店里往外看着。他不时地抬起手腕看看表，在心里数着时间。十二点了，他走出肯德基来到广场上，在"西安"两个字的下方最醒目的位置放下行李，四处张望着。时间一分一秒地过去，终于，那个熟悉的身影出现了，缓缓地向自己走来。"她是看到我了"，张友良这样想着，一股暖流涌上心头，竟然有一种想要流泪的感觉。他急忙举起手臂用力挥舞着，想喊，嗓子像被什么东西堵住了一样发不出声来。

是的，张华静是看到了张友良。除了他还有谁会像一根电线杆子直直地伫立在雨中。傻，三十多岁的人了还傻得跟小时候一样。她笑着向这个"傻子"走过去。

"友良，不好意思，路上堵车，所以我来得有点晚了。"

"不晚，来了就好，我还怕你不来了呢。"

"怎么会呢，说好的事。就是时间有点紧。都一点半了，你该进站了。"

张华静收拢雨伞就要帮张友良提包，张友良说："不用，没什么行李。你来了就好，看见你我就心安了，知足了。"

张华静说："走吧，咱去排队吧，人多。"

张友良眼圈微微泛红，说："静静，你就没有什么要对我说的吗？这一走也不知道多少年才能再见面。"

张华静仰起头说："想回来了就回来，婶子虽然不在了，你还有亲人啊，有凤姐，有我们大家。"

张友良茫然地说："你不明白，永远都不明白。"

张华静说："你这是咋了？一个大男人如此伤感怎么闯世界呀？什么是我不明白的？"

张友良突然用力地说："你不明白我的心！从小到大你都不明白。"

张华静像是明白了什么，说道："时间到了，快走吧。"

张友良说："我要说，给我一次说话的机会吧。这么多年了我连说话的机会都没有。从小到大我以为你和我不会分开，我们最亲，什么都可以说。那时候小，不懂事，后来懂了，再回来你就结婚了，有孩子了。我的心就碎了。这些年我就把你装在心里，走到哪都带着。你就是我的亲人，现在我要走了，要离开亲人了，心里很疼，你知道吗？"

张华静惊得手一哆嗦，雨伞掉到了地上一片积水里。她急忙弯腰去捡却和同时弯腰的友良的手碰到了一起，就赶紧缩了回去。张华静接过张友良捡起来的雨伞放到栏杆上，掏出纸巾刚要擦拭手上的污水，却被张友良拦住了。张华静有些奇怪刚要问，张友良转过身去背对着她说："来吧，像小时候在河边洗脸那样，在我的背上擦吧。"

张华静看着张友良米色的夹克衫说："这么干净的衣服，不行，不行。"

张友良固执地说："来吧，给我留下一些家乡的回忆吧，这样我才不孤单。"

张华静缓慢地把双手放了上去，像小时候那样反复抹了两下，张友良闭上眼睛，像是在回味着远去的时光，然后欣慰地笑了。

这时候，候车室里的广播响起："旅客同志们，开往上海的918次列车就要进站了，请没有进站的旅客准时进站，请没有进站的旅客准时进站。"

张友良转过身说："时间到了，我该走了，静静，我会给你写信的。"

张华静急忙制止："还是不要写了，友良，我们互相珍重吧！随时回来哦，我们大家都等着你！"

张友良落寞地说："那握手可以吧？"

张华静勉强把手伸过去，两个人轻轻握手告别。张友良努力做出轻松的样子微笑着挥手离去。张华静看着那长长的队伍消失又一列新的队伍补上，她确定载着张友良的列车已经启动，便走出火车站坐上了回家的公交车。而火车站广场外的一条巷子里，刘欣平的黑色奥迪也随之启动，往东开去。

九

一连几天刘欣平都是闷闷不乐的，回到家不说话，自顾自地吃饭、喝茶，进进出出也没有了往日的精神头。晚上倒头就睡，孩子闹他嫌烦，大人叫他不理。看到丈夫这个样子张华静有些担心，白天婆婆和孩子在她不好问，到了晚上刘欣平又转过身去背对着她蒙头睡了，好像很累的样子。张华静凑过去，看了看丈夫紧闭着的眼睛问道："这几天怎么了？心事重重的，能和我说说吗？"

刘欣平没有动，就像没有听到一样继续睡着，张华静把被子往上抻了抻，给丈夫掖好被角就回到自己被窝里，伸出手去关床头的灯。

"你这几天不沾家，忙啥呢？"刘欣平没有改变睡姿，淡淡地问。

张华静停住去关灯的手，问："你没睡着呀？看你累成这样，我以为你睡着了。"

"你还没回答我的话呢？"

"回答什么？"

刘欣平翻身坐起来，问："你这几天都干啥呢？回来不见人，去哪了？"

"哦，村里那几个伙伴聚聚，还有……"

"张友良回来了吧？"刘欣平冷冷地看着妻子。

"是的，我要说的你都说了。哎，你咋知道的？"

"我不问的话，你是不是就不会说了。"

"不是，我几次想说的，可你总是急着走，我怕耽误你办事就没来得及说。再说，这也没啥可说的，就陪他到处转了转，他妈妈去世了，心情不好……"

不等妻子说完刘欣平立刻打断了她的话："他妈不在了，你伤什么心？你陪他到处去逛我的脸往哪放？"

张华静着急地说："你胡说什么？一个村儿长大的都十年不见了，大家聚聚陪他转转就这些，你胡乱想。"

刘欣平气呼呼地又翻身躺下。过了一会儿，张华静小心翼翼凑过去说：

"你别胡想了,真的什么也没有,你不信我?"

"睡觉!"刘欣平低声吼道。

这么多年了,刘欣平还是第一次对媳妇这样发脾气。这一晚俩人都没有说话。张华静关了灯轻轻躺下,心里却在想着怎么给丈夫解释清楚,免得他生闷气,男人干大事整天在外面跑,这样她不放心。

不管张华静怎么体贴照顾,刘欣平的态度还是没有转变,问冷问热他不言不语,端茶倒水他看都不看一眼,每天早出晚归甚至不归。王桂芬觉得儿子有些不对劲,中午她把孙子送到学校后就急匆匆地回到家,看到媳妇在拖地就过去夺过拖把往门边一放,拉着媳妇的手,走到沙发前说:"你坐下,我有话问你。"

张华静顺从地坐下说:"妈,什么话呀?"

"你俩这几天是咋了?老二整天不说不笑地拉长个脸。你俩吵架了?"

张华静便把惹丈夫不高兴的事说了一遍,王桂芬叹了口气说:"嗨,就这事啊?他不信你妈信你,这事交给我。不过,静静啊,妈也得说你几句。往后做事想周全些,这男人的脸面不能伤,伤了脸面就伤了心了。你是有家的人,做事处处得想着自家男人!"

"妈,我知道了,怪我做得不好,没有跟他说明白。"

"嗯,去忙吧。"

这天晚上,都十二点了刘欣平还没有回来。张华静心里不安,就拨通了电话却被挂断了。坐在旁边的王桂芬生气地骂着:"这混账东西,抽什么风?你别打了,妈用座机给他打。"

果然,王桂芬用座机拨通了儿子的电话,那边人生嘈杂,隐隐能听到拨弄麻将的声响。王桂芬大声说:"老二,这么晚了不回家抽什么风呢?害得我们娘俩担心。"

"你们先睡吧,我这陪几个朋友打牌,晚点回别等我。"

"早点回来。"

放下电话,王桂芬对媳妇说:"静呀,睡吧,咱先别理他,等他把心里这股子邪火发完妈再说他,没事的,睡吧。"

这一晚,张华静失眠了。她站到窗前,看着昏暗的路灯下寂静的街巷,偶尔有一辆、两辆的车驶来,她焦急地盼望着丈夫的身影,还有那熟悉的脚步声出现,可是终究是幻觉。一次又一次,直到东方天际泛白。六点了,王桂芬推开房门看到媳妇坐在沙发里,她摇摇头走过去问了一句:"还没回来?"

张华静说:"没,妈,你说这能去哪儿呢?"

王桂芬说:"别急,一会我去送娃,你在家等着别出去,说不定一会就回来了。"

"嗯。"

王桂芬送完孩子往回走,刚要过十字路口时红灯亮了就只好等。她眼睛不经意地一瞥,看见对面的如家酒店门前停着的一辆车,那简直和儿子的车一模一样,她怕认错,就过了马路走到车前去看车牌。"陕a××××136",没错,是儿子的车,原来这小子昨晚就在这里。王桂芬决定就在这里守着,又一想,不妥,便坐到拐角处的台阶上,眼睛却一直注视着酒店的大门。大概到十点,刘欣平和两个男子走了出来,一个三十出头,一个四十左右。三个人互相打了招呼,那两人上了另外一辆车出了停车场往南开去,刘欣平上了自己的车。刚要拉车门,突然后面的车门被拉开,上来一个人。他往后一看,拍着胸口说:"我的妈呀,你这是从哪冒出来的?吓死你儿呀?"

"哼,你还要去哪?给我回家!"王桂芬恨恨地说。

"这不就准备回家么,你咋知道我在这儿的?"

"咋知道?我在这守了你一夜!"王桂芬故意使出苦肉计,心想看你小子害怕不害怕,心疼不心疼你老妈。

刘欣平从驾驶镜里看着后座的老妈笑着说:"儿不孝了,娘。这来人谈生意我要招待,您在这坐一夜让人知道了不笑话死,你儿也心疼啊!"

看儿子服了软,王桂芬笑着骂道:"你个坏小子,你使性子不回家我们娘俩一夜没睡,等了一夜。回去跟媳妇认个错把话都说开了。热热闹闹地过日子,妈啥都不图就图这个。静是个啥样的人,我和你爸心里比你还明白。"

刘欣平转动着方向盘,点点头说:"我听妈的,回去跪着让您老人家抽一顿,行不?"

"你个坏东西……"

等王桂芬和刘欣平推开自家门的时候却看到赵小菊正坐在客厅的沙发上嗑瓜子,张华静心不在焉地陪着,有一句没一句地说话。看到门开了,两人同时站起来,张华静忙去接婆婆手中提着的菜兜,赵小菊嘴上叫着"妈"眼睛却滴溜溜在刘欣平脸上扫。

王桂芬立马拉下脸子说:"你又过来做啥?好好守着你的店,过你的日子去,别到处瞎打听别人家的长长短短。"

赵小菊赔着笑脸说:"哎呀,妈。我过来串串门,看看你和静静。这城里不比乡下,没有个左邻右舍我连个说话的人都没有。"

"没有倒好，省得到处搬弄是非，嚼老婆舌头。"王桂芬一点面子也不给。

刘欣平没有理赵小菊，而是故作亲热地对张华静说："把我那件白衬衣和蓝色领带找出来，下午还要陪客户出去。"说完就揽着张华静的肩膀往房间里走，张华静回头对赵小菊说："嫂子，你先坐着和妈说说话，我去给他找衣服。"

刘欣平扳正媳妇的头说："赶快给我找衣服。"

赵小菊失望了，她今儿并不是来串门的，是看热闹来的。可是并没有自己想要的结果。这一家人，亲亲热热和和睦睦，没有一丝一毫闹别扭的样子。这到底是怎么回事呢？赵小菊还在琢磨，王桂芬已经下逐客令了。

"你是要和我这老婆子拉家常还是回去呀？和我说闲话就到我屋来吧。"

"哦，不了不了，妈，时间也不早了。我也去买菜做饭了。走了哦。"赵小菊开门而去，悻悻地走了。

这边，刚进屋，刘欣平带上门一把拥住媳妇。张华静说："我给你找衣服吧。"

刘欣平不放手说："找什么衣服，眼睛红红的，昨晚没睡好吧？"

"你不回来，我和妈担心死了，哪睡得着啊？"

刘欣平心里乐了，却还阴着脸说："再敢背着我去和你那个旧相好约会，我就永远不回来。"

"不是旧相好，你听我说……"

刘欣平抱起了张华静说："我就胡说了……"

俩人和好，一场风波平息了。

上海。

早上九点半，张友良出了火车站，罗绮玉已经等在那里浅笑吟吟。看到他出了站立刻迎了过来说："回来了，家里的事都处理好了吗？"

"嗯，都处理好了。"张友良点点头。

罗绮玉伸手去接他手里的包，张友良推着说："不用，不用，我自己拿着吧。"

"老是这磨磨唧唧的样，给我。"说着罗绮玉就把张友良搭在胳膊上的外衣接了过去，顺手挽住他的另一只胳膊，两人往前走着。

张友良有些不自在却也没有去挣脱任由她挽着，多年来一直这样。罗绮玉家境富裕又是独生女，每次和她走在一起，张友良都会有很强烈的自卑感。他总是刻意保持着双方的距离，一次次推脱一次次逃离，罗绮玉却越套越紧。

这个热情、大方、善良的大都市女孩帮助他，理解他，关心他，也欣赏他。在罗绮玉看来，张友良是有潜力的，他的优秀是隐藏在自卑后面的，必须有人去帮他克服这种自卑，那么这黄土地里走来的金子才会闪闪发光。而这个能帮助他的人就是她罗绮玉了。

出了车站，张友良刚要往左拐，罗绮玉说："往哪去呀？就只记得坐公交呀？看，那边，我把车停在停车场。"说着往停车场方向一指，两人便改变了方向，往停车场走去。来到车旁，张友良往副驾驶位走去，罗绮玉一把拽住说："你来开。"

"我不行吧？"

"不开，永远不行，就你开。"

张友良只好接过钥匙，坐到驾驶位。从上大学起，张友良在这座城市里已经是第十个年头了，但依然没有归属感。四年大学不出校门，后来工作的几年里也很少出门。他喜欢简单的生活，但罗绮玉不允许他这样，硬拉着他去逛街、购物、吃饭、喝咖啡，最后还逼着他考了驾驶执照。在罗绮玉的改造下，这个榆木疙瘩一点点长进，一点点开窍。张友良对罗绮玉始终爱不起来却也不讨厌，更多的是感恩。从大学时期走投无路时她就像及时雨一样出现在他的生活里。

"哎，咱们先去吃点东西，然后你回去睡一觉，晚上我来接你，有惊喜！"罗绮玉神秘地说。

"还要出去呀？什么惊喜？"

"现在不能说，说了就不是惊喜了。"

张友良不说话了。对他来说只要不惊，喜是没有的。

一觉醒来已是下午七点，张友良洗漱完毕，罗绮玉已经在楼下等了。二人驱车来到了一家饭店的包间里，罗绮玉把外衣往角落里的衣服架子上一挂，服务员进来问："您好，请您点菜。"说完把菜单递了过来。罗绮玉熟练地翻开菜谱浏览一遍，熟练地点了菜，合上菜谱对服务员说："等一会，人到齐了我叫你，你再上菜。"

服务员应了一声出去了，张友良在一旁坐下，好奇地问："今天有什么重要的客人？"

罗绮玉说："你的客人。"

"我的客人？"

张友良正在纳闷，门开了，服务员带进来一个人。高大的个头，爽朗的

笑声，一身休闲着装得体又干练。他站起来伸出手刚要开口，那人却就势一拉来了个熊抱。

"周庆。"张友良激动地喊出了对方的名字。

周庆推开张友良说："反应这么迟钝，才认出我！"

两个男人又一次紧紧地拥抱在一起。

落座后，彼此互相调侃着："你这家伙，像个归国华侨，我哪敢认你。"

"你也变了。"

罗绮玉看着他们笑，久别后的重逢让三个人都生出很多感慨。酒过三巡三人仍兴致很高，喋喋不休。从大学时光聊到毕业分配，各自的去向，说着说着竟然都落了泪。大学是人生中的一个中转站，可那四年的友谊也非常纯真，难忘！

"好了，不说过去了，我们说说现在吧。友良，你俩现在怎么样？"

"挺好的，还是先说说你吧。看样子春风得意，混得很好吧？"

罗绮玉也说："这次来上海是为公还是为私？"

周庆放下酒杯说："两方面都有，这次来是参加一个贸易洽谈会。"

张友良问："你不是在技术科吗？怎么还洽谈贸易？"

周庆笑了，说道："老黄历了，早不干了。我现在在深圳一家公司做进出口贸易。深圳是个大舞台，那里是我国改革开放的最前沿，需要我们这样的知识型人才。我们家乡是个小地方，虽然稳定，但看不到希望，固定的模式，没有发展没有动力。"

张友良说："这样不好吗？大家不都这样？"

周庆又说："我希望你俩能走出去，到外面看看。不要满足于现在的安稳，时代造就人才，我们要跟上时代的步伐。"

"那你是不会满足于现在的了，下一步肯定会有打算的？"罗绮玉说。

周庆笑了，说："还是绮玉厉害，一眼就能看懂我了。是的，下一步我想开自己的公司，如果你们有兴趣我们三个联手，那我会更有信心。"

张友良说："开公司，资金从哪来？想都不敢想。"

"资金我们自筹一部分，再向银行申请贷款，只要有好的项目而且是合法的，银行都会支持。当然，风险肯定很大，不过我们要打破这种传统的生活方式，朝九晚五，传宗接代，这样的话我们读那么多书不是白读了？"

"周庆，看来我们是落后了。你说的我们真的是没有想过。"罗绮玉感叹着。

周庆说："我理解，在机关里思想处于捆绑式，一切都是定好的路子，你严格遵守就好了。走出去，你就会有另外的想法。建议你们出去看看，开

阔眼界改变观念。什么时候想来，随时，我等你们。"

黄浦江上的渡轮来来回回，不时传来刺耳的鸣笛声。夜色渐浓，张友良开着车，罗绮玉陷入了沉思。周庆的话一遍遍在耳边回响，也许，人生还有另外一种活法，还有更大的舞台。本以为现在的生活状态就是最好的了，没想到这才刚刚开始。

十

二〇〇六年。

下午六点的西安，正值下班高峰期，马路上人声鼎沸车辆纵横。十字路口的红绿灯不停地变换着颜色，一拨又一拨的人和车交替通过，刚刚疏通隔一会就又堵得严严实实。车辆排起了长龙，交通近乎瘫痪状态，刘欣平坐在车里，看着路况，无奈地摇头。他这一路电话就没断过，这不，手机铃声又响起来。

"到哪了？还有多远啊？"

"堵车了，恐怕还得一会儿。"

"你快点额，等你半天了！闲人居。"

他已经三天没有回家了，人在江湖身不由己，应酬一个接着一个，吃饭喝酒，打牌K歌。这一系列下来就到深夜或者凌晨，住酒店就是常有的事了。并非他这么奢侈，而是不知不觉中就演变到了这个地步。开始他也接受不了，但客户有要求啊。接待不好那么合作也就泡汤了，谁还跟你谈生意，你不做有人抢着做。这年头干个体这一行人满为患，你做什么火了，挣钱了，那么一个月、半年时间就冒出很多家来。可气的是同样的产品或者同样的路数改头换面，重新包装，取个洋气点的名字，如"××品牌，欧洲进口"，就成了你强有力的竞争对手。至于是不是欧洲进口没人关心，广告到位，包装到位，假的也成了真的。互相压价争抢市场，弄得生意很难做。

刘欣平有着多年经商的丰富经验和敏锐的思维，他的家具城还算稳定，可这半年来东郊这一块就又开了三家大型家具城，还有各个区域内的沿街商铺小家具店。大的商城打出时尚典雅，欧美风情，进口品牌。小的家具店也有自己的绝招"价格战"，各种名目各种价格，亲民又实惠，随时订货随时派送，简便灵活。为了适应市场抢夺商机，各有各的招。在这场商战中刘欣平能够稳扎稳打当然也有自己的一套秘密武器，"祖传老店，中式家居"。传统的工艺、简单的色泽却有着深厚的文化韵味，端庄大气，独树一帜。虽

然生意还算稳定，可刘欣平还是感觉到了威胁和压力，严防死守不是长久之计，可怎么改变这个局面呢，他很迷茫。

电话铃声又一次响起来，刘欣平一手扶着方向盘一手拿起手机按下接听键，电话里亮子焦急地问："哥，你到哪儿了？"

"再有几分钟就到立丰国际了。"

"哦，那你快点哦，今天有重要客人，别迟到。"

挂了电话车已到了二环出口，"闲人居"灯火通明，格调高雅。一楼，宽敞的大厅中央是一个圆形旋转上升的楼梯。东西两面墙壁上有假山浮雕，点缀着绿苔和各种花草，从上往下缓慢流淌着宽幅的水瀑，底下各有一个椭圆形的水池刚好接住。水池里各种颜色的灯光变换闪烁，映衬着一圈一圈水雾缥缈上升。

刘欣平刚走进玻璃门，一个穿着枣红色工作服的小伙问："先生，您好！请问几位？"

刘欣平说："定好了的，206。"

"206，好的，先生请慢走。"

亮子等得很是焦急，看到刘欣平，拍了一下说："好我的哥呢，我都望眼欲穿了你才来。不过还好，陆总他们还没有到。"

刘欣平坐下，双手交叉抱在胸前，问："这个陆总什么来头？你是怎么认识的？"

亮子说："这个陆总是我姐夫的初中同学，不过人家是上了大学的，这几年一直在南方开公司。听我姐夫说人家来西安是投资房地产盖楼的，我姐夫也想干，就约来谈谈。我叫你也过来听听，你比我脑子活，看看咱能干不？"

刘欣平笑了，说："行啊，你小子会找商机了。真是越来越精，要插上根毛都能飞了。"

亮子挠挠头，不好意思地说："这不是被逼的吗？生意越来越难做，你做啥挣钱就有人跟着做啥，利润越来越薄，我都快撑不下去了。就想着改行可我不敢，大的方向得你来决定，我跟着干就是了，这么多年不都是这么过来的吗？"

两人正说着话亮子的手机响起来，亮子忙拿起手机接听嘴里说着："姐夫，哦，你和陆总到了，206，好，好。"

不一会门开了，进来两个人，陆总名叫陆为华，身高约1.75米，皮肤白净衣着得体，偏分头戴着一副眼镜。没有刘欣平预想的大背头，大腹便便的壮实身材，一看就是长期坐办公室的知识分子。刘欣平想象不出这样的人在

生意场上会是个什么样子。亮子的姐夫郑海东很是随和，不论是衣着还是浓浓的乡音都亲如邻家大哥，尤其那句"坐坐，快坐，都是一个地方的兄弟，客气啥"。

谈话很是轻松愉悦，并没有以往生意场上的谨慎和狡诈，倒像是在叙旧。他们几个人从小谈到大，从家乡谈到城市，再到现在各自事业生活的现状和过程。最后，陆总说："做什么都不容易，我们这些农人的后代不管是以什么样的方式步入社会，自强，自立，自足，不断创造更好的生活和社会价值。你们有没有发现，从创业到发展，我们用了十年时间，大家在不同的领域里都做得不错。比如你们，欣平的家具城，海东的餐饮，亮子的货运，可现在大家都到了一个瓶颈期，只能严防死守很难发展，是不是有很大的压力，也很困惑？"

"是啊，你说得真对啊！"

"对你们来说，最难的是现在。"

亮子急不可耐地说："是啊，现在竞争力太大了，都跟风，没有人创新，你做啥挣钱，后面立马一窝蜂地跟来。比如卖服装，你卖个品牌，500一件，后天各种仿制品就满大街了，你只能卖500，人家卖300、200，还有利润。"

"都一样啊，以前这一条街就我一家做餐饮，利润可观人多的呀，现在你再看，一条街都是餐饮了，顾客挑挑拣拣，利润下滑，上客率太难。可这员工、水电、房租、税务，吃不消啊！"

陆总认真地听着大家的讲述，每个人都有很多困扰，话匣子打开就收不住，刘欣平一直平静地听着没有说话，亮子和郑海东讲完了，陆总看着刘欣平问："兄弟，你呢？情况如何？"

刘欣平说："我跟他俩讲的一样，虽然行业不同，但都各有各的难。"

陆总说："大多数人都是在别人已经做成熟的事情上再来做，越来越多最后都难以维持，这样就要一部分人退出来去创新了。"

亮子问："陆总，你走的地方多眼界宽，你有什么路子，带带我们。"

陆总说："我这次回来不是游玩，我们公司在东城区锁定了一块地，目前正在考察期。如果我们拿下了这块地，你们三个可以加入进来干，不过有言在先，项目好，资金投入也很大。"

亮子很兴奋地看看姐夫郑海东又看看刘欣平，郑海东有些担心地问："陆总，开发房地产，盖楼，这是个大盘子，我们不懂啊，再说怕端不起。虽然说这几年大家有些积蓄，但跟你这个比起来就是过家家，不敢比呀！"

陆总笑着说："这的确是问题，不懂可以学，问我也行。资金吗，一部

分自筹再就是找银行贷款，你们可以入股也可以进行工程分包。这样先干着以后你们就懂了。那时，恐怕我拦也拦不住你们进军房地产的步伐了。现在国家政策好了，扶持力度大，你们要抓住机遇。社会在发展，什么事情都不是一成不变的，房地产在南方已经很成熟了，但在咱们这里才开始。我们这一代人，不能固守在传统的生活模式里，要适应时代的发展不断变化，这就是创新。本地的情况你们比我熟悉，你们加入进来这是互惠互利的事情，只要严格守法，什么事情都可以大胆去尝试。"三个人面面相觑，陆总的话似乎开启了一扇窗，外面仿佛正有一个广阔的天地在等着他们。

酒局散后，刘欣平一路上都很激动。这么多年了，从来不知道还有陆总这样的人，看起来文绉绉，说出话来却藏着那么多道理和新鲜的事情，他相信跟着这样的人干，一定错不了。回到家已经十二点了，家人都睡了，屋里一片漆黑。他掏出钥匙开了门，轻手轻脚地进了自己房间。张华静听到脚步声知道是丈夫回来了，"啪"的一声拉亮了床头的灯。

"我还以为你今天不回来了，这么晚了。"

"刚散场子，就急着往回赶。"

刘欣平洗漱一番上了床，关掉床头的灯，看了一眼妻子，把那露在外面的手臂给放到被窝里，然后自己躺下来，双手交叉放到后脑勺下，眼睛望着窗外高深的夜空，默默地想起了心事。

上海作为国际化大都市，科技发达经济繁荣，是很多知识型人才聚集的地方，各行各业处于领先地位，生活节奏之快也是这座城市一个明显的特征。某办公大楼里，张友良看着一份文件，桌上的茶水还冒着热气。其实这份文件看与不看没有什么区别，也可以说根本不用看。这是领导已经批复过的，只是让秘书拿过来通知他一下而已，并不需要他去做什么。在这里他没有决策权。尽管如此，张友良还是认真地看着，他已经习惯了这样的工作状态。不知不觉中就到了下班时间，张友良刚走出单位大门，罗绮玉的电话就过来了，说在"老榕树咖啡厅"等他。

两人面对面坐着，柔和的灯光照在罗绮玉俊美的脸庞，她轻轻地搅动着杯子里的咖啡说："我想辞职。"

"什么，为什么？"张友良问。

"不为什么，就是烦了，腻了，想换一种生活方式。"

张友良没有说话，也不知道说什么。以罗绮玉的性格做出这样的决定不奇怪也很难改变。可他自己对生活没有资格去抱怨更没有选择的余地。对于

现在的一切他只有珍惜和感恩，因为这一切太来之不易了。罗绮玉停住搅动咖啡的手，把勺子放到旁边的小碟里，一只手支着下巴问："怎么不说话？你怎么想的？"

张友良说："你每做出一个决定之前肯定都想好下一步了，我说什么也没有用。只是想问，辞职了准备干什么？"

"去深圳，而且我希望你能和我一起去。我们都不小了，我要的不光是事业，还有爱情、婚姻。"

多年来这个问题一直困扰着两个人，张友良好多次以双方差距大，家境悬殊拒绝过，可罗绮玉不以为然。在她看来，只要真心喜欢一个人一切都不是问题。可张友良不行，他只愿意把罗绮玉当作最好的朋友，对于婚姻那是很遥远的事情。

沉默了好久，张友良说道："绮玉，我不配，我给不了你要的幸福和生活。我什么都没有，希望不要因我而耽误了你。"

罗绮玉说："我什么都不要，有心就好了。其他的我们可以一起去创造啊，和我去深圳吧，周庆在那里等我们。"

张友良说："这样做太冒险了吧？现在这一切来之不易啊，再说也挺好的。"

罗绮玉说："你现在过得好吗？工作上处处被人打压着还要忍气吞声觉得很快乐。再说了，一个月几千块钱的工资是你想要的生活吗？买房，结婚，你敢想吗？你不觉得现在的生活很压抑吗？"

"可是，深圳我们了解吗？我们去那边做什么？"

张友良说到这里，罗绮玉笑了，端起咖啡喝了一口，说："做贸易，最近我查了这方面的资料，做了一些了解。"

两个人的谈话就这样结束了。罗绮玉开车把友良送到宿舍区才回了家。进了家门把钥匙往桌上一扔弯下腰去换拖鞋，她的父亲听到声音，从房间里走了出来问："一个女孩子家，不应该回来这么晚，让我和你妈多担心。"

罗绮玉擦了把脸，走过去和父亲并排坐到沙发里，她想了一会儿说："爸爸，我有个想法想和您说说。"

父亲看着女儿说："嗯，好，说说。"

"我想辞职，想下海。"

父亲平静地问："这个想法很久了还是一时兴起？"

"有区别吗？"

"如果是一时兴起，那就是工作不顺心想逃脱现实，我反对。如果是考虑

很久了，你肯定是对这方面进行了了解和考量，知道这个决定会带来什么样的后果，也想好了怎么去做，那么这个决定就是成熟的、理性的，我没有理由反对。"

罗绮玉原以为父亲会立刻反对甚至震怒，可这一切竟然出乎意料。她兴奋地抱住父亲，问："爸，你怎么如此大度？一点都不反对啊？我心里还直打鼓呢。"

"嘘，暂时不能让你妈知道。"父亲指了指房间说。

"那当然了，不然出师未捷身先死，呵呵……"

"不是我大度，是我看到了未来的发展形势，你走这一步是大势所趋，你明天把你的想法做个详细的计划给我，达不到标准我是不会通过的。好了，不早了，去睡吧，哦。"

"知道了，知道了。"

在罗绮玉的推搡下，父亲走进了自己的房间。

十一

王桂芬坐在沙发里看电视。自从新学期开始，张华静就不让她再接送孩子了。冬冬上初中了离家比较远，有十三站路程需要坐公交车才能到达。张华静专心带起了孩子。闲下来的王桂芬便觉无趣，经常有一声没一声地长吁短叹。张华静就劝婆婆多出去走走和院子里的老太太们拉拉话，有了说话的伴就不会觉得苦闷了。

起初王桂芬不愿意去主动和人拉话，因为语言障碍，人家说普通话自己说家乡话，一洋一土乱七八糟反倒弄得她不会说话了。再说了那些城里老太太早上起来就到公园里打个拳啊，跳个舞的，而自己一个乡下老太太对那些一概看不惯。还是菜市场里讨价还价适合自己，只是来来去去孤身一人很是孤单。

忽然有一天中午，王桂芬兴冲冲地回来了，并宣布："明天开始，我买菜，我有伴了。"欣平两口子很是高兴，忙问："和谁去呀？怎么认识的？"

王桂芬喜滋滋地说："对门儿媳妇的娘家妈，今天在楼下碰见了，我在花园那散步，对门儿媳妇领着她妈妈来找我。说娘家妈才从老家来，生地方不认得人，白天女儿女婿一上班剩老太太一人没人说话，闷得慌，就让我们两个老太太做个伴。所以，从明天开始我俩一块去买菜，你们就别管了。"

刘欣平两口子看到老人脸上有了笑容当然同意。有了事做心情就好。每

天早上王桂芬七点就出门儿了，俩人一路说笑着去买菜，就像去赶集似的。这不就买菜回来了，卫生间里洗衣机"嗡嗡"地转动，张华静在忙碌着。王桂芬放下菜篮子，喝了口水打开了电视。电视里播放的是她喜欢的节目《上门女婿》，立刻就把她乐坏了，刚坐下就有人敲门了，她想着是对门老太太，急忙就去开。门开了，只见大儿媳赵小菊站在门外。王桂芬立刻拉下脸来问："你来干啥？"

赵小菊见婆婆没有让她进门的意思，索性自己身子一斜硬挤了进来，边往沙发跟前走边说："哎呀妈，你能不能别像防贼一样的防着我，都出大事了你俩还不知道。我这着急忙慌地过来给您老人家报个信。"

王桂芬说："你的事我娘俩不稀罕听，把你屋日子管好就行，别总往别人家屋里看长短。"

赵小菊不理婆婆，而是循着洗衣机的声音到了卫生间，拽着张华静的胳膊说："还洗啥呀洗？这么大的事你还有这闲心。过来，听我给你说。"

"嫂子，啥事？"张华静抓过毛巾擦着手跟着到了客厅。

王桂芬瞪着眼睛说："有啥事快说，别装神弄鬼的，吓唬谁呢？"

"妈，你别瞪我，你老二把家具城都盘出去了，你俩知道不？"

"啥？你胡说啥呢？俺的生意做得好好的咋会盘？你得是眼红了胡造谣，滚！"王桂芬生气地骂着就把赵小菊往外赶。

"哎呀，我也是为了咱家好么，我一猜老二就没给你俩说。这么大的事，妈，你老了，不管家事不给你说也就算了，可这静静都不知道就不对劲了，你老二也太不像话了，怕不是生意赔了吧？莫不是打牌输了不敢说？"

"放你的屁，我的娃我知道，打牌输，能输这么多还能把家底都赔上？"

张华静的脑子嗡嗡响，猛一听确实很生气。这几年欣平越来越忙几天几天不回家，自己也习惯了，打个电话发个信息知道忙就行了。生意上张华静从不过问，可这盘店也不打招呼就太过分了吧！赵小菊还在不停地说着。

"静静，赶紧给老二打电话，让他回来问问，这到底是咋回事吗，你发瓷发愣的把人能急死。"

张华静说："嫂子，你回去吧，妈，你别急。我想咱先不打扰他。盘店不是小事，能往出盘肯定是有比这更大的事要做，我们这个时候在家等，不添乱就是支持，忙完了他会回来的。"

赵小菊被这么一说突然就明白了，尴尬地干咳了两声不再说话。王桂芬恍然大悟，高兴地说："还是我静静灵性，妈老糊涂了咋就不知道往这上头想。"

赵小菊识趣地站起来就往外走，王桂芬阴着脸对赵小菊说："赶紧走，

不留你。回去管好你锅里的饭稀稠,别三天两天地到我屋里来看有没有肉片子!"

赵小菊被婆婆推搡着赶了出去。

这半个月来,刘欣平、郑海东、亮子,都东奔西走各自忙活。自从加入"林达房地产开发有限公司"后就开始筹备资金。这一次对于刘欣平他们来说初涉一个陌生的领域一切都是未知,投入很大,决心也很大。不光是腾空家底,还要向银行申请贷款。刘欣平站在马路上,静静地看着自己的家具城,明天就成别人的了,心里隐隐有些疼。来到这个城市时一无所有,到后来的小有成就,人人羡慕,这个家具城是他的全部心血,可现在又是一无所有了。并不是他不想告诉家人,而是不敢。自己已经感觉到身上像有千斤巨石压来何况家人,两个女人,两个没有经历过事儿的女人,就不要让她们担心吧。

在这个城市里,不断地涌现出新的事物,也不断地有被淘汰的事物,每天有人发财,有人破产,可哪一项成功的事业不是冒着巨大风险呢?这一次接手的是个完全陌生的事情,三个人仔细研究,慎重再慎重,斟酌再斟酌,最后一致通过。谁来到这个世界时不是两手空空呢,所拥有的还不是一次次地冒着风险去打拼的结果。

张华静王桂芬婆媳俩心里虽然有一百个疑问,但谁也没有打一个电话质问刘欣平,或者是催促他回家。她们,只是在等。第二天的下午,刘欣平终于回来了,他疲惫地往沙发上一趟,衣服扔到一边,王桂芬赶紧过来问:"儿啊,回来了?吃没吃饭呀?吃啥,妈给你做去。"

刘欣平说:"吃过了,不用做。"

"一天都忙啥呀,这都多少天没回来了,家也不要了?"张华静问。

刘欣平笑了说:"咋能不要了,这几天非常忙,过一阵就好了。"

王桂芬还是憋不住了,问:"儿啊,我咋听人家说你把家具城要盘出去?有这事没?"

刘欣平坐了起来,他没想到这消息传得这么快,这人还没回来消息先到了,一看瞒不住了,他只好承认。

"是的,不是打算,是已经卖给别人了。因为有比这更好的事情来做才决定卖掉的。一直没说主要是怕你们担心,现在都弄好了,你们啥都不要管,日子照过,别的有我。"

"不说,我们就不担心了吗?你这个娃呀!让俺娘俩把心操烂呀?"

刘欣平说:"也不是故意瞒着,是想把一切做好再给你们说,现在都知

道了也就不瞒了。咱家的日子只会越过越好的，相信我。"

王桂芬听了儿子的话才放下心来，还不忘嘱咐道："儿啊，你现在是有家有口的人，做事要稳当，啥事看得好好的再去干。"

刘欣平拉过妈妈的手，说："嗯，妈说的话我都记住了。"

张华静起身进了自己的房间，过了一会拿了个红色的存折往茶几上一放说："看准了，你就放手去干吧，这里面的钱你都拿去用吧。"

刘欣平说："这个不需要，做事是做事，日子还是要过的。妈年龄大了，儿子上学，你们三个吃好喝好，家里稳稳当当的我在外面也放心。过日子的钱不能拿，我再做事也不能让你们受穷。"

"你拿上，家里咋都好说。"

"那好，你先放着，需要的时候我回来取。"

刘欣平又躺到沙发里，不一会睡着了，张华静抱来被子给他盖上，王桂芬坐在一边爱怜地看着儿子，抚摸着儿子的头。

眼看着签订合同的日期就要到了，这边资金还没有凑齐。刘欣平心急如焚，不得不再一次来到了银行。申请贷款所需要的文件和资料交上去很久了却迟迟落实不了，那个客户经理预约了好几次都推三阻四，避而不见，让人很是恼火。土地的各项审批手续已经下来了，只等资金到位就能马上开工。前期的广告宣传方面，工作做得很足。"东城人家"，浪漫而富有诗意的名字，都市家居，田园牧歌，似乎都囊括进去了。马路上巨幅的广告画里，一座座高楼临水而立，白鹭翻飞，杨柳依依，如梦如幻令人向往。人们对这个楼盘已经产生了浓厚的兴趣。

房地产是个高投资高风险的行业，然而，更难的是各项审批手续。手续合法了那就是拿到通行证了。前期资金一到位，各环节运转正常，工地开工，广告大幅度宣传，紧接着售楼部就开始预售，不同的时期买，价格也不同。

银行九点开始办公。刚到八点半，大门一开，人们就开始排队抽号，半小时工夫客户等候区的长椅上就坐满了人。刘欣平当然不能去排队抽号了，他的业务在窗口还办不了，因为掌握决定大权的真神还没有露面。九点整，一排办公窗口上方的黑色显示屏里跳跃着红色的号码，伴随着电脑语音开始叫号，刚才还闹哄哄的人们瞬间安静。

刘欣平走到大厅中央的服务台前，问服务人员："你好。你们李经理在不在？"

"您好，请问您要办什么业务？"

"贷款，我的材料交上去两个星期了，说是李经理负责，这都来几趟了不见人。"

"哦，我去给您问一下，请稍等。"

过了一会，工作人员从里间出来了说："先生，很抱歉，我们李经理出差了。您的业务是由他负责，资料还在审核中，请您回家耐心等候。"

"不是，这时间就是金钱，我这边工地还等着开工呢，你们要审核多久呀？"

"您还是回家等吧，资料审核过了会和您联系的。"

"那把你们经理电话给我，我跟他说。"

"不好意思，这样吧，您留下您的电话号码，做个登记，我们会和您联系的。"

这不是跟没说一样吗，再说下去没有任何意义。银行工作人员这样稀泥糊光墙的谈话方式让人很无奈。刘欣平沮丧地出了银行大门。这年头办点事真不容易，你一趟两趟地跑，人家总是不紧不慢地答，哪怕你急得心里能点着火人家就是温吞子水平平静静不起波澜。他不由得在心里琢磨，这究竟是正常的工作程序还是有意刁难。不行，得想个办法，这么拖下去万万不行。

刘欣平就这么想着，走到了自己的车旁，掏出钥匙，伸手去拉车门。忽然听到身后有人叫他的名字，"是不是刘欣平？"紧接着一只大手搭上了他的肩膀。刘欣平回头一看，一个和自己年龄相仿的男子正以一种狡黠的目光看着自己，还说了一句："刘老板，还认识我吗？"猛一看，很陌生，但那说话的腔调和浓浓的乡音让刘欣平想起一个人来，脱口喊出一个名字："雷建，你小子。"

雷建笑着说："行啊，还认识人。我还以为早把哥们忘了。"

"你别说，还真是忘了。不过，这一搭话还能认出来。"

"刚在银行大厅里，看着像你不敢认，还犹豫呢你就走了，赶紧追出来，嗨，还真是。"

雷建是刘欣平小学时期的同学，学习不好，捣蛋是出了名的。可是不管他闯了多大的乱子学校都是息事宁人，也没人找他麻烦，因为他爸是乡长。在他们那个地方乡长的公子就是富家少爷，谁会去惹人家呢，躲都躲不及呢。刘欣平后来才知道雷建的捣蛋也是因为孤独，同学们都不理他，没有朋友就故意滋事。刘欣平就是他仅有的几个朋友里的一个，算是同类人，也就走得近些。由于雷建父亲工作调动，他也跟着转学就没有了联系。这么多年不见的一个人突然就冒出来，着实让刘欣平有些吃惊也有些欢喜。朋友的出现让

他暂时忘却了那些不快，一把抓住雷建的手说："走，找个地方，喝二两。"

"好，没看错你，还那样。今儿，啥事都一边站去，哥们陪你。"

俩人一前一后开着车到了一家酒楼，要了一个单间，上了酒菜，便碰杯畅饮。酒过三巡开始叙旧。从小时候说到各自的婚姻、家庭，和这些年的经历。雷建的父亲后来升迁到了县里，做了土地局的局长，也是因为父辈工作上的往来，他娶了一位领导的独生女。妻子在政府部门工作，女儿三岁。他辞了公职，现在开了一家公司。能说的能问的都问了个遍，十几年的时光被他们一下子跳过，仿佛又回到了小时候那么亲近。

"哎，欣平，刚才我看你在银行和工作人员说什么贷款的事，是不是没办成？"

"别提了，提到这事我就生气。"

"说说吧，看我能不能帮上点忙？"

刘欣平就把自己的事情说了一遍，雷建听完沉默了一会儿说："你看这样哦，你的事现在有两个解决办法。一、我回去先打个电话问问看，这是不是银行的例行程序。如果是，就想办法尽量提前办。二、你这边如果有限定日期，等不了。我可以凑几个私人贷款，只是利息比银行高。不过你只用一个月过渡一下，等银行贷款一下来私人贷款马上还，你看咋样？"

刘欣平问："银行那边你能说上话吗？私人贷款也要担保人，人品要可靠！"

雷建拍着胸脯说："包在我身上，银行这我先问问情况，想办法尽快办，按日子办不成再用私人贷款。保人，我来做。"

刘欣平端起酒杯激动地说："啥也不说了，都在酒里了。"

两个酒杯"砰"的一声碰在了一起。

十二

雷建果然没有吹牛，说到也办到了。在刘欣平看来就是吹牛，人家也吹得起这个牛。从小到大这小子就是公子做派，狂，但不傲，对人也和善、仗义，只是那种骨子里透出来的高贵气质让同学们都避而远之。时常穿一身米白色"高尔服"料子中山装的雷建，坐在一片粗布花衫的乡下孩子中间无疑是突兀的。不光是穿衣，就是学习用具也是明显的差别。全班同学只有一两个用得起供销社货柜里，那印着铁臂阿童木图案的铁皮铅笔盒，其他人，有的把笔用一块布头一包，橡皮筋一扎放书包里；有的用看病时针剂用完的药品纸

盒。而雷建就已经用的是亲戚从城里带回来的宽大洋气带海绵内衬，外加吸铁石的铅笔盒了。

同学们总是远远躲着他，没人愿意和他说话，那是来自贫富差距带来的自卑感。物质上的富足给雷建带来的不是优越感而是孤独。在一个乡镇小学里，除了两三个像他一样的干部子女外都是农村孩子。不管他怎么努力去接近他们，去融入集体，但朋友还是少得可怜。同学们看到他过来就默默走开，挪到另一个地方继续玩耍。后来他就故意捣乱以引起他们的注意，拽女同学的发辫，踢飞男生的篮球，这样一来同学们更是认为，乡长的公子老爱欺负人。

刘欣平便是他少年时为数不多的朋友之一，刘欣平虽然不是什么干部家的孩子，但那时他的父亲大刘做木材生意，家境也是本地数一数二的，人也大气、仗义，穿戴整齐，二人脾气投缘，就成了好朋友，彼此也去过对方的家里。刘欣平还清楚地记得在乡政府的大院子里雷建教会他打乒乓球、羽毛球，下五子棋。

雷建做事也很认真，先是给银行方面打了电话，询问了刘欣平的事，说是自己家的亲戚，那边就立刻满口答应了尽快办。为了以防万一，他还做好了另一手准备，动用了自己的几个生意上的朋友们凑了一笔备用金，说好了到日子银行贷款下不来就先用上这笔私人贷款，只不过打个时间差，多付一点利息。可庆幸的是在刘欣平签订合同的前一天，贷款下来了。事情进展顺利，刘欣平稳稳地搭上了房地产这辆车。他把这个突然出现的少年时期的伙伴看作是上天派来拯救他的使者。

第二年的春天，风和日丽，万花吐蕊。东三环北一个十字路口附近，"东城人家"的售楼部里手持宣传单来咨询的人一拨接一拨。一期工程的前排三座楼快要封顶，绿色防护网包裹着楼体，高高的塔吊正往上吊着东西。地面上的工人们拉的拉推的推，忙得热火朝天。中午时分一群西装革履的人物从售楼部出来走向了路边的车，五辆黑色的轿车一绺排开停在路边。走在中间位置的就是"林达房地产有限公司"在西安地区的负责人陆为华，跟在他周围的有郑海东、亮子、刘欣平，还有几个生面孔。看着拔地而起的高楼，看着前来咨询的人们，陆为华的脸上露出满意的笑容。

他指着工地上忙碌的景象，对身边的人说："看看，我们工人的效率还是很高的，这三座楼一封顶预售证下来就开始售卖，一切后续工作各部门要紧密配合，尽快做到资金回笼。二期、三期就以这样的模式延续下去，东城这个项目我们成功地做起来了。不过，前景是美好的现实也是严峻的，不论

哪一个环节都不能出问题，都要高标准严要求地把好关。绝不可掉以轻心。"

对于陆为华的话大家非常赞同也积极响应，这不是谁一个人的事而是牵扯到每一个投资人的切身利益。对于这个项目能不能赚钱，赚多少钱，刘欣平他们心里没有底。

罗绮玉不声不响地办好了辞职手续，她要下海了。为此罗家妈妈气得几宿几宿睡不着觉，吃不下饭，对着自己的独生女儿不住地埋怨甚至落泪。阻止已经来不及了，女儿去意已决，没有打招呼就把手续办好了，说再多的话都是徒劳。她虽然也是知识女性但面对这样的事情也是不停地唠叨，怪女儿心狠，撇下他们老两口自己单独飞去远方，从此一家人互相牵挂。又说下海哪有那么容易，商场上的人都是奸诈狡猾，岂是一个女孩子可以干出名堂来的。父亲倒是冷静，还反过来劝妈妈，"年轻人就应该去闯一闯，父母的羽翼再丰满也有衰老的一天，多走些路，多些见识。即使不成功也是一种历练。"

张友良说不清自己是抱着什么样的心态送罗绮玉的。不舍？不太像，期望？好像也不是，担忧，对，应该是担忧。他和罗绮玉父母的想法似乎相同，对于一个女孩子独自去闯荡都有着深深的担忧，他知道这一去一切都是未知的，毫无保障的。能不能成功要看各人的智慧和才学，还有运气。但是和罗绮玉父母的担忧不同的是，安全方面张友良是放心的，因为那边有周庆接应。这是他俩最好的朋友了，虽然大学四年时间不长，但他们三人建立起来的友谊是牢固的。在那个纯真的年代，在他们最困难的时候，罗绮玉就无私地帮助过他和周庆。这个女孩富而不骄，也没有那种都市女孩的傲慢和刁蛮，她心地善良，对人热情。也许正是因为她的人生里没有苦难和贫穷，所以做起事来很果断。

对于周庆的邀请，张友良和罗绮玉也激烈地讨论过，商量过。可罗绮玉如此快就做出决定是张友良没有想到的。深圳，这个飞速发展的城市富有传奇色彩，也充满了巨大的诱惑。虽然现在的工作存在着诸多不顺，但对于张友良这样的农村孩子来说还没有足够的勇气和魄力做出辞职这样的决定。现在好歹也是公职人员，一切很稳定有保障，只要自己小心行事，谨慎工作，生活也会很不错地进行下去。为了这一天，他们一家人苦挨苦撑了多少年，如果妈妈还在人世也绝不允许自己这么去做，这一切告诉张友良，不能把自己投入到一个未知的世界里去。不，不能。

罗绮玉对于张友良的瞻前顾后优柔寡断起初很生气，气他胆小，气他不能和自己达成一致双宿双飞，但最后是父亲的一句话让她彻底想通了，对张

友良给予了理解。

父亲说："下海有风险，如果俩人都辞了公职去下海，万一失败了连退路都没有了。不如一个人先去探探路，可行了再去也不迟。"

五月份的天气，太阳已经有了火辣辣的味道，很多年轻人已经穿上了短袖衫。天很蓝，没有一丝风。上海火车站的广场上人来人往熙熙攘攘。罗绮玉身穿一件米色风衣，下穿一条蓝色牛仔裤，足蹬白色旅游鞋，剪着齐耳短发，清爽干练。她一手搂着爸爸一手搂着妈妈，三个人边走边说。妈妈说的都是嘱咐的话，说着说着还落了泪，爸爸只是听，完了还露出笑容。张友良提着一个大箱子背着背包跟在后面。

走进大厅，罗绮玉让父母坐到候车室外的长椅上，帮妈妈理理头发，抻抻衣服，说一些有趣的话，逗得妈妈直笑。不一会儿开始检票了，罗绮玉抱了抱妈妈又抱了抱爸爸，说了声："爸爸妈妈，你们就放心吧，我到了那边就给你们打电话。再见哦。"然后挥了挥手，就和张友良大步走向了检票处那一排长长的队伍中去。

车已经到站。进了站，人们拖着行李拉着家人，急急忙忙地寻找自己所在的车厢和位置。张友良走在前面，罗绮玉跟在后面，他们上了九号车厢找到了铺位，放下背包，又绕过不断上来拥挤的人把箱子放到行李架上，时间也就不多了。列车员催促着送行的人，"列车就要开了，请赶快下车。"

张友良转过身，对罗绮玉说："那我下车了，你多保重。"他刚伸出手想握个手道别时，罗绮玉一下子紧紧抱住了他，并附在他耳边哽咽着说："我在那边等你。"

"嗯，我算着你的时间，后天早上到，好好休息。"张友良木讷地点了点头，慌乱地说了句。

列车员又一次催促："赶快下，车要开了。"

罗绮玉松开了张友良，说："快下吧，我没事。"

列车开动了，张友良在站台上茫然地挥着手，罗绮玉那美丽的身影，泪汪汪的双眼，远去了。那一句"我在那边等你"在空空的站台上回荡着。

"东城人家"三期工程如期开工，一期已经售完，二期的售卖也很火爆。情况比预期的结果还要好出很多。因为手续合法，交通便捷，设施完善，使得这个楼盘成了抢手货。陆为华是个商业奇才，显然多年商场上的摸爬滚打练就了一身过硬的本领。上到政府工商税务各部门的业务接洽沟通，下到公司内各层人员之间的工作分配与协调他都能神定气闲地搞定。永远是那文质

彬彬的语气和温和如水的声音，嘴角上扬，微微一笑。这样的男人自带气场和独特的魅力，他知识渊博，思维敏捷，熟悉掌握国家有关房地产方面的各项政策。总是把利益最大化但绝不逾越政策半步，牢牢把控着公司大局。在此之前，不光是刘欣平就是郑海东和亮子，他们都觉得自己还算是能干的人，曾经也还干得不错。可自从加入"林达房地产"，三个人就傻了眼。隔行如隔山，一切从头学起，尤其见识了陆为华的工作方式和能力三人更是佩服得不行。原来微笑也能震慑全场，不说豪言就能搞定一切。刘欣平还从来没有佩服过谁，可他服了陆总。他认为这个人身上需要学习的东西太多了，尤其是那叫作"涵养"的东西。

自从贷款那件事情过后，雷建就成了刘欣平的座上宾，除了工作伙伴外他们二人之间的来往最为频繁和密切。互相去过对方的家里，家人也都知道了他们是自小的伙伴。所以只要是知道他俩在一起，家人连问都不问。雷建总是一副乐天派的样子，吃喝玩乐样样精通。两年来他带着刘欣平出入麻将馆、棋牌室、茶楼、歌厅。娱乐是一方面，联络关系更为重要。今天这个一桌明天那个一约，这样下来刘欣平的社交圈子也扩大不少，头头脑脑的人物和各路生意行当的老板也认识了很多。

雷建总是说："多认识些人没坏处，没准啥时候就用上了，别到遇到困难了才到处找关系，来不及。"

雷建认为现在是人情社会，政策是冰冷的，但人情是温暖的。在社会上闯荡，不认识些人是不行的，方方面面都要打点。你规规矩矩去办事，跑断腿磨破嘴都不顶用，那些坐在办公桌后面的工作人员，甩着冷脸总是不耐烦地说这里需要研究那里需要研究，但如果搭上关系，态度立马就不一样了。省去很多繁杂的手续不说，那些工作人员立刻满脸堆笑，鞠躬弯腰，说话也是"请，您，先生，女士的"。不拉拢些关系要做成事那是寸步难行！

刘欣平对于雷建的说法也是赞同的，这小子虽然文化程度不高但在社会上也有他的一套，好像也没有什么是他办不成的。在刘欣平看来，陆为华和雷建是有相同之处的，不同的是一个游走在社会上层一个游走在社会下层，一个用知识和政策去做事一个用人情关系学解读人生。他们身上都有很多自己可学的东西。

东关街的一家洗浴中心里，雷建和刘欣平穿着宽松的统一色调的服装，正躺在宽敞松软的躺椅里。白色的拖鞋扔在一边，厚实而富有弹性的海绵让两个人陷了进去。雷建伸了伸腿，翻了个身，侧过脸对旁边的刘欣平说："伙

计，钱也赚得差不多了，也该享受享受了。别整天苦哈哈地东奔西跑，养两个跑腿的，有事让他们去跑，啥事都自己跑不得累死。"

刘欣平说："你小子，少爷当习惯了，总不忘了剥削人。还随从呢！"

雷建翘着腿，两个手指弹敲着椅子的扶手说："这人呐，好一天也是活，坏一天也是活，活得好不好就看你怎么活了。"

"都跟你一样，走到哪一群小姑娘两眼放光，一个个小腰扭得跟蛇似的往上扑。"

"你还别看不惯，你这思想，叫土！你看现在哪个大老板出门没有女人，这叫有派，知道吗？哎，你以前挺时髦的呀，现在怎么跟老夫子似的？"

说完雷建打了两个响指，过来一个服务生问有什么需求，雷建说要按摩，服务生过去了，一会过来两个年轻漂亮的女孩子，从头到脚地给两人开始按摩。按到一半刘欣平叫那女孩停下，说自己想休息一会儿，女孩不情愿地走了。雷建哼了一声说，看你还能装多久，在城市也这么多年了怎么越活越后退了呢？就没见过这么不开窍的人！

十三

王桂芬正靠在沙发里手拿遥控器换转着电视节目，每天的这个时候她都要打开电视机准时收看大秦正声《秦之声》。那花脸唱腔豪迈大气，震得人耳膜嗡嗡作响，小旦唱腔婉转悠扬，娇羞连连，那灵巧的身姿无论是穿针引线，还是走台都惟妙惟肖让人心里痒痒。生长在秦川大地的人们就好这一口，虽然这些传统剧目千百年来经过一代又一代的艺术家们千万次的演绎，在人们心中早已滚瓜烂熟，可是无论看了多少遍还是割舍不下。如今年轻人不看秦腔了，可对她这个年龄的人来说，秦腔是任何节目都替代不了的。电视机里大幕拉开，《苏三起解》的剧情一下就把老太太带入进去，她看得如痴如醉。

张华静在房间里陪着儿子写作业。自从儿子上了初中她就开始了陪读模式，总觉得自己的那些知识已经不够用了，连检查儿子的作业都越来越吃力。"要想管好孩子的学习，得从自身做起"，这是老师说的，张华静觉得很有道理，也就跟着儿子的课程自学起来。她的一颗心全放到儿子身上，一日三餐荤素搭配，营养均衡，孩子正在长身体，得吃好。一个个补习班跟赶集似的。上一辈人对于孩子的学习大都是顺其自然的态度，基本是经济困难，读完小学或初中就回家务农，情况好一些的读到高中，不过后来也都踏上了出外打工这条路。只有少数知识分子才会重视子女的文化教育问题，可到了这一代，

随着经济能力的提高，生活环境的变化，人们意识到文化知识的重要性，自己吃了没文化的亏就不能让孩子在这样的老路走下去，于是就想方设法给孩子提供最好的教育。因此也就出现了很多补习学校，正规一些的如剑桥英语、东方教育等等，私人在单元房里设个点办班儿的就多得没法统计了。

王桂芬正看得入神，听到门锁里有钥匙转动的声音，门被打开了，刘欣平回来了。老太太赶紧暂停了电视节目问："回来了？没吃饭吧，妈去给你做。"

刘欣平在门边换完拖鞋说："你看你的。"

"不吃啊？"王桂芬问。

刘欣平走到妈妈身边，往沙发上一躺，说："今晚，您就给您和冬冬做，我和静静出去吃，有几个朋友一起坐坐。"

王桂芬高兴地说："好啊，那你俩去吧。"

刘欣平陪妈妈说着话，知冷知热地问了一阵又帮妈妈打开电视节目说："你继续看你的《苏三起解》吧。"然后进了自己房间。张华静母子俩一个伏案书写，一个抱着书本看得入迷。刘欣平进来，张华静只是把眼睛从书本上稍微挪开，说了一句："回来了？"就又把目光投入书本中去了。刘欣平走过去抽掉她手中的书放到一边说："陪娃学习你还学得这么认真，咋，还想考大学呀？"

张华静抬起头，笑着说："考不考的学学总是好的嘛，行了，我不学了，去给你做饭。"

张华静站起来刚要走，刘欣平拽住她的手又拉回到椅子里。

"做什么做？一天就知道洗衣做饭，看书，也不知道学点啥！"

张华静茫然地问："学啥？"

"麻将会打了吗？头发烫了吗？也不知道把自己收拾收拾，一天还这么土里土气的。从我认识你到现在这发型就没变过。"

"变啥呀？你说那些我学不会也不喜欢，人家怎么生活我不管，反正我觉得这样挺好的，为什么要去学那些我不喜欢的东西呢？"

"社会在发展中，人都要往前看往前走，不能在原地打转转，我要学习，你也要紧跟上，懂不？"

冬冬放下笔，说："爸爸，你竟然要我妈学打麻将，这不是进步是赌博，是坏习惯，人人都讨厌的，我不喜欢。"

"你妈学打麻将不是赌博，是娱乐，是朋友之间的一种联络方式，增进友谊的。你看你雷建叔叔家的阿姨，你王辉叔叔家的阿姨，谁不会打麻将啊？你不懂，做你的作业，大人的事，你别管。"

"反正我不喜欢，就是不许我妈学打麻将。"

张华静笑着摸了摸儿子的头，说："你放心吧，妈不学那个，也学不会。好了，妈去做饭了，你好好学习啊。"

刘欣平说："妈一会做她和冬冬的饭，你快去收拾收拾自己，咱俩一会出去吃，几个朋友要一起坐坐。"

张华静迟疑了一会儿，问："我不去，行不？那场合我不行，不喜欢。人多闹哄哄的。"

刘欣平说："不行，老不去老不行。人家都带老婆去，我又不是光棍，老是一个人去。再说了，你这怕见人的毛病得改。生意场上以后这种应酬多了，你必须学学，都是普通人，有啥不敢见的。"

社交是张华静的短板，她喜欢安静，喜欢自由自在，喜欢活在自己的世界里。每做完家务她就一个人看看书，听听音乐，这样的时光对她来说是再好不过的了。可刘欣平偏偏逼着她学那些所谓时尚的东西，拉着她去做潮流的发型，染色烫卷一直弄到晚上十一点多，送走他们，理发店也就关门了。刘欣平是满意了，可张华静觉得头都不是自己的了。那天晚上备受煎熬，鸡窝一样的头发烦得她难以入睡，好容易睡着了梦到的却是走在闹市中，她那夸张的发型被风吹爆像个小丑似的被人围观，还有人往她身上扔菜叶，吐口水。惊醒后她摸着硬邦邦干涩的头发坐了起来，一看表五点刚过，就立马穿衣起床直奔理发店。理发店的人拉开门，看到等在外面的张华静，吓了一跳，说："这么早？你是昨晚没回去还是夜里就来了？"

理发师以为她对发型不满意，昨晚时间太晚了，人也疲倦，也许做得还不够好。理发师正在想着需要的补救措施，张华静却说要拉直头发。又用了三个小时把头发做回了原来的样子。回到家已是早上八点多，刘欣平走出房间看到一头直发的妻子，揉了揉眼睛，不相信地问："你的头发怎么回事？怎么会没有一点卷？"

张华静只是笑，不说话。刘欣平哼了一声，摇摇头，叹口气说："唉，这人呀，要学习要进步，不能总在原地踏步！"

后来的一年时间里，刘欣平又是硬拉着妻子去做过两次头发，张华静勉强忍着撑了一个星期，最后还是自己悄悄去染黑拉直做回原来的样子。

再说打麻将。刘欣平买了副麻将叫自己一家大小围成一桌，他做示范在家里教，感觉有点眉目了就带到麻将馆还叫了几个熟人的家室陪着打。自己在一边给鼓励、打气："别怕输，我也不走远，慢慢来，几圈下来不用教就会了。"

结果没等打到两圈，张华静就头晕恶心只好回家。几年下来，对麻将张华静还是只认得幺鸡红中，东南西北风，至于打嘛就别提了。刘欣平无奈地说："这打麻将，人家那老婆小学毕业站在旁边看两圈都会了，你咋比考个状元都难呢！"

刘欣平一次次地改造妻子都以失败告终，最后他得出一个结论：朽木不可雕也，也就不再强求了。前面两项学不会，吃饭，总可以吧？今天刘欣平又一次下了命令，婆婆也在旁边笑吟吟地附和着说："去吧，去吧，吃吃饭，说说笑笑的多好。"

只有冬冬说："别让我妈去，我妈不想去。"

"去去去，写你的作业去。"刘欣平训斥着儿子。

大衣柜被拉开，在丈夫的指导下张华静一身接一身地换衣服。刘欣平像个领导一样坐在沙发里，双手交叉抱在胸前，嘴里说着："不行，不行，换，再换。"

婆婆和儿子也在一旁看着，被逗得哈哈大笑，"我妈咋像走模特的。"

"这叫改造，打造你妈。懂不？"刘欣平说。

"不懂，我妈好好的，为啥要改造？"

"一天就知道个看书，看书，都看傻了！"

"看书有啥不好的，学习有啥不对的？"

"看书，学习，那是你们小孩子做的事，你妈该学的是大人要学的东西。这也是学习。"

终于换到刘欣平满意了，柜子里已经被拉空。床上堆满了凌乱的衣服，王桂芬催着说让他们赶紧走，这些交给她来收拾。冬冬还是咯咯地捂着嘴笑，刘欣平满意地搂着张华静的腰出去了。

王桂芬是很节俭的，如果儿子给自己买吃的穿的她就会指责和训斥，但只要是给孙子和媳妇买东西，不管多贵她都会很高兴。她认为自己老了，这样的生活已经够好了，什么都不缺，再买贵重的衣物就是糟蹋钱。可媳妇不一样，媳妇正年轻，是这个家的门面，当然得穿得体面，别人有的自家媳妇也该有。这个在农村生活了大半辈子的老太太来到城市里，开始是各种不适应，处处看不惯。比如花钱。在乡下，粮食是地里种的，菜就更不用说了，房前屋后，大院子小园子种的到处都是。做饭的时候需要啥菜采摘啥菜。水嘛，一抬手，自家院里的水井就哗哗地往外流，洗衣洗菜随便用。可在这城里每天睁开眼啥都要钱，米面油要买，菜要买，水要水费，电要电费扔垃圾还要

垃圾费。她常常有一种恐惧感。

还有看不惯。这城里女人烫着鸡窝一样的头发，嘴巴抹得血不啦擦，脸白得瘆人。那脚上踩着一根钉子粗细的高跟鞋，走路一扭一扭的活像踩着高跷的小丑。还有就是憋屈。在城里不能大声说笑，走路也要稳稳当当，慢慢悠悠，不能像在乡下那样两步并作三步，风风火火。有一回她和对门老太太在公园的花坛边坐着聊天，聊到开心处自己就张开大嘴哈哈大笑起来。周围的人就用看怪物一样的眼神看着她，一个城里老太太就嫌弃地瞪了她们一眼起身走开了，嘴里还嘟囔了一句："乡下人，真烦人。"这让王桂芬很失落。公园再好不属于自己，在城里再有房，人还是乡下的人。还是在乡下畅快，那样的广阔天地，你扯开嗓子喊声音都显得小，也不会有人嫌弃你。每天，做好了饭，谁家女人不是在巷子口扯开嗓子喊自己家男人和孩子的。

尽管她有这么多不习惯，看不惯，可在她眼里儿子做什么都是对的。儿子拉媳妇去烫头发，她就觉得那卷卷毛长在自家媳妇头上就很好看，跟电视剧里的人一样漂亮。儿子给一家人买衣服她就会说："妈老了，有的穿就行了别乱花钱，就给静静和冬冬买吧。"

她还常常催着媳妇出门时穿得好看点，也抹一抹那个叫口红的东西。这是儿子说的，尽管她不喜欢这些，可儿子说的，她就觉得是对的。儿子总说她们娘俩太土气，要改变。自己老了就算了，可媳妇得变呀。儿子生意越做越大了，是有头有脸的人，男人有脸面女人就得给长脸。所以每当张华静不愿意接受刘欣平买回来的新潮衣物和化妆品时，她就劝："静呀，他买啥你就穿啥，他说啥你就听啥。这男人就是女人的天，你也不能老待在家里不出去，孩子越来越大了不用你管，再说还有妈给你照顾着呢。他叫你你就去，你们俩是要过到老的，就得一条心。"

宴会不欢而散，张华静气冲冲地走出饭店大门，刘欣平晚了几步跟着出来。一路上俩人都不说话，刘欣平几次扭头去看坐在身旁的妻子，想说点什么，张华静只是紧绷着脸看着前方。刘欣平一只手握着方向盘，一只手伸过去拍了拍妻子的头，笑着说："傻媳妇吆，都三十多岁的人了还纯情得像个小姑娘。他们说他们的咱做咱的，在社会上混三教九流啥人都有。你说今不理这个，明不理那个，还怎么做事？"

张华静生气地说："我看，你迟早要被这些人给带坏了。"

"放心吧，我有分寸。"

想起酒桌上那些人张华静就来气，那都是些什么人呐，油腔滑调，大腹便便，两杯酒下肚一些荤素搭配的段子就随口乱飘。更有甚的是身边跟的妖

艳女子不是他们的妻子而是他们口中说的"马子"。席间那些人对张华静倒是很礼貌，一句一个弟妹，还对身边的女子说："香儿啊？去给你刘家嫂子倒酒。"

张华静说不会喝酒，刘欣平硬给挡住了，他给自己媳妇要了饮料并亲自拧开瓶盖，大家立刻起哄说，刘总怕老婆。其中一个胖胖的男子一脸坏笑地凑过来问："兄弟，你这老婆是几婚呀？我看那，绝对不是原配！"

张华静很后悔来参加这个应酬，这些人不仅言语粗俗而且灵魂肮脏，简直就是社会垃圾。和这些人坐在一起，一分钟都是煎熬。几轮过后交谈的内容无非就是吃喝玩乐，女人与金钱。实在无聊至极。张华静坚持不下去了，推说头疼便要告辞。刘欣平只好一一打过招呼急忙跟了出来。刘欣平当然知道妻子反感这样的场面，她三十多岁的女人了，但思想还是一张白纸，什么社会经验都没有。之所以带她来是希望她能成熟起来，能够成为和自己出入任何场合应变自如的人，可是，这一次的改造计划显然还是失败了。

十四

张友良在办公室里来回踱着步子，然后走到窗前从随身口袋里掏出一盒烟来，抽出一支，点燃，长长地呼出一口烟雾，像是把压在心底的烦恼一股脑吐了出去。他茫然地望着窗外，表面很平静看不出什么表情。多年来在苦难生活的磨砺中养成了他隐忍和沉默的性格，凡事总是回避和退让，很少有他竭尽全力去争取的。初入社会的他也曾是满腔热情，积极向上，可多次碰壁后就懂得了退让，退让才能保全自己。工作上做到适度，不能冒尖不能落后。冒尖了遭人嫉妒遭人排挤，落后了就被淘汰出局。你要有足够的能力证明自己的优秀又不能对别人构成威胁，这个尺度太难把握。

桌上放着一份文件，是区人民医院扩建的财政申请报告和资料。从实际调查中得知，区医院已经是超标配置了。张友良想不通这样的单位怎么还要扩建？而且其中各项预算和申请项目都存在着虚报、谎报，以骗取国家财政拨款的嫌疑。身为国家财政人员，他深知其中的严重性和重要性。下属小曹把这份资料和申请报告放到他桌上时，神秘地说，这是一份重要文件，需要尽快批复和执行下去，不能耽误。这样看来大家都是了解其内情的，重点就在于"重要"二字上。之所以重要，那就是有人物背景的，也就是说百分之百能拿到通行证的。可是存在这么大的资金漏洞就能过关吗？要确保国家财政每一分钱的安全性，难道就仅仅是一句口号吗？

在他提出疑问的时候，小曹就说了，你一个小小的预算科长，做好自己业务范围内的事情就好，决策权在上司那里。再说了，副局长上面还有局长呢，所谓的天有他们顶着，责任也有他们担着，你怕啥？不怕啥，可这执行下去的事不还得张友良去做吗？这烫手的山芋怎么说也是在他的手上啊！

经过一番激烈的思想斗争之后，张友良拿起桌上那份文件，敲开了分管副局长的门。局长看到他进来，端起茶杯，身体微微往后，靠在了黑色的真皮椅背上，问："什么事啊？"

张友良把区人民医院的资料往领导面前一推，对存在的问题进行了说明，并把资料上列举的数据和真实调查得来的数据进行了比对说明，说完后他静静地站着等待领导发话。领导呷了一口茶，用杯盖往外拨了拨茶水，漫不经心地说："小张呀，你参加工作的时间也不短了，数据只是书面材料，现实中很多时候一些数据外的东西是无形的，但却是真实存在的。这些，你考虑过吗？医院是关乎人民生命安全和健康保障的一线单位，配套设施不过硬，怎么保障人民的生命安全？"

"这个，我，没想到。"数据外的东西怎么计算？我们的工作不就是依照数据为标准的吗？领导这样说张友良不知道该怎么接话了，也不能去反驳，只好低声回答。

"每一份申请报告和资料能进行到这一步，我们各部门都是经过严格调查和审核的。当然，发现问题提出问题也是好的，这样吧，为了万无一失，对你提出的问题我再找人核实一下，这份资料先放我这里，你去忙吧。"

张友良说了句："好的，打扰您了。"便退了出来。看着张友良的背影，副局长摇了摇头，一抬手拨通了桌上的电话把秘书叫了进去。

就在下班的时候，张友良刚走出办公楼大门，同事小曹追了上来，并亲热地把一只手搭上他的肩膀，说："一块走吧。"

张友良用询问的眼神看着小曹，问："你，有事？"

"没事啊，聊几句而已，不着急回家吧？据我所知你还是单身呢，没人查岗吧？"小曹略带调侃地说。

张友良笑了笑说："行，走吧。"

俩人沿着单位大门外的林荫道走着，小曹看着一点点偏西的太阳，若有所思地说："时间过得可真快，这一天天一年年的。你，是个好人，业务能力强，人品好。我很敬佩你，您是我的领导，有些话我不知道以我的身份该不该说，可看着您的处境又不得不说。"

说到这儿，张友良已经知道他要说什么了，语气平和地说："说吧。"

"那我就直说了，你可别怪我。单位是个集体，有上下级关系，工作呢讲究协调、配合，还有服从，有些知识是书本上没有的，在现实中你要用心去体会。做好自己的事，其他的，该谁的责任是谁的责任，就是将来万一有事，你还能连句话都不会说？再说了，你现在这个职位也好也坏，努力一下就上去了，可稍不留神，那就……"

张友良停住了脚步，小曹拍了拍他的肩膀说："领导喜欢听话的下属，绝对不喜欢和自己持反对意见的，你好好想想，我先走一步。"

张友良沉默了一会儿，还是说了句："谢谢你的提醒。"

"你会想明白的，别把自己弄得太被动了。"

小曹走远了，张友良当然明白这些话的用意和原因。他没有一丝不快和责怪小曹的意思，相反对于这善意的提醒和点拨内心是表示感谢的。还没有人会这样面对面地和他聊工作上的事，不管是好的还是不好的，从来没有过。可是他哪里知道，小曹在背过身的那一刻脸上露出了开心的笑容，因为自己圆满地完成了一个任务。在张友良走出副局长办公室不久，秘书就一个电话把小曹叫了过去，先对张友良进行了一番了解，又对小曹进行了一番说教才有了刚才的一幕。

这天晚上，张友良躺在床上翻来覆去怎么都睡不着，想想刚走出大学校门时对未来充满希望，对工作热情饱满干劲十足。那时候在工作上拿出了学习的劲头，总觉得只要努力了就会出成绩，什么事情都要做到最好。可现在这份热情正在被一点点地消磨掉，他对自己的人生观越来越怀疑，甚至颠覆了以前的认知。以前认为对的在现实中却是错的，以前认为错的在现实中却是对的，难道自己一开始就错了吗？区人民医院那一百多万的资金漏洞和领导对此事所持有的态度搅得张友良心里乱翻翻的，一直到凌晨一点才沉沉地睡去。

第二天一早进了办公室，不由得打了几个哈欠，他揉了揉惺忪的双眼，拿起桌上的杯子放了茶叶，正准备去接水，小曹就进来了。

"怎么，昨晚没睡好？"小曹问。

"呵，哪里呀，怎么会。"

俩人寒暄着，小曹又把一沓资料放到张友良的桌上，说："这是新报上来的申请报告，你看看。"

张友良走到桌前，扫了一眼桌上的那些资料，问："这个也是领导吩咐吗？有什么重要指示没有？或者背景？"他特意把"重要"两个字拖了一个长音。

"呵呵，你放心，这些什么都没有。领导特别吩咐，严格审核照章办事。

把工作做细致，做扎实。"

"哦，知道了。"

"对了，还有这个，领导也吩咐了尽快落实。"

说着小曹又拿出一份资料放到桌上。自然是区人民医院的那份报告。看来，这个坑是无论如何也绕不过去了。虽然说有领导担着，可一百多万的资金漏洞，其法律责任张友良也是清楚的呀。转来转去这个雷又被抛回来了，怎么办，怎么办？张友良看着小曹，小曹回身过去关上门拉过椅子坐到他对面，压低声音说："这其中的轻重缓急，你掂量掂量。"说完就赶紧转身出去了。

张友良一时也没有了主意，呆呆地坐着。他现在才体会到有人说过的一句话："做官就要做大的，做个芝麻小官太受罪。"明知是错可是表面上冠冕堂皇背地里硬逼着你去做，万一出事了那么他就是替罪羊，他还不至于傻到拎不清会去相信小曹的话。

由于心里装着事，下班的时候张友良就走得最晚，他不想看见任何人，只想一个人清清静静地走。可是他不知道，单位大门外的马路边一辆银灰雪佛兰已经等候他多时了。车里一个四十岁出头的男子牢牢盯着那扇大门，努力辨认着从里面走出来的每一个人，好容易等到张友良露面，那男子立刻从车上下来，脸上堆着笑并伸出双手说："张科长，您好啊。"

张友良被这冷不丁冒出的一个人吓了一跳，摆了摆手说："你认错人了吧。"说着绕开那人就要走掉。

那人忙拦住说："我怎么会认错人呢？你就是张友良张科长嘛，我等你多时了，在这财政部门我也就知道您。"

张友良仍然是一头雾水，表示根本不认识此人。

"城建局的罗局长你认识吗？"那人看实在拦不住就撂下这么一句，果然张友良停住了脚步。

那人口中的罗局长就是罗绮玉的父亲，虽然到目前为止和罗绮玉仍然是同学关系，可在外人眼里早就拿他当罗家的女婿看了。张友良再问那人有什么事找自己，那人说找个地方坐下好好聊。于是俩人就到了一家咖啡厅里坐下。

那人殷勤地询问张友良要点什么，张友良说："不用了，还是说什么事吧！"

那人硬是要了两杯咖啡和一些点心，完了笑着说："第六纺织厂你还记得吗？"

张友良态度缓和了一下说："当然记得，那是我第一个单位啊，听说现

在不景气了。"

"两年前就倒闭了，现在很多国企都倒闭了，工人也都得自谋出路，生活艰难呐！您还不知道吧？当年你进纺织厂工作还是罗家姑娘找的我。那时我是看在罗局长的面子上给办的，哦对了，那时还是副的，副局长，呵呵。"那人笑了笑，端起杯子喝了一口。

"那您今天找我……"

"到底是场面上的人，我今天来找您不为别的，我们厂几百多人的失业保证金迟迟发不下来，想请您帮帮忙。"

张友良一下子就明白了，领导之所以说严格核实照章办事看来是真的，这些人确实是没有背景的。

他想了一会儿，说："我只能说我们会调查核实，依法办事。如果有虚报谎报，那么我无能为力。批不批，什么时候批，我也没有权力。"

"没有没有，我们都是如实报的，完全没有虚报的成分，这个你尽管放心，在这方面不会让您为难的。"

"那就好，不过我只是一个普通职员，所能做的就是核实预算，每年国家的财政拨款是有限的而申报的企业和单位大大超出了计划和数额。就是我们这一关完全符合政策，报上去，批不批的，决定权也在领导那里。你堵我，没有用。作为我本人而言理解你们的苦衷，可是我没有这个权力！"

张友良说完这句话，意味深长地看了那人一眼，又慢慢地低下头，搅动着杯子里的咖啡。那人呆呆地望着他搅动咖啡的手又仔细回味着他刚才说的话。这些政府机关里工作的人说话都跟打哑谜一样，需要你慢慢揣摩。张友良也惊讶于自己刚才能够说出那样的话来，表面上是在说自己的无奈，实则是透漏给对方去堵该堵的人。那人还在琢磨，张友良看点不透，就又补了一句："今年的经费紧张。领导已经签过字，只等拨款的就有好几家了，数额都巨大。区人民医院要扩建这个，可是，可是领导特批重点扶持的！"那人猛然醒悟一拍脑门说："明白了，明白了。"

张友良忙说："很抱歉，我帮不了你。找我你找错了，没有用的。"

张友良最后这句话说得很慢，却也坚定。那人却很开心，呵呵一笑，说："我知道怎么做了，我们可是豁出去了。"

张友良告诉小曹，区人民医院的事情自己想清楚了，尽快落实，话经小曹的口马上就传出去了，可私下里他却故意拖延时间。两天后领导秘书突然过来要走了区人民医院的资料，说暂时停一停，其中有些事情需要重新调查。

接着小曹就悄悄告诉他，有人堵住局长的车举报区人民医院，好在款还没拨下去。一个星期后，区人民医院的资料没有再出现，而第六纺织厂失业人员保障金却批下来了。接着单位里就流传着一个消息，纺织厂的人狗急跳墙把局长堵在单位门外，指名道姓举报区医院。这可把张友良惊出一身冷汗，事情是暂时解决了，如果有人看到纺织厂的人和他见过面那就麻烦了，尽管自己也没做什么，可如果领导知道了能不找自己的麻烦吗？

十五

深圳。

已是灯火阑珊的时候了，周庆和罗绮玉终于忙完一切。望着收拾整齐，崭新明亮的办公间，两人兴奋地击了一下手掌。周庆说："我们世风贸易有限公司成立，也得有个仪式吧？"

罗绮玉说："那当然，不过在进行下一个流程之前，是不是得给本公司的三老板汇报一下工作进度呢？"

周庆忙说："对，对，赶紧的。"

罗绮玉掏出手机刚要按下按键，手机突然先她一步响了起来，屏幕上跳跃着一个名字"友良"。两个人惊讶的同时叫出了声："天呀，他有心灵感应。"

"哇，还真是！"

电话那端的张友良被两人的叫嚷声吓了一跳，问："怎么啦？你们，什么情况？"

"我们还以为你麻木不仁呢，原来你还有心啊？来，请总经理汇报汇报情况。"

罗绮玉把手机递到周庆面前按下免提键，"喂，友良，咱们的公司一切就绪了，周一就正式开业了，你这个老板什么时候过来？你怎么就不动心呢，舍不得丢下你的芝麻小官呀？过来吧，深圳是个能创造奇迹的地方。别等我们发展壮大了再过来，可就没有你的位置了哦！"

"可别这么说，我承受不起，公司是你们两个人一手创办的，我没有出力就不加塞儿了。"

"不行，这公司是我们三个人的，你别想得美，不是让你来当空头老板的，而是需要你的智慧。"

罗绮玉也抢着说："你到底什么时候过来呀？检验检验我们的劳动成果。"

"会来的，还是先发一封贺电吧。祝贺世风公司蒸蒸日上，财源滚滚，二

位老板辛苦了！呵呵。"

"友……"

周庆刚要开口，罗绮玉笑着看了他一眼，拿着手机走到一边去了。周庆捂住嘴巴尴尬地摇了摇头到门口去等她。这个所谓的世风贸易公司虽然挂牌成立了，其实只不过是一个只有一居室的办公场所。人员方面，加上周庆和罗绮玉也才六个人而已。可是这一切的组成也用了一年半的时间。好在周庆之前就在一家贸易公司采购部任经理，也正是有了这段经历积累了人脉和资源，为开公司打下了坚实的基础。几年来他就一直在想着这一步，可是开公司仅凭自己一个人的能力是不够的，他就把目标锁定到张友良和罗绮玉身上。

他们三个人在大学里就是死党，罗绮玉心地善良，开朗大方，具有女性的柔美也有都市的时尚，骨子里透着一种直率与豁达。她正是有这些品格才不遗余力地帮助过他和友良，更是让张友良在那段时光里度过饥寒交迫的窘境。这一切，周庆都没有忘。张友良，这个在他进大学校门时认识的第一个朋友，自不必说了。贫寒家庭造就的性格缺陷，自卑，敦厚得有些懦弱，但心里总有着被世俗扑不灭压不垮的一团希望之火。不管是从感情上还是能力上，在周庆看来他们三个就是完美组合，那么在这个大潮涌动的时代为什么不搏一搏呢？同时他也相信，如果三人加在一起，肯定会做出一番事业，他有这个信心。

有了这个想法，周庆就借那次到上海出差的机会找张友良并进行了探讨和鼓动，后来又不断地在电话里劝说和拉拢，最后罗绮玉便响应了号召来到了这个寸土寸金的城市——深圳。

罗绮玉打完电话出来，对着等在门口的周庆一扬手说："走吧。"二人便出去了。来往的车辆和人潮川流不息，明亮的灯光照耀着深圳的每一条街道。改革开放的大潮让这个年轻的城市迅速崛起，其发展速度令人惊奇！无数的年轻人来到这里，希望找到属于自己的一方天地。一曲舒缓的乐曲中，周庆和罗绮玉欢乐地举起酒杯碰在一起，也碰撞出了火花和共鸣，为他们共同的目标制定了启动和发展的计划。

中午十二点刚过，张华静在厨房里收拾锅碗。婆婆王桂芬在客厅里唤她："静啊，你快出来，看看谁来了。"由于水声哗哗地响，张华静没有听见。

王桂芬就进了厨房，扯了扯她身上的围裙说："你快放下，我来洗。你同学来找你了。"

张华静解下围裙擦了擦手，走到客厅一看，只见同村伙伴娟正站在屋子

中央往厨房里看着，就高兴地说："呀，娟儿，你咋有空过来？"

娟儿笑盈盈地说："太长时间不见面了，这几天闲着就来找你，咱俩去逛逛吧？有空吗？"

这时王桂芬也来到了客厅，听到娟儿这么说，忙说了一句："有空，有空，静啊，快去收拾收拾自己。"说完又对娟说："往后啊，你们几个要是上街去就叫上我家静静，她整天在家，都憋坏了。"

张华静也笑着说："娟儿，那你坐一会，我去换衣服。"

王桂芬请娟坐到沙发上，给倒了茶水，又陪着说了会话，张华静就收拾整齐地出来了，两个好伙伴跟老人说了"再见"便出门去了。

久不出门的张华静被繁华喧闹的街道绕得眼花缭乱，娟拉着她进了一家"东方名剪"的美容美发店。里面装修讲究格调高雅，听娟儿说，来这里做头发都要提前预约的。服务生安排两人到了外间的黑色皮沙发上坐下，拿来一本各种发型及颜色展示的画册，让她们选适合自己的那一款。如果你挑不出来，发型师就会给你建议和引导。张华静把画册往娟儿面前一推，说不是自己做是娟儿做，让她看。

娟说："都做，你既然来了就做一次，不然三四个小时呢，你会等着急的！"

张华静仍然坚持不做，娟儿看拗不过就说："你不喜欢烫卷，就养护一下头发。你看，你的头发都干巴巴的没有养分。做完，你就会发现和平时不一样了。"

张华静只好答应了。经过发型师三个小时的忙碌，头发终于做好了。娟儿烫了满头卷儿，像散开的泡面直抵肩头。张华静没有大的变动，只是进行了焗油养护，但是往镜子前一站整个人气色大好，就连身上的衣服似乎也变成新的了。服务生又让她们填了资料登了记，说是客户资料，消费满二百给办理会员卡送礼物，还能享用套餐里的免费项目。服务生态度诚恳，语言温和，姐长姐短地叫个不停。一杯水小心翼翼地给递到手上还关切地问烫不烫，凉不凉？让你不掏钱办卡都不好意思。娟儿本来就是会员，只是给她的卡里续存了几百元钱，张华静怎么说都不肯办卡，任服务生说破了嘴皮她只是笑着说，用不上，下一次吧。服务生看从这个死不开窍的榆木疙瘩口袋里实在榨不出一分钱来，只好放过她俩又去招呼下一拨客人。

两个人出了理发店，又坐上车到了解放路的民生百货大楼，里面的商品琳琅满目，看得人眼花缭乱，人也很多，上下的电梯上都站满了。也不知道

是几层的高楼,只上到三层张华静就感到头晕目眩。往下一看,我的天呀!心里发怵,两腿打战。

娟儿挽着她直笑,说:"没事的,你靠着我走,你老不出来,哪知道这花花世界是个什么样子。"

来到这个城市也十多年了,这样的场合张华静还是第一次来。两个小时转下来,几层楼都逛完了,张华静除了乏累一无所获。她两手空空跟着娟儿到服务区的长椅上休息。其实衣服她倒也看上过两件,一件米色收腰的风衣,一件鹅黄色T恤衫。可是一看吊牌价吓得张华静立刻把手缩了回来,连连拒绝营业员试衣服的邀请。风衣一千八,T恤衫五百六,虽然营业员说今天做活动可以打八折,张华静还是接受不了逃跑似的转身走了。风衣做工精细,面料上乘,可那件T恤衫实在看不出和一二百的东西有什么区别。什么莱卡面料,不掉色,不走形,穿着舒服对皮肤没有伤害,就是具有这些功能也值不了这么多钱啊!

娟儿倒是收获颇丰。一套奶油色暗藏花纹的小西装套裙,一双高跟欧式皮鞋,一件灰色羊绒衫。一圈儿下来花了三千多眼睛都不眨一下,张华静吓得手里直冒汗。休息够了,两人又来到了一楼的化妆品区,娟儿很老练地一家一家地看。营业员也很聪明,打眼一看她的穿戴,手上明晃晃的金戒指,手里拎着的各品牌服装精美的手提袋,就立刻热情地招呼,用甜美的声音详细地介绍每个产品的用途和优点,还把一个个试用装打开给娟儿在手背上涂抹,拍打做试验。张华静帮娟儿提着两个袋子,茫然地在一旁等候。

终于试用完了,娟儿选购了一个叫雅诗兰黛的外国品牌,在营业员极力地推荐下买了一个八百八的礼品套盒。自己买完了又硬是把张华静拉过去让营业员看着肤色帮忙挑选。张华静挣脱不开,只好说自己平时用的不是这个牌子的。娟儿就逼着问是什么牌子,张华静只好说了实话,说自己从来没买过化妆品,都是欣平买回来让她按照说明书上用的,品牌名字叫欧莱雅。营业员被逗笑了,说:"姐姐,你长得这么漂亮,老公对你又那么好,你要好好打扮自己,哪个女人不爱美呢。"

娟儿对营业员说了"谢谢",拎起东西拉着张华静直接到了欧莱雅专柜,营业员一听是老顾客自然很高兴。一番悉心周到的服务后张华静被娟儿逼着勉强买了一个三百多元的小套盒。从商场出来已经是七点多了,天也黑了下来。张华静就要坐车回家,娟说肚子饿吃了饭再回。张华静很不情愿地被娟儿推搡着进了一家饭馆。饭馆店面不大但装饰得很是别致,墙纸是淡黄色底子上面浓淡相宜的毛笔字,沿街的玻璃窗前一溜排开六张棕色木质餐桌。每

一张桌子上方都吊着一个古香古色的红灯笼。这一顿饭时间对张华静来说算是一天里最为舒心的时刻。

晚上八点多，刘欣平母子在客厅里看电视，王桂芬不住地看着墙上的挂钟，等待着媳妇回来。九点的时候张华静回来了，丈夫和婆婆对她的晚归没有生气也没有质问，相反娘俩还很高兴。

看到媳妇进门，王桂芬忙问："累了吧？快来坐着歇一会儿。"

张华静换了拖鞋，洗了把脸走过去坐到婆婆身边说："可累死我了，腿疼得都不像是我的腿了。"

王桂芬怜爱地伸出手帮媳妇理了理耳边的头发，说："累是累点，但是你还要和你那些伙伴啊同学啊多走动，常跟人家出去逛逛，不能老和妈窝在家里。妈老了，你还年轻，正活人呢么。"

刘欣平把妻子从头到脚打量了一遍，说："不错，进步了。头发做了还会买东西了。咋就光买了一盒护肤品？也不知道买件衣服。"

张华静说："买衣服，你知道那里的衣服多少钱吗？我可舍不得。以后再也不和娟儿逛街了，她那方式我接受不了。"

张华静就把在商场里购物、吃饭说了一遍，刘欣平说："明天去把那两件衣服买回来。"

"我不要，坚决不要。"

刘欣平拿起放在旁边的上衣，掏出厚厚一沓钱，数出一部分往张华静手里一放说："给，这是五千，明个去把那两件衣服买回来。"说完又回头对妈妈说："妈，这个任务交给你，你们两个一块去逛逛，把那两件衣服买回来，再给你看看，有喜欢的就买。"

王桂芬拉过儿媳妇的手，说："静啊，老二他说得对着呢，贵是贵点。人家能穿咱也能穿，你就听他的吧。妈老了，你们给买的衣服都穿不完，倒是你，一定得穿得体面点，这女人也是男人的脸面呢！"

可是第二天婆媳俩还是没有去，无论王桂芬怎么说张华静就是不肯去。她想不通，现在的人咋都疯了。都是一个村出来的，娟儿花起钱来像流水一样，平时那么节俭的婆婆居然也说服自己去买那两千多的衣服，她不心疼吗？一个星期后，那两件衣服还是躺在了张华静家的沙发上，是刘欣平买回来的，不用问，是从娟儿那要来的信息。

结婚多年以来，张华静和刘欣平二人在性格上截然相反，但在生活上是互补的。刘欣平外向强势，乐观豁达，思想开放，还有很强烈的大男子主义。张华静温文内敛，懂得退让，以他们这样的组合来看一个主外一个主内，是

再合适不过的了，日子怎么都能过得红红火火。这婚姻里过日子，性格是一方面，最重要的还要看有没有爱情。有了爱情，再大的问题都可以忽略不计，没有爱情，再小的问题都是大矛盾。当初花花公子一般的刘欣平对于张华静这个文弱的女子只看了一眼便有了不顾一切想要娶回家的决心，婚后十几年来，这份感情一点点升华，成了唇齿相依的亲情，爱情和亲情似乎也分不清了。

如果生活就这么一直走下去，那么张华静的人生就是完美的，共患难他们做到了，可同富贵的路上却出现了问题。在两年后他们的婚姻亮起了红灯，也让张华静彻头彻尾地做了一次人生的改变。

十六

二〇一二年三月，刘欣平和雷建做起了钢材的生意和货物贸易，他们承包了两节火车皮搞运输，还在春城设了个点办了个分公司。由于工作需要，刘欣平去那边一待就是一两个月。刚去春城的时候，每天不管多忙多累晚上回到自己住的地方，第一件事就是打开电脑视频和家人聊天。他会坏笑着对总是抢着第一个说话的儿子说："你排第二，先是我妈，我要看看我妈身体好不好，高兴不高兴，第二才是你，学习怎么样？长高个子没？最后是你妈。一个一个来……"

一家人就那么愉快地聊着天，虽然远隔千里但是一根网线就能面对面说话，也就不觉得远了。每天晚上在电脑前等待视频就成了三个人最期盼也最快乐的时刻。可是，慢慢地这视频就不太打过来了。家里这边仍然在等，一天，两天，直到等了一个星期以后张华静和婆婆就开始担心，甚至胡乱猜想。么不是工作不顺利，遇上作难的事了？娘俩提心吊胆地拨通了电话，开始没人接，再拨一次还是没人接。这下婆媳俩就慌了神儿，急忙问亮子要到了雷建的手机号码，打了过去。雷建安慰婆媳俩说，不要着急，可能正忙着，一会让他给回过来。到了下午三点，刘欣平的电话终于打回来了，婆媳俩同时聚了过来。"喂，欣平，你在忙吗？一直不见你消息，我和妈很担心，所以……"

"我一个大男人，有什么可担心的？我这边问题一大堆，你们就别添乱了，你照顾好妈和冬冬，别管我。"

王桂芬从媳妇手上拿过手机，说："老二，遇事稳稳地，别急啊，我们在家都好着呢，你啥时候回来呀？"

"妈，我暂时回不去。"

"那你照顾好自己，妈不说了，你和静静说吧……"

王桂芬把手机转到张华静手上的时候，里面已经是忙音了。王桂芬一愣，那堆满笑容的脸瞬间僵住了，过了一会就轻声说："怪妈不好，占用了你的时间。老二他太忙了，出门在外不容易，你别怪他哦。"

张华静有点失落，但转念一想又觉得自己太狭隘，丈夫一个人在外面，方方面面都要应付，是很不容易的。这个时候不能打扰他，应该理解他支持他，就安慰婆婆道："没事的，妈，他可能正忙着呢。"

就这么着，一家人虽然心有牵挂，却也平静地过着日子。

刘欣平已经很久不主动开视频了，倒是老妈和儿子每个星期六的晚上都要往那边打一次。刘欣平一次比一次话少。总是心不在焉地说上几句就打着哈欠说累，王桂芬看到儿子就高兴得忘乎所以，七大姑八大姨都要说上一遍，看儿子说累了只得把到嘴边的话咽了回去。冬冬刚拿起耳机叫了声"爸爸"，后面的话还没来得及说，刘欣平就说："儿子早点睡吧，明天还要早起上学呢，爸爸也有很多事要去做，再见哦。"

"那，妈妈……"冬冬的话还没说完，那边就已经挂断了，冬冬摘下耳机看着张华静说："妈妈，爸爸他，挂了。"

张华静摸着儿子的头说："爸爸太忙了，我们要体谅他。等忙完了，他就会回来看我们了。"

家人就在这样的等待中到了中秋节，刘欣平终于在妻儿老母的盼望中回来了。那是一个中午，吃完饭王桂芬就和对门的老姐妹逛公园去了，张华静送走儿子买了些日用品回来，一进家门低头换鞋的时候看到地上有一双男人的黑色皮鞋，立刻抬起头往客厅望去，只见刘欣平正坐在沙发里，旁边放着一杯冒着热气的茶水。

张华静高兴地走过去问："你回来了，怎么也不说一声，我们也好去接你。"

刘欣平淡淡地说："不用，接啥接。说了就没有惊喜了。看看，那是什么？"说着他用手指了指墙角。

张华静这才看到在沙发旁边放着一个纸箱，问道："买那么多呀？家里什么都有。"

刘欣平外出回来都会给家人带很多东西，吃穿用，样样齐全。家里三个人的尺码和喜好他都记着。各种物品往往是还没有用完他就买回新的了，也不是张华静不会买，而是怎么买他都看不上，嫌太廉价。对于妻子的缺点，

别的都可以包容，唯独这点不行。他不需要节俭的女人，他需要会花钱而且把钱能花响的女人。可这一点张华静是无论如何也做不到他的心上。

张华静看了箱子一眼，说："不急，我给你做饭去。"

刘欣平说了句："我吃过了。"

俩人正说着，王桂芬回来了。老太太一眼看到坐在家里的儿子顿时脸上笑成了一朵花，急忙过来问："儿啊，啥时回来的？你个坏小子也不提前告诉我们一声，家里可都惦记着你呢。"

刘欣平站起来把妈妈搡着坐到自己身边，又对妻子说："把箱子打开吧，你和妈都试试，看我给你们买的衣服合适不？"

张华静应了一声，就去找剪刀。"不急不急，让妈好好看看你。"王桂芬拉着儿子的手仔细端详起来。

那边生意怎么样啊？几个人管啊？气温咋样？早晚穿什么衣服？等等。她把能想到的和看到的都问了一遍。正问着刘欣平的手机响了起来，王桂芬停住问话等儿子接听电话。刘欣平只是看了一眼就直接关机了。

王桂芬不解地问："你怎么不接电话呀？万一人家找你有急事儿咋办？"

刘欣平说："没什么大事，回家了想清静清静。"

晚上吃完晚饭，冬冬和爸爸缠磨了一会就回房间里写作业去了。张华静和王桂芬婆媳俩打开了那个纸箱子，开心地试穿着刘欣平买给她们的新衣服。一家人又回到了往日幸福快乐的生活中。可这种快乐并没有持续多久，随着刘欣平再一次去了春城后，这种幸福快乐就不在了。张华静的心里隐隐升起一种说不出的担忧和猜疑。她觉得丈夫好像是变了，变得和自己生疏了。一天到晚心事重重，神经分兮，不像以前大大咧咧开心快乐的样子了，手机分秒不离身，有时来了电话他也不接而是直接关机，到了晚上总说很累倒头就睡。有一天晚上张华静看到丈夫把手机压在枕头底下竟然睡着了就伸手过去，想把手机给挪到床头柜上去。因为她听说手机有辐射，对人身体不好。可她还没碰到手机，刘欣平就猛地睁开眼睛问："你干嘛？"

张华静温和地说："手机有辐射，我给你挪到一边去。"

谁知刘欣平推开妻子的手说："不用，你睡你的。"就又翻了个身往另一边睡去，手机自然也被他从这边挪到了那边。张华静也没有理会，只好给丈夫把被子往上披了披。可是这个时候手机铃声又响起来，刘欣平没有睁眼又一次关了手机。这个神秘的来电好像让他很烦躁又好像很期待，看着丈夫反常的样子，张华静不由得在想，这个电话到底是谁打来的呢？

在家的半个月时间里，刘欣平基本都是在家里看电视喝茶，也不太和家

人说话，看累了就关起房门睡觉，也没有和什么人来往，只是到亮子那边去过两次，但时间也不长很快就回来了。问吃什么饭他总是心不在焉地说"随便"。刘欣平最喜欢吃的是妈妈烙的葱花油饼和张华静的手擀臊子面。以前每次外出回来，人还没到家电话就先到了，"媳妇，手擀面伺候，我马上就到了。"那种阳光，那种带着痞性的幽默总是能让婆媳俩乐得开怀大笑，满屋子都是幸福的味道。

可是现在，丈夫人在家里却和自己连句话都没有，是生意不顺吗？不像。如果是生意上不顺利他就会风风火火地在外面跑，忙着去解决各种难题，他是坐不住的。可到底是哪里出了问题呢？这个阴影在张华静的心头盘旋、萦绕，驱之不去。作为女人，有一点张华静是想到了却又不敢去触碰的，又无法抑制地不得不往那上面去想。

刘欣平走后的几天里，张华静被这种忧虑带来的各种猜想折磨得心神不安，总是一个人静静地发呆，连手里正做的事情也常常忘到脑后去了。比如，把锅烧干，把菜炒煳。水管里的水哗哗地流，溢满池子流到地上她都全然不知。这天晚上，王桂芬来到了媳妇的房间里。张华静看到婆婆进来，忙从杂乱的思绪中回过神来，叫了声"妈"。刚要站起来，手中的书慌乱中掉到了地上。王桂芬弯腰捡起书放到桌上，然后坐到床边看着媳妇说："静啊，冬冬睡了。妈看你的灯还亮着，咱娘俩说说话吧。"

张华静点了点头说："哎。"

王桂芬说："妈看你这几天饭也吃不好，觉也睡不好。是不是有心事？"

张华静说："没有，没有的，妈您去睡吧。"

"还是跟妈说说吧，说出来就不憋闷了。你这样，妈也不放心呐。"

张华静犹豫了半天，在婆婆的追问下嗫嚅着说："妈，欣平他……"

王桂芬当然明白媳妇的意思，她笑着说："妈知道你想什么，不会的，绝对不会。我的儿子我知道。他对你的心思和当初娶你的劲头那是从来就没有过的。这些，不用妈说，你自己明白。你要相信自己的男人。这男人生就是在外面跑的，经见的人多，事多，要变心早变了，还能等到现在？你看咱冬冬都是墙高的小伙子了，别瞎想了，啊。"

张华静没有吭声，只是低头听着，眉头却渐渐舒展开来，王桂芬又说："我家老二呀，是个知道轻重的人，不会胡来的。这退一万步说，就是你占不住他的心儿，还有妈和冬冬呢，你想想是不是这个理儿？"

听完婆婆的话，张华静似乎觉得自己错怪了丈夫，就说道："妈，是我想错了，不该怪他，可能是在外面太累了吧。"

王桂芬一拍巴掌说："哎，这就对啦，有事儿别瞒着妈，咱娘俩不能隔心。这话又说回来了，男人在外干事咱女人家帮不上忙，能做的就是把家事处理好，家里安安稳稳的，他也好放心地去闯事业。"

"我知道了，妈。"

"好了，不早了，你也早点睡。"

婆婆出去了，张华静在婆婆的一番开导下心情慢慢平静下来，关上门，上床甜甜地睡去。

离别家人的刘欣平像出了笼子的鸟儿，心情格外舒畅。尽管他知道这是段孽缘，自己是在玩火，可还是无法控制住满心满脑的思念。在火车上他一次又一次对自己说，是时候做一个了结了，可后一秒就又后悔了。情感上的巨大诱惑和理性上的折磨，让他好长一段时间都很低沉。下午三点，他出了春城火车站。看着头顶的太阳，猛地摇了摇头努力让自己清醒。这时一个年轻女子迎了上来，亲昵地挽住了他的胳膊。时尚的衣着，高挑出众的身材，富有弹性带着波浪大卷的栗色长发，这一切，让刘欣平在返程路上好不容易做好的分手决定轰然坍塌。

"不是说只待一个礼拜吗，怎么这么久？"女孩娇嗔地问。

刘欣平双手插进裤兜里，长叹了一口气。女孩看到他这般神情立刻改变了话题说："回来了就好，走吧走吧。"

如果说前一秒刘欣平还有着对妻儿老母深深的愧疚感，那么后一秒这种负罪感就抛到了九霄云外。他一手拉着行李箱一手搂着娇艳欲滴的火红玫瑰，连走路都带着激情。俩人半搂半抱到了停车场，女孩殷勤地把他的行李箱放到后备厢，转身时投来莞尔一笑。刘欣平望着那天使一般完美的脸庞，顿时魂魄都不在了，这个女子让他一步步沉沦，欲罢不能。今天是他的生日，妻儿老母苦苦挽留说过完生日再走，可他哪里有心情吃媳妇擀的臊子面和母亲烙的葱油饼。这边，香车美女，蛋糕西餐，人生简直就上了另一个高度。

朦胧的灯光，轻柔舒缓的音乐。那女子亲手为他点燃蜡烛，举起精致的红酒杯说："生日快乐！"半杯红酒下肚，刘欣平已经分不清是在人间还是天堂。

刘欣平身边的年轻女子叫田玫，是他的私人助理。所谓私人助理，就是在雷建的安排下，公司专门招聘来这个年轻的女大学生负责他的形象设计和包装，以及工作的日常安排等事项。在雷建看来，刘欣平做起生意来是把好手，也是不可多得的人才，可不论是言谈举止还是着装上都有着农村的痕迹。

想了很久，决定请一个懂时尚的专业人士来改造自己的好友。

起初，刘欣平对于雷建的这个安排很是抗拒，可雷建说："改造也是提高，人要往高处走，就得学习。改掉不好的让自己能够适应更大的舞台，跟上时代的步伐有什么不好？不要认为朴实是一种美，那是落后！"

"改造，我还用得着改造？"刘欣平不禁笑出了声，他对自己的欣赏能力还是自信的。

雷建没有答他的话。一周后，这个叫田玫的女子便来报到上班了。她先是对刘欣平做了一番研究，从发型到服装、配饰，做了一个完整的方案，用她的话来说这叫形象设计。后来出去谈事田玫便要跟上，刘欣平不让，说自己谈事不喜欢女人跟着，碍事，可女孩很有一套说辞。

"老板，以前您接触的人群层次比较低，是不需要助手的。可现在您是总经理，为了公司的形象也必须带上我，因为我是公司为您配的私人助理。还有，有些产品说明和业务上需要懂外语，您不懂，我懂。将来做到进出口，我的作用就很大了。"

没办法只能带上，可是身边有个人处处跟着，刘欣平觉得很不自在，就借故找碴想气走她。可是不管他怎么无理取闹，怎么发脾气，那女子都一声不吭，等他把火发完了会说："现在进行工作的下一个流程……"那样子不卑不亢又胸有成竹反倒显得刘欣平很幼稚。几次三番下来刘欣平看计谋不能得逞，便勉强接受。

这个刚刚二十五岁的女孩子做起事来一丝不苟，每天的工作安排井井有条，几点见客户，见哪个客户，客户资料一应俱全。经营范围和优劣点还要提前给他详细解说一遍。出行之前先带他去做发型，穿什么衣服，扎什么领带，配哪双鞋也会在前一天给他写一张单子。刘欣平的衣柜里有什么衣服田玫比他还要清楚，那些都是田玫按照自己的设计去购买的。当然，这一切都是她的工作内容，雷建特批，目的就是改掉刘欣平的农民气质和意识。

这个改造计划进行得并不顺利，田玫多次被骂得眼泪在眼眶里打转却只是咬紧嘴唇硬是没让流下来。刘欣平看到后就心软了，何必为难一个女孩子呢？人家也是为了工作，为了讨口饭吃而已，后来便不再抗拒任由这个女孩来摆布。慢慢地他发现，自己越来越年轻了，以前灰黑蓝，三种单调的服装颜色，现在却是暗红、宝蓝、白色等各色西装，还有带有各种暗色花纹的套装和新潮混搭，每一套服装都让他时尚中不失庄重，既有阳光朝气的一面也有成熟的魅力。他不止一次地给雷建打电话直呼受不了，让撤掉这个助理还自己自由，可雷建说："要学会适应，改造也是蜕变，是进步，至于撤掉，

免谈。"三个月后他和田玫的磨合期才算过去，彼此适应慢慢接受了。有时候对着镜子里的自己，刘欣平不敢相信，这还是自己吗？简直就是一个模特或者明星的样子了。不光如此，那些很生涩、绕口的普通话也在不知不觉中说得很溜。再加上工作上的严密配合，每一次谈判都顺风顺水，业绩突飞猛进。

随着时间的推移，整天和田玫出双入对让刘欣平对这个女孩子有了一种依赖感。看见她就像生活里有了阳光，吃饭都觉得香，一天看不见她就觉得生活里少了什么。感情这个说不清道不明的东西就这样悄悄地变化着，终于，在他们相识的第四个月里，二人的关系发生了质的变化。

十七

这一天刘欣平像往常一样到公司上班，他翻看了当天的日程表，早上十点要在约定的酒店会见南方过来的客户谈合作意向。下午一批钢材到货要去接站并做好后置安排。他抬起手腕看了一下表，九点了田玫还没有把客户资料送过来，往常这个点一切准备工作早就做好了。他拿起桌上的座机拨了出去，不一会儿应声进来的却是另外一个员工。来人把一份资料往刘欣平面前一放说："刘总，这是南方客户的报价单给您预备好了，您先看看。咱们十五分钟后出发。"

刘欣平有些奇怪地问："你和我去吗？田玫呢？"

"她病了，这些资料是她整理好的，早上打电话交代给我的。"

病了？刘欣平这才想起来好像昨天下午就没看见她的身影了，便问道："什么时候病的？严重吗？"

那人说："应该不严重，只是她打电话过来请了假，让我接一下她手上的工作，我没问，好像是感冒发烧的。"

"哦，报价单和客户资料你都看了吗？掌握多少？"

"我早上才接手，看得有些匆忙，不过您放心，应该没有问题。"

"那好吧。"

事情进行得很顺利，尽管对客户的各项报价和市场价格刘欣平心里已经熟记，但在去的路上他和助手都收到了田玫发来的信息。信息里对客户资料里的重点部分进行了提示和说明。刘欣平被这个女孩子的敬业精神和细致的工作态度感动了。和这些知识分子在一起共事让他轻松了很多。这些人做事，一切都用数字说话，一张桌子，一台电脑，足不出户却什么都知道。大事小

事都做有详细的方案,有计划、有步骤地进行。开始的时候刘欣平对这样的方式感到可笑,总觉得是在浪费时间。以前做生意的时候都是自己一个人说了算,说到哪做到哪,多简单方便。可是,慢慢地他发现这些人很厉害,市场行情总是第一时间掌握,这就给他的谈判提供了第一手资料,而且很多事情在网上就可以办理。田玫还教会了他很多东西,比如发电子邮件,认识简单的英文名称,还给他买来了基本商业谈判技巧的书籍,刘欣平哪里看得进去?田玫就给他读,读完又进行实例比喻的讲解。刘欣平越来越觉得自己以前的生活、工作方式很土。尽管他很反感雷建这样说他,现在自己却越来越觉得这个说法是对的。

一天的工作结束后,刘欣平问那个下属要了田玫的地址,买了些水果决定去看望一下这个女孩子。人家生病在家还操心工作上的事,作为领导去看望一下也是应该的。

刘欣平很快找到了花园小区302室,伸出手按了门铃,一串响亮的门铃声过后并没有人来开门,他就又按了两下,还是没有人来开门,也没有听到里面有任何响动。可能是去医院了吧。刘欣平这么想着就往回走,刚出小区大门他又停住了,心里隐隐有些担心,就掏出手机拨打田玫的电话。电话倒是打通了,可总是没有人接听,他立刻收起手机跑到了物业管理处,说明情况并出示身份证明请求帮助。物业处的管理人员跟着他来到了302室,并动用榔头和一些工具好不容易撬开了门锁。推开门的一瞬间,大家都吓得惊叫一声,客厅的地板上正躺着昏迷不醒的田玫。在大家的帮助下120呼啸而来,刘欣平二话不说背起人事不省的田玫上了救护车往医院而去。

第二天中午,刘欣平急匆匆处理完公司里的事情就赶到了医院。田玫安静地躺着,刚刚输完液体的手上还贴着白色的胶布,眼睛空洞无力地望着窗外,苍白的脸色看起来非常虚弱,似乎连翻身的力气也没有了。看到刘欣平进来,她急忙把身体欠了欠努力着想要坐起来,刘欣平赶紧按住说:"别起来,别起来,好好躺着。"

田玫充满歉意地说:"刘总,不好意思我失态了。"

刘欣平说:"人生病了就不要计较那么多了,好好休息。今天怎么样了?"

田玫说:"您昨晚守了一夜,今天就不要来了,快回去休息吧。"

"没事的。"刘欣平刚说了没事就连着打了两个哈欠,尴尬地笑了笑。

"还说没事,您快回去吧,昨晚多亏了您送我来医院。"

这时旁边病人的陪床,一个五十多岁的妇女插嘴说:"这是你单位领导啊?我还以为是你丈夫呢。你没见他昨天急得那样,再说了哪个领导会这样

关心员工的！真好啊！啧啧。"

刘欣平说："应该的应该的。"

田玫又劝道："刘总，您还是回去吧，工作任务那么重，您不休息怎么成？"

刘欣平说："没事的，要不这样吧，我问问医生，看这边还需要什么，一会让小林过来，这几天就由她来照顾你直到出院。你这一个人在外，家人不在身边没人照顾你也不行。这次多危险呀，有病早治疗，说出来大家会帮助你的。"

田玫还是强撑着坐了起来，刘欣平把枕头放到她的背后给垫高了一些。田玫喘了口气说："我想求您个事。"

"哦，钱的事不用担心，公司全部负责。你安心养病。"

"谢谢您了，我是说我不想让公司里的人知道我住院的事情，请您保密行吗？再说了也没什么大事过两天就回去了，就别让小林来了。"

刘欣平点点头说："好吧。"

他突然感觉到，这个女孩绝对不是高烧肺炎至昏迷那么简单，像是经历了一场大难一般。可这是人家的隐私不能打探。既然人家不愿意让人知道就保密吧。可是没有陪护人怎么可以？刘欣平到护士台说明了情况，护士让他放心，说没有陪护的病人她们会加强护理的，家属不用担心。刘欣平又续交了后面的费用，安排好了一切就起身回到了公司。

一个星期后田玫来上班了，显然比以前清瘦了很多，但精神依旧很好。手脚麻利，思维敏捷，一堆在别人看来没有头绪的事情在她的打理下很快就井井有条，安排得当。当她出现在刘欣平办公室的时候，作为领导的刘欣平关切地问："怎么不多休息几天，身体好了再来。"

田玫微笑着说："再休息下去我连房租都快交不起了，我得上班赚钱啊！老板，这次多亏了您帮忙，不然还不知道会怎么样呢？为了表示感谢，我想请您吃顿饭，请务必赏光！"

刘欣平说："那么客气干嘛？应该的。为了你的房租，还是省一顿吧。"

"周六我亲自下厨，做一顿饭，您一定要来哦！不然我会过意不去的。"

刘欣平抬起头看了这个女孩子一眼有些不忍心再拒绝，就只好说："那好吧，不过我周六有安排，要出去见几个朋友，回来也就六点左右了。"

"没事没事，我等。"

刘欣平说："好吧，那就这么说定了。"

"嗯。"

田玫甩着一头长发出去了，刘欣平捶了一下脑袋，靠进了宽大松软的黑

色皮椅里。他都搞不懂自己了，本来是拒绝的，可是不知道为什么话到嘴边却打了个弯，拐来拐去还是婉转地答应了。怎么能去一个单身女子的屋里做客呢？毕竟自己是有家室的，这样单独赴约传出去也不好听。可是既然已经答应人家了只有硬着头皮去了，怎么好出尔反尔呢？刘欣平给自己不太合适的做法找出了很多理由，尽量让这顿饭吃得合乎常理。

周六下午，刘欣平第二次敲开了田玫的屋门，桌上咖啡色果盘里放着洗好的水果，南面向阳的落地窗前摆了几盆绿色的植物和正在盛开的鲜花，紫罗兰色的纱窗被风吹动着忽明忽暗。一首舒缓、悠扬的音乐充盈了整个屋子。刘欣平顿时眼前一亮，有一种温馨浪漫的感觉。到底是女孩的房间，一尘不染，芳香扑鼻。跟自己那单身汉房间里的冷清相比，这里多了几许温暖。把刘欣平让到屋里后田玫就急忙去厨房端菜，出出进进不一会儿就摆好了四菜一汤、油焖茄子、蒜蓉木耳、竹笋炒腊肉、辣子鸡块，西红柿鸡蛋汤，取来高脚杯倒了红酒，田玫笑着做了个请入座的手势。

刘欣平走到桌前，看着香气扑鼻的菜肴说："你还会做菜呀？还做得这么好！"

田玫递过来一双筷子，说："一顿家常便饭，请您不要嫌弃。"

俩人相对而坐，田玫说："那天您背着我下楼，送我去医院又垫付了药费。我过意不去，没什么可以感谢您，做顿便饭略表心意。"

刘欣平摆了摆手说："不要再提这个，不算什么，任何人碰见了都会这么做的。"

田玫举起酒杯说："谢谢您让我感受到了家人般的温暖，敬您一杯。"

刘欣平挡住酒杯说："还是换茶水吧，在单身女孩屋子里喝酒不好，你也别喝，身体也才刚好。"

田玫表示同意就撤了红酒，边泡茶边说："您还是个细心的好男人呐，开始觉得凶神恶煞的！"

刘欣平笑着摇了摇头。俩人先是说了一些感激的话，后来又聊了聊工作上的事情，吃完饭也就九点多了。刘欣平就要起身告辞，田玫没有要送客的意思，坐着没有动，很伤感地说了一句："您就不问问我为什么病成那样了吗？"

刘欣平说："好了就行，别的不重要。"

"那您能坐下来听我说说我的故事吗？在这个城市里我很孤独，没有亲人，没有朋友。您是唯一关心我的人，所以才有倾诉的欲望。哦，当然您不想听我不勉强。我现在很迷茫，每一天都过得特别痛苦。只是，只是想找个

人说说话，哭了笑了，明天重新开始。"

刘欣平犹豫了片刻，放下手里的外衣又坐回到椅子里，听女孩讲述自己的伤心事。

"我失恋了，我最爱的人爱上了别人，要跟我分手。"

田玫只说了一句就再也忍不住了，眼泪大颗大颗从白皙的脸颊上滚下来。刘欣平点燃了一支烟，吸了两口，一只手抵着下巴认真地听着。过了好久田玫止住了眼泪，稳定了一下情绪又接着说。

"我们是在大一认识的，同级不同系。他记忆力特别好学习成绩优异，长得也很帅，而且声音非常好听，有磁性。当然我也不差。大二我们又都成了学生会的干部，每年的文艺演出我俩就是男女主持人。同学们都说我们是天造地设的一对。就这样度过了人生里最幸福的四年。毕业时我为了减轻家里的负担选择了工作，来到了这座城市。他考上了北京一所名校的研究生，分别的那天他抱着我发誓，今生非我不娶！……工作了我就努力挣钱，一部分寄回家里一部分存起来，就为了去北京看他。我们约好了一年最少见三次面。可是一年还没完他就开始冷淡我，我以为他学习忙就没多想，可是，可是上个星期我去北京，他要和我分手，说他爱上别人了，那个女孩比我更优秀，也是同学校的研究生，说他们才是最般配的，呜呜……"

说完田玫又嘤嘤地啜泣起来，哭得双肩剧烈地抖动。刘欣平把烟蒂摁灭丢到一旁的果皮盒里，抽了几张纸巾递了过去，劝道："爱了就不要后悔，不爱了也不要怨恨。感情这种事说不清谁错谁对，过去的事情不要揪着不放。你人生的精彩还在后面呢，好好生活。"

田玫止住了哭声，抬起头说："道理我都懂，就是心里难受。没处诉说，我很怕，怕自己撑不住……谢谢您，听我倒这些情感垃圾。"

"好，你倒我都收，你倒完了我再把它拉出去倒到垃圾站去。"

田玫被这句话逗得"扑哧"一声笑了，刘欣平说："好了，终于笑了，笑了说明你想明白了，我也该走了。"

刘欣平伸手去拿外衣，田玫低声说："能，能不走吗？我特别痛苦。"

刘欣平看了女孩一眼，田玫立刻补充道："你别多心，没有别的意思。我只是觉得你像我的家人，可不可以，可不可以今晚就当是一个妹妹的请求，陪我说说话，让我度过这最痛苦的时刻。明天才有勇气开始新的生活。"

刘欣平拍了拍田玫的头说："那我，就做一回哥哥。"

这一晚，刘欣平没有走，他把沙发拉开躺上去。田玫哭够了，说累了才回到房间里去休息了。第二天刘欣平就后悔了，怎么会鬼使神差地在一个女

孩子房间里过了一夜。尽管清清白白什么也没做，可说出去谁会相信呢？再说了这一晚他的内心远没有外表那么坚定，几次面对楚楚可怜、面若桃花的女孩都有一种想要拥她入怀的冲动。一想起这些他就吓得一个哆嗦，猛地甩甩头让自己清醒清醒。尤其是在接到妻子和妈妈打来电话的时候就更是有一种负罪感，心里仿佛有两个自己在打架。一个说，你什么都没做，端端正正的，怕什么？只是安慰一个受伤女孩的心，担心她想不开做傻事守护了一个晚上而已，这也是好事。另一个说，做什么好事，再推得干净你刘欣平也是在一个年轻女孩的屋里过了一夜，说破大天去你也是动过歪心思的呀，端正，端正你咋不拉开门大步走出去回到自己住处去呢？

刘欣平心里剧烈斗争的时候外表却是很平静，自然地工作、生活，一切按部就班。毕竟是男人，超强的心理素质和伪装的功夫还是有的。从那夜以后田玫似乎真的和过去划清界限，一心投入到工作中去了。不过对刘欣平更是关心有加了。

十八

自从那一顿饭过后，田玫和刘欣平之间的关系就变得亲密起来，无话不谈无事不说，工作上互相扶持，生活中互相关心，两个人越走越近。但在公司里田玫还是原来的样子，对刘欣平恭恭敬敬，言谈举止丝毫不乱，保持着应有的礼节，让人也看不出什么问题来。下班之后可就不同了，总是借着汇报工作的名义随便找一个理由给刘欣平打电话，谈工作，谈生活，谈各自的兴趣和爱好。早上起床会提醒天气的变化，加衣服减衣服等等。

如此细致入微的关怀让刘欣平这个西北汉子有些招架不住了。他也提醒自己和田玫保持一定的距离，也故意疏远她。可是不知不觉中他发现，自己越来越喜欢上这种被人关心的感觉。每天早上一睁开眼睛，他就迫不及待地抓过手机看田玫发来的那一段段充满温情的短信。走进公司眼睛和心又不受控制地四处搜寻着她的身影和声音。当夜里一个人的时候，他又会在欲望与理智的边缘苦苦挣扎，他也想了很多办法，比如：想撤掉这个让自己步入危险境地的助理，或者把她调到别的岗位上去。而这种想法总是前一秒在脑子里闪过，后一秒就被否决了。

对于已婚男人来说，这种诱惑就像慢性毒药，明知有毒却一步步靠近难以自拔。刘欣平是个男人，是一个出众的男人，是一个血气方刚且独居异地的男人。他经过一番激烈的思想斗争之后，终于艰难地做出一个决定。他把

田玫调到了市场部，让她去跑市场，这样俩人见面的机会就少了，也许只有这样才是最好的解决办法。刘欣平认为，是自己孤独的时间太久了才会有这种错觉，只要见面少了这种狂热就会过去。

田玫欣然接受了这个安排，没有再打来一个电话。日子似乎恢复了平静，刘欣平表面上看起来很轻松，心里却痛苦万分。尤其到了晚上，当他独自面对着偌大的屋子，一种空虚、寂寞紧紧地包围着他。他多么希望能有人打来一个电话和自己说说工作以外的话，哪怕是打错的也行，然而，对着黑漆漆的夜色，他只能一根接一根地抽烟。

半个月后的一天，刘欣平和几个生意上的朋友小聚，四五个人一直喝到晚上十一点才散场。他虽然脑子还算清醒，走起路来却两腿发软。走出饭店大门的时候天上正下着小雨，迎面刮来一阵冷风裹着雨水落到脸上，把酒精作用下的迷糊赶走了不少。忽然一辆黑色的轿车停在了他的身旁，车门打开，下来的却是田玫。

刘欣平揉了揉眼睛，确定自己没有看错人，就问："怎么是你，我不是给小张打的电话吗，让他来接我的？"

田玫也不答话，过来架起他的一只胳膊就往车里送，他一再说自己没醉，可还是被放到后排座位上。锁上车门田玫回到驾驶位，一踩油门就开了出去。半小时后到了他的住处，田玫还是过来架起他的胳膊，他不让，俩人推拉了一阵他只好服从了。在房门关上的那一刻，刘欣平被一个女子一会儿抱，一会儿拉地往床上拖的时候，浑身的血液一下子就冲到了头顶。满怀的馨香细软他哪里抵抗得了，一切就这么发生了。

事后刘欣平清醒过来，看着躺在怀里的田玫，他没有惊慌和羞愧。两个人都不说话，静静地望着彼此，刘欣平伸出手梳理着田玫的长发问："你怎么会开车啊？"

田玫莞尔一笑，说："我大二就考了驾照的。我表哥办了个驾校，放假的时候我给他帮忙招生，也就学会了。"

刘欣平又问："你，你为什么往一个男人的怀里钻？不知道有危险吗？"

田玫露出了得意的神情说："这不是危险，是爱。因为我知道，你爱上我了，而我也正好爱你。"

"我什么时候说过这样的话？"

"那你为什么把我调开？你在躲我，不敢见我。这就说明你动心了，怕了，怕管不住自己。"

刘欣平点了一下她的鼻尖说："你会读心术啊？"

田玫把头往他怀里一钻，撒娇地说："嗯。"

在如此巨大的诱惑面前，那些道德、责任，统统不复存在了。刘欣平没有丝毫的抵抗力，完全陶醉到眼前的温柔乡里去了。也许两个人都孤独得太久了，就这么不管不顾地在一起了。

不知不觉中一年又过完了，二〇一四年的春节正一步步逼近。今天是腊月二十三，小年。大街上卖鞭炮和对联的摊位前人来人往，马路边的路灯柱上挂起的红灯笼从这头一直延伸到那头。"二〇一四"四个大字在天桥的中央位置被各式花卉簇拥着，像一位慈祥的老人，俯瞰世间繁华。中国年是团圆的日子，在外工作的人们陆续回来了，大街小巷都弥漫着笑声和喜庆。电视里锣鼓喧天，鞭炮声阵阵，一声声祝福，一句句问候把年的气氛推到了高潮。然而，张华静的心里却怎么都高兴不起来。

一家老小三口人掐着指头算日子，盼望着刘欣平归来。墙上的日历被儿子每天用红色笔迹做着记号。盼着，盼着，没有盼回刘欣平却盼来了亮子送来的一车年货，还说刘欣平过年不回来了要在春城值班。王桂芬一听就急了，问："值啥班，值班。过年公司都放假了他留那里干啥？"亮子想了半天也说不出一个理由来，只好说他们哥俩分开的时间长了，那边什么情况自己还真不知道。只是刘欣平给他打了电话，让把年货给办好送到家里来。张华静拦住了婆婆，不让再追问下去，直说老太太想念儿子了，让亮子不要见怪。

好久都没有接到丈夫的信息了，以前刘欣平也是常常不在家，几天，甚至一两个星期都在外面跑，但那时张华静心里不慌，也不去胡乱猜想。因为那时的刘欣平只要忙完了就会给她打来电话，虽然只是一句简单的："媳妇，把面擀好，我一会就回来了。"那种声音里的快乐足以让张华静安心。可现在不同了，不仅丈夫人在千里之外，最主要的是那颗心也越来越远了，还能有什么比这更让人担心的呢？

腊月二十五了。张华静坐在自己房间里，望着那张攥在手里的开往春城的火车票发呆。她想了又想，决定在去之前再给丈夫打个电话，可是一连拨通两次都没有人接，第三次，她的手有些颤抖，她不敢相信丈夫会变得如此冷漠。好在这一次电话里终于传来了刘欣平那熟悉的声音。

"喂，我已经让亮子去给你们办年货了。钱我给你转账过去，缺什么就买什么，别舍不得花钱。"

张华静顿了顿，让自己的心情平复了一下，问："那你呢？除了警察，除了军人这些特殊职业的人，各家的男人都回家了，你为什么不回？"

电话里也是一阵沉默，过了一会刘欣平才说："你照顾好妈和冬冬，好

好过年,我这边走不开。"

张华静的心情再也无法平静,一股怒火窜到了胸口,气愤地问:"走不开,什么工作能让你二十四小时都在忙。过年不回家,电话不打也不接……"

刘欣平也变了语气,指责道:"你怎么变成这个样子了?知书达理跑到哪里去了?善解人意、好脾气都跑到哪里去了?我在外面累死累活还不是为了让你们过上好日子吗?你知道我在外面有多累吗?"

"我就想看看你究竟有多累!"

电话又一次中断了。张华静呆呆地坐着,王桂芬循着声音跑了进来,看到媳妇这个样子一时也不知道说什么才好。作为女人,作为母亲,她再愚钝也感觉到了事情的严重。儿子的确是变了,仅仅一年不到咋就像是换了一个人,忙工作,忙工作,这个理由平时哄一哄、骗一骗也就算了,可这是过年呀!

王桂芬在媳妇的身边坐下,缓缓地说:"静啊,妈知道你心里苦。可老二那边到底啥情况咱也不知道,也不能净往坏处想,你要去,妈也不拦着。只是你一个人去妈不放心,要不,让你大哥陪你去?"

张华静摇了摇头说:"不,我自己去。"

王桂芬又自顾自地说:"也是,你大嫂那张嘴呀,正愁没闲话可嚼呢。那,那妈去找亮子或者雷建,让他俩谁和你去一趟?"

张华静回过头来安慰婆婆道:"不了妈,不麻烦别人了,都到年根儿了人家还要团圆呢。这去了没事更好,万一有,有什么不好的,咱也得,也得给他留点面子。外人在,你让他咋回头呀?"

"静啊,好媳妇!还是你想得周全。你能这样想妈就放心了。你去了,要是有什么不好的,你就看在妈这张老脸上先别闹,回家来关上门,咱们自己处理好不好?妈绝对不会护着儿子的。"

"妈,我知道的。"

此刻张华静的心里,痛苦的洪水快要冲垮理性的堤坝,但还是强打精神安慰着年迈的婆婆。她预感到自己的家庭将要面临一场风暴的袭击,不管如何不能伤了老人和孩子。王桂芬也是个明事理的人,对于这次去春城,儿子那里她没有考虑过,想得最多的是媳妇的安全。

隆冬时节,原野上一片苍茫。枯黄的衰草在褐色的大地上瑟瑟发抖,一层薄薄的寒霜笼罩在淡青色的麦田上,远远望去像雪。火车似一条游龙在无垠的大地上肆意游走。张华静双眉紧皱,面无表情地望着窗外,耳边响起了闺蜜娟儿说过的话:"你就是老实,成天的不出家门也不知道世界都变成什么样子了。你家欣平会挣钱,长得也好,现在的小姑娘就喜欢这样的,不管

不顾地往上贴呢。他就是再本分，一个人在外面时间长了也扛不住的。"她本来是不相信这种闲言碎语的，可现在这种情况让她不得不往那方面去想，这一去是福是祸不得而知。如果真的就如娟说的那样，自己又该怎么应对呢？

张华静还没有想好，也不敢想。这么长时间以来只要往那种事情上一想她的心就像刀割一样疼。张华静始终不相信自己的男人会变心，即使真的变心了，也是像《西游记》里演的那样被妖魔鬼怪迷了心智找不到回家的路了。

在张华静刚出家门的时候，王桂芬就一遍一遍地拨打儿子的手机，刘欣平本以为是妈妈又来催促自己回家的，可是没想到却是急着告诉他张华静来春城找他了。挂了电话刘欣平蒙了，他本以为张华静只会在家里等或者打打电话催一催，等自己回去了好言好语哄一哄就完事，没想到她却来了。她哪里来的胆量？她可是连西安城都没有出过的，想着想着刘欣平心软了。那老实本分的媳妇在他的心里还是有着很重的分量的，怎么说也是十几年的夫妻了，也就担心起妻子的安全来。他调转车头回到了自己的住处。

田玫正坐在电脑桌前敲击键盘，看到刘欣平进来，问道："怎么这么快就回来了，U盘取回来啦？"

刘欣平没有答话直接进了卧室，打开衣柜把田玫的衣服和各种用品统统装进一个大袋子，然后出了卧室，往田玫面前一放，说："我给你定了明天的机票，你赶紧回去吧。"

田玫脸上的笑容一下子就消失了，问道："不是说好了我们都不回家的，我已经告诉家里过年要加班。"

刘欣平语气沉重地说了一句："我媳妇来了。"

刚刚还一脸惊讶的田玫听到这句话竟然笑出了声，说："一个家庭妇女，你至于这么紧张吗？媳妇媳妇，土不土啊？"

刘欣平果断地说："你赶快走，我已经够对不起她的了，不能让她伤心，那样会出事的，她跟你不一样！"

田玫扬起满是泪水的双眼说："有什么不一样？你怕她伤心就不顾我的感受？"

刘欣平双手抱头坐到沙发里去了，田玫没有再说话，她穿好衣服，拎起那包东西绝望地看了刘欣平一眼，愤愤地走了。

春城的冬天气候依旧温和，没有北方的萧瑟和寒冷。这一点在走下车厢的那一刻人们就已经感觉到了。这是张华静第一次出远门，但对于春城的美她自小就在课本里知道了，可是，现在她没有心情去看看周围的景致和自己

所在的城市有什么不同。她整了整衣服，理了理头发，跟着同时下车的人群出了车站。外面接站的人在铁栏杆外围成了一堵人墙。有的举着大大的牌子，有的踮起双脚尖叫着，人们在用各种方式表达着思念和喜悦之情。人流熙熙攘攘往外流动，不一会儿人群就四散而去，剩下张华静一人孤零零地站在车站广场上。她走到一个僻静处，从口袋里掏出写有地址的纸条仔细看着，准备向路人询问该怎么走。忽然一只男人的手掌盖住了纸条，张华静抬起头，刘欣平正站在她的面前。

张华静心里一热，问道："你咋知道我来了？"

刘欣平一眼就认出了站在广场中央很是拘谨的妻子，看到她的那一刻鼻子有些发酸，心里顿生怜惜。他接过妻子手里的包说："妈打电话说的，你没出过门，一个人跑这么远，让人多担心呐！"

虽然有些指责的意思，但是张华静听得心里却是暖暖的，这句话里分明透着一种关怀和爱护。张华静跟着丈夫往车站外面走去。谁能想到，正在不远处看着这一幕的田玫直恨得把牙齿咬得咯咯响。

十九

春城，对于张华静来说一切都是陌生的。这里的每一条街巷，每一条马路，来往的车辆，走过的行人，都与她无关。从刚才下车的那一刻起仿佛就进入了另外一个世界。她也从来没有想过这个城市会和自己有关，更不会想到有一天胆小的自己会来到这里。生活总是变化多端，很多的变化都在意料之外。

眼前的这个男人——自己的丈夫。他在这里生活、工作了很长一段时间了，这一段人生经历自己没有参与，所以她要来看看，看看到底是什么原因让最亲密的人变得离家越来越远，她要把走失的丈夫找回去。

刘欣平倒是很平静，两只手熟练地转动着方向盘，偶尔会转过头来问几句："家里都好吧？妈的身体怎么样？腰疼病还常犯吗？"

张华静便马上回答："家里都好，妈的身体也好，你放心吧！"

这样的回答会换来丈夫的一个"哦"字儿，她不知道这个"哦"字是表示放心还是对她打理家事家照顾妈妈的肯定或者是表扬。

张华静没有往车窗外看一眼，没有看看周围是个什么样子，没有看看这个城市的风景。她没有那个心思，在她心里这个城市不及一个人大。她的两只眼睛专注地投放在眼前这个人身上。这个男人，就是她的一切，她的整个世界。春城再好对她来说有什么意义呢？

大约半小时后，车子开进了一个住宅小区，高楼林立，绿茵草坪，环境很是优雅。进电梯下电梯，来到了1206的门前。刘欣平掏出一串钥匙开了门，又随手"啪"的一声按下了白色方形的灯开关。屋里顿时一片光明。

"进来吧。"刘欣平说。

张华静跟在丈夫身后进了屋，放下手里提的包。

刘欣平说："你先坐，我去烧点水。"

她没有坐，细细地打量着这间屋子，四处看看，摸摸。

这是一个两居室的屋子，空间不大但是布局合理，收拾得干净利落显得非常整齐。南边是客厅，靠墙放着灰色的布艺沙发，搭配黑色带花纹的大理石茶几。对面一个两米长的柜子上放着一台电视机，墙角放着一盆叫不出名字的绿色植物。再往外就是阳台。这里视野开阔，放眼望去可以看见一栋一栋的高楼和高楼上飘过的云朵。

张华静来到了卧室里。床上的被子叠得方方正正，阳光正好照进来落到床上，暖暖的。衣柜半开半合，有几个衣架空空地悬挂着，很多衣服扔成一团胡乱地堆在一起，鼓起的一角把衣柜的半扇门挤得无法合上。她笑了笑，走过去，手脚麻利地整理起来。

刘欣平烧好了水，沏了茶，四下里看了看不见妻子，便到卧房里去找。这一看把他吓了一跳，急忙过去拉起妻子的胳膊就往外走，嘴里说着："你刚到，先歇一歇，喝口茶，这些我收拾。"

"没事的，坐车又不是干活，不累。"张华静说。

刘欣平把妻子拉回客厅，往沙发上一按递过一杯茶说："尝尝，碧螺春。"

张华静接过杯子喝了一口，放到茶几上说："你一个人过得还不错啊！不过，你身上穿得那么利落，柜子里却乱成那样？"

刘欣平又往杯子里添了一些水说："男人么，能这样就不错了。你休息一下，洗个澡。我这就出去给你买饭。"

刘欣平说完就起身往外走。

"哎，等一下。"张华静喊住了丈夫。

"怎么了？"

"买些面粉回来，我给你做顿面条。"

刘欣平说："做什么面条，我这单身汉的屋里没有灶具，更没有案板。拿啥擀面？"

张华静窘迫地笑了笑便不作声了。

刘欣平抓起钥匙下了楼，打开车门，抬起腿刚要上，突然从另一侧窜出

一个人横在面前。他抬眼一看，顿时惊得吸了一口凉气。只见田玫正满目怒气地望着他。来不及说话，他本能地往楼上自己住的那个方向看了一眼，就推搡着把田玫塞进了车里，迅速上车，猛踩油门疾驰而去。

张华静洗了澡，把屋子里的角角落落都收拾了一遍，刘欣平还没有回来。眼看着天色一点点暗下来，她有些着急，只好到阳台上去看。其实只是茫然地四处观望，因为她根本不知道丈夫是从哪个方向离去又会从哪个方向回来。她只是看着楼下走过的每一个行人，尽管人影小如蚂蚁。又是一个小时过去了，天已经完全黑下来，还是不见丈夫的身影。在这个空空的房间内，她能清楚地听见肚子"咕咕"的叫声。她掏出手机拨打丈夫的电话。一遍，两遍，都是无法接通。过了一会儿，接着再打还是同样的回音，她的心猛地抽搐了。

刘欣平和田玫一直纠缠到夜里十二点仍然无法脱身。虽然他的内心十分焦急可还是耐着性子好言相劝。终于，田玫的情绪稳定下来，答应放他回去。刘欣平便松开紧紧搂抱着她的那双手臂，从面前的茶几上的抽纸盒里抽出两张，帮她擦了擦脸上的泪痕说："好了，好了，忍一忍，就几天而已，等她回去了我们又可以在一起。"

"嗯。"田玫抽泣着点点头。

刘欣平又一次抱了抱面前的女人，然后松开，说："那，我走了，你早点睡，别胡思乱想，哦。"

田玫没有回答，刘欣平站起身，整了整衣服往门口走，在他的手刚要握住门把手的一刻，田玫猛地扑过来从背后拦腰抱住他，紧紧地，死命地抱住了他，并哭着说："我不要你走，你和别的女人在一起，我的心很疼，我会死的……呜呜……你是我的，我的……"

刘欣平像触电了一般旋即转身捧起那张梨花带雨的娇俏脸庞，摩挲着，又猛地揽进了怀里。他再也迈不开一步。尽管头脑很清醒却没有足够的力量让自己拉开门，大步地走出去，走出这柔情蜜意的缠绕，回到苦苦等待的妻子身边去。我们不得不承认，在激情和亲情面前男人是没有抵抗力的，亲情远没有激情来得凶猛。乌云遮住了天空，把世间的丑恶掩盖起来。

张华静木然地坐在窗前，看着东方天际泛白。这一夜，对她来说漫长而又煎熬，仿佛不是一夜而是过了一个世纪，也像是经历了一个生死轮回。她的心由焦急、期盼，到痛苦、绝望，再到现在的麻木，从昨天到现在，她粒米未进竟然没有了饥饿的感觉。一夜过去了，刘欣平还是没有回来。她没有理由再说服自己，即使什么也不曾看见，凭一个女人的直觉她也知道发生了什么。那个隐藏在暗处的女人，对，一定有这样一个女人威胁着她苦苦经营

的家庭。这，是她绕不过去的坎儿。一阵冷风吹来，窗帘被风掀动，胡乱地飘着。她这才发现窗户是打开的，那是她昨晚不住地眺望楼下，怕看不清楚时打开的。她不知道自己已经在这个窗口坐了多久，只是这一阵风让她死去的灵魂又苏醒过来。

　　刘欣平是在早晨九点多回来的，这一路上他想了很多理由用来圆这一晚未归的缺。事情已经到了这一步怎么说似乎都缺乏可信度，当他离开田玫后，理智和情感便回到了正常。他不想伤害妻子，但也难以割舍对田玫的爱情。在他看来，这一次才是真正的爱情，是他三十六年来第一次尝到了被爱的滋味，仿佛整个生命都被点燃了。放不下，舍不去，刘欣平在激情和亲情之间努力平衡着，苦苦挣扎着。他想把一切都尽量做到完美。

　　刘欣平提着热气腾腾的包子和豆浆推开了门，一眼就看到了坐在窗前一动不动的妻子。他努力平复了一下自己的心情，把手中的东西放到茶几上，走了过去，把手搭在妻子的肩膀上，小心翼翼地说："吃点东西吧，还是热的。我昨晚……公司遇到点麻烦，所以……没回来。"

　　张华静没有说话，仍旧一动不动，像是一尊雕像。刘欣平还想再说些什么，可他不是个善于说谎的人，嗫嚅半天也没有说出下文，一时间俩人都陷入了沉默。过了好久，张华静回过神来，把耳边的发丝拢了拢说："回家吧。"

　　那语气异常的平静，脸上也看不出任何表情，只是在这平静背后却透露着一种冷。

　　"好的，可是这里，暂时走不开。"刘欣平说。

　　"这里只是你下错了车的一个小站，你的家在刘家峪，在西安。妈和孩子都在家里等你呢。年，是团圆的日子，是要回家过的！"

　　张华静仍然平静地说着，声音不大但语气坚定。刘欣平望着如此平静的妻子，一时不知怎么才好。回家，是啊，是该回家了。他想起了母亲，想起了儿子，忽然感觉脸上发烫。天哪！我这是做了件多么荒唐的事啊！两个女人就像两颗定时炸弹，随时都可能引爆其中一个。

　　"行，回家。那你先吃东西，我去收拾收拾。"刘欣平说。

　　"不用收拾，这里的东西咱不要了，只要你人回就行。"张华静说。

　　"总得带些衣服吧？"

　　"外面的东西不能往家带，不干净。家里什么都有。"

　　刘欣平微微愣了一下，品出了这话里的味道。他没有再说什么，而是慢慢地把早餐袋子打开，拿起一个包子递了过去。张华静用手推开，说："我去洗把脸。"然后急匆匆走到洗漱间，缓缓抬起头，看着镜子里泪流满面的

自己。

　　腊月二十九，由于新年的临近让喜庆的气氛达到了高潮。不管走到哪里都是欢声笑语，喜气洋洋。刘欣平像个犯了错的孩子跟在妻子身后出了那间屋子，到了车站，坐上了春城开往西安的列车。很奇怪，前天来的时候还人满为患的车站今天却冷冷清清。车厢内大部分座位都是空的，稀稀拉拉地坐着一些客人。车厢内的小广播里响起欢快的音乐和播音员甜美的声音，说着暖人的话语和新年祝福。

　　刘欣平把目光投向窗外，他不敢看妻子的脸，一直避开俩人目光的接触。这双纯情朴实的眼睛现在对于自己来说就是一把利刃，一看到就会心惊，就会胆寒，尽管她什么也不问，什么也不说。可这种沉默或许还有大度让刘欣平心里直打鼓，他不敢确定妻子对于自己的事情知道多少，了解多少。他想坦白还有解释些什么，可当他把那些要说的话在脑子里一遍遍地过，一遍遍地将才发现是没有语言可以说清楚的。不管怎么说，对家人，对妻儿，只有伤害，自己也难以启齿。

　　张华静临窗而坐，她一只手支着头，双目微闭，一缕头发垂下来遮住了半个脸，似乎睡着了，看起来很温柔的样子。这样的温柔对于男人来说是完美的也是有缺憾的。作为妻子居家过日子，男人需要这样的女人。她具备持家女人的一切优点，几乎挑不出任何毛病。这十几年来他也一直爱着妻子，爱得很深。可是作为女人她是有缺陷的，没有激情不懂浪漫。这一点是在遇到田玫之后才发现的。田玫能够迅速点燃他身上的每一个细胞和所有能量，一个眼神，一个动作，哪怕是不说话就足以让他沦陷，无法自拔。他也坚信，田玫也深爱着他。

　　看着熟睡的妻子，刘欣平不由得把生命里的两个女人在心里暗暗做着比较。在和妻子这十几年的生活里一直都是自己在爱。和田玫在一起的时候自己是被爱的，如果说妻子是生活，那么田玫就是梦，她符合男人对爱情的全部想象和需要。这个女人身上有着无穷的魔力让他着迷。在以前他也常常耻笑那些包养小三的男人，没想到现在自己也成了这样的人。

二十

　　王桂芬在惴惴不安中盼回了儿子和媳妇，这一天已经是大年三十的下午。当自己家门铃响起的时候老太太立刻跑过去拉开了门。看到站在门口的

儿子和媳妇，顿时激动的泪水在眼眶里打转转。她用手抹了一把泪水，朝屋里喊："冬冬，快出来，你爸你妈回来了。"

孩子对一切并不知情，没有感觉到近来家里异样的气氛，听到奶奶的喊声便放下书本跑了出来。看到父母时所持有的热情和态度跟以往没有什么不同。接行李，端茶倒水，婆孙俩忙活了好一阵子。

除夕夜，张华静和婆婆好一阵忙活，把一桌子丰盛的菜肴端上了桌。八点整，春节晚会准时开始，一家人围坐在一起，享用美味，看着精彩的电视节目，其乐融融，好不快活。刘欣平被妻儿老母用亲情包围着，感化着，心里也生出一丝丝愧疚来。他端起酒杯，看到齐刷刷望向自己的几双眼睛很是感动。这些人因为自己的存在而幸福快乐，也会因为自己的离开而伤心难过，作为男人，活着不仅仅是为了自己，还有责任。他感觉到了肩上沉甸甸的担子，也激起了一个男人的豪情，四个酒杯碰撞的声音溅起欢乐的滋味。

很快，这种张华静努力维持的幸福状态就被田玫一次次打来的电话铃声搅乱了。刘欣平本来就飘忽不定的灵魂在田玫以死相逼的哭诉声中再也关不住了。他一次次躲到厕所里接电话，跑到阳台上打电话，那失魂落魄的样子像个染了毒瘾的醉鬼。王桂芬看着眼前的儿子，心里像针扎一样难受。她不敢相信那个行事果断虎虎生风的儿子变成了这个样子。这一切到底是因为什么呢？

想来想去她把这一切归根到那个叫作春城的地方，如果不去那里儿子还是那么优秀，家还是那么幸福。王桂芬终于忍无可忍，追到阳台上拽住胳膊把儿子拉到自己房间内关上门，一把夺过儿子的手机，带着哭腔说："平儿，你看看你，像个什么样子！"

"妈，你干什么？快给我，给我……"刘欣平焦急地说。

"你疯了吗？好好的家你不要，跑到外面去招惹别的女人。"

"我……我不知道怎么给你们说，我，脑子很乱……很乱……"

"我明天就去找雷建，绝对不许你再去春城。"王桂芬说完就往外走。

"妈，我的事我自己来处理，你就别掺和了，好不好。"

王桂芬一屁股坐到床边，掩面哭起来："平儿，你是有家有口的人，娃娃都一墙高了，不能犯糊涂啊……"

冬冬是个懂事的孩子，一门心思都用在学习上。他很少去关注大人的情绪变化，除了吃饭、睡觉，偶尔玩会游戏外，他的所有时间都在自己的房间内学习。这让张华静很安慰。每一次考试成绩下来冬冬的成绩都名列前茅，

张华静仿佛看到了希望，也就想起了自己那未了的梦想——考大学。所以在自己遭遇到感情变故时她把一切都掩饰起来，生怕影响到儿子。

张华静也有自己的打算。她相信，不，是坚信，丈夫只是一时糊涂迷了心智，只有家的温暖才能唤醒他，让亲情填满他的空间也就没有时间去想那个女人，先安稳地过个年吧。等到年初五自己就去找雷建说，春城另外派人去吧，婆婆年龄大了离不开人。反正总会有理由说的。如果雷建说公司业务繁忙责任重大，她就说那个钱我们不挣了，不管怎么说，家比钱重要。如果丈夫被别的女人勾了去，家散了，那还要钱做什么呢？

很快就到了大年初五。吃过早饭，张华静悄悄地出了家门儿找到了雷建。本以为不好说，寻思很久刚说了开头，雷建就点头答应了，并略带歉意地说："嫂子，你放心。那边的事情我来安排，孩子上初中了，大妈年岁也大了都离不开人。欣平不能总待在那边，这不合适。"

雷建的话让张华静还好受些，起码保存着颜面，不至于太难堪。其实她还不知道，刘欣平的风流韵事已经传到了雷建耳朵里，就是她今天不来这一趟，雷建也在考虑换人过去了。

事情就这么说好了，张华静就起身告辞，一身轻松地走出小区大门，看着身边擦肩而过的行人时她的脸上也有了笑容。这时，兜里的手机响了，她急忙掏出来接听。里面传来婆婆焦急的声音："静啊，你干啥去了？快回来！"

"出什么事了？妈，你别急，慢慢说。"张华静安抚着婆婆，心却咯噔一声往下沉。

"一句两句说不清楚，你快回来吧。"

不等她应答，婆婆就挂断了电话，张华静脚步踉跄，头嗡嗡直响。她忙靠到路边的一棵树上，扬手拦住了一辆出租车往家赶去。

回到家的时候，不用婆婆开口她就知道了结果。刘欣平走了，失踪了。张华静顿时手脚冰凉，浑身发抖。她掏出手机疯狂地拨打丈夫的电话，一直都是关机状态。她再也无法掩饰自己，眼前一黑瘫软下去。

"妈，妈，你怎么啦？"冬冬被眼前的一幕吓慌了，急忙抱住了妈妈哭喊着。

王桂芬也扑到地上，轻拍着媳妇的脸说："静啊，我娃别难受，还有妈呢。妈去找他，非把那混蛋小子捆回来不可。"

一老一小的哭声让张华静醒过来，她忍住巨大的疼痛对婆婆说："妈，别这样，吓着孩子。这个也不怪他，是我，不好。"接着又转过头对冬冬说："没事的，没事的，没，没什么大事。是妈妈和爸爸意见不同，妈妈不让爸爸去外地工作，爸爸不同意一生气就悄悄走了。相信妈妈会处理好的，大人

的事情小孩子不要管，你好好学习别让妈妈失望，啊！"

冬冬点了点头。

张华静病倒了，几天里高烧不断，迷迷糊糊。她躺在医院的病床上，头发湿透了，像洗过一般。护士小姐一瓶接一瓶地给她输着液体。王桂芬和冬冬守在床边。三天过去了，烧退下去了，人也清醒过来。只是她的嘴唇到喉咙起满了水泡，嗓子哑了发不出声音。

"先用温水沿着嘴角往下溜进去，一点一点地，记住，不能烫，明天可以试着喝一点稀饭或者豆浆。这是急火攻心没有大毛病，休息几天就好了。"医生对王桂芬说。

"嗯，好，好，我记住了。让您费心了。"王桂芬说。

"老人家，不用客气。"医生说。

这时，冬冬背着书包进来，手里提着刚买来的饭菜。医生看了看这三个人说："怎么就你们一老一小每天来，她丈夫呢？"

"在外地，工作忙，没告诉他。"王桂芬说。

"哦，真够难为你们的。好了，没什么事儿了，再有两天就可以回家了。"医生说着就出了病房进了另一间病房。

张华静无力地拍了拍婆婆的手，王桂芬摸着媳妇的脸说："妈知道你心里是怎么想的，你放心吧。"

张华静又把目光投向了冬冬，露出一个疲惫的笑容。才几天时间，她就瘦到失了形。颧骨突兀，双目深陷，白皙的脸庞蜡黄蜡黄的。说不了话也没有力气，只是用眼睛的眨动和点头摇头这样简单而机械的动作表达自己的意思。孩子仿佛一夜之间长大了，这个十六岁的少年虽然一句话没问，仿佛也是知道家里发生了什么事情。一放学他就急忙来到医院，非让奶奶回家休息，自己来照顾妈妈。王桂芬不肯，冬冬说："奶奶，您也得休息呀，要是把您累得病倒了我可怎么办？你和我妈都要好起来我才放心啊。"

听完孩子的话，婆媳俩人都难过地流下了眼泪，多懂事的孩子啊，这也许就是上天最好的恩赐！

一个多月后，张华静的身体恢复过来。身影虽然有些清瘦，但精神状态完全没有问题。她再一次来到了春城，这个让她伤心难过的城市。做出这个决定的时候，婆婆一脸担忧地说："静啊，妈和你一块去吧，你一个人去，人生地不熟的，妈不放心。"

"不用，您年纪大了，坐长途车受不了。再说冬冬也离不开人呐，不能让

孩子担心。"

"要不，让亮子陪你去，妈去找亮子说说。"

"别，不用。妈，你放心，我不会和他闹的。这次去我想好了就是去看看，问问他到底怎么想的，也好知道我们今后该咋办。"

王桂芬又一次陷入了不安中，每天对着太阳祈祷，对着供奉的菩萨磕头，祈求一家平安、和顺，所有的不好快点过去，幸福团圆的日子早点到来。

这次来春城和上次不同。张华静没有给刘欣平打电话，先找了家旅馆住下，调整了心情，让一阵一阵涌到胸口的苦水退去、平复，这样才有力气和勇气去见一见那个人。不，也许是两个人。她也不确定见到那两个人时说些什么，怎么说。她，只是机械地走着。终于再一次来到了1206#的门外，整了整衣服，理了理头发，深深地吸了一口气又呼出来，以此来缓解内心的慌乱和不安。她终于抬起手，按响了门铃，出来的却是一个陌生人。

一个陌生的中年男人问道："你找谁？"

"嗯，我找刘欣平，他是住这里的，怎么？你也住这？"

男人说："什么也住这？你说的这个男人我不认识，可能是以前的住户。这个房子是出租的，我三天前才搬进来。"

"什么？这，这怎么可能？"张华静不敢相信自己的耳朵。

"怎么不可能？出租房，房客轮番儿换，正常呀。"

"那，我能，能进去看看吗？只是，不敢相信。"张华静说。

"好吧，那你进来看看。"

男人往一边靠了靠，让出路来。张华静进了屋子，除了那个茶几和沙发没有变，其他的装饰和家具已经完全变了，变得陌生。眼泪再一次不争气地涌出来，模糊了视线。

"唉，想开点。现在这种事太多了，你呀也别找了，人家既然不打招呼就走了，肯定是不想见你，何必呢？人生苦短，回去好好过自己的生活吧，别跟自己过不去。"

"对不起，打扰了。"

张华静逃跑似的出了门，任满脸的泪水在风里洒落。两条腿拖着沉重的身躯回到了自己住的旅馆。整整三天，她把自己关在旅馆里无声地哭泣。哭累了就沉沉地睡去，睡醒了就发呆，流泪。饿了，啃几口饼干。第四天，她爬起来，准备好好梳洗一番，出去好好吃顿饭，然后才有力气去找刘欣平所在的公司。找到公司还怕找不到人吗？还好，她保存着刘欣平的名片，上面有公司地址。这还是刘欣平刚来春城时给她的，她一直当宝贝一样地存着，

没想到这会倒用上了。

张华静来到旅馆前台，想续交一下房费再去吃饭。

"嫂子。"

忽然有个熟悉的声音喊了一声，张华静这才看到服务台的另一侧站着三个男人，其中一个正和服务员说着什么。定睛一看这才发现竟然是亮子、雷建，还有一个陌生人。

在张华静走后的第二天，焦急万分的王桂芬打电话把亮子和雷建叫到了家里，说出了她们努力掩盖的一切。听完老人一席话二人吃惊不小，立刻启程赶到春城。在当地一个朋友的帮助下，到刘欣平曾经的租住房附近和张华静有可能出现的地方，一家一家的旅馆去寻找。

一家酒店的房间内，雷建和亮子面面相觑，犹豫再三还是把真实情况说了出来。前不久，刘欣平回到了西安，把在林达房地产和春城这家公司的股份进行了转让、折现，然后去了另一个城市。说是去做一个项目，自己单干了，具体去了哪里，他没有说，也没人知道。

张华静把头深深地低了下去，双手捂住了脸。她没有想到，丈夫这么狠心，为了另一个女人做得这么绝情。她想不出自己错在哪里，这一个月来，自己躺在医院在生与死的边缘苦苦挣扎，他却偷偷溜回来做这些事情，不进家门，不顾老人孩子，更不管自己的死活。

"嫂子，春城的公司我转让出去了，这个卡里有八万，算是对你的一点补偿吧。"雷建把一张银行卡往前一推说。

"不不，该我们的那一份他都拿走了，你不欠我们的，我不要。"张华静说。

"这事儿，我有责任，如果不让他来春城，你的家也不会散，我，我对不住你，让我帮帮你。这样我的罪责也轻一些。"

亮子也跟着说："嫂子，我不知道内情，只知道他要去单干，做更大的事情。早知道是这样我绝不会答应的，拼死也要拦着。"

张华静摇摇头，叹了一口气说："不怪你们，真的，不怪。"

"嫂子，回家吧。孩子和大妈还在家等你呢！"

"是啊，你要是垮了，他们一老一小可怎么办呐。"

雷建和亮子劝慰着。张华静抬起头来缓缓地说："好，回家。"

二十一

张友良在单位里已经习惯了坐冷板凳。不受人待见，不受重用，再怎

努力，业务再好，升职、加薪都与他无关。自从踏入职场，他的心情就像过山车一样忽高忽低，忽冷忽热。这个科长的位子坐得也是起伏不定，几次都是差一点就被人撸了去。最终能够留下来，是因为他业务能力强，工作上没有出过任何纰漏，领导再不待见也找不到一点把柄和借口把他踢开。其实也不尽然，留下他领导自然还有别的想法。

在领导眼里，张友良是个死心眼的读书虫，成不了事也坏不了事。这么一个踏实肯干、业务精通的人，关键时候还离不开他。虽然追随身边的人阿谀奉承，极尽眼色，可真干起工作来，业务上是一塌糊涂。这样说来，张友良也是安全的，在这个位置上一坐就是九年，就这么不咸不淡地过着。

几年来罗绮玉从深圳打过来的电话不知道有多少了，这一次已经不耐烦了，语气里满是怨气和急躁。说如果张友良再不过去就和他绝交，永不见面。张友良本来不想去，他知道自己不是做生意的那块料，没有商人敏锐的细胞和灵活的头脑。他是农民的后代，农人的精神就是踏踏实实，勤勤恳恳。自己的能力也就是好好上班，把工作干好，少说话，多做事，仅此而已。

罗绮玉和周庆的公司做得风生水起红红火火了，张友良对此一点不懂也毫无兴趣。每当三个人聚在一起的时候都是他们两人侃侃而谈，而他只是倾听或者沉默。他觉得没有什么要说的，也不知道说什么，好像说什么都不合时宜。眼下面临领导班子换届，那些接近楼台的人早就上蹿下跳疏通关系。对于局长的位子两位副职虎视眈眈，也因此而形成两大派系，明争暗斗，不可开交。副局长和局长，一字之差却大不相同，在升迁这个节骨眼上都是小心谨慎，唯恐生出什么事端或者不必要的麻烦。张友良这个死心眼的家伙便是领导心中的一个隐患，但也够不上威胁。不过怎么说他也掌握着一些内部情况，为了保险起见，万无一失，领导考虑再三还是决定把他支开，于是让秘书把张友良叫到了办公室。

领导那张平时严肃的面孔舒展开来，带着少有的笑容说："小张，咱们财政系统的工作繁杂又责任重大，最近一段时间你也累坏了。现在呢总算是告一段落了，可以缓一缓，喘口气，要不要给自己放个假？休整休整？"

张友良当然明白其中的意思，他憨但不傻。自己这个被边缘化的人物谁当官儿自己都没有意见。一样地干活，一样地拿工资。不参与不带灾，这样最好不过了，所以当领导说出这句话他立刻回答："如果可以，那最好了。一直想请假去深圳看看同学和朋友，谢谢领导关心！"

"男朋友还是女朋友啊？"领导打趣道，张友良笑了笑没有回答。

"工作做好，感情也要抓紧，你小子，去吧！"

"好的,那我先走了。"

张友良出了领导办公室,轻轻带上门。从领导那春风满面,爽朗的笑声中张友良似乎看到了结果。

终于决定去深圳了。罗绮玉接到张友良的电话后立刻高兴地跳起来。坐久了办公室,在单位那个狭小而复杂的空间里,张友良如履薄冰。每一步都谨小慎微,加上他本性木讷,也就没什么快乐可言。他的稳重有些过分,就像罗绮玉口中说的,太稳重太踏实了,像个老夫子,没有年轻人的朝气和活力,缺少开拓精神。可是罗绮玉并不理解,一个人的性格与做事风格是成长环境和诸多因素造成的。就像她能放弃稳定优越的工作去一个未知的城市开创事业而张友良不能。

深圳机场出口处,罗绮玉和周庆早早就守候着。看到张友良出来,罗绮玉高兴得像个孩子,生怕张友良看不到她,便不顾形象地摇着手臂喊着:"友良,友良,我们在这边。"惊得周围的人直往后退,她却咯咯地笑。

出了站,周庆和罗绮玉便把他肩上的旅行包和手里的衣服分剥了去,罗绮玉很自然地挽住他的胳膊,三个人有说有笑地往外走。

深圳是个传奇的城市,其发展速度之快令人称奇,短短几十年就从一个小渔村一跃成为全国一线大都市。这一切张友良早有耳闻。从电视上、报纸上他早就知道了。深圳是南方海路贸易的枢纽,也是通往世界的窗口,每一天都有着很多的新生事物和翻天覆地的变化,吸引着无数热血之士和各类高科技人才来到这里,开创自己的梦想。这些巨大的变化都是党和国家领导人的英明决策,是他们在改革发展的大路上引领着正确的方向。

一栋栋摩天大楼往后倒去,带有明显亚热带气候标志的大椰子树郁郁葱葱,冲刷着张友良的眼球,让他暂时忘却了办公室的烦恼。

"嗨,想什么呢?半天不说话!"罗绮玉用胳膊肘碰了碰走神的张友良问。

"哦,没想什么,没见过世面的人开开眼啊,看看这南方城市和北方城市有什么不同。"友良说。

"你是得好好看看,看过了就会有新的认识。世界很大,这里有更多的机会更大的舞台,别舍不得你的那份自尊和确保温饱的工作,憋屈得像个受气的小媳妇。"罗绮玉说。

周庆从头顶的后视镜里看看后排坐的两个人,笑着摇了摇头,不说话只是向前开去。

一缕太阳的光线从窗户射进来落到床上，张华静动了动，抬起手放到额头挡住那刺眼的光芒。过了一会儿，她撩起窗帘看了看天空。万里无云，湛蓝如洗，已经是四月天气，各种树木抽出了新芽，空气里漂浮着淡淡的花香。杨柳的飞絮在空中飞舞，一阵一阵的，像雪。九点多了，外面不时传来婆婆的脚步声和开门关门声。这样昏昏沉沉地睡了多少日子她不记得了。这些天里买菜、做饭，洗洗涮涮都是婆婆一个人操持，好在冬冬是个懂事的孩子，只要是放学回到家就抢着干活，还每顿饭都把饭菜端到妈妈的房间里来。想到这些，张华静的眼角又滚下一行泪来。

"吱"的一声，大门又开了，接着有人说话，像是来了什么客人。张华静也不去管了，只是低下头用双手揉着太阳穴以缓解隐隐的头疼。"咚咚，咚咚"，有人敲她房间的门。

她坐起身子说："进来吧。"

婆婆推门进来说："静，你看谁来了。"说着往身后一指。张华静抬起头，目光略显呆滞地看过去，娟儿急忙往前走了两步抓住张华静的手在床边坐下，又回头对王桂芬说："婶子，您去忙吧，我俩说说话。"

"哎，哎，好。"王桂芬答应着退了出去，顺手把门带上了。

"你，来啦。"张华静机械性地往里挪了挪说道。

"嗯，我前两天才知道你的事情，来得有点晚。"娟儿说。

张华静没有说话，把目光移到了窗外，内心却是火辣辣地疼。像是被人窥探了藏在心底的秘密，有点狼狈，有点不堪。转念一想，管他呢反正也瞒不住，笑就笑吧，还能怎样呢。

娟儿又往前挪了挪，轻声说："静静，别难过，不要在意别人的看法。事情已经这样了，谁也改变不了。咱俩是打小一起长大的姐妹，我是你的亲人，你有多少委屈、多少泪水尽管对我流对我说，别把自己憋出毛病来。"

张华静一动不动，娟儿摇了摇她的手说："你这样折磨自己，老人和孩子咋办呢？男人这东西靠不住，没钱的时候黏在身边赶也赶不走，有钱了拿个铁链子拴也拴不牢，这路得自己走。你得打起精神好好活，活出个样儿来让他看看，你把自己哭死了憋屈死了有什么用？"

张华静缓缓地回过头来，说："娟儿，我不会那样的。泪，我都流干了，只是心还有点疼，应该是伤口还没有愈合，身上没有力气。给我点时间，再等等，等伤口不疼了身上有力气了我一定好好打算，走好自己的路。"

"你能这样想就对了，先把身体养好再说，不急。你看外面天气多好，咱俩出去走走？"

张华静点点头，起身拿过外衣往身上套。娟儿三两下把床上的被子整理好，俩人出了门。王桂芬看着她们的背影，关上门撩起围裙抹去不断流下来的泪水。

很久没有出门了，在太阳的光线下张华静的脸颊苍白没有血色，刚走了几步就体力不支，头有些眩晕。娟赶紧扶住她坐到路边的长椅上。一树一树的新绿随风摇曳，太阳光透过枝叶的缝隙洒下来，一闪一闪。鸟儿从这个枝头跳到那个枝头欢快地鸣叫、歌唱。

"哎呀，你看这空气多好！你呀把身体糟蹋成这个样子，太虚弱了！以后我只要有时间就过来陪你锻炼，陪你说话，你要尽快好起来。"娟说。

张华静深深地吸了一口气，微闭双目感受着绿荫鸟鸣，新鲜的空气。她已经好久没有出门了，不知道世界已经变得如此美好。过了一会儿她睁开眼，喃喃地说："娟儿，帮我看看，有什么事我能做，身体不要紧，过几天就好了。你都知道了也就不瞒你了，再说也瞒不住，我得找个事做，得赚钱养家呀！"

"这个，慢慢来，你先好好调养，我留意着，有合适的就告诉你，你别着急啊。"娟说。

"谢谢你，我……"

"谢啥嘛，真是的。"

深圳，一家西餐厅内。周庆、张友良、罗绮玉三人相对而坐，边吃边聊。精致的菜品配上高脚杯里的红酒，还有萨克斯温柔的曲调，一切都是那么高雅有品位。张友良有些窘迫，总觉得自己和这个环境格格不入。他，一个农民的儿子，从来不知道吃饭还有这么多讲究，拿筷子的手怎么也玩不转明晃晃的刀和叉，肉还分几分熟。他想起了大学四年里那些挨饿的日子，还有家乡土地上劳苦耕种的父辈们，原来城市和家乡是那么遥远，差别如此巨大。想到这些他的心里一阵酸楚，桌上的美味也难以下咽。

不经意的抬头间，对面不远处一张桌子上的两个人引起了张友良的注意。女的是背面，时髦的波浪大卷发，水红色上衣配皮质短裙。对于女人友良没有兴趣，吸引他的是对面的男人，那张脸那么清晰那么熟悉，每一个表情都刺痛着友良的神经。不会吧，怎么可能，也许是看花了眼？张友良揉了揉眼睛，不，没有看错。虽然穿衣打扮上这个人与脑海里的那个人差别很大，但一颦一笑，抬手的动作让张友良确定自己没有认错人。这时候那俩人用餐完毕准备离开。

"你怎么啦？发什么呆呀？"罗绮玉问。

张友良来不及回答，急忙去追就要走出大门的一男一女。周庆和罗绮玉诧异地对视了一下也跟了过去。出了大门那男人搂着女人向一辆车走去，女人嘴里"老公老公"地叫着，男人答应着，从声音上张友良更加确定了自己没有认错人。他紧追两步，喊了声："刘欣平。"

那俩人停下脚步回过头来，女人看看张友良询问身边的男人："老公，这是你的朋友啊？"

男人则摇摇头，一脸迷惑地说："不认识。"接着又问张友良："不好意思啊，朋友，我好像不认识你。"

看到那个妖艳的女人一句句地喊刘欣平"老公"，张友良气愤地握紧拳头走了过去，用家乡方言说道："认不得，我是张友良，刘欣平，她喊你老公，那静静呢？你的媳妇娃娃呢？"

周庆和罗绮玉追了过来，拉住张友良问："怎么回事啊？他们是谁呀？"

刘欣平脑袋"嗡"的一声，什么都明白了。看来是冤家路窄。没想到在这个本以为没有一个熟人的城市里竟会遇见他。刘欣平定了定神，淡定地说："这位朋友，不好意思您认错人了吧，我不认识你。"说完搂过身边的女子扬长而去。

"刘欣平，你化成灰我也认识你，装什么装？"

周庆和罗绮玉紧紧拉住愤怒的张友良，他们难以相信眼前这个失态的人竟是平日里那个脾气温和、文质彬彬的文弱书生。三个人回到了餐桌前，心情似乎再也回不到萨克斯营造的氛围中去了。

看着闷不作声的张友良，周庆问："友良，那个人你认识？你们什么关系，能说说吗？"

罗绮玉也问："到底是什么人呐？至于气成这样？"

张友良说："没什么，他是我一个远房亲戚家的孩子，儿时的玩伴。家里有媳妇有孩子，他，竟然……"

罗绮玉和周庆相视一笑，这才放下心来，周庆说："好了好了，那毕竟是人家的事情，操那心干什么。"

"是啊，这本来是给你的接风宴，被这么个人给搅和了。"罗绮玉说。

张友良调整了一下状态说："不好意思，怪我。来吧，我们继续。"

二十二

刘金平看了看墙上的挂钟，刚到五点，他拿起链条锁往玻璃门上一套，

推起摩托车刚要走，赵小菊从隔壁麻将馆冲出来厉声喝道："干啥去？一眼不看，你就想溜走？"

"我去给娃开家长会。"

"家长会是七点，现在才五点。去这么早是死呀？扯什么谎话，别以为我不知道，还不是偷偷地往你妈那边送东西，咸吃萝卜淡操心。要你管！人家是瘦死的骆驼比马大，你兄弟把那么大个家业踢腾了也没给你留一星半点的，他带着野女人逍遥快活去了，留下个烂摊子要你来管？我看咱这日子也好过不了了！"

刘金平没有理会难缠的老婆，一抬腿骑着摩托车就走了。

"反了你了，给我回来……"赵小菊在后面跺着脚骂着。

多年来刘金平一直被这个泼辣的女人捆绑着，作为这个家的长子，在家庭发生任何变故的时候都没有起到一点作用，一直都是父亲和兄弟撑着家业，照顾自己的生活。他很惭愧也很内疚。这一次他决定不再懦弱了，父亲不在了，兄弟干下了这糊涂事，人都不知道在哪里，作为这个家庭唯一的男人，他不能袖手旁观。刘金平一直不明白弟弟欣平这是怎么了，怎会做出这么大逆不道的事情，让祖宗蒙羞，让家人遭难。

听到门铃响，王桂芬急忙去开门，只见门口放着一袋面粉一袋大米却不见人。她急忙追到楼梯口，看到一个背影匆匆离去。虽然走得匆忙她还是看清了，那是她的大儿子。

"老大，金平。"

"妈，我……"刘金平转身回来。

"这几天门口的东西都是你放的？"

"嗯。"刘金平点点头说。

"唉！来了就进屋坐坐，喝口水。"王桂芬叹口气说。

这时候，张华静听到声音也出来了，说："大哥来了，进屋坐坐吧。"

刘金平有些慌乱地说："不了，妈你和静静回吧，我商店里离不开人，我得走了。"

三个人正说话间，赵小菊气喘吁吁地追了来，看到门口的东西，指头快要戳到刘金平的脑门上了，气急败坏地说："好哇，我就说店里的货物天天少，钱就是不见多，原来都送到这里了，你个吃里爬外的。"

刘金平一把抱住赵小菊就往楼梯口推，两个人拉拉扯扯，赵小菊骂骂咧咧，隔壁的住户都涌出来看热闹，把个门口围了一圈显得闹闹哄哄。王桂芬气得浑身发抖，声嘶力竭地大喊一声："够了！"便瘫软下去。

刘金平这才松了扯着赵小菊的手，扑到妈妈身边喊着："妈，妈，我错了，是我不孝。"

张华静紧紧抱住婆婆，王桂芬颤颤巍巍扶住墙壁说："静静，让你大哥把这些东西拿走，我们娘俩还没到那个地步，就是穷得饿死也不要她家的东西。走，赶快走，让我清静清静。"

"大哥，别惹嫂子生气了，快回去吧。我和妈什么都不缺，你好好过自己的日子吧，快回去吧，这么多人都看着呢。"张华静说。

赵小菊把衣襟往下拉了拉说："看看，人家都说了什么都不缺，你献什么殷勤。瘦死的骆驼比马大！"

"好了好了，快拿上东西走吧，这老老小小的能经得起你们这样折腾？"娟突然从人群后面挤过来，拿起地上的东西塞到刘金平手里说。

刘金平痛苦地望着妈妈，王桂芬说："老大呀，回去吧。妈不怪你，快回去别来了，你不来就是孝顺妈了，让我们娘俩过个清静日子吧。"刘金平拎起地上的东西抹着眼泪走了，赵小菊骂骂咧咧地跟在后面往楼下走去。看热闹的人也都摇着头各自散去了。

张华静和娟把婆婆扶进屋里放到沙发上，然后就去倒水。王桂芬拍着娟的手说："娟啊，让你见笑了，都怪我老婆子没有用，生了这么两个不争气的东西让人耻笑，害得俺静静受罪。唉，真是羞先人哩！"

"婶子，快别这么想了，这儿女大了由不了爹娘。哪能怪您呢。"

"娟儿呀，婶子求你件事儿。"

"您说吧，只要我能办到的，一定尽力。"

"帮帮静静，在这个城市里我们两个女人家两眼一抹黑，啥都不会谁也不认识。你和静静是一个村的姑娘，你认识的人多路子广，帮她找个事做。"

"哎吆，婶子，您这可说着了。我今个就是来跟静静商量事情的。"

"真的？"

张华静听到娟这么说也停下了手中的动作，看了过来。

"静啊，快过来，和娟好好说说。"王桂芬催促着。

张华静走了过去，坐下来听娟说着。

"东园路有个商场招租，我想咱俩可以合租一个铺位卖服装，这样也方便照顾家里，你说呢？"

还不等张华静回答，王桂芬抢着表态："家里不用管，有我呢。你们两个尽管放手去干。"

位于东园路的紫曦园是一个连锁商城，其总店在城市的中心位置，南、

西、北三个方位设有分店。东园路是东郊的交通要道，人流量大，近几年新盖成的居民楼将这里层层包围，很有商业前景。不得不佩服商家的投资眼光和魄力，能在这个地段拿下地盘绝对不是一般人能比的。女人爱美，对服装的追求永不停止，娟本身就是时装潮流的追随者，对这一行她早有研究也做了调查，把目标定在服装业也就不足为奇。可对于张华静来说这一块绝对是空白。多年来大门不出二门不迈，在个人着装上简单随意，说到做生意还有些胆怯。

娟说得热情高涨，张华静却顾虑重重，她一直没有说话，只是长长地叹了一口气，眼睛若有所思地看着窗外。

"怎么了？你对服装没有兴趣？"娟问。

"静啊，你怎么不说话？你看这么好的事。"王桂芬问。

张华静欲言又止。

娟问："你是怎么想的，说说看。"

张华静这才慢吞吞地说："不是没兴趣。做生意，做生意需要本钱，现在我上哪弄钱去。再说。我又什么都不懂，怕是干不了。"

娟说："这个我早就想好了，租金是一个季度一交，还有税务，这边支出倒不大。主要是进货，厂家可以先铺一部分，后期从货款里面扣除。我大概算了一下，前期投入最低也要八到九万。一人一半就是四万多一点，你拿三万就行，噢，对了本钱回来以后利润还是一人一半，你看这样行吗？"

"行行，行，就这么办。"王桂芬说。

"娟，你的心意我领了，三万对我来说也是大数字，我想我还是找个工作先干着。"张华静说。

看到媳妇这样说，王桂芬劝道："静啊，三万块虽然对咱们来说不是小数目，但也不至于把人难死。别怕，有妈呢。明天我就回老家去，到亲戚家凑一凑，你就放开胆子跟着娟去干吧。娃呀，咱娘儿俩一条心，路，会越走越宽的。"

"妈……"张华静哽咽了。

西安北郊的一个建筑工地上，几排大楼的雏形刚刚形成，工人们紧张地忙碌着。砖头瓦块的声音和混凝土搅拌机的声音混合在一起让人有一种紧迫感。在工地入口处的办公室内，涛子正和项目负责人喝茶谈事。面前摊开的文件是双方业务往来的条款，正在逐项讨论。这时候涛子的手机响了，他拿起来接听，刚听到对方的声音立刻高兴地说："吆，是友良啊，你怎么回来了？

好，你等一会儿，我半小时后回来。"

放下电话，涛子对正在泡茶的经理说："先谈到这里，咱们都再考虑考虑，我还有事，得先走了。"

"好的，再议吧。"

涛子从工地出来一路疾驰，很快到了自家楼下，看到张友良正站在树荫下等他。停好了车，过去擂了友良一拳俩人先是一个熊抱，然后上楼。开门的是一个三十多岁的妇女，打扮朴实，涛子说："这是我媳妇。"又拍拍友良给女人说："这是俺村的伙伴，友良。"

女人给二人沏了茶，洗了水果，说："你们俩好好聊，我出去转转。"

"好的，谢谢嫂子。"

涛子关上门，俩人坐回沙发里寒暄了一阵，涛子问："你这次回来是出差吧？我想老家应该没有什么事了。"

张友良说："是专门回来的。嗯，静静，她过得咋样？"

涛子呷了一口茶说："唉，她男人跟一个女大学生跑了，所有的产业抵押套现全部卷跑了。日子，难呐！这过得好好的谁能想到呢？她大病了一场，听娟说才缓过劲来。那你是怎么知道的？"

张友良听得心里一惊，脸上露出痛苦的表情，说："我在深圳看到刘欣平了，身边跟着一个女人。所以我回来了，想着她一定是遇到了什么变故。我想去看看静静，你能，陪我去吗？"

涛子吸了一口烟，想了一会儿说："我觉得你还是别去了，这个时候谁去都不合适。我们几个商量过了，娟先陪着她，有什么事情大家想办法。"

张友良说："作为朋友我去看看她，这个不过分吧，怎么就不合适了？"

涛子说："这个时候，你去合适吗？你说你是朋友，别人会怎么想呢？说不定流言蜚语满天飞呢。那样的话你让她还活不活呀？我们现在能做的就是帮帮她，让她站起来。"

张友良问："怎么帮？只要能帮的我尽全力。"

涛子说："我们几个商量过了，想帮她开个店什么的，既有经济收入还能照顾老人和孩子。"

张友良说："你们考虑得很周到啊，那我就听你的。你们先帮着张罗，如果定了，需要钱我来出，不过不要说我的名字，就以你的名义。"

涛子说："还是你了解静静，好吧，先让娟去张罗，定了我告诉你。"

几天来张华静和婆婆为了筹钱的事情东跑西跑，再有两天就是签订合同

交钱的时间了,可手中的钱还差一大截呢。婆婆给了六千,说是欣平的大舅答应给五千,二姨给五千,自己那还有一点,加起来也就两万多。这不,她匆匆忙忙吃过饭背起包准备回老家去,再去娘家看看。父母年岁大了弟弟掌管家事,本来她不打算张口的,现在也顾不了那么多了。

"静啊,路上小心点,回来时身上带着钱,嘴巴放严实别和生人多说话,小心暴露了。人常说钱财不外露就是这个理儿。"婆婆一遍遍唠叨着,似乎总也不放心。

"放心吧,妈。"

张华静走到门口,婆婆又追过来说:"稳稳地,别急别慌,哦。"

"好的,妈,我记住了。"

婆媳俩正说着,门铃响了,张华静拉开门,进来的却是涛子,忙问道:"涛子,你咋来了?"

涛子说:"我来串串门儿。"

"妈,这是我们一个村的。"张华静忙给婆婆介绍着。

"哦,进来坐,进来坐。"王桂芬说。

婆媳俩把涛子让进了屋,涛子说:"静静,婶子,听娟说你俩租了一个铺面准备做生意可是租金还没凑够,这不,我给你送来了。"涛子说着就从怀里掏出一个小包往桌上一放说:"静静,这是三万,也不知道你需要多少钱,如果不够大伙再凑凑。"

"不行,不行。我不能要你们的钱。"张华静伸手阻挡。

涛子说:"你也别推了,你的情况大家都知道,没有别的意思,只想帮帮你渡过难关而已。我们也都不是外人,这么做,应该的。你不要过意不去,等你做生意赚钱了再还给我们就行了嘛。"

张华静还想拒绝,王桂芬说话了:"静啊,拿着吧。既然大伙诚心帮你,咱就收下。好好干,有钱了就赶紧还上,没什么难为情的。这人活低了就要低着来。"

"收下吧,婶子都发话了。"涛子说。

"那就,谢谢大伙了。"

张华静伸手接过那个小布包,感觉脸上一阵阵发烫,心里一阵阵地疼。

二十三

张友良放下手中的笔,呆呆地坐着。对于罗绮玉火热的爱情攻击他一直

不知道如何回应。自己是个一穷二白的农村孩子，她家境优渥，出身高贵，怎么可能走到一起？如果走到一起，今后的生活又会是个什么样子？

真是，不敢想！一想到这里张友良就像背上了千斤巨石，沉重得难以喘息。他想起了罗绮玉家人和朋友们鄙夷的目光，后背不由得一阵阵发凉。环顾了一下自己的单身宿舍，空空如也。一床，一桌，就是全部家当。自己拿什么去娶一个千金小姐般的女子，又有什么资格谈婚论嫁！几年来，他一直委婉地拒绝和回避，直说怕伤了罗绮玉的心。可罗绮玉从不放弃，热情也从未减退。这是一个有着金子般品格的女孩子，也是自己的恩人。她从来没有因为自己的优越而去轻视任何人，一路走来总是不断地鼓励和帮助自己，这样的女子应该有更好的爱情，有更优秀的人陪伴左右，度过一生。而自己，不配！在张友良心里，罗绮玉是女神，是需要仰视的，他们之间的差距绝对不是一份爱情就能缩短的。

张友良再也没有心情看书了，他走到窗前，望着天空，思绪飘到了那个有家的地方，眼前浮现出了山坡上小伙伴们疯跑的身影，还有那次上学迟到，静静在小河里洗脸撩起他的衣服擦脸的情景。想着想着竟然笑出了声。那一段人生岁月成了他多年来最怀念的时光。他走到桌前，坐下，打开电脑，一双手在键盘上飞快地敲起字来。

想念，尽管你在千山万水之外。然而山高地阔，我翻山越岭，走过那么多的路，却始终走不出你柔如秋水的眼波！太遥远，不经流年，此间情重，何人能懂？

此去路远，哪条路？才能渡我到达你的彼岸，都是无桥可渡。

很想，化作一只鸟儿，抑或是一片云，随着风向，走过山水，飘到有你的地方，每个昼夜，每个闲暇时刻，我极目远天，你的身影抬头可见，而此间距离，我用心丈量，却遥遥无期！这一切，本就缥缈。

每天我从院子里的树荫下走过，每天，我总要看看，这些绿色的生命是否突起变化。我在想，假如你能日日从此路过，我愿，来生就做一棵守望的树，长在你必经的路旁。不求开花结果，只求，为你遮挡酷热的太阳。

想你，在遥远的他乡行走，人生风雨，如何抵挡？六朝古都的炎热，没有人为你撑起一片阴凉，你是否也在抬头遥望？夜空里，那颗最亮的星子，寂然飘逝……

一颗星子寂然飘逝，恐怕谁也无法理解一个远离家乡的青年，此刻的孤

独和忧伤。黑夜对于他来说是一种保护，也是无尽的惆怅和思念。

早上七点，王桂芬把热气腾腾的包子端上桌，张华静已经在门口换鞋，准备出门儿了。她急忙对媳妇说："静啊，你看，妈都做好早饭了，你吃了再走。"

张华静说："不了，妈，今天要去税务局缴税款，去晚了人多，要排队的。"

"那也得拿上，路上吃。"王桂芬硬是用塑料袋装了两个包子塞进媳妇随身的包里。

"那，我走了，妈。"

"好的，路上慢着点。"

紫馨园虽然是个连锁商城，但新店开业只红火了有两个月时间，人气便慢慢地淡下来，生意自然也就不好。对于一个新鲜事物的接受总是需要一个过程。人们习惯了跑十几站路去购物，对家门口的商城只是持观望态度。一年下来，生意惨淡，商户们举步维艰。刨除租金、税务、营业员工资、水电等，入账才是支出的三分之一。张华静的内心火烧火燎地煎熬着。可娟说，每个商场都有个一两年的困难期，一年难，两年洋，三年准能买楼房。现在是最困难的时候，得咬着牙挺住。

很快，到了季节交替的时候，她们得去广州进下一个季节的新货了。张华静把所有账目清理了一遍，又列举出了下一个季节服装新款式的价目表，拿给娟看。娟是个粗线条的女人，由于没读几年书，对于账目漫不经心，看不进去也管不了。她只是一味地敢闯敢干，张华静心细、认真，常常把这一切打理得清清楚楚一目了然。就这，娟也不看，她就常常用最简短的语言讲给她听。

娟儿看了一遍，又递给她说："好了，我知道了，看了也白看记不住。你知道就行了，今天早点回去，晚上早点睡。三天的火车呢，够受的。"

第二天早上十点，俩人坐上了开往广州的列车。张华静埋头看着一本画册，这是厂家发来的新一季的服装样品图册，她看得很认真。仔细对比揣摩每一个款式的特点和色调，看是否适合自己所在的城市，是不是适合本地的消费水平和审美观念。乘务员推着小车过来了，娟要了两瓶饮料和一包瓜子，付了钱，打开瓜子袋子往桌上一放，又递过去一瓶饮料说："别看了，喝点儿，放松放松。"

张华静接过饮料，喝了一口，说："我选了几个款式，用红笔做了记号，一会你看看，有不行的再换。"

娟说："我不看了，画册有灯光效果不真实。咱们七号下午到，八号早上就是订货会模特走秀时，可以看到上身效果，看完再研究。"张华静表示赞同，笑着说："你呀，心真大像个男人！不过你是粗中有细，关键时候能拿主意对事物也有判断鉴别能力。要是打仗的话你就是冲锋陷阵的那一个！"

"呵呵，呵呵。"

俩人爽朗的笑声飞出了窗外。

八号早上，张华静和娟来到了广州菲娜酒店，一楼大厅模特走秀的T台已经搭好，这里是梦之颖服装举办的秋季新品订货会。签到，领资料，然后入座。全国各地来的商户聚集台下，主持人登场致词，对大家不辞辛劳从各地赶来表示问候和感谢。接着对金秋梦之颖新品的概述，然后主持人退场，一束蓝色的灯光突然落下又突然升起，伴随着强劲的音乐，模特们一一走来。

张华静被音乐声和灯光慌得有些眩晕，她迅速定了定神，赶紧拿起笔在纸上划下每一套服装的编号，031、036、238……娟看着，思索着，嘴里也不断说着："这个系列前三个都记下，这个也要，对对，好……"

展示会结束，晚上俩人回到住处，仔细讨论比较。第二天、第三天就是订货会，下订单，打款，这一趟行程就算是圆满完成了。

她俩正在屋里研究，忽然有人敲门，娟问："谁呀？"

敲门的人说："姊妹，我是住你隔壁的，能进来吗？"

张华静过去开了门，一个看上去比她们年长几岁，打扮入时的女人站在门口，用一口浓浓的陕北话说道："姊妹，今天在展示会上听到你俩说话，好像是西安过来的，都是乡党呢。晚上回来一看，又住隔壁，就给你们送些吃的过来，不要嫌弃噢。"

女人说着就往张华静手里塞过一个小布包，张华静说："谢谢大姐，进来坐吧。"

女人进屋坐下，张华静倒了一杯水递过去，女人说："我这次是一个人来的，有点孤单，听到你们俩说话，就感觉可亲哩，就想拉拉话。"

女人说着又指了指刚才送的小布包说："这是额们陕北大枣，可甜哩，你们尝尝。"

娟拿过布包掏出几个来，咬了一口说："嗯，真甜！静静，给。"又对女人说："谢谢姐姐。"

张华静接过去，也吃了两个，女人看着她们吃枣，很高兴地说："我叫赵彩玲，陕北延安的，你们呢？"

张华静和娟也报了名字和地名，三个人很自然地聊到了一起，各说各的城市和经营状况。女人的生意做得比较大，有两个专卖店，一个男装，一个女装。丈夫有自己的正式工作走不开，常陪她进货的那个店长正在月子里所以就一个人来了。俩人不由得对女人有了敬佩之意。看看时间快到十一点，女人起身告辞说："那我过去了，你俩也早点睡。明天订货的时候咱们可以商量商量，放心，咱们不在一个城市卖，不影响生意。"

"好的好的。"

女人愉快地离开。

半夜里，一阵急促的敲门声把张华静和娟惊醒，俩人惊觉地问："谁呀？"

"是我，这个旅店的老板娘，住在你们隔壁的女人生病了，说是你俩的姐妹。你们快来看一看。"

"什么？"

娟气愤地说："这就成姐妹了，真倒霉！一会一个敲门的，烦死了！"

张华静走到窗前，对外面的人说："她怎么了？要不要紧啊？"

娟瞪了她一眼，大声喊："我们不认识她，就见面打个招呼咋就成姐妹了？"

"你们快去看看吧，人都疼得在床上直打滚儿了，就说认识你俩，别人没法联系上。"外面的人说。

张华静对娟说："还是去看看吧！"

娟压低了声音说："你傻呀？让她去找梦之颖厂家，他们也会管的。"

"来不及了。"

张华静不顾娟的阻拦，急忙穿上衣服出去了。没办法，娟犹豫了一会也跟了去。来到陕北女人的房间，俩人吓了一跳。只见女人双手捂着肚子在床上翻来滚去地折腾，还不住地发出痛苦的呻吟，头发、衣服都湿了一大片。看到她俩进来，女人伸手说："妹妹，救救我，肚子疼，疼，疼死我了……"

张华静急忙上前，娟使劲拽了她一把使了个眼色，摇了摇头。张华静迟疑了一下，推掉娟的手说："人都这样了，救人要紧！"然后回头对老板娘说："老板娘，赶快联系医院，快点！"

老板娘说："送送，只要你们肯认人就行，那，医院我来联系，钱，谁交？"

娟急忙说："我们并不认识，只是住隔壁。钱你先垫着，联系上她家人还给你不就行了。还可以联系供货厂家呀！"

"这……"老板娘迟疑着。

张华静说:"钱我垫付,赶紧联系医院要紧!"

"你……"娟气得直跺脚。

女人艰难地抓过包,掏出身份证和一个电话本递过来说:"你们别怕,这是我的身份证,本子上有我老公和家人的电话。"

几个人把女人送到医院,化验、拍片……一系列检查做完后,医生诊断为:急性阑尾炎,需要马上做手术。关键是需要家属在手术单上签字。顿时三个人面面相觑都没有了主意。医生又催促道:"赶快签字,这牵扯到病人的生命安全!"

老板娘把情况说了一遍,医生说:"我管不了你这些,我只管治病救人。"

娟一连几次拨打电话本上的号码,不是关机就是无法接通,半夜两点,电话也真是不好打。"再不做手术,病人就有生命危险了!"医生严厉地说。

"怎么办啊?要不报警吧,警察也会管的!"娟儿说。

这时,躺在检查床上的女人颤抖着把手伸向张华静说:"妹妹,救救我。你签字,让医生作证我发个信息给我老公,好坏都不赖你……"还没说完,女人就晕了过去。

"你们再等下去,人就没命了!"医生又一次催促着。

张华静猛地抬起头来,果断地说:"我签字,医生,请马上做手术。"

医生点点头,老板娘和娟同时说:"我给你作证。"

手术室的门关上了,工作灯亮起,三个人在走廊里的长椅上坐下,共同为一个与她们毫无关联的人揪心着。娟有些生气,她觉得张华静的做法是愚蠢的,出门在外多一事不如少一事。再说了,在这种生死关头你又不是人家家属签什么字?自己也不是不帮,帮人要讲究方法,这种情况就应该报警求助,不信警察不管。如果万一手术有个闪失,人家家属来了你怎么说得清!

张华静静静地坐着,两只手不住地捻搓衣襟。她不知道自己为什么要这么做,也没有想可能带来的后果,她只知道救人要紧,当看到女人痛苦的表情和头上大颗大颗滚下来的汗珠她就毫不犹豫地拿起笔,在手术单上签下自己的名字,此刻,她会怎样呢?手术顺利吗?疼痛止住了吗?

二十四

四天以后,广州某医院里陕北女人赵彩玲正靠在病床上,虽然很虚弱但是面带微笑。张华静拿着湿热的毛巾给她擦脸、擦手。女人温柔地握住张华

静的手说:"妹妹,你歇一会儿。萍水相逢的,给你们添了这么大的麻烦,真是不好意思!"

张华静说:"没事就好,出门在外谁还没有个难处?互相帮一帮也是应该的。看来我们是'枣'有缘那?呵呵呵。"

女人躺了一会儿说:"遇见你们真好!对了,那个妹妹去哪儿了?"

张华静说:"她去买火车票了,你家大哥来了我们也该回去了,家里那边还等着呢。"

女人点点头说:"耽误你们这么久,真的对不住啊!"

女人的丈夫是早上到的,看到妻子平平安安才放下心来,先是对张华静和娟表达了感激之情,中午又去给旅馆老板娘送上一面锦旗和感谢信,做完这些再回到医院已经是下午了。女人的丈夫高大挺拔,没有中年男人的油腻和黄土高原的苍凉感,相反倒是文质彬彬,说话沉稳。一口浓郁的陕北腔也掩盖不住机关干部儒雅的气质。看到男人回来了,张华静就起身告辞。

男人说:"妹妹,今天晚上我请你们姐俩吃个便饭,以表心意!"

张华静说:"不用了,大哥你好好照顾大姐,她现在也离不开人。"

女人说:"两个妹妹明天要走,回西安。"

男人说:"这次真是太感谢了,这是我们一点心意。"

男人掏出了一个红包递过来。张华静忙说:"垫付的医药费我已经收过了,这个我们不会要的。你就安安心心地照顾大姐吧,争取早点回家。"

男人掏出一张名片,又抽出笔在名片背面写了几下递过来说:"二位妹妹,我们的心意一定要补上,这是你大姐店里的名片,上面有地址,背面我写了家里的地址和我俩的电话号码,以后常联系!"

"好的,那我收下了,大姐好好养病,我回去了。"张华静对夫妻俩说。

女人依依不舍地摇了摇手,男人一直把她送到医院大门外,并一再表达自己的谢意。

广州一来一去小半个月时间,离家久了就恨不得立刻回去。这是女人的天性,而牢牢牵住女人心的却是孩子。自上了火车睡去醒来再睡去再醒来,三天两夜的行程就这样结束了。当火车厢里的播音员说出"西安站到了,请您拿好行李准备下车"时,俩人都激动得快要飞起来了。出了车站,她们各自坐上回家的公交车。娟坐412路往南,张华静坐105路往东,车行至一半的路程,忽然停下不走了。张华静往窗外一看,路上的行人,车辆都被紧急叫停。五辆消防车呼啸而过,大约二十分钟后交通恢复,张华静一心急着回家,对此并未放在心上。

第二天早晨，张华静还在睡梦中，手机铃声就响起来。她翻了个身不去理会，可那家伙就像一个顽皮而倔强的孩子一阵紧似一阵地响着。如此反复几次张华静彻底醒了，她伸手拿过手机按下接听键："静静，静静，快来，完了，全完了，呜呜……"

电话里传来娟声嘶力竭的哭喊，还有各种车辆的喇叭声，行人嘈杂声，杂音很大，感觉是在户外。

张华静忙问："出什么事了？你别急，慢慢说。"

"紫馨园，紫馨……园，着火了……烧完了呀，全完了……呜呜……"

这一句话一出来，张华静犹如挨了当头一棒，浑身发麻。她哆嗦着穿上衣服，头发也来不及梳就拉开门深一脚浅一脚地跑了出去。王桂芬看到媳妇惊慌失措的样子感觉不妙，立刻追了出去。

紫馨园成了一片废墟，长长的警戒线整整围了一圈，警察告诫人们不要靠近。那个多姿多彩五光十色，高大气派的商城此刻面目全非，一个个窗户和门成了黑洞正往外喷着黑烟，到处弥漫着呛人的气味。闻讯赶来的商户们捶胸顿足，号啕大哭。火是昨天下午就着的，可是因为火势太大一直到夜里十点多才扑灭。张华静跟跟跄跄地下了车，刚走几步就两腿一软栽了下去。

一连几天张华静都是迷迷糊糊的状态，醒不来又睡不踏实，不断地做噩梦，一会儿梦见自己被大火围困，急得大声呼叫，一会又梦见自己掉进水里，汪洋一片，白茫茫的大雾笼罩着，什么也看不见。她急得大喊也没有人来救她，她使出全身力气扑腾着却被水推着越飘越远。好不容易看到岸上有人行走，她又一次大声呼喊，可是声音像是被风吹散了人家就是听不到。

有一阵她的心里好像是清醒的，知道自己在做梦，就对自己说："我要醒来，我要醒来。"她还努力地抬腿，或者翻身，可怎么都动不了，无法从梦中醒来。过了一会她又被大风刮到了大海上，一团一团的白雾飘过来托着她的身体往远处飘，她的身体似乎也变得很轻很轻，像一片树叶又或者像是一团棉花，眼看着越飘越远，她急得大喊："我不走，我不走，我还有婆婆和儿子，他们离不开我，我要回去，求求你们放过我。"

这时婆婆在她耳边，哭着说："静静，静静，你快醒来，娃呀，你别吓俺婆孙俩……"

她猛的一使劲就醒了，睁开眼睛一看，儿子和婆婆正守着她流眼泪。她坐起来，身上的衣服竟然被汗水湿透了，头发一缕一缕地贴在头上、脸上。

"我这是怎么了？"她问。

"妈妈，你终于醒了，吓死我们了！"儿子哭着抱住她。

婆婆抹着眼泪说："好娃呢，你终于醒了！"

张华静摇了摇头，确认不是在梦中，她长舒了一口气说："妈，有吃的吗？我饿了。"

"有，有。"婆婆忙跑去了厨房。

一碗稀饭下肚，她感觉自己的魂魄彻底回到了身体里，她对自己说，我不能死，我还有儿子没成人，还有婆婆没养老，不能就这么走了。她一手揽住婆婆一手抱住儿子说："我没事了，就是睡了一觉，睡的时间有点长而已。"

婆婆说："静啊，人活一世不容易，都有走背运的时候，过去了就都顺了。千万别往窄路上想。你还有妈呢，啥事咱娘俩商量着来，妈虽然做不了啥，可是能给你壮壮胆，世上没有过不去的坎。"

张华静说："不会的，妈，我想我前世一定是大恶之人，这一世是来偿还的。可能是我欠的债还没有还完吧，就连唐僧取经都经历了九九八十一难才功德圆满的，何况我一个凡人。我想我也会功德圆满的。"

婆婆含泪点点头说："这样想就对了，妈永远支持你！"

儿子说："妈，还有我。等我长大了你就不用干了，我养你！"

张华静心里一酸，眼泪扑簌簌地落下来，她却努力做出笑容状，三个人紧紧抱成一团。

深圳，两辆黑色的轿车一前一后驶过市区来到郊外的一片空地上，停下。前面一辆车上下来的是林子扬和他的两个随从，也是田玫的师哥，他们几个人都互相认识。后面一辆车上下来的是田玫和刘欣平，这些人都是西装革履，春风满面。

林子扬走在中间，一副大领导派头。左手插在口袋里，右手时不时地抬起，指点江山般的指向前方说："诸位，这不仅仅是一块地，它是我们的未来，我们的希望！大家一定要紧密配合把这第一个项目做好。争取以最快的速度，最短的工期完成它。要尽快地做到资金回笼，第二个项目才能衔接住。"

林子扬身上总是自带光彩，无论在什么场合都是焦点。田玫非常专注地看着他，认真地听他讲的每一句话，崇拜之情油然而生！林子扬一席话讲完，大家热烈地鼓起掌来。刘欣平虽然也在鼓掌，但是却没有多少热情，对这一次转身做房地产他是不得已而为之，自己心里没有多大把握。开始，他是不同意的，本来以为凭着田玫的才华和自己丰富的商场经验，做货物贸易会轻车熟路，顺风顺水。可是现实往往总在意料之外。

换了一座城市就像换了人间，以前生意圈的朋友和关系网都断了，似乎一下子就出了局。没有了货源更没有市场，每天东奔西跑到处都是拒绝的声音。这样四处碰壁，一年下来两个人都泄了气，就在他们二人近乎绝望的时候林子扬适时地出现了。

那是一个下午，俩人正在怄气，田玫接到了林子扬打来的电话。她感到很意外，脸上带着掩饰不住的喜悦，声音也变得柔和了很多。刘欣平斜卧在沙发里没好气地瞟了她一眼，又回过头继续看电视。来深圳一年多了，公司的业务一直不见起色，几乎成了一盘死棋。到处碰壁让人很是无奈甚至崩溃。有好几次他想到了雷建，可是想想又算了，现在还有什么脸去面对以前的朋友？如果，一个电话打过去，那么自己还有藏身之地吗？他们一定会来苦苦相劝，让自己回去，回到媳妇身边去。他不想认输，他想重打鼓另升堂好好地干出一番事业以此来证明自己没有错，是在往高处走，而不是堕落。到那时，再从经济上好好弥补对妻儿老母的亏欠，十倍百倍地回报他们。

无论你计划得多么好，老天偏不遂人愿，眼下市场打不开，没有好的销货渠道，紧俏商品又进不来，这样下来形成恶性循环，几个回合一切都成僵局。滞销品大量积压，资金在一天天地消耗，他的锐气被慢慢地打磨掉，随之而来的是沮丧、消沉。

事业不顺人也就没有了耐心，他变得烦躁，经常大呼小叫，一点点小事都要发脾气。田玫自然是受不了的，以前看他时眼里全是崇拜和尊敬，现在变成了怨恨。那些张口就来的甜言蜜语变成了数落和责备，有时还会哭泣、谩骂，最后发展成了冷战。生活到了这个地步，女人似乎没有两样，什么叫温顺有涵养，什么叫知识女性，这些只不过是套用在某个人身上漂亮的外衣罢了。

他，偶尔也会想起自己的媳妇，那个叫作张华静的女子，想起她的善良、淳朴。她总是那么善解人意，一路走来不论顺境、逆境，从来都没有一句怨言。每次遇到困难自己心情不好，她总会默不作声地端来一碗热气腾腾的饭菜，然后又默不作声地去想办法。结婚十几年了，她也从来没有说过一句爱他的话，从未表达过什么。这是刘欣平的心结，他觉得在他们的婚姻里一直是自己剃头挑子一头热，而她这一直都是不温不火，就像她的名字一样，平静得不起一丝波澜。而田玫是爱他的，她爱得热烈爱得执着，让自己找到了被爱的感觉，也找到了男人的自豪感，这样的爱情才是他刘欣平想要的。

刘欣平常常会在心里拿两个女人做比较，两个女人仿佛就是他的前世今生，两种际遇两种人生，只是出现的时间不对罢了。可是再晚男人也有追求

爱情的疯狂，选择了情人自己就背上了负心汉的罪名，被世人唾弃，像过街的老鼠般躲在黑暗里惶惶不可终日。不，不能这样想，他猛地摇了摇头，把跑远的思绪拉回来。

"真的吗？师哥怎么会想到我们呢？"

"嗯，好好，那约个时间我们面谈，嗯，好，好。"

"谢谢，谢谢师哥能想到我们。"

田玫的电话打得似乎很高兴，语气明显提高了八度，还转过头来冲着沙发上慵懒的欣平俏皮地眨眼睛，又指了指耳边正在传来声音的手机，那样子好像是在告诉刘欣平，有好事！

"好吧，那后天下午，好好，我们准时到，一定一定。"

放下手机，田玫兴奋地跑过来搂住欣平的脖子说："哎呀，有好事了老公，天大的好事！"

刘欣平冷冷地问了一声："什么好事？"又翻身躺好，给了田玫一个背面。

田玫仍然兴奋地说："我师兄林子扬，你记得不？就是上次我们同学聚会，很帅，很高，很有风度的那一个。"

"直接说，什么事？"刘欣平冷冷地说。

"呀？生气了？别这样嘛，我也是想做事嘛，你看看咱们现在成了什么样子，总得寻找突破口吧？我是爱你的，我发誓！"

田玫撒娇地搂住了刘欣平的脖子。刘欣平一下子就融化了，没有男人能够扛住这一招的。他，不是圣人。

"什么事？说吧。"刘欣平说。

田玫双手从刘欣平的脖子上下来，环抱住他的腰，头抵在他的胸口上说："那，你得让我知道你不生气了，再说。"

刘欣平的欲望一下子就被点燃了，紧紧抱住田玫一顿热吻后说："这下说吧，什么事？"

田玫一脸甜蜜地仰起头说："我师兄林子扬，在白湖湾拿到一块地，我们可以以投资人的身份去加入，怎么样？是不是好事？"

刘欣平思索起来，这样的事他以前也做过，而且做得还不错，如果是真的倒也是一条出路，一盘死棋也就活了。想到这里，他问："你对这个林子扬了解多少？"

田玫说："太了解了，以前……"

不等田玫把话说完，刘欣平就打断了说："那是以前，我说的是现在。

现在你对他知道多少？"

"现在，听同学们说，他四通八达，很神通，也很能干，是我们同学里最出色的。不过，要是我们想做这个项目可以去了解他，不走近怎么了解呢？不走近所谓的了解都只停留在表面，刚才约好了，后天，面谈。"

刘欣平没有说话，只是点了点头表示同意。

二十五

西安市东郊有个灞桥集，是每周日一次。每到这一天四面八方的人都会涌来，平时宽阔的马路和街道变得拥挤不堪，商贩们的摊位一直排到了公交站牌底下。集市上，布匹鞋帽，农副产品，瓜果蔬菜，美味小吃，花卉，鸟，鱼……应有尽有。场面非常壮观！有人说过，在灞桥集只有你想不到的，没有你买不到的。由此可以看到它的繁华程度和人气。

宽阔的马路被一分为三，中间留有一米宽的通行道，两边是沿街搭起的临时摊位，货品是琳琅满目，堆积如山，看得人眼花缭乱。出了正街，偏僻一点的位置就是小吃摊位，热滚滚的油糕，刺啦啦冒着白烟翻动着的炒凉粉，还有荞麦饸饹、杂肝汤、大水盆……人流涌动，熙熙攘攘。各种嘈杂声、叫卖声混合在一起形成了这个乡镇和城区相结合的集市特有的风景。

张华静和娟是早上六点多就来的。她们蹬着三轮车拉来了两大袋子货物。这个集市的摊位是每集一租也可以连租。就是预交定金，说好租几次交够几次的钱，下次来了直接摆。大多数是一次一租，因为要赶往不同的地点摆摊，所以时间不能确定。有时候有的区域遇上市容检查日是不让摆的才会跑到灞桥来，这里毕竟远一些的。

别看这里面向农村，消费水平不高，但下货量极大。往往是在市区内摊位日下货量的三倍还多。开始她们是不知道的，货品不对路，效果不太明显。慢慢地摸出了路子，便针对性地进一些货，没想到一天工夫所带货物全部卖完。摊位费十元，税十五，加上两个人的吃饭一共也就五十多元，算下来一天居然挣了九百块，这让困境中的张华静看到了一丝希望，也就忘记了繁重的体力劳动。

开始她们是搭公交车来的，每次提着大包小包两个女人实在吃不消，后来就买了一辆二手三轮儿俩人轮换蹬着来。这样一来就轻松了不少。张华静是感谢灞桥这个集市的，那次大火之后清理出来的残余货品有两大麻包，和别人一样，她和娟赶早市摆摊处理，以求换些钱回来少些损失。摆来摆去人

累得要死货却没卖掉多少，就有一个人带她俩来了灞桥集。没想到三个集日就把剩余货品处理完了，当然是亏本卖的，不过她也因此看到了商机，就开始进货。这样一年下来她不再愁眉苦脸，最起码生活有了保障再慢慢地攒钱，还账就有希望了。

她更感激娟这个好姐妹，几年来一直陪在自己身边，给她希望，给她力量。每当娟说起那句挂在嘴边的话"有福同享有难同当"时，她就热泪长流。

"三十五块，三十五块，哎，大姐，这个四十。"

"这个，料子软，透气性好，关键是吸汗，穿上特别舒服……"

娟在前面招揽顾客，张华静在后面收钱，取货，两人忙得不亦乐乎。看着一个个拎着袋子离开的顾客，她俩露出开心的笑容。张华静头上滚下来的汗水快要迷了眼睛，娟忙从包里抽出两张纸巾递了过去，张华静擦着汗水，俩人相视一笑。

下午五点以后，人流开始稀少，货物基本卖完，她们买来简单的饭菜坐到摊位后面的袋子上吃着。六点多集就散了，清点剩余的货物装到袋子里，然后放到三轮车里，一人蹬着一人坐着悠哉游哉地往回走。离家不远的时候，蹬车的娟回过头来说："静静，我有一句话想对你说，想了好久了，可是不知道怎么开口。"

张华静半开玩笑地说："你还有开不了口的时候啊？什么话，这么难？你也不是扭捏作态的小女人啊？"

"算了，一会到了再说吧。"娟说。

"什么呀？瞧你那样儿！"张华静说。

下午六点到七点是下班高峰期，这个时候车多人多，每个十字路口的交通都近乎瘫痪。交警紧张而有序地疏通着，好在三轮车体积小、灵活，可以随时变换路线。她们改走背街避开交通要道绕行公园路，虽然转了一大圈用的时间长但却不拥挤。终于到了张华静家楼下，娟把三轮车停住。张华静把列好的进货单往娟手里一塞说："拿好，我最近记性不好，老忘事，还是你拿着。"

"我用不上了，还是你拿着吧。静静，以后你得一个人干了，我……不干了……"娟说。

张华静心里一惊，问道："为什么？咱俩干得好好的，咋就不干了？"

娟拉住张华静的手说："静静，你是知道的，我家那个做小工程虽然不是大富大贵但也不缺钱过日子。前两年老人带孩子，我闲着没事就想干个啥，就拉着你一起做了，谁知又遇上大火商场被烧赔了钱，家里不让干。可我不

能扔下你，你一个人过日子挺难的，所以就一块挺过来了。现在也稳定了，也能挣到钱了，可是静静，这太辛苦，我不想干下去了，家里也不允许，所以，你……"

张华静有片刻的不安、慌乱，过了一会她平静地说："娟儿姐，谢谢你，真的谢谢你陪我走过人生中最艰难的时刻，我永远都感激你，我也理解你，没事的，你好好过你的日子吧，不能让家里对你有意见。我，可以的。"

娟动情地说："对不起，静静，我真的不忍心把你一个人扔下，真的！"

张华静说："天下没有不散的宴席，娟儿姐，放心吧。我，能行。今晚上我把账一算，你再看一下没有问题的话，咱们就把钱分了。"

"不用看，看啥，你做事我放心。那早点回去休息吧，累了一天了。"

"嗯，好。"

俩人挥手告别，娟转身走了，张华静拖着沉重的双腿扶着路边的围栏，慢慢地坐下来，茫然地注视着那辆承载着她们俩汗水和欢声笑语的三轮车。

树叶被一阵风摇动，夜色越来越深。张华静进了自己家的小区，拐了个弯，身影消失在昏暗的路灯里。她不知道在小区对面的马路边正站着一个男人，他一直追着她到了这里，直到她的身影消失，还怅然若失地站在那里，呆呆地望着！这个男人不是别人，正是，张友良。

张友良摘下眼镜，泪水不住地滴下来。他的喉头有些哽咽，难过得想要哭出声儿。他的心，很疼很疼！就像有人拿着刀一下一下在割他的肉一样的疼！眼看着静静落魄成这般模样，自己却毫无办法，他责怪老天为什么把这么多灾难降临到一个弱女子身上。她是那么善良，从来都没有做过一件坏事，不说一句伤人的话语，却要承受这么多的痛苦，还有生活的重压，他担心这样下去，她会不会垮？

涛从后面的树影里走出来，拍拍张友良的肩膀说："走吧，这件事我们得从长计议！"

古城的夜色非常迷人，霓虹灯闪烁，耀眼的光芒洒落在斑驳的古城墙上，仿佛一声咳嗽都能惊出古人的一声叹息，轻轻一摸都能摸出一个古老的传奇。张友良却无心观赏，这一晚，他失眠了。

三天后，涛来到了张华静的家里，王桂芬非常热情地招待着，又是倒水又是拿瓜子，还不住地说着感谢的话，感谢涛在危难中帮她们一把。

涛说："婶，不用客气，都是自己人。"

王桂芬说："应该的，你那么帮着我们，我老婆子过意不去呀。不过，

这句话你也算是说对了，按辈分我家冬冬得管你叫舅舅呢，呵呵。"

涛笑了，张华静也笑了。

过了一会，张华静对涛说："借你那三万块钱，我现在还还不上，能不能再缓一缓？"

涛忙放下手中的水杯说："不不不，我不是来逼债的！想到哪去了？那样我还算是冬冬的舅舅吗？那个钱你就不要提了，就当给冬冬的。"

"那怎么行？尽胡说了！"静说。

涛赶紧改口说："我是说你尽管用，什么时候有了再说。那个钱不必放在心上。"

张华静又问："那你今儿来，是？"

王桂芬也在一旁支棱着耳朵等着听下文。

涛说："静静，我今天来是劝你，别赶集摆摊了，这也太苦了又挣不了几个钱。这往后孩子大了，用钱的地方多了，你得干点别的。"

张华静低下头说："可我，能做什么呀？"

涛说："我给你找了一条路，干得好的话一年可以挣个七八万的。"

"有这么好的事？我不信！"张华静摇摇头说。

王桂芬说："静啊，你先让人家把话说完嘛。"

涛又说："我给建筑工地供水泥，现在手下工地多了，跑不过来。你来我这里干，外地的业务我去跑，本地的你来跑，你销出去的算你的，怎么样，不摊本钱，拿提成和分红。"

张华静没有说话，王桂芬抹了一把眼泪起身回自己房间去了，她听明白了涛这是从自己碗里分饭给她们吃呀！

过了一会儿，张华静抬起头来说："我知道，大家为了帮我想尽了办法。可是路得靠自己走，别人扶着走不长远。一步一个脚印才走得稳，走得踏实。现在虽然苦一些，毕竟是我自己干出来的，我先干着，说不定会有转机呢！也算是我在人生道路上开始学步吧。"

"你再想想。"涛说。

"不用了，真的不用了。"张华静说。

涛想了想，再也找不出合适的理由来劝她，就从口袋里掏出一沓钱放到桌上说："那这些钱你收下，是给孩子上学用的，你也别太苦了自己！"

张华静苦笑了一下，摇摇头说："不用，现在我还过得去，如果哪天需要了，我会向你张口的，你先拿回去吧。"

几番推脱张华静态度坚决，王桂芬也出来说："孩子，遇到大事了你帮

一帮,平常日子还是让我们自己过吧。静静说得对,路要自己走才踏实,才走得稳。"

涛只好收起钱回去了,临走留下一句话,说有困难就找他,需要钱尽管开口。

下班时间到了,张友良没有走的意思,别人都是急匆匆地走出办公楼,唯独他是个例外。"单身的日子就是好,自由,没有压力,没有家事一身轻。"

"张科长,你也老大不小的了,不能老这么单着吧?该结束爱情的长跑了!这么马拉松式地跑下去,连下一代也耽误了。早栽树,早乘凉!"

年长一些的同事常常这样打趣他或者说,是善意的提醒和规劝。每遇到这种情况他都会报之一笑并不作答。近一年来罗绮玉越逼越紧,以前打电话总是含沙射影地绕个大圈子再扯入正题,而现在也许是她父母那边催得紧了她说话不再绕弯子,完全抛开了一个姑娘的矜持,开口就问:"你打算拖到什么时候?自卑不是理由,没有好的经济条件也不是理由,不能给我幸福的生活这些话统统不要说了,我听得够够的了。我只要一颗心一个人,其他的我可以!"

张友良惧怕这些话题,每次谈起都让他不知道怎么回答。婚姻是个复杂的事情,光有爱是不行的,还有社会地位、门第观念、经济条件等等。更何况对于罗绮玉的感情里有没有爱的成分他自己都不清楚,准确地说应该是感激,如果这样走进婚姻岂不是要欠她一辈子?带着感恩的心情去结婚就像背着一座大山,那样太沉重了!

可罗绮玉不这么认为,她觉得,爱,就要冲破一切障碍和阻力,就要心无杂念只要彼此付出真心就行了。从小生活优越的她对于物质没有多大兴趣,她更看重的是感情。罗绮玉不在乎的张友良却太在乎,这就是多年来两个人迟迟没有走入婚姻的根本原因。吃过晚饭,友良习惯性地打开电脑,开始了与自己灵魂的对话。

生命轻巧如尘,然而,打开心扉,翻到有你的那一页,仅一回眸,就足以让我一生无法释怀!再健壮的身躯,再长寿的年事,也跨不过一道思念,一声问候和牵挂。我屹立于高楼顶端,打开双手,意欲飞翔,却发现情感的羽毛遍地坠落,化泪纷扬。什么才是今生的向往?怎样才能禅释生命的流向?生命平凡,轻薄得如一颗飞扬的尘土,我飘落于迢迢他乡,你在千里之外。

每个昼夜,每个闲暇时刻,我极目远天,你的身影抬头可见。而此间距

离却，遥遥无期。

我总是疑惑，像你这般淡泊恬静、柔弱美丽的女子也会与人讨价还价，经商从贾吗？想那尘世尘缘，总叫人困顿、无奈！

每个阴霾的日子，我抬头看天，仿佛看到远方的你，素心如简，人淡如菊！

岁月如歌，让我们流着热泪翻唱，一遍又一遍，全是黯然神伤！纵有来生，又如何能轻松以对！

二十六

罗绮玉已经喝得两颊绯红，醉眼迷离。当她再一次给自己的高脚杯里倒酒的时候，周庆攥住了她的手随后夺下了酒瓶。

罗绮玉烦躁地说："别拦我，别管我。"

周庆说："绮玉，你是个好女孩，你高贵、优雅，那么完美的一个人怎么也不该这么自暴自弃！不该这样来折磨自己！"

罗绮玉痛苦地说："呵呵呵，完美！如果有你说的这么好，他为什么看不到？为什么这么冷漠？"

周庆说："你不了解友良，一方面他是自卑，觉得自己配不上你。另一方面，他……"周庆停顿了一下，罗绮玉问："他怎么了？难道有什么难言之隐？"

周庆说："你可能不太了解友良，他，有心结！或者说对于你，他更多的是感恩，也许，是爱得不够多。"

"你胡说！"听到这句话，罗绮玉像是被针刺了一下说。虽然她极力否认这样的说法，可是她自己也曾这样问过自己，周庆没有再说话。过了一会儿，罗绮玉抽泣起来，周庆默默地递过纸巾。

"他是根木头吗？是石头吗？我对他的好他不知道吗？"

"他当然知道，他不是傻子。他只是不知道怎么办才好！"

"那我该怎么办？你告诉我？"罗绮玉扬起满是泪痕的脸问道。

周庆想了一下说："去找他，面对面地把话说开。爱就爱，就谈婚论嫁。不爱就放手，你把眼光往外看，还有人和你一样煎熬，他也在等你！"

"别胡说！"罗绮玉说。

周庆说："这么多年，我们三个亲密无间，互帮互助。我一直默默地祝福你俩的爱情能天长地久。可是来到深圳后咱们两个人风风雨雨，辛苦打拼。也不知道从什么时候起我发现自己离不开你了，我爱上你了，你明白吗？"

"别说了，我不听我不听！"罗绮玉打断了周庆的话，不让他说下去。

"为什么你连说话的机会都不给我呢?这边的人谁不以为我们俩是情侣呢?不过你别担心,我不会乘人之危强人所难,你去追求你的爱情,我等!你们成了,我高兴,真心祝福,咱们还和以前一样,好哥们,好朋友!你们分了,我,在这里等你!做你一辈子的守护神!"

周庆很激动地说完这段话,然后满含深情地看着罗绮玉。也许爱情就是一场追逐,你看着前方而后面有人正注视着你。罗绮玉低下头又开始低声地哭泣起来,哭够了也累了,周庆扶起她走出那家餐厅,轻轻地把她放到车的后排座里,然后回到驾驶位,锁好车门开到了罗绮玉的住所。等把人事不省的罗绮玉放到床上,帮她盖好被子再退出来,想了想不放心,便掩上门自己在客厅的沙发里和衣而卧。

周庆已经习惯了这样的情景,无论这个女孩开心还是难过自己都会陪伴左右,听她倾诉苦恼倾倒生活垃圾,分享她的喜悦,为她忧而忧为她喜而喜。随着时间的推移和生意场上的并肩作战,自己对这个女孩有了依赖的感觉而且越来越强烈!可是感觉归感觉,他对她始终保持着翩翩君子的风度,丝毫没有半点过分的举动。他总是压制着自己心底的那份情感的冲动,因为他知道罗绮玉的心里没有他,只有自己的铁哥们——张友良。

今晚看到罗绮玉如此难过,自己的这份心思再也抑制不住了,竟然,竟然说了出来。他有些后悔,不住地问自己,为什么要说出来?不是说要藏在心里一辈子的吗?

林子扬呷着咖啡,思绪却沉浸在萨克斯舒缓的曲调里,他临窗而坐,眼睛不时地望向窗外,好像在期待着某个人的到来。他浓密而黑亮的头发越过额头直到眉梢,白皙的脸庞棱角分明,一副浅色框架茶色镜片的眼镜更凸显出他知识分子特有的魅力!

田玫急匆匆地赶来,刚一露面,一个服务生走过来说:"小姐,林先生在那边等您,请。"

顺着服务生的手势看去,在临窗的一个位子上林子扬正微笑着冲她招手。田玫走了过去叫了声:"师兄。"

林子扬很绅士地起身,同田玫握了握手也做了个请的手势,等田玫坐下,他对服务生说:"一杯咖啡、一个甜品外加一个水果沙拉。"

很快服务生就把东西上齐,田玫搅动着咖啡问:"师兄,什么事情叫我过来?搞得神神秘秘的。"

林子扬反问道:"神秘吗?你不觉得整天忙忙碌碌的很压抑吗?约你出

来放松放松不好吗？是你自己想复杂了！"

田玫自嘲地说："哦，这样啊？那是我想多了。还以为有重大事情，就火急火燎地赶过来！"

林子扬身子往后靠了靠，两手交叉放在胸前说："师妹，你没发现你变了吗？"

田玫问："变了吗？我怎么不知道？那，变好了还是变坏了？"

林子扬停顿了一下说："变得……俗气了。以前的清秀和灵气没有了，我真想说，你怎么把自己弄成了这个样子？"

田玫没有说话，慢慢地端起咖啡喝了一口，放下杯子，问："是变土了吧？我知道你想说什么？同学们不都说我把自己卖给了一个土豪吗？"

"呵呵……"

林子扬微微一笑，把话题扯开说："好了，不说你了，说正事。"

田玫说："我就说嘛，肯定有事儿！"

林子扬："m市的项目拿下来了，公司决定派你过去打前站，准备准备，后天出发！"

田玫惊讶地问："这么急？我思想上毫无准备，怎么也得做做功课吧？再说，这样大的事情也得开会讨论吧？"

林子扬说："大家一致通过的，你是最合适的人选。会议也只是个形式而已，时间紧任务重，资料都给你准备好了，明天发你邮箱里。"

田玫拍了拍脑门说："我的天！好吧，那我就不坐了，得赶紧回去，欣平他还不知道呢！"

林子扬话锋一转，严肃地说："这次是你一个人过去，不是你们！"

田玫问："我自己，那他呢？"

林子扬加重了语气说："师妹，请问，他过去了能干什么？能看懂图纸？能看懂资料还是懂技术？连电脑都不会用，上次招标会他听得一头雾水，最后还打盹儿。这些你是不明白还是装糊涂？说白了，他就是一个什么也不懂的大老粗，不过是赶上了好时机发了点横财罢了。以后是高科技引领的时代，需要的是我们这样有知识、有文化、有创造性的人才，他没有市场了！"

"那，那，你准备怎么安排他？"田玫有些语塞，着急地问。

林子扬停顿了一会说："深圳这个项目有他，等楼盘售完他拿到他应得的那部分……后面的话，不用我往下说了吧？"

"这……"

"师妹，人生路上本来就是一场淘汰赛，我没有理由养一个闲人，我想大

家也不会答应的！"林子扬说。

夜色阑珊，来来往往的行人和车辆从身边经过，一阵风吹过来让人觉得很舒服。深圳这座城市什么时候都是拥挤的，田玫拒绝了林子扬送她回家的要求，也没有打车，一个人走在回家的路上。她想一个人慢慢地走，想利用这个时间抒一抒思绪，耳边还在回荡着林子扬的话。

"物以类聚，人以群分，他不是我们这个层次的，你俩本来就不是一路人，此处不分彼处也会分的。你的私人问题我不发表过多的言论，事业上到此为止了，你，回去好好想想吧！"

风撩拨着她的头发，她用手理了理，这时手机响了，一看是刘欣平打来的："在哪呢？都几点了还不回来？"

"噢，有点事耽误了，马上回来。"

田玫收了手机放进包里，扬起手挡了一辆车消失在夜色里。

刘欣平懒懒地躺在沙发里，眼睛微闭，头枕在靠背上。一只手耷拉下来，指缝里夹着正在燃烧的半截香烟，一只手搭在额头，两只拖鞋分散在茶几的两边。烟灰缸里的烟头和烟灰快要溢出来了。

"啪"的一声，钥匙转动，门开了。田玫进来，迎面而来的烟草味呛得她后退了一步，猛烈地咳嗽了几声，扬起手使劲扇着说："怎么抽这么多烟？呛死人了！"说着就去推开窗户，刘欣平理都不理，像没听见一样继续抽着。

"抽烟，抽烟，烟能当饭吃吗？像个醉鬼！"田玫嘟囔着。

"你他妈还知道回来？吃饭吃饭，看看现在几点了？我有饭吃吗？打你电话不接，冷锅冷灶连口喝的都没有！"刘欣平怒吼着。

"你自己没长手吗？你不会自己做啊？我一天累死累活的你什么都不干还要我做饭给你吃，我不是你的老妈子！"

"放屁！嫌弃我了是吧？我他妈为了你搭上了所有身家，家不要了，老婆孩子不要了，房子也卖了，现在还租房住。你居然给我摆谱！"刘欣平像一只被激怒了的狮子，心里的怒火一阵阵往外扑。"这么晚才回来，打扮成这样又跟哪个野男人鬼混去了，吃饱喝足才回来，我他妈还饿着呢！"

"你，你，你胡说八道，我让你胡说！"

田玫气得浑身颤抖，扑过去准备狠狠扇他一个嘴巴，可是手刚扬起来却被刘欣平一把攥住往后一推，扑通一声摔倒在地。田玫再也忍不住了，扑倒地上大哭起来，刘欣平四仰八叉地躺到沙发里，看都不看一眼。

第二天早上，田玫悄悄地出门了。

林子扬打开电脑，开始翻阅资料。突然电话响了，一看是田玫打来的，"师哥，你昨天说的事情我同意，我准备好了，明天走。"

林子扬迟疑了一下说："昨天的咖啡馆里，等我，马上来。"

"不用了，不用了。"田玫推辞着。

"等着，一定！"林子扬加重了语气说。

十几分钟后语浓咖啡馆里，田玫低着头不说话。林子扬小心翼翼地问："你们，吵架了？"

"没有，哪有的事儿！"田玫苦笑了一下说。

"如果有什么不好处理的，告诉我。"林子扬说。

"我没有问题。只是，师哥，我走后请妥善安排好刘欣平！一定，一定不要亏待了他！"田玫嘱咐道。

林子扬说："我会的，你放心。"

又是沉默，田玫向窗外看了一会说："那我回去了。"

"我送你。"

"不用，不用。"

"你怕什么？怕他吗？"林子扬问。

田玫摇摇头转身要走，林子扬拽住她的胳膊说："坐下。"

田玫脸色一白叫出了声"呀！"。

林子扬撸起田玫的袖子，只见胳膊一大坨瘀青，胳膊肘破了一块皮，红红的血肉肿起来形成一个鼓鼓的包。他忙撸起另一只袖子，情况好了一些，但是也有一块瘀青。

林子扬气愤地骂道："禽兽，打女人，禽兽不如！我去找他！"

"你别去。"田玫忍着疼痛拦住了林子扬却又露出痛苦的表情。林子扬忙扶住她往外走，然后上了车往医院而去。

刘欣平在迷迷糊糊中醒来，伸手抓过床头柜上的香烟，抽出一支，点上，吧嗒吧嗒地抽起来。屋里听不到走动的声音，身边也是空的。看来，那女人又出去了。在这个城市里，刘欣平觉得自己像个乞丐，活得非常憋屈。

自己什么也不会，什么也不懂。说是做生意可完全是田玫在说在做，自己只管拿钱。现在，钱掏空了也就没有用了，完全成了局外人，公司里倒是给自己安排了一张桌子，可是没有用，坐在那里自己都觉得别扭。别人坐在

电脑前忙得不亦乐乎自己就只能斗地主，除此之外也不会别的。每天看着田玫在男人堆里穿梭心里就不是个滋味。一起去参加各种应酬吧，没人理自己，田玫倒成了主角。那些高级场所自己怎么都适应不了，还有各种会议去了听不懂看不明白。他自做生意起就知道买进卖出，不知道开会、竞标、预算等等。有太多的字不认识，有太多的名词听不懂，简直就是受罪。

中午十二点了，刘欣平肚子开始咕咕叫了。没办法，只好起床到落满灰尘的厨房里，笨拙地下了一碗挂面对付一下肚子，至于那个女人，随便她。这个女人的生活圈子太丰富了，吃饭、喝酒、唱歌、跳舞……她的朋友圈，男人就占了一半，老师、同学、同事等等。每一个人都被她解释得合情合理自己还说不上什么。刘欣平有时在想：田玫这样的女人对自己那些所谓的爱情是不是真的？会不会在别的男人那里也会照样演一遍，不知道这样的戏码她在自己这里是第几次上演？想到这里他的后背就会发凉。

三天过去了，田玫还没有回来，刘欣平坐不住了。他拨打田玫的电话，"对不起，您所拨打的电话不在服务区。"再拨打仍然如此。刘欣平急忙抓起衣服胡乱地套上就出了门。

他记不清是怎么进了公司的，一路疾步如飞地到了林子扬的办公室门口，一位小姐过来阻拦："先生，请留步！"他理都不理一把推开门，小姐又过来阻拦，被他一下推出好远。林子扬缓缓地站起来，对那位小姐摆摆手说："你出去吧。"然后对怒气未平的刘欣平说："请好好说话，这种行为和态度不适合城市。"那意思分明就是说，你只适合农村。刘欣平顾不上这些，径直走到林子扬的办公桌前厉声问："田玫在哪儿？"

林子扬双手一摊，冷笑一声说："这倒奇怪了，你的女人去哪了你来问我？"

"别装了，她整天围着你转，你会不知道？"

"笑话！我手下这么多员工每天都围着我转，难道我要管他们二十四小时的行踪？"

刘欣平气急败坏地说："这个项目是你拉我们做的，她去哪了我可以不管，但是我的钱我得追回来！"

林子扬看了刘欣平一眼，坐回黑皮转椅里说："合同书上你签的字吗？谁签字投资人就是谁。我们会严格按照法律程序来做的，该谁的，一分钱都不会少！回去等着吧，现在是上班时间，别打扰我工作！"

"你给我等着，老子告你去！"

刘欣平气得跳起来，这时两个保安进来把他架了出去。真是精明一世糊涂一时，让人难以相信的是当初接这个项目时全部是田玫一手办理的。当时处在热恋中的他和她之间没有任何具有法律效力的有力证据和手续。

二十七

时间已经接近黄昏，每到这个时候交通都是大问题，忙碌了一天的人们都行色匆匆急于回家。张华静也不例外，今天收摊回来得有点晚，小区门口那几个大爷已经摆开了棋谱，进入战局。她蹬着三轮车刚进了小区大门，婆婆王桂芬就迎了过来，急忙到后面去推车。张华静赶紧下来拦住说："妈，快别忙活，是空车，我能行！"

王桂芬说："空车也好妈还不老，添一把力，累不着！"

婆媳俩人把三轮车在车棚停好就往回走，王桂芬手不停，一会给媳妇拨弄一下头发，一会抻抻衣角。慈爱的目光在媳妇身上扫过，流露出的都是心疼和爱怜。楼下几个闲坐的老太太看得直眼热，啧啧称赞道："瞧这婆媳俩真是好啊，外人不知道还以为是母女俩呢。"

她们刚一走过，身后又传来两个年轻女人的声音："什么呀？这么好是有原因的。她老公带着一个年轻的女大学生跑了，钱拿了个精光。老太太没指望了，还靠媳妇养她的老呢，能不好吗！"

张华静猛地一颤，满腹苦水像是被针刺破了一般，瞬间漫延到全身，本来就疲惫的双腿一软脚步跟跄。王桂芬紧紧揽住媳妇，附在她耳边说："静啊，挺住！大步走，咱，别回头！挺直腰杆子咱们不矮他们一头！只有活出样子才能堵住这些人的嘴！"

张华静听了婆婆的话，稍微停顿了一下，努力平复了不稳定的情绪，把心头的苦水压了下去，打起精神挽住婆婆继续往前走。

进了家门，婆婆就跑进厨房去端饭菜，张华静跟着去帮忙却被婆婆按坐到沙发里。冬冬先给妈妈倒了一杯水，然后帮奶奶整理桌子摆碗筷。一家老少三口围着桌子吃饭，互敬互爱其乐融融，张华静看看婆婆又看看儿子，眼里泛起一阵阵泪花，接着又有一种幸福感淹没了难言的酸楚。婆婆和儿子不断地往她的碗里夹菜，她开心地笑着大口吃起来。"不管生活如何对我，我都要笑着面对生活。"她在心里暗暗地对自己说。

第二天，早上七点张华静就出摊了，婆婆一直把她送出小区大门。走出

好远了她偷偷地回头看，发现婆婆还站在那里望着自己，她咬紧嘴唇，用力蹬着三环车往前方而去……

二〇一五年，一位打扮入时的中年女子来到了幸福小区的门口。她从手提包里掏出了一张纸条看了看，然后抬头仔细地看了小区大门左上方的编号，这才走到门房询问："请问，这是幸福里小区吗？"

保安放下报纸，问道："是的，你是干嘛的？"

女人说："你好同志，我找人。"

保安说："找人打电话，让他（她）出来接你。"

女人说："同志，我找的人好几年都不联系了，电话打不通了。只有这张纸条，这是她几年前写给我的地址。"女人说着就把纸条递了过去。

保安看了看说："六栋一单元，行，我找个人带你进去吧。"

"好，谢谢您了。"

"你是陕北来的吧？"保安问。

女人点点头，虽然皮肤白皙打扮入时，但一口浓郁的陕北方言就是地域最好的象征。陕西总体来说分为三个部分：陕南、关中、陕北。这三个地区无论是地理环境还是人文景观都各有不同也各具特色，在语言上就表现得尤为明显。

保安走出自己那间小房子，指了指门口的一把椅子让女人坐下，然后拦住了两个迎面走来手里拎着菜篮子的老太太说："老人家，你们是不是住在六号楼的？"

那俩老太太点点头说是的，女人赶紧走过来，保安把纸条给俩老太太看了说让把一旁的陕北女人带过去。

俩老太太听完了保安的话说："这不是刘家吗？那不用带了，刘家妈妈在后面。"

"是吗？那太好了！"女人高兴地说。

这时张华静的婆婆王桂芬也提着一个装着菜的塑料袋过来了，那俩老太太喊道："刘家妈妈，走快点，有人找你。"

女人高兴地迎了过去，王桂芬有点怀疑似的问："有人找我，谁呀？在哪呢？"

女人忙说："阿姨好，我是张华静的朋友，我们有三年多不联系了，好不容易才找到这里的。"

王桂芬把女人从头到脚打量了一遍，仍然不相信地说："孩子，你说的

是真的吗？俺家静静没有去过陕北，也没有陕北的亲戚或者熟人呀！从来都没听她说过的，你不会是问错了吧？"

女人笑着说："阿姨，我们是在广州进货时认识的，要不，您给她打个电话，就说有个陕北女人赵彩玲找她，她就想起来了。"

一听这话王桂芬才露出笑脸，热情地说道："原来是这样啊？你看我这年龄大了不记事，慢待你了孩子，走，快到家里坐。"

女人伸手去接王桂芬手上的东西，王桂芬不让，俩人推拉了一阵子就只好随了女人，俩人相跟着就进了小区。

对于王桂芬来说，只要是静静的熟人她就高兴接待。这几年媳妇不容易，一个女人家风里来雨里去，那么辛苦地赚钱养家自己看着就心疼。本来文文静静的一个女孩子现在却把男人的责任也扛在了肩上，男一半女一半的，真怕会把她压垮！王桂芬只恨自己年龄大了手脚不灵活帮不上媳妇的忙。人常说，一个好汉三个帮，她常常盼着有人能帮帮静静，希望她能够多交些朋友，那样做起事来也就容易些！

张华静正在市场里忙碌，接到婆婆打来的电话，说是有个陕北女人找她。张华静一时有点蒙，实在想不起来自己的朋友圈里谁是陕北人。那女人好像是听到自己说想不起来，有点着急，就从婆婆手里拿过手机说，阿姨，我来说。然后就说了三年前，广州梦之颖订货会，那个旅馆半夜生病的陕北女人赵彩玲，还问她："我，陕北女人赵彩玲，你有印象吗？我找你来了，妹子！"

张华静恍然大悟也有些惊讶，不过匆匆一面，这都几年过去了怎么还找来了？人生就是这样有些人有些事，你以为只是擦肩而过，却不曾想在某一个时段他或者她又在另一个节点出现了。

"记得，记得，大姐你身体还好吧？"张华静问。

"好得很哩，你在哪呢？呵呵，我在你家里和大妈一起等你回来，呵呵。"女人爽朗地笑起来。

"好的，姐你先和我妈说说话，我就回来。"张华静说。

王桂芬像听故事一样听完了陕北女人讲她们在广州相识的经过，感慨地说："俺静静心善，待人实诚，能帮上你的忙我很高兴。再说了出门在外的互相照应一下是应该的，不必挂在心上。"

女人说："大妈，您看着就面善，说出话来叫人心里暖暖的。您的孩子哪能错得了呢！"

王桂芬叹了口气，摇摇头说："唉，好人有什么用啊，好人没有好命吃！"

女人疑惑地问："大妈，怎么？静静她……"

王桂芬摆摆手说:"没什么,我这人老了嘴上没个把门的,胡说罢了。你先喝口水,我去拾掇饭。"

女人忙跟着进了厨房,王桂芬把女人往外推说:"不用不用,你是客人。"女人说,坐着也是坐着不如帮忙干着还能说说话,王桂芬也就不再坚持俩人开始忙活。说来也怪,只是初次见面只一会工夫赵彩玲就像在自己家里一样,干活麻利样样拿手。王桂芬对她也是倍感亲切,丝毫不觉得陌生。

张华静推开家门的时候,饭菜已经摆上了桌。虽然几年不见但还是一眼就认出了陕北女人,俩人一阵亲热,王桂芬看着也很高兴。女人很健谈,一顿饭工夫就已经没有生疏感,倒像是久别重逢的自己家亲戚了。吃完饭女人起身告辞,张华静和婆婆挽留着,女人说还有事情要办办完再来,这次来西安是想了解一下西安的房价准备在西安安个家,问张华静能否陪她两天。张华静迟疑了一下但很快就答应了下来。

曲江新区位于西安市的东南部,是陕西省西安市确立的以文化产业和旅游业为主导的城市发展新区。这里有闻名中外的大雁塔和众多皇家园林遗址,自然风光、人文景观、民俗风情极具特色,文化底蕴深厚。同时这里的房价也高到吓人,而在这里买房的以陕北、山西人居多,其中有煤老板、油老板,这里也因此被称为富人区。

虽然在这座城市里生活,却从来没有如此近距离地了解过,曲江对于张华静来说不过是个地名罢了,如果说了解的话张华静所能记住的也就是一个在曲江来说具有代表性的民间故事——王宝钏和寒窑。

三天时间里同吃同住同行,张华静和陕北女人之间由朋友很快升级为姐妹,陕北女人开朗、率直,而且非常诚恳。一开始张华静倒是有些拘谨,三天相处下来这种感觉就消失了。第三天的下午俩人回到张华静家里,女人买了很多营养品给王桂芬。婆媳俩说什么也不肯收。女人说自己在西安没有认识的人,这是认亲礼,收了就说明认下这门亲,以后常来常往这里就是家了。还说这几年里她一直都给身边的人说自己在西安有个妹妹,这下好了不光有个妹妹还有个妈呢,这礼怎么能不收呢?女人如此说倒让娘俩不知如何是好,只能收下。

晚上,冬冬在自己房间里写作业,三个大人在客厅里聊着天。这是陕北女人在西安的最后一个晚上,明天一早她就要回去了。女人说着陕北的民风民情,黄土高原还有洋芋蛋蛋。说起那一道道沟来一道道梁,似乎让人一下就明白了田间地头那张嘴就来的信天游是因何而来。陕北地域辽阔地区面积

占到了陕西省面积的45%,生活在那里的人们勤劳善良。

墙上的挂钟快要指向十一点了,王桂芬打了个哈欠起身说:"都早早睡吧,不早了。"

陕北女人说:"大妈我想给您说个事儿,也不知道您同不同意。"

王桂芬说:"我一个老婆子耳聋眼花的,啥事不用问我。俺静静同意就行了。"

张华静有些疑惑地看着女人,女人笑了,拉起她的手说:"静静,别摆摊了,你一个女人家这样东跑西跑的太辛苦了,跟我干吧。"

"不用,我习惯了,这样挺好的!"张华静说。

王桂芬愣了半天,回过神来问女人到:"娃呀,那你是做啥生意的呢?俺静静是个实诚娃,你的事她能干得了不?"

女人说:"干得了干得了,大妈您就放心好了。"

女人又对张华静说:"是这样,我办了一个农副产品加工厂,就是把我们陕北的纯天然土特产经过加工然后销往全国各地,比如:大枣,小米,豆类,粉条。就是把我们的产品铺到每一个超市去,西安这个市场我想交给你,不压资金,你每谈成一单生意我们铺货你拿利润分成,你看怎么样?"

"可是我对这方面不懂啊,能行吗?"张华静说。

女人坚定地说:"不懂的我教你,相信自己你一定行的。"

王桂芬说:"静啊,妈看行,你这个姐姐说得对,谁生来不是啥都会的,不懂的可以问可以学。"

女人又说:"民以食为天,食品安全是目前的大问题,我们所供的是纯天然无公害的食材,而且在小米、大枣、土豆粉这一块我们陕北有地域优越性,前景很好的。"

"嗯,那我,试试吧。"张华静说。

"在开始做这个事之前,你得先学习学习。"女人说。

"学习?"

"是的。"

女人说着从随身的包里掏出一本画册和一本书放到张华静手里说:"这是我们的产品介绍,这本是市场营销的谈判技巧。你好好看,成功的法宝都在里面呢。"一说到看书,张华静来了精神,她觉得放在面前的不只是一本书,而是一位足智多谋的导师,将引领她开启新生活的大门。

二十八

　　陕北女人走后的几天里张华静一直在看书，看的如痴如醉。经过几天的学习，她掌握了产品知识、工艺流程，也学到了一些业务洽谈方面的技巧。接下来要做的，就是如何把这些书本上的东西用到现实中去了，开发市场，拿到订单才算成功。她有预感，这将是她人生中的一次转折也是挑战。

　　经过几天的考察她把第一个目标定在了离家最近的m超市。这是一个大型的连锁超市，知名度高地理位置优越，人流量非常大。每天早上超市还没开门人们就已经排队等候了。如果拿下这个超市那么下货量就是惊人的，可是超市里也有她所要推销的同类产品，只是产地不同品牌名称不同。张华静清楚地知道要谈下这笔生意绝非易事。

　　她没有贸然行动，而是每天到超市里和普通顾客一样浏览货品，把那些货柜里售卖的和自己相同的产品在价格上、质量上做着比较。一个星期后她来到服务台，问道："你好同志，我想问一下，如果我的产品想在这个超市上架找谁谈呢？"

　　一个穿着红T恤的工作人员头都没抬，语气生硬地说："不知道。"

　　张华静一愣，把心里的不快压了下去，往前走了一步笑着说："小妹妹，我打扰你了不好意思，那我等一会可以吗？"

　　那女孩很不友好地抬起头说："你没看我在忙着吗？烦人！"

　　张华静的脸猛地一下就红到了脖子，怔怔的不知如何是好。这时候旁边一位排队等候付款的中年男人突然过来，指着服务台里的女孩大声指责道："哎，这就是你工作的态度，这么大的'服务台'三个大字在这摆着，你不就是给顾客服务的吗？嫌烦，回家去！"

　　女孩看了那男人一眼，似乎没有话说也有些怯了便低下了头，张华静忙对那男人说："算了算了，就，不和她计较了。"

　　男人愤愤地说："我就看不惯这种臭毛病，都是惯出来的不知天高地厚！"

　　听到吵闹声，人们都往这边看，一时间显得闹哄哄一片。人们看热闹的心情往往比购物要高出很多，这时一个年长一些穿着同样工作服，拿着对讲机的女子走了过来，问清了事情缘由向那男人道歉说："对不起先生，这个女孩刚上班没几天，年龄小不懂事，就别跟她计较了，有什么问题我帮您解决好吗？"

男人说:"这还差不多,不过不是给我道歉,是给这位女士道歉。"男人指了指张华静。

张华静忙说:"算了算了,不用了。"

年长的女子得体地点了一下头,对张华静说:"大姐对不起,慢待您了。这样吧,我带您去见我们的业务经理,您看这样行吗?"

"当然好啊,谢谢你。"

张华静说完,又对那男人说道:"谢谢你,耽误您很长时间了。"

男人摆摆手说了没事就走了,张华静跟着那女子走了几步,男人又折回来拽住张华静的胳膊拉到一边说:"大姐,我有个提议,我这人说话直,您别介意哦。您看,这要出来做事得有个好的形象,您这一身家庭主妇的装扮不光这小丫头,估计到哪十有八九都得吃闭门羹!您自己想想,我走了。"

张华静愣住了,男人的话似乎说到了要害处,她不得不审视自己。

那女子把张华静带到了业务经理的办公室,说明了情况就出去了。张华静又补充了几句,然后等着业务经理的回答。经理把一沓彩页往旁边一推,看了看张华静,想了一会儿,说:"大姐,我们超市有长期稳定的供货商,品种多,证件齐全。你说的这些我们不需要。"

"我们是纯天然无公害的,正宗的陕北……"

张华静急忙说宣传册上学来的那点产品知识,那经理指缝间夹着的一支笔,敲击着桌面很勉强地听完说:"超市上货要证件齐全,不是谁随随便便都可以上的,我建议你还是去粮油店看看吧。"

"我们有证。"

"拿来呀?"

"这个,我……"

张华静还想再说几句,那经理站起来说:"对不起大姐,我们是服务行业,工作量大,没时间和您闲聊。您回吧。"

张华静还想再说几句,经理已经做出了请的手势,没有办法她只好退了出来。初次出师就不顺利,那些冷言冷语轻蔑的态度把她心头那团熊熊燃烧的希望之火扑灭。街上人来人往却没有一张熟悉的脸,此时此刻她多么希望有个人能够停下来,听一听她诉说心中的苦闷。天气阴沉沉的,不一会下起了小雨,她在一个僻静的角落里坐下来,仰起头看着天空,任凭细密的雨丝落在头上、脸上、身上。下午六点张华静回到了家里,虽然心里很苦进了家门立刻换上一副笑脸。王桂芬是个极其聪明的老太太,她看破了媳妇笑容背后的凄凉,但她什么也不问,只是说:"妈蒸了你爱吃的粉条豆腐包子,你

先去洗手，我这就给你端去。"

"妈，别忙活了，我不饿。"张华静说着就进了自己房间。

王桂芬端着热腾腾的包子进来了，看到媳妇面向里侧身躺着，她把手中的盘子放到床头柜上然后坐过去，说："静啊，别灰心。但凡做大事的人谁能不吃苦，谁能不碰钉子。这世事本来就是男人闯的，男人都不容易何况你一个女人家呢！想开些，这是老天爷在考验你哩，不给你些苦头那能让你一次就成功呢？不过再大的事身体是本钱，没有个好身体啥都干不成，来先吃点东西，别让妈担心好不？"

张华静坐起身说："妈，我真的吃不下。"

"吃不下，是心里有事堵得慌。给妈说说，说了就不堵了就能吃下饭了。"

张华静刚想张口把今天的事情说给婆婆听，却看见婆婆脸上的皱纹和耳边的白发。她把到嘴边的话又咽回肚子里，故作轻松地说了一句："没啥，好着哪，就是跑的路多累了。"

王桂芬说："你不说妈也知道，事儿不顺。这做生意哪有那么容易的，一家超市不要咱再去别家，大的不行咱找小店，这西安城这么大我就不信没有一家要的！"

张华静忽然心头一亮，像是有一道曙光照进了黑暗的洞穴里，她高兴地说了声："我知道怎么做了，妈。"

原来老天爷在这里暗藏玄机，又派老太太来点拨自己，她立马下床穿鞋跑到卫生间去梳洗。王桂芬被媳妇的举动吓了一跳，追着问道："你这是咋了？想到啥办法了，这天都黑了要去哪呀？"

张华静一边换衣服一边说："粮油店，妈，我去楼下的粮油店试试。"

王桂芬也跟过来说："我跟你一块去，小区院子里我认识的人多，没准能帮上你。"

"好。"

婆媳俩说走就走，急匆匆地下了楼。楼下常见的几个老太太看到婆媳二人过来问道："你娘俩这是干啥去？"

王桂芬笑呵呵地说："去一趟粮油店。"

"买米买面呀？"

王桂芬走过去说："不是，我们有一个陕北亲戚，家里新鲜的小米、豆子、粉条，寄了好多来吃不完，我想问问粮油店要不要。地道的陕北货。"

那老太太问道："你说的是真的吗？刘家妈妈。"

"当然是真的啦，前一阵来我家那个，白白净净，高个子那个闺女。"

一听说买东西，旁边又围过来几个人问是怎么回事，张华静就仔细地说了一遍，那几个人就说明天到她家里去看，如果好的话就从她那里买了。这样地道的东西没有经过加工，安全放心。张华静婆媳俩很高兴，讲得也耐心、仔细。没出小区就有顾客了，虽然不多却让人内心鼓舞。告别了大伙她们又来到了粮油店进行推销，老板娘听完她们的来意以后想了一会，又把她们二人从头到脚细细打量了一遍说："这样吧，各样先发个一百斤过来，如果东西真有你说的这么好，卖得也好，就继续进货。不过第一批货先不付款，卖完再说。你先考虑一下，行，就发货过来，不行，就算了。"

"行，我回去就联系发货的事情，您放心，绝对没问题。"

老板娘递过来一张名片，说上面有她的名字电话和地址，张华静小心翼翼地放进口袋里紧紧攥着，怕一不小心就飞了似的。

一个月后，"陕北人家"这个品牌的小米、豆类、粉条等在小区里口口相传，不得不佩服主妇们的传播能力。那些每天早上揣着小布包一家一家超市里抢限量鸡蛋，比较各种物品价格的老太太们的能力更是不可忽视，她们才是最强有力的推销员。很快小区里的女人们都知道了"陕北人家"的事情，有到粮油店购买的也有上门到张华静家里买的。王桂芬忙得团团转，冬冬也及时地充当了营业员。

一天下午，张华静从外面回来，在楼下看到一个熟悉的身影转来转去，往前走两步又退出来，隔一会儿又往前走，走走停停犹豫不决。她看了一会便走到那人身边，轻声叫了声："嫂子来了。"

那人一惊回过头来，原来正是赵小菊。

"来了，就进屋吧。妈在家里呢。"张华静说。

"不，不了，我……"赵小菊说。

"那，嫂子今天来，是，有事？"张华静问。

赵小菊为难了半天，红着脸说："唉！静静，那我就厚着脸说了，你不知道我那个商店生意越来越差，都快混不下去了。我听人家说你最近在卖什么货非常好卖。不出门，人家都抢着上门买。我就想，来看看，不知道我能不能拿点去卖。"

"当然能啊。"张华静丝毫没有犹豫脱口而出。

"可是，妈，能同意吗？"赵小菊担心地问。

"会的，一定会的。妈不是小气的人。"张华静说。

"那我就不上去了，你回去跟妈说。我等你回话哦。"

赵小菊脚底抹油地回去了，张华静望着她的背影笑了。

回到家里冬冬和奶奶正在忙，有两个人正在买东西，张华静赶紧过去帮忙并热情地打着招呼。等那几个人满意地离去他们三个人才相视一笑。晚上，王桂芬正被电视节目逗得合不拢嘴，张华静趁机凑过去坐到婆婆身边说："妈，有个事和您商量一下。"

"噢，你说。"

王桂芬立刻拿起遥控器暂停了电视。

"咱以后不能在家里卖东西了。"

王桂芬问道："为啥？咋不能卖了？"

张华静说："这不合法，买卖要有营业执照要纳税，这些咱都没有，再说了，也影响冬冬学习。家里人来人往的孩子能静下心来吗？您年岁大了一天到晚地忙，太累了！以后我一个人挣钱就行了，您就别操心了好吗？"

王桂芬想了一会儿，说："嗯，累倒不怕，就是不能做违法的事情。那就等家里这些卖完了，让大家去粮油店里买。行不行？"

"我想，把剩下这些放到大哥店里去卖，这样最好！"张华静试探性地说。

"什么，你说什么？你忘了那个母夜叉是怎么对我们的了？你咋就不长心啊？"王桂芬气得手都颤抖起来。

张华静急忙扶住，抚着婆婆的胸口说："妈，您别生气，您先别生气好不好。"

过了一会儿，王桂芬说道："静啊，不是妈说你，你咋就分不清好赖人呢？自从你走进这个家门不是我和你爸护着你，还有，还有老二罩着，你都能被赵小菊那个母夜叉撕吧着吃了！我是气你呀，气你咋就实诚到这个地步了！你吃亏吃得还少吗？长点心眼儿吧，孩子！"

张华静说："过去的都过去了，不说嫂子，大哥总归是您的儿子吧？他过得不好您能安心吗？听说他商店那一带要拆迁了，一拆的话以大哥大嫂的能力一时怕是找不到合适的事情干，所以，我……"

"你怎么知道她过得不好？谁告诉你的？那个母夜叉？人家那是哭给你看的！装可怜是她的拿手好戏，那婆娘红脸唱一阵白脸唱一阵，你傻呀！"王桂芬说。

"在这个城市里，大哥一家三口是我们唯一的亲人，是您和冬冬的骨血至亲，不管他们是对是错，我们都应该原谅。因为血缘是割不断的。现在他们有困难，我们就应该拉一把，我想大嫂不会一直那样，她会改变的，您说呢？"张华静问。

王桂芬一指头戳到张华静的脑门上说："娃呀，你就是个实心眼子，那赵小菊就是一截莲藕，除了一张皮里面裹着的都是心眼儿，她那是给你下套那！哎呀！"

"妈，就是这样也是好事嘛，多一个店给我们销货也挺好的。"

王桂芬站起来甩下一句话说："我不管了，你随便！"就回房间睡觉去了。那生气的样子像极了一个赌气的小孩。自从嫁进这个家门，婆婆还是第一次给她甩脸子，张华静没有生气反而笑了。冬冬看了看奶奶，对妈妈说："妈，你惹奶奶生气了？"

张华静拍拍儿子的头说："没事，奶奶是个明白人，她会想通的。你进去陪奶奶说说话。"

二十九

张友良怎么也想不到罗绮玉会突然降临。他们已经好久没有通过电话了，这似乎不太符合恋人之间的节奏。张友良常常在静夜里审视他们之间的关系，应该说用"知己"一词会更恰当一些，至少他自己是这么认为的。结婚是近几年来常常要摆到桌面上来谈的话题，他爱罗绮玉吗？张友良常常这样问自己，而内心总也给不出一个明确的回答。那，是不爱吗？好像也不是。感激、信任、依赖这些复杂的成分交织在一起让这份感情的性质变得不明朗起来，也就很难给出罗绮玉婚姻的承诺。

快要下班了，办公室的门被推开，本来以为是秘书小姐，所以张友良头也没抬地说："我这没什么事了，你收拾下班吧。"来人却站着不动也不说话，张友良感觉不对劲忙抬起头来，立刻惊讶得说不出话来。只见罗绮玉正静静地望着他，眼神里有淡淡的哀怨和忧愁。

"你什么时候回来的？怎么不提前说一声，我好去接你。"张友良说。

"不敢，怕惊扰了局长大人！"罗绮玉冷冷地说。

张友良赶紧去掩上门说："别胡说，什么局长，只是个副的。"

"副的也是官儿，升官都不告诉我，是怕我赖上你吗？"

张友良递了一杯水过去，打断了罗绮玉的话说道："当然不是了，只是觉得微不足道而已，对了，你一个人回来的吗？"

"难道还有别人？"罗绮玉反问到。

"周庆呢？他怎么不一起来？"张友良问。

"他是我什么人啊？去哪都得带上？"罗绮玉火药味十足地呛了一句。

张友良忙走过去，赔着笑脸说道："别生气了，算我说错了。走，选一个地方我给你接风。"

罗绮玉没有说话，可是从脸上的表情可以看出她的心，已经笑了。

俩人走出办公室，正是下班时间走廊里就显得很热闹。平时能见到的见不到的这会儿都遇到了。罗绮玉很自然地挽住了张友良的一只胳膊，微笑着和从身边走过又偷偷回过头看他们两个的女同事打招呼。一个儒雅帅气，一个美丽大方，这样的组合立刻引来一群羡慕的眼光和啧啧的称赞声。

张友良并不知道自己的魅力，他的沉默寡言在大家眼里是成熟稳健，他因自卑而埋头苦干，业务上的出色引来了领导的好感和赏识。所以在正职升迁以后，张友良的顶头上司成了正职，让他没想到的是自己会被提拔，坐到了副局长的位子上。他没有大的志向，只想把自己分内的事情做好，然后在这个城市里安个家，不再做都市流浪者。命运有时真的会开玩笑，别人挤破了脑袋都求不来的事竟然会意外地落到自己头上。

这些只不过是张友良自己的想法而已，领导并非心血来潮，也绝对不是上天恩宠。在上一届的领导升迁之前早就暗中观察他了。首先引起领导注意的是前任领导排挤他、打压他，这就说明他不是同流合污者，也因此看到他是个没有裙带关系和任何背景的人，关键是他还业务突出非常优秀。前任领导说此人呆板不灵活，现任领导却说这样的人心思纯净不趋炎附势，一心只为工作。国家单位正需要这样的人才，这样的人不被重用难道要那些外表光鲜亮丽业务一塌糊涂的草包占着位子吗？仅仅就是因为他们有过硬的后台背景吗？那样的话工作怎么开展？

当一切都顺理成章地成为现实，单位里那些单身女青年们就纷纷把张友良作为自己要奋斗的目标。可是今天这一幕却给这些人浇了一头凉水。人家原来是有主的人了，今天这正牌女友就是来宣告主权的。看着人家亲热地挽着胳膊从眼前走过，那些跃跃欲试的小姑娘黯然神伤。

吃过饭，俩人沿江边走着。凉风习习，一对对情侣从身边走过，有的拉着手有的搂着腰，还有的踮起脚尖互相亲吻。张友良停住脚步。罗绮玉趴到他旁边的栏杆上说："友良，给我讲讲你家乡的事情好吗？"

张友良看着她说："都是些苦难史，不说了吧。"

罗绮玉恳切地说："我想听，我想了解你的过去，一切关于你的人和事。因为，我爱你！"

张友良有些动容，沉默了一会儿说："好吧。"

时间一下子就回到了一九八五年，张友良眼眶湿润，悠悠地讲起那段时

光里的故事。

　　罗绮玉听得泪水涟涟，她简直不敢相信身边这个自己深爱的男人，竟然是在那样的环境里成长起来的。太艰难了！她没有经历过贫穷，也就想象不出贫穷的程度，她一再感叹友良的不易，更难以想象世界上还有这么贫穷落后的地方，还有如此艰难的人生。张友良记忆的闸门缓缓关上，凝视着前方平静地说："绮玉，你是我的恩人，在我人生艰难的时刻你帮助了我，温暖了我。这份情很重很重！够我一生铭记，感恩感动，我总是怕自己无以回报。可是，结婚，我怕，怕我自己配不上你。我们之间有太多的差距太多的不同。原谅我，我只想做你一生的朋友，任何时候你需要我了，我会全力以赴绝不推辞！你的人生是完美开始的，就应该有个优秀的人与你共度余生，那样才配得上你的高贵与善良，我会祝福你！"

　　罗绮玉没有接他的话，扬起脸问："你讲的这些都很真实但唯独少了主角，那个叫作静静的姑娘，我想听一听你们的故事。可以吗？"

　　张友良惊诧地看了罗绮玉一会，然后把头转向江面缓缓地说："是周庆告诉你的吧？"

　　"是的，他没有恶意，只是想帮我们解开心结，仅此而已。"

　　"我们只是好伙伴，从小一起长大，一起玩耍，在别人都嫌弃我的时候只有她陪着我，护着我，她和你一样善良。"

　　"那你爱过她吗？对她有过承诺吗？"罗绮玉问。

　　"没有你想的那么复杂，那个时候我家生存都是个问题，谁还知道爱情是个什么滋味？再说那时候都太小了什么都不懂，就是有爱情她家条件那么好我家破败不堪，她的父母怎么会把女儿嫁到我家去呢。"

　　张友良说着就哽咽了，罗绮玉伸出双臂从背后紧紧抱住了他，轻声问："她现在，还好吗？"

　　张友良说："她的儿子都上初中了。"

　　夜色渐深，行人稀少，张友良躲不开罗绮玉炙热的目光，抬起手臂轻轻地将她揽住，踏着夜色往回走。

　　张华静的生意是越来越好了，半年下来方圆百里的粮油店都有她的供货。和这些小店的合作很简单，互相留了电话，要货、结账一步到位，没有繁杂的手续，做起事情来很轻松，而且再也没有赊账的事情了。可是即便是这样张华静还是高兴不起来，因为到目前为止"陕北人家"在自己的手中还没有进入一家正规的超市，张华静认为自己是失败的，这第一步怎么迈呢？这个

问题占据了她的全部心思。

　　经过一番认真的思考后，张华静还是把目标定在了 m 超市，她认为如果换一家超市去做也许能成功，但对自己来说还是失败的，因为这就意味着逃避，一开始连战胜自己的勇气都没有，那以后的路还长着呢，磕磕绊绊还少得了吗？又该怎么去应对呢？对于 m 超市，那些嘲笑讽刺的声音还在耳边回响，一想起那些冰冷的话语就让她的勇气减了三分。

　　张华静一次次回想着上一次被拒的过程，企图从中找出失败的原因。她想起了那个为她打抱不平的男人的话，站到镜子前把自己好好地审视了一番。于是决定彻头彻尾地改变一下。她先去美发店做了个时尚的波浪大卷的发型，又去商场买了一套得体的职业装，配上一双黑色高跟鞋。穿戴整齐到镜子前一看，似乎还是少了点什么，从不化妆的她又狠狠心买了一套打折的化妆品。经过一番精心的装扮后她走出房间，正在抹桌子的婆婆惊得直呼："哎呀我的天呀，这，这简直是换了一个人么！看来呀，这人在衣裳马在鞍说得一点都不假，以后啊，你就得好好打扮打扮！"

　　张华静笑了，说道："妈，那我出去了。"

　　"去吧，妈给你做好吃的等你回来。"

　　婆婆的话无疑给了张华静很大的精神力量，让她顿觉信心倍增。一起经历了那么多的苦难，婆媳胜似母女！

　　再一次来到了 m 超市，一切还是那么熟悉，往事历历在目。张华静往服务台看了一眼，那个女孩还站在那里。只是这一次她没有再去服务台，而是直接上了二楼向办公区而去。一个保安拦住了她："请留步，这里是办公区。"

　　张华静停住了脚步说："我找你们的业务经理，当然得到办公区了。麻烦给说一声。"

　　保安问："有业务往来吗？"

　　张华静说："是的。"

　　"往里走，第三个门儿。"

　　"好的，谢谢。"

　　办公区非常安静，和卖场的嘈杂声形成鲜明的对比。策划部、人事部、业务部，一个个部门紧挨着。对于这里张华静并不陌生，不用人带路自己就找到了。她还清楚地记得那个三十出头的业务经理傲慢的态度和话语。这一次她做好了充分的准备工作，也想好了如何和那个年轻的经理对话。

　　听到敲门声，经理说了声："进来。"

　　张华静一身灰色的职业裙装，步履稳健地走了进去。经理问道："请问

您是？有什么事情？"看来经理对她完全没有任何印象了。

张华静说："我是一个供应商，想和您谈谈我们的产品如何在m超市上架。"

经理指了指办公桌前面的椅子说了声请坐张华静点了一下头坐下了。

经理又问："您经营的是哪一类的产品？"

张华静忙从随身的包里掏出一本产品宣传册递过去，经理翻看着"陕北人家"，经理突然把头抬起来，仔细打量了张华静一阵说："我怎么觉得你有些眼熟呢？"

张华静笑了，说："半年前我来过，被服务台的小姑娘和你拒绝了。"

经理又问："那为什么还来了呢？"

张华静说："因为我相信我的产品一定会进入m超市的，只是时间问题。我想让你了解'陕北人家'。"

经理说："你的自信来自哪里？"

张华静底气十足地说："凭三点，一'陕北人家'品质有保证，二证件齐全，三绿色天然、无公害，老百姓需要。你拒绝我的这半年里，我拿下了方圆十里以外十几个小区的粮油店、便利店，反响特别好，别的我不敢说，我们小区已经没有人再到超市里来买和'陕北人家'同类的产品了。"

经理双手交叉放到桌上，往后靠了靠，不可置信地问："看来我是低估了你的能力了，是个人才！那我就给你一次机会，这样吧，你先把你们厂家的营业执照、税务登记证、产品许可证、质量合格证，这些证件的副本带来咱们再谈合作。商场有商场的规定，不符合规定的绝对不行！"

"没问题，照章办事我一定做到。我这就去厂家取证件。"

"好的，祝你一切顺利！"

张华静大步走出了m超市，对着天空里的太阳默默地说："我成功了，我成功了！"

成功虽然来之不易可它终究还是来了。这种幸福感让人激动，让人兴奋。不过她突然想起一个人来，那就是她的好朋友——娟。如果她们两个联手做前景不可限量。以前都是娟帮自己，现在是不是也应该回报一下呢？那就叫上娟一起干！想到这里，张华静一转身往娟家的方向走去。

是娟的婆婆来开门的，这个脸庞黝黑的老太太看是张华静一张老脸就拉得老长，她不说话堵在门口没说让进也没说不让进。张华静以为老人不记事没有认出她来，便笑着说："婶子，我是娟娟的朋友，以前我俩一起摆摊的，您不认识我了吗？她在家吗？"

老人阴着脸白了她一眼嘟囔着："谁还不认识个你！你找娟娟干啥？"

娟听到说话声忙从里面跑了出来，一看是张华静立刻高兴地嚷起来："天哪，你怎么来了？快进来快进来。"说着，拉着张华静的胳膊就往屋里走。老太太很不情愿地闪到一边去了。

张华静对老人笑了笑，就跟着娟进去了。"啪"的一声门重重地关上了，张华静似乎觉得不对，回过头去看，娟拽着她不放手说："别理她。"

进了屋，娟一边倒水一边说："人老了，爱闹情绪跟个小孩似的。早上和我拌了几句嘴，使性子呢，你别在意啊。"

张华静摇摇头说："没什么，我家也有老人呢。"

娟问："静静，你今天怎么有空来我这儿？不摆摊儿了吗？"

张华静放下水杯说："还摆，不过摆的东西和地点不一样了。"接着就把"陕北人家"的事情说了一遍，然后问道："怎么样？这个事情前景很好的，食品安全是目前的大事，我相信我们的产品会大有市场，我来是想说，咱俩一起干吧？"

娟摇摇头说："我就不凑那个热闹了，也干不了。"

"你一定行的，你本来就比我聪明。而且我已经谈好了第一家超市，销售不成问题。咱俩去趟厂家做个实地考察心里就有底儿了，再把手续都拿齐，回来合同一签就行了，稳赚钱的。以后还会有第二家、第三家，这方面你比我强，你来了会更好更顺利的！"

娟还没说话，她的婆婆突然拉开自己房间的门出来，指着张华静说："你要干多大的事随你便，不要来勾引我家媳妇。她有男人给挣钱养家，女人家做好家务管好孩子就行了。"

娟赶紧过去阻拦说："妈，你说的什么话呀？我们俩说话你不要插嘴。"

可是这位婆婆却是个厉害的主儿，她甩开娟的手继续说："上次和你做生意，几万块赔得一毛不剩，你还敢来叫？你自己命不好走背运，可别搭上我们呀？我今天就把话说明白儿的，我家不欢迎你这样的人，以后不要随便走动，别把晦气带给别人！"

张华静只觉一口闷气就堵到了胸口，她站起来就往外走。娟急忙跟出来说："静静，你别生气。我婆婆她……"

"你回去吧，我不怪你。"

张华静逃跑似的夺门而去。刚刚还晴朗的天空一会工夫就大雨滂沱了。这多么像她此刻的心情，就让雨浇个透吧。她深一脚浅一脚地走在雨中，让心情得到释放，反正脸上滚落的也分不清是泪水还是雨水。这时，手机响了。不用看那一定是婆婆。张华静猛然从呆滞的情绪中挣脱出来，急急忙忙挤上

了回家的公交车。不管如何不能让婆婆担心。终于到了，她在自己家小区门口的站牌下了车，一抬头就看到婆婆撑着一把伞朝这边张望。张华静再也忍不住了飞奔过去，抱住婆婆，眼泪夺眶而出。

三十

两天后，也就是二〇一五年的九月份，张华静独自一人坐上了去陕北的火车，在路口目送她的，是她的婆婆和儿子。一老一少两个身影被太阳折射出的光线拉得很长很长……

出了西安城没有了高楼大厦的视线束缚，一切变得开阔起来。不光是眼睛得到了解放，心也豁然开朗，让人忍不住有一种想要飞起来的感觉。望着车窗外面不断往后倒去的树木、田野，张华静陷入了沉思。此刻在遥远的北方有一个女人正在等待着她的到来。这又将是一个怎样的开始呢？

陕北的地形分两种，南部延安一带沟壑纵横连绵不断，即使在飞驰的火车上你睡一觉醒来看到的是黄土高坡，再睡一觉醒来，看到的还是黄土高坡，似乎怎么也走不出它的包围。隔着车窗你能看到沟沟坎坎上一个个坍塌的土窑洞，那里似曾有人住过的迹象。

过了榆林北上却是一望无际的荒漠，路两边低矮的土坯房就像隆起的黄土包，显得是那么微不足道。没有边际的天和地之间一望无际，平缓得没有任何参照物。如果不是亲眼看到真不敢相信还有如此凄凉的地方！

在如此广阔的天地之间树木却是极为少见，偶尔有一两棵孤零零地矗立在这空旷的地界，显得是那么孤独与寂寞，荒凉的让人心悸！再往北就是半沙漠地带，看不到一棵树木和庄稼只是一团团不知名的草包裹着地皮，路标牌上清晰地写着"请观赏大漠风光"，它提醒你，离城市已经非常遥远了。

经过两天的颠簸，早晨八点，在昏暗迷离的沙尘暴袭击下，张华静到达了陕北北部的柳林镇。出了站，天色很暗，到处都是昏黄的颜色。老远就听到赵彩玲的声音："妹子，静妹子，我在这搭里[1]。"

如此亲切的称呼让张华静心里热乎乎的，大步走过去叫了声："姐姐好。"

赵彩玲紧紧地抱住了张华静，然后从包里掏出一个彩色的头巾给张华静往头上包。张华静有些好笑，说："不用了吧？"

---

[1] 这搭里：方言，这儿。

赵彩玲说:"嗯,要包哩,沙子迷眼睛。"

出了站,赵彩玲的车就停在外面,俩人上了车。因为视线不好,所以开得很慢,赵彩玲说这次来就住到她的家里去,因为厂子就在她们村子附近。街上,行人稀稀拉拉的,都裹着头巾有的还戴着墨镜,即使迎面走过恐怕谁也认不出谁。两边的店铺、商场还没有开门,只有一家早点铺子里面亮着灯,门是虚掩着的,不断地有人出入。有人推门进去,里面就跑出来一缕缕热气儿,那灯光似乎也有穿越的能力,只是门缝里跑出来的一缕就照到了行路人的心里。赵彩玲把车停在路边让张华静别下车,只在车上等着,她就回来。过了一会儿,赵彩玲急火火地回来了,她拉开车门,把一兜包子递过来说:"先吃一点马上就到家。今天真不凑巧,一来就遇上沙尘暴,受不了吧?"

张华静笑笑说:"没有,挺好的啊,我终于知道祖国的北方原来是这个样子的。"

张华静说的也是实话,见到了不一样的事物,知道了国土的辽阔也是很开心的事情。路上,赵彩玲就不住地解说着本地的特色和风土人情、支柱产业。本来以为如此偏僻的地方远离繁华,可是没有想到柳林这个小小的城镇却很是例外!物价比西安还要高,它经济的发达,源自本地的两大矿产资源——石油和煤炭。

车拐了几个弯,慢慢离开了城镇往一条没有人烟的荒凉路段开去,又过了一会儿开进了一个村子。村子很大,住户倒没有多少,只是他们住得很分散。一家和另一家之间相隔很远,而且前前后后都有很大的院落。她们来到一处院落,房子是一座4间2层的楼房,白色瓷片砌到屋顶,锃亮的铝合金门窗闪闪发光。在这个常常被沙尘暴袭击的地方,能够保持这样的洁净足以显示出女主人的勤劳。走进院门,一个精神矍铄的老太太正在拍打绳子上挂着的一条毯子和衣服,看到她们进来就停下了手里的动作,看过来。

赵彩玲忙说:"奶奶,这就是我在西安认哈的那个妹妹。接回来了,你高兴不?"

又回头对张华静说:"这是我奶奶,我们家的最高领导。"

张华静忙走上前说:"奶奶好。"

老太太的目光落到张华静身上,笑眯眯地说:"西安女娃娃,好,好,可心疼哩。跟我来,屋子都给你收拾好咧。"说完就前边带路走进一间房子,果然明窗净几,干净整洁,家具一应俱全。赵彩玲从柜子里取出全新的毯子和褥子,一边铺一边说:"这是我们家老大的婚房,他买了房子搬走了,现在你是我们家的一员了,这房子归你,呵呵。"

原来这是赵彩玲的娘家,她的婆家在延安,离得较远,以前她都是在那边生活的,自从在这边办了厂子之后就在两地之间奔波着。赵家姊妹三个,彩玲是老大,底下两个弟弟。大弟弟两口子在镇上工作,孩子都十岁了,二弟弟刚从部队转业回来。她还说家里人听说了她们俩的故事都很高兴,一直催着让张华静来一次陕北,认认这门亲,以后在西安城她们家也算是有亲戚了。

过了一会儿,彩玲的妈妈也回来了,很热情地和张华静打过招呼说:"玲玲呀,你跟西安娃娃看电视哦,我去做饭。"

礼貌起见,张华静也说要去帮忙,奶奶一旁插话了:"不用,你和玲玲拉拉话,看看电视,我和她妈妈去做饭,一会就好咧。想看哪个台随便调,别客气。这里没有外人就拿这当家吧。"

正说着,听见门外有车戛然而止的声音,接着一个男声喊道:"妈,我饿了,有吃的没?"

话音刚落,一个三十出头的男子风风火火地闯了进来。棱角分明的脸庞,高挑的身材,走路时都带着风。看到她俩愣了一下,问他母亲道:"咦,这是怎么回事?这是哪来的客人?我,我不是眼花了吧?"

妈妈笑了,说:"这就是西安的那个姐姐,刚刚到家,你还不问声好啊?"又转身对张华静说:"这是我家老二,多大的人了娃娃脾气,爱捣蛋,爱开玩笑,以后你就知道了。"在赵家人的排行里,女孩是不算数的,只从男孩排起,所以他就是老二了。

那男子问道:"你好,欢迎你的到来!我叫老二,所有人都这么叫。"

张华静说:"我姓张,叫我张姐就行。"

那男子咧嘴一笑说:"你这称呼难定位了,不大不小,看起来和我差不多大,叫姐有点叫不出口,明天吧,明天叫。"

张华静被这样的语言逗笑了,点点头说:"可以。"

那男子说:"这就算认识了,你俩聊吧我不打扰了。"说完拉着母亲的胳膊出去了。

陕北人的饮食是张华静难以适应的,厨房的墙上挂着一只羊腿,那种膻味充斥了整间屋子,一动烟火满院子飘得都是那种味道。三天了,吃饭成了问题。大街小巷到处都飘着羊肉的味道。每次吃饭张华静总是深呼一口气用手扇着碗碟里冒出的热气,即便是这样还是差点把胃吐了出来。可彩玲一家吃得有滋有味,还总劝她:"这是上好的羊肉,开始少吃,慢慢就习惯了,

不然等回去时就瘦成干柴棒了。"无奈她还是逢吃必吐,彩玲只好带她到超市采购食品。去超市要经过菜市场,这里又是另一番景象。人来人往拥挤不堪,一个个堆得像小山包一样的土豆和芦柑,还有一辆辆装满各种蔬菜的汽车停在路边。叫卖声、讨价还价声闹哄哄响成一片,热闹非凡,市井繁忙!

住的地方就在菜市场后面,只隔着一条街却是村庄模样,一座座平房和楼房、篱舍、田园很是清净。从商场到这里需要半个小时,俩人说说笑笑,一会儿工夫就到了也不觉得远。

一连几天的沙尘暴终于过去,第四天的早上终于放晴。

张华静悄悄起床,洗漱完毕,轻轻地带上房门独自出去。出了主人家院门,东边就是荒野,没有边际。万里碧空,朵朵白云镶嵌其中。太阳刚一竿子高,光芒也是柔和的,可以直观也不刺眼。一群大雁在头顶飞过,那振翅的动作是那么的清晰又是那么的高远。她举起手机,从不同角度给大雁和太阳来了几个特写。

远处,有两棵歪脖柳树缠缠绕绕地彼此相依着,长长的枝条垂到了地面上,悠然地随风摆动。这两棵树就是这漫无边界的旷野里唯一高大的植物,以树为界,西边是田地。一对中年夫妇在劳作,男的挥动农具在地里刨着,女的蹲着捡着什么,后面不远处是两个大大的竹筐。树的东边是荒地,杂草丛生。两三只驴和羊群遍布其中,低头在草丛中啃着。一排排、一堆堆不知名的蒿类植物没过了膝盖,上面挂满了五颜六色花花绿绿的东西,有大,有小,像一朵朵盛开的牡丹花!走近一看却是一个个挂在草枝、刺条上废弃的塑料袋,这是从菜市场那边飘过来的。

张华静拍完了草枝拍那一对农人夫妇,接着又去追着羊群跑。忽然脚被什么藤蔓绊住了,一个趔趄摔倒在地,手机也甩了出去。她急忙爬起来捡起手机检查,除了沾满一层灰尘竟然完好无损,又翻看刚刚拍的照片也一切正常,心想:"这亏了是松软的沙土地,要是在西安的柏油马路上肯定就摔坏了。"

她拍了拍身上的灰尘,刚要挪步却惊喜地发现脚下有三个刚出土的土豆,足有拳头那么大还带着藤蔓。她这才明白刚才绊住脚的是土豆蔓,她蹲下,又拔了几条相同的已经枯黄的藤蔓,果然带出一嘟喽土豆来。原来陕北的土豆就长在这松软的沙土地里呀,真是惊喜的发现!她把那些土豆和藤蔓原样放回,又填满了土用脚踏实了。她想:"要不地主人看到还以为是谁偷挖了他家的土豆呢。"

从土豆地里出来,她试图再一次接近羊群和驴子,拍了好几张远景总是拍不到羊群吃草的清晰画面,这让她感到很遗憾,所以继续跟踪。这些动物

看起来只是低头吃草并不看她，可是却非常警觉。她刚一走近，它们像是商量好了掉头就跑，但并不跑远只几步又停下继续吃草。张华静心存希望，她蹑手蹑脚地接近了羊群，单膝跪地，斜着身子锁住了这个画面，心里很是激动，这个画面太完美了。她屏住呼吸调好位置按住快门刚要拍，这些精灵古怪的家伙"咩"地一声长叫，羊群、驴子齐刷刷地掉头就跑。张华静泄气地跺着脚，这时身后一个熟悉的声音响起："羊啊，人家美女给你拍照呢，你就配合一下嘛。"

她立刻回头，只见老二不知道什么时候已经站在这里，她惊讶地问："老，老"，嘴张了几次那个"二"字却无法出口。

老二立马接口说："老二！如果这个名字你叫着别扭，我有名字，我叫赵学武。"

张华静说："你的名字很好呀，和你的性格很相符。"

老二又说："我爸起的，我哥叫赵学文，我叫赵学武，就是文武双全的意思，结果真应验了。我哥文气、好学，大学毕业现在在政府工作。我呢，当了兵转业回来在我们县水利局。"

张华静说："你父母有福气，教子有方！"

老二像是想起了什么，一脸坏笑地说："我就奇了怪了，你一闻羊肉就吐，追着羊群跑咋就不吐了？"

张华静一下语塞，心想："这个冒失的家伙，一语出来噎死人。"

老二又说："我刚一出门往这边一看，吓了一跳。歪脖柳树下一个长发飘飘的红衣女子（张华静穿着一套鲜红的运动服）举着手机追着羊群跑，就像一幅画，真不敢相信这个女子就住在我们家。"

张华静被逗笑了，她打断了老二的话问："老二，你怎么会在这里？"

老二回答："我来找你吃饭呀！全家都在找你只有我找到了。"

"吃饭？"张华静疑惑地问，她又想起了那难闻的气味。

老二看穿了她的心思，忙说："放心吧，我奶奶早起熬了小米粥，捞咸菜，她把锅刷了四五遍。我妈把羊肉、羊腿，总之一切和羊有关的东西都锁到了库房里，保证没有一丝羊肉味。我姐姐都急坏了，到处找你，你却在这里追着羊群跑，不过，你刚才的样子美得像一幅画呢！"

张华静说："谢谢你们，真不知道说什么好了。"

老二一手插在裤兜里，一手夹着半根燃烧着的香烟，头朝着家的方向一撇说："走吧，先回家吃饭然后再来玩。"

张华静收起手机跟着老二往家里走去。

三十一

接下来的几天里,赵家姐弟二人带着张华静参观了他们的厂子。从原材料的采购到各种工艺流程,再到最后的成品出厂,一系列工序紧密相连又井然有序。厂子虽然不大但手续齐全,质量过硬。最重要的是绿色、天然、无公害!

张华静要带回去的证件中还需要一个授权书,相关手续办理起来有些烦琐,没办法,还得再住几天。这天,彩玲出去办事了,张华静和赵家奶奶在客厅里看电视。老太太一边看着电视,手里还捏弄着一些零碎活,时不时地会问上一句:"娃娃,你家奶奶身体还硬朗吧?"

有时针线打了结,张华静就帮着解开,老太太总是看着她说:"多好的女娃娃吆,怕是你到走时额都舍不得了呢。"

张华静说:"奶奶,那您跟我去西安吧。"

老太太问:"西安远不?"

张华静回答道:"奶奶,西安离这里几百公里,很远的。不过西安是大都市。有大雁塔、兵马俑,你和阿姨要是去了,也住我家里,我婆婆会陪着您,保证有说不完的话。"

老太太唏嘘地咂咂嘴吧说:"哎吆,我活了八十八连银川都没去过,竟在我们柳林镇里打转转,更别说你们西安了。"

这时只听到彩玲妈在院子里喊:"静女子,给阿姨帮个忙来。"

张华静忙走到院子里,只见彩玲妈在最西边一间房子前把门锁拧来拧去,嘴里嘟囔着:"这是咋了,生锈了。"

门锁被摇得咣当作响就是不见开。张华静过去问:"阿姨,锁坏了吗?"

彩玲妈一边拧一边回答:"你叔叔早上拉了两袋面粉,走了以后这门就锁不上了,我使劲一推又打不开了。"

张华静说:"让我试试看。"

彩玲妈把钥匙给了她,站到一边看着。这是一个暗锁,也许是时间久生了锈。张华静对准锁眼试着转动,"啪",锁居然毫不费力气地开了。

彩玲妈高兴地说:"好着呢,怕是我太着急了,娃呀你进去,我拉上门你从里面拧,看能开不?"

张华静便进去把门推上,可是彩玲妈在外面怎么也打不开。

张华静问:"阿姨,你别急慢慢转,不要用力过猛。"

可是无论彩玲妈怎么转动，钥匙就是打不开锁。过了一会，只听"嘣"的一声，彩玲妈说："完了，完了，钥匙断在锁眼里了，女子，这下把你锁在里面了。"

听到声音老太太也出了屋子，问："咋了，门锁坏了？"

彩玲妈说："坏了就坏了，还把人家娃娃锁到里边了。"

彩玲妈说着，又拿起一个钉锤咚咚地砸起锁来，老太太说："别砸了，砸坏了更打不开，快叫老二回来把锁撬了，人家娃娃还在里面呢。"

彩玲妈又摇了摇锁，似乎再也没有办法，就掏出手机给儿子打了个电话。不一会老二回来了，他拧了半天也没有变化，就说不行得找个锁匠来。彩玲妈着急地催着儿子，让快点去。

那老二坏笑着说："看来我也救不了你呀，你就在里边待着。反正里面米、面、油都齐全够你吃的，我这就去找人来救你。"

彩玲妈没好气地说："快走，啥时候了还胡说！"

老二开着车一溜烟地走了。奶奶爬到窗户说："别急，老二一会就回来，很快的。"

这是一间库房，堆满了面粉和大米，墙角放了十几桶色拉油和各种蔬菜，这是给工地准备的。彩玲爸每天走时会拉一些去。彩玲妈一会摇摇锁一会跑到门口去看。过了约半个小时，汽车的声音由远而近，奶奶高兴地说："回来了，回来了。"

跟在老二后面的是一个50岁开外的粗壮男人，手里提着一个挎包。老二朝这边一指说，就是那间屋子，让把锁卸了先把人放出来再装新锁。那人拿出工具捣鼓了好半天才把锁卸下来。张华静松了一口气，终于出来了！

当时针指向了下午六点，一辆黑色的小汽车开进了院子靠墙壁停好，这是彩玲的爸爸老赵回来了。他是建筑公司的什么头目，总是早出晚归，只在晚上才会碰面。

看到男主人进了客厅，张华静问了好就要起身回自己屋子。男主人叫住她，摆摆手说："坐下，坐下，你和玲玲能够相识一场也是缘分，你俩是姐妹，那咱们就是一家人，老这么生分可要不得。"

张华静只好坐回沙发里去，彩玲妈适时地沏上茶水。这时一辆银色车子再次开进院子贴着那黑色车子停靠，这是彩玲回来了。这父女俩一前一后到家，彩玲把车钥匙往沙发上一扔，急忙把一个文件袋放到张华静的手上，说："办好了，妹妹。"

"是吗？太好了！"张华静说。

这时彩玲爸说话了："娃娃，咱这家里，吃的、用的尽管拿，跟在自己家里一样，千万别拘谨。你阿姨也不知道你的口味，你不说这咋能成呢？"

张华静笑了笑说："叔叔，我会的。打扰你们很久了，明天我就该回去了，也欢迎叔叔阿姨还有奶奶去我们西安玩。"

"不欢迎我呀？"老二不知道什么时候冒了出来。

"哪都有你呀？"彩玲说。

陕北的夜晚分外宁静，这里没有汽车的轰鸣声，没有喧哗，仿佛到了另一个世界。

张华静的这次陕北之行收获满满，和这样的人合作她很放心，对"陕北人家"这个品牌有了一个全面彻底的了解，品质过硬就是她最大的信心和动力。终于要踏上归程了，彩玲一家都出来相送。妈妈不舍奶奶还流出眼泪来，并一再嘱咐要常来看看，彩玲说等明年在西安买一所房子就可以常来常往了，老太太这才露出了笑脸。彩玲和老二一直送到进站口才挥手告别，张华静的陕北行才算是圆满的结束了。近十天的相处下来，她带着浓浓的亲情和感恩感动回家了。

"陕北人家"顺利地在m超市上架了，这是张华静签订的第一份正式合同。一年后她又拿下了第二份合同，局面一点点打开，虽然走得很慢却站得很稳，这是张华静做事的风格。

由旧城区改造而引起了大面积拆迁，五条街被拆，几个老旧小区搬迁，刘金平家的那个小商店也在其中。俩人也因此失了业。在城市里生活容不得你半点停顿。挣钱的时候不觉得，不挣钱了天天都得花钱。水费、电费、煤气费、卫生费、垃圾费……一样都少不了。你不挣钱还得往外掏钱，死水都怕勺子舀，何况还养着一个孩子。农村孩子在城里上学是一笔不小的开销，日子一长金平两口子都慌了神儿。

不得已，刘金平开始到劳务市场去找些活，断断续续地打些零工。赵小菊开始抹不下脸来在家里窝了一阵子，越窝心越慌。眼看着别人都在忙忙碌碌地上班，自己却在坐吃山空，也就顾不得什么了，后来在一个姐妹的介绍下到茶城去帮别人卖茶叶。

张华静凭着自己的努力稳扎稳打，生意越来越好，一家三口人终于过上了稳定的生活。这一天，她从国税局办完事出来，远远地看到马路对面有一个中年男人拉了满满一三轮车的货物，吃力地往前蹬着。那男人好面熟！张

华静急忙跟了过去，走了几步到了上坡路段，车夫蹬得更吃力了，张华静二话不说就去推车。那男人很明显地感觉到来自后面的一股力量，有人在帮他推车了。

男人不敢松劲，一鼓作气上了坡把三轮车停到一个平稳处，便下来走到后面想和推车的人打个招呼道声"谢谢"。可是刚一看到车后的人，他吃惊地说："静静，咋是你？"

"哦，大哥。我刚好路过碰到了。这么重的车！大哥你不会少拉一点吗？"张华静说。

刘金平憨憨一笑说："这干活容不得挑三拣四，都是抢着干哩，要是抢得慢了就没活干了！"

张华静问："你这是要送到哪里去呀？还有多远？"

刘金平往前方一指说："就是前面那个商场，拐过弯就到了。你去忙吧，不用推了，前面都是平坦路。"

张华静看了刘金平指的那个方向，知道没有多远，就说："好吧，那你要注意安全哦，大哥！"

"知道了，你快回去吧。"说完刘金平跳上三轮车离开了。

晚上，张华静把白天遇到金平的事对婆婆说了，王桂芬久久没有说话。张华静说："妈，我想让大哥大嫂跟着我干，这样我有了帮手他们也不用那么辛苦。您说呢？"

王桂芬叹了一口气说："静啊，妈听你的，你说了算。唉！这老刘家一直都是男人顶着天，遇事拿主意。可现在倒的倒了，跑的跑了，没有立得起来的人了。你是个能撑起门脸的人，可是太实诚，心眼还不活泛，如果那赵小菊能跟着你，倒也是一件好事呢，妈就怕你降不住她！"

张华静说："妈，人都在变嘛，大嫂跟过去不同了。"

王桂芬说："真是那样的话，你就看着办吧。"

张华静说："那我明天就去大哥家说。"

王桂芬说："妈老了，将来是你们的世事，你们三个能心往一块想，劲往一处使，事准能干成，日子也就能过好。妈就是到了那边见了你爸也是笑着的。"

"呵呵……"

王桂芬自从做了一个手术之后身体就越来越差，这一年来吃得少了，体力跟不上，说着话一会就迷糊。张华静和儿子轮换着照顾，身边总得有人陪着。

第二天，晚上七点刘金平回到家，干了一天活累得倒在床上不想动，赵小菊在出租屋的走廊上做饭。她炒好了两个菜，关了火，向屋里喊："君君，出来端菜了，君君，听见了吗？"

张华静正好走进了院子，说道："嫂子，别叫孩子了，我来端吧。"

赵小菊看到张华静忙说："吆，是他二娘呀？你咋来了呢？"

张华静说："我来串串门。"说着就端起一碟子菜跟在赵小菊后面往屋里走。刘金平看到弟媳妇来了立马从床上坐起来说："静静来了。"又朝里屋喊："君君，快给你二娘倒杯水。"

张华静在椅子上坐下说："你们快吃饭吧，我说几句话就走。"

赵小菊说："他二娘一块吃吧，也没做啥好饭。"

"是啊是啊，一块吃吧。"刘金平也附和着说。

张华静说："就几句话，你们快吃吧，边吃边说。"

这时君君从里屋出来端了一杯水递给张华静，赵小菊端了一碗饭过来非让张华静吃，俩人推来拉去了一阵子，只好作罢。张华静先是问了君君的情况，君君说不上学了准备去学一门技术。张华静表示赞同也很支持，还说有什么需要尽管对她说。

等到吃完了饭赵小菊收拾了锅碗，几个人就围到一起聊天。

张华静说："哥，嫂，我也就不兜圈子了。咱妈年岁大了，身体越来越不好需要有人照应。我一个人做事势单力薄顾不过来。昨晚和妈商量了一下，想请你们过去帮帮我，咱们一块干，你们看这样行吗？"

"这……这……"

刘金平两口子对视了一下，激动得不知道说什么好了。赵小菊拉住张华静的手，眼眶一热，叫了一声："妹子！"

其实赵小菊早在拆迁之后就有过这样的想法，可是一想起自己过去做的那些刻薄事就羞愧难当，哪里还开得了口。今天张华静亲自登门来说，还用了一个"请"字，怎能不让她感动呢。张华静要回去了，夫妻二人一直把她送到巷子口，赵小菊不住地检讨自己的过去，一再向张华静道歉。张华静笑着说："咱们只往前看，不回头。"

张华静将刘金平两口子归到自己的队伍里以后，对二人的性格做了分析，进行了合理的安排。经过一番培训，让赵小菊去跑市场，刘金平管家，照顾两个孩子和妈妈的饮食起居，兼顾一切往来账目。王桂芬苦笑着说，刘家女人一出场居然把老爷们打趴下了。趴下就趴下吧，谁叫你不是那块料，立不

起来呢？赵小菊倒是块好钢，经过打磨很快就发出了光彩。她做事心眼多，反应快嘴巴利索，从签单子到联系厂家发货一切都做得滴水不漏，别人还插不上手，但是她的缺点就是爱贪小便宜没有大局观。张华静不断地将她进行包装，在思想上提升。两个人几乎是形影不离，赵小菊对张华静很崇拜，更是言听计从。

这一天，妯娌俩兴高采烈地从外面回来。刘金平已经做好了饭，和妈妈还有两个孩子坐在客厅里等着她们两个回来。两个女人刚进门，孩子们迫不及待地跑过去问："妈，妈，怎么样啊？你们考试过了吗？"

"过了没有？快说啊！"

王桂芬说："你们两个傻小子，先让你们妈洗洗，坐下再说，好不好？"

刘金平把饭菜上齐，解下腰间的围裙一扔说："别逼她们了，哪有那么容易考过的呀？"

"嘿，小瞧人！"赵小菊说。

张华静看了嫂子一眼，笑了笑，然后俩人同时掏出了一本驾驶执照往桌上一扔。

"呀。考过了，考过了。"两个孩子立刻高兴地叫起来。

原来，两个女人同时报考了驾驶执照，今天是最后一科的考试，两个人双双考过。

王桂芬看着眼前的一切，笑着笑着竟然落起眼泪来。晚上吃饭的时候几个大人谈论起拆迁的问题，赵小菊突然说："静静，你这房子属于旧楼了，现在都盖高层了，你把这个卖了重新买一套吧，又不是没钱！"

张华静说："我可舍不得，这不光是一套房子，这儿是家。"

王桂芬说："不卖也不买，只要不拆迁，我们三个就不挪窝。"

刘金平瞪了妻子一眼，赵小菊忽然意识到了什么，赶紧低下了头只管把饭菜往嘴里送。一时间大家都不说话了，也都心照不宣地想到了一个问题，那就是这三个人不搬家就是为了等待刘欣平回来。

三十二

二〇一八年对于张华静来说，是至关重要的一年，因为她的儿子冬冬要参加高考了。真是个让人激动又揪心的时刻！一直以来她把自己没有实现的人生梦想寄托在了儿子身上。这么多年的精心培养，辛苦付出，盼的就是有朝一日儿子能够走进大学的校门。

冬冬是个懂事的孩子，自律性很高，这一路走来都是品学兼优的好学生，得过的奖状不知道有多少了，但是都压在箱底，他从来不准家人往墙上贴，说那样自己会骄傲的。

冬冬的考点在十八中。6月7日是高考的第一天。一大早马路两边就拉起了警戒线，六个警察站成一排，还有几个穿着黑色制服的保安在来回巡逻维护秩序。高考期间所有的考点周围车辆禁止通行，可见我们国家对于高考的重视程度，这场考试决定每个考生的命运，全社会给予了高度的配合和关注。

张华静母子提前三十分钟来到考点，考生们自觉地排成两条长长的队伍。入口处，两个工作人员手拿扫描仪正逐个检查，看每个进入考场的人身上有没有带违禁的物品。张华静站在队伍旁边，跟着儿子移动。到门口了，儿子通过了安检处进入考区，回过头来对她摆摆手说："妈，你回去照顾奶奶吧，我没事，你放心吧。"

看着儿子的背影，张华静在一瞬间好像回到了二十多年前的那场高考。那一次自己也是来陪考的，只不过考生是儿时的好伙伴张友良。"你好好考，你考上了就是我考上了，你走到哪我也就跟着到哪了！"这句话还在耳边回响时间就已经过了二十年。真是往事历历在目。那时县中学的环境没有这么好，他们是一大早带着四个馒头、几张饼子、一壶水，从家里坐了汽车赶到县中学的。没有警察开道，没有保安维护秩序，友良就是在那样的环境中考上大学的。深海出蛟龙，深山出英雄，在张庄人的心里，在张华静的心里，张友良就是英雄！

考试铃声响起，家长们开始散去，张华静没有走，她站在僻静的角落里默默地为儿子祈祷，希望一切顺利！烈日炎炎，她的心也在经受煎熬。两天时间，四场考试很快就结束了。冬冬神色轻松地下了考场，张华静这才松了一口气。她没有询问孩子考得如何，只是心疼地抱了抱他然后说："赶紧回，给你奶奶报个到，她还担心着你呢。"

王桂芬在一年前做了胆管结石手术，现在二次复发又住进了医院里。老人承受着病痛的折磨，心里还在牵挂着考场上的孙子。冬冬轻轻地推开了病房门儿，王桂芬立刻把头转过来，看到媳妇和孙子回来了，老人就挣扎着要坐起来。赵小菊忙把枕头竖起来垫到她的背后。

"奶奶，你今天怎么样？好点没有？"冬冬问。

"好了好了，奶奶一见你，就好了！"

听到俩人的对话所有人都笑了。王桂芬催促赵小菊把柜子里的各种食品拿给冬冬吃，冬冬不要王桂芬硬往孙子手里塞，冬冬只好接住。经过一番折腾，

老人累了，无力地躺倒靠着被子。过了一会儿老人睁开眼睛对赵小菊说："小菊呀，你和冬冬先回去，君君和他爸也快回来了，你快回去给他们做饭。"

赵小菊说："还早着呢，我再陪您一会儿，做饭来得及。"

王桂芬摇摇头说："你们回去吧，我有话给静静说。"

"那好吧，冬冬咱们回。"

"奶奶，那我和大妈回去了，你要好好休息，明天我们再来看你。"

王桂芬拍拍孙子说："去吧，去吧。"

赵小菊带着一些脏衣物和冬冬离开了。

王桂芬似乎很疲惫。曾经较胖的身体已经干瘪下去，眼睛浑浊没有光泽，头微微上扬看着窗外，常常会发出一声微微的叹息。这时张华静走过来叫了一声："妈。"

王桂芬说："静啊，妈活不成个人了，我不想死在医院里。"说到这里就已经喘得说不下去了。

张华静忙过去摩挲着婆婆的后背和胸口，过了一会，老太太顺过气来说："静啊，你要是真的为了妈好，就把妈送回咱老家去，那是我和你爸生活过的地方，在那里我能看见他。那田地里、大树下都有他的影儿，我不想死在医院里，我要回去！"

张华静抱着婆婆，眼泪像雨点般洒下来，说道："妈，你不管我和冬冬了吗？你知道的，我们离不开你！"

"管不了啦，管不，了……静啊，你以后的路还长着呢，人活一世，不容易，好好地，活……"

张华静说："妈，你别急，下星期一再出院好不好？"

王桂芬喃喃地说："不住了，一天也不住了，我要，回去，回去。"

张华静含泪点点头。

王桂芬出院了，他们回到了乡下的老房子里，院子还是那座院子，老井四周长满了绿苔。回到原点，一切都像是大梦一场！

高考终于放榜了，刘冬冬被上海的一所大学录取，通知书是在八月初到的。张华静一遍遍地抚摸着"东方财经大学"几个烫金大字，那六个大字就像一簇簇火苗在她心里燃烧。她觉得考上大学的仿佛不是儿子而是自己。这一份大学录取通知书在二十年后以这样的方式到达张华静的手上时，她喜极而泣！一家人也都处于极度的兴奋中。

"快，拿给奶奶看看。"张华静说。

冬冬手持红色的通知书来到了奶奶的病榻前。王桂芬老人用颤抖的手抚摸着孙子的大学录取通知书，喃喃地说："要是你爸知道该多好啊！我的平儿，你在哪儿啊？"

老太太一语说完泪流满面。一家人都纷纷背过身去，偷偷地抹眼泪。

第二天，亮子和雷建南下去深圳了，顺着一丝一缕的线索去找刘欣平。

已经是八月底了，开学的日子一天天临近，王桂芬的病情也越来越严重，仿佛一觉睡去就不会醒来似的。张华静和刘金平夫妇一步不离地守在身边。

8月28日。中午时分，一辆黑色的车子停在了刘家门前。从车上下来几个人，提着一些礼品就进了刘家院子。前面走的是涛子，后面跟着的是娟和友良。张华静正在屋里给婆婆喂汤药就听到赵小菊在前院喊："静静，来客人了！"

张华静放下碗，给婆婆擦了擦嘴巴，刚要出去一行人就到了门口。娟和涛子倒不稀奇，只是看到张友良却是把张华静惊得半天回不过神来。她呆呆地望着不知道招呼客人，张友良笑了笑点了下头，还是娟打破了僵局说："我们三个来看看大妈。"

"哦，快进来吧。"

几个人来到了老人的床前，王桂芬身体不能动了，语言含混不清，但头脑还是清醒的。她努力挤出一个笑容拍了拍床沿，示意客人坐下。几个人也对老人说了一些好好休息、早日康复的话。这时刘金平回来了，掏出烟招呼几个人到客厅里坐下。娟快人快语地说明了来意。

张友良是昨天下午回来的，他是专程来接冬冬去上海上学的。娟和涛子则拍着胸脯保证，自己随叫随到，有事尽管吩咐。张华静一时哽咽了，她对这样的安排非常感动，还能有谁比友良带冬冬去上学更让她放心呢？

张友良说："你们尽管放心，冬冬上的学校是我的母校，那里的情况我熟悉，你们把孩子交给我就放心吧，我一定会把他照顾好，安排好的。再说了，按辈分，冬冬还得叫我舅舅呢，那舅舅送外甥理所应当的！"

"就是就是。"

"呵呵……"

几个人也都随声附和。张华静对刘金平说："大哥，把冬冬找来吧。"

"哎，好，我这就去。"

刘金平出去了，不一会就带着冬冬回来了。冬冬一看屋里很多人就向大家逐一问好："娟姨好，涛舅舅好。"当看到张友良时冬冬不知道怎么说了，

因为这是个陌生人，在他的印象里爸爸妈妈的朋友圈里没有这样斯斯文文的人啊。

张华静说道："这是你友良舅舅。"

冬冬说："舅舅好。"

张友良也说："冬冬好。"

张华静让儿子坐到自己身边来，说道："冬冬，你友良舅舅、涛舅舅、娟姨都是和妈妈一起长大的同村伙伴。我们那些人里面只有友良舅舅考上了大学，妈没想到的是你竟然也报了和你友良舅舅同一所学校，呵呵。你友良舅舅知道了你上学的消息，就专门回来接你去上学的，你奶奶病着，妈走不开，以后就把你交给你友良舅舅管理了。"

"是吗？这么巧？"冬冬说。

"是的，冬冬，咱俩现在是校友了，我以学长的身份来接你这个新生，来握个手吧。"

冬冬不好意思地笑了，伸出手去。

娟说："静静，有事情需要我们帮忙的尽管说。"

张华静缓缓地说："还真有需要你们帮忙的事情，不过吃了饭再说。"

赵小菊立刻系上围裙进厨房张罗做饭去了，张华静和娟也随后进去帮忙，刘金平陪两个男人坐着说话。

吃过饭，赵小菊和刘金平照顾老人，让张华静带着几个客人出去了。张华静开着车出了村子，在宽阔的柏油路上驶过，很快到了镇上。原来窄小的街巷变得宽阔，老旧的店铺变成了商场。几个人不住地称赞着家乡的变化，感叹时光的流逝。出了繁华地段到了老街，不一会车停了下来，张华静说："到了。"三个人就跟着她下了车。没走几步，出现在眼前的是一处破败不堪的院落。院墙坍塌，堆成一个又一个巨大的土堆，房屋倒的倒，散架的散架，青色的砖瓦、腐烂的檩条胡乱地搭在一起。平缓处倒满了各种垃圾，塑料袋随处乱飞，烂菜叶和着牲畜的粪便散发出一股恶臭，四处飘散。

"清河小学。"几个人几乎同时喊了出来。

"是的。"张华静说。

看着曾经风光一时的校园成了这副模样，大家都无比痛心和感慨。

"怎么成了这个样子？"

"太可惜了！"

张华静说："这就是我刚才说的要你们帮的忙，我要把这片地租下来建

成幼儿园，让咱乡村的孩子接受和城里孩子一样的学前教育。我要回来当老师，你们觉得行吗？"

"当然，你一定行！"几个人又同时说。张华静看着大家，似乎受到了感动，眼里闪动着泪花。

张友良说："这里是我们梦想开始的地方，现在这个样子让人很痛心。我们一定要让它，再飘书香！"

"对，我加入。"

"算我一个。"

"还有我。"

尾　声

　　刘欣平呆呆地坐在海边，天，灰蒙蒙的没有一丝阳光。海水一次次漫过来，打湿了他的衣衫。海面是平静的，一望无际！他的痛苦也如这海面，一望无际！回想这半生，他辉煌过，成功过，可是现在，却活成了乞丐模样。曾经腰缠万贯来到这里，现在每日里打零工维持生计。20平方米的出租房，2两小酒，这就是生活！

　　他想到了死，是的，跳进大海一了百了，路过的人没有一张熟悉的脸，也没人看他一眼。因为他的生死与他们无关。这时，手机响了，他没有去接。他想不出这个时候有谁会给他打电话，如果有，那就是房东催缴房租的。他仍然没有动，手机又一次响起，他还是没有动。又一串震动加音乐过来，他知道，那是信息。他懒洋洋地从腰间掏出手机，打开一看，只见一行醒目的大字映入眼帘——

　　"千金散尽，我在原地等你！"

　　刘欣平号啕大哭……

　　在西安通往上海的高速公路上，张友良开着车，旁边坐着张华静的儿子刘冬冬，他脸上的泪痕还没有干，这个十八岁的青年还没有从刚刚和家人告别的场景里走出来。

　　张友良看了看，拍了一下他的头说："冬冬，人生有很多次分离，但每一次都是成长，是经历。"

　　冬冬擦了脸上的眼泪说："友良舅舅，你当年去上大学的时候也是这样吗？"

　　张友良问："你想听听我的故事吗？"

　　冬冬："当然了。"

　　张友良："那舅舅就讲给你听……"